청년사장

소설 외식업 - (下)

택배기사로 시작하여 일본 최대의 이자카야 그룹을 이룬 원동력은?

다카스기 료 •지음 | 서은정 •옮김

AK
STORY

목차

와타나베 미키渡邉美樹

'남녀노소 모두 사람은 식사를 할 때가 제일 즐겁고 행복하다'는 신념을 바탕으로 외식업 사장이 되기 위해 고된 일을 마다 않고 자금을 모은다. 꿈을 향한 열정, 긍지, 끈기는 물론 뛰어난 능력과 인간적인 성품으로 모두에게 인정을 받고 있다. 가족과의 유대, 친구와의 우정, 거래처와의 신뢰를 소중히 여기며, 이는 와타나베가 외식업을 발전시켜 나가는 데에 큰 밑거름이 된다.

다나카 히로코田中洋子

눈과 미소가 무척 아름다운 대단한 미인. 유부녀였으나 와타나베의 끈질긴 구애를 받는다. 결국 와타나베의 진심에 이끌려 마음을 돌린다. 와타나베가 꿈을 이룰 수 있도록 회사일을 도우며 정성껏 보좌한다.

구로사와 신이치黑澤真一

와타나베의 고등학교 동창이자 '와타미상사' 창업멤버. 오코노미야키 사업을 위해, 단신으로 오사카에서 아르바이트하며 연구할 정도의 뜨거운 열정을 품고 있다. 혼자서 테마를 찾아내서 상품을 개발하는 데에 대단한 재능을 보여준다.

가네코 히로시金子宏志

와타나베 와구로사와의 고등학교 동창이자 '와타미상사' 창업멤버. 188센티미터 장신으로, 구로사와와 함께 와타나베를 보좌하며 여러 면에서 능력을 발휘한다. 구로사와와 절친한 친구이면서 라이벌 관계이다.

고 마사토시呉雅俊

와타나베의 대학 동창. 와타나베의 매력과 능력에 이끌려, 파격적인 조건을 내걸은 상사의 만류에도 불구하고 '일본 라디에이터' 회사를 그만둔다. '와타미상사'에 들어온 고는 허세나 꼼수를 부리지 않고 아랫사람을 통합하는 능력이 뛰어나서 부하들의 절대적인 신뢰를 받는다.

이시이 세이지石井誠二

이자카야 '쓰보하치'의 창업자. 이자카야 체제를 확립하여 일세를 풍미했던 인물. 와타나베의 비범함과 재능을 알아보고 '쓰보하치' 프랜차이즈점을 제안한다. 와타나베가 자리를 잡을 수 있도록 물심양면으로 도와주며, 힘들 때는 더할 나위 없는 상담자 역할까지 해준다.

사카모토 야스아키坂元雍明

'닛폰제분'의 개발부 차장 겸 시장개발 제3과 과장. 와타나베가 제안하는 오코노미야키 외식업의 가능성을 알아보고, '닛폰제분'와 제휴하여 최대한의 지원을 받을 수 있도록 성심껏 도와준다. 놀라운 행동력으로 와타나베가 자금적으로 위기에 빠질 때마다 조언과 협력을 아끼지 않는다. 하지만 와타미푸드서비스와 닛폰제분의 출자문제를 둘러싼 이해관계로 와타나베와 충돌한다.

에무라 데쓰야江村哲也

항상 미소가 끊이질 않는 행동파. '다치바나 산업' 신규사업담당이었다가 와타미푸드서비스로 이직하여 밑바닥서부터 실력을 쌓는다. 담담하면서 성실한 자세를 인정 받아 입사 2개월 만에 점장이 된다. 이후 점점 중요한 업무를 맡게 되며 그 능력을 십분 발휘한다.

오카모토 유이치岡本勇一

에무라가 과거에 근무했던 가나자와의 '쓰보하치' 프랜차이즈회사의 동료. 온화한 성격이면서 꼼꼼한 일처리는 에무라조차 한 수 접을 정도이다. 와타미푸드서비스로 이직하며, 아무도 눈치 못 챘던 위기를 간파한다. 말수가 적고 냉정침착하며 논리정연한 남자.

도요다 젠이치豊田善一

'노무라증권'의 부사장을 거쳐 '고쿠사이증권' 사장으로 이직, 탁월한 경영수완으로 고쿠사이증권을 4대 증권에 육박하는 대기업으로 키워낸 인물. 증권업계의 막후실력자 같은 존재로서 막강한 영향력을 가지고 있다. 와타나베의 장래성을 한 눈에 간파하고 와타미푸드서비스가 장외시장 등록을 할 수 있도록 많은 도움을 준다.

제13장
부진한 점포의 타개책

1

쇼야가 태어나고 4일 후인 1987년 12월 21일 저녁, 개점을 하루 앞둔 '도헨보쿠 시모키타자와점'에서는 와타미푸드서비스와 닛폰제분의 관계자들이 참석한 가운데 개업식이 열렸다.

열흘쯤 전에 와타나베 미키가 사카모토 야스아키에게 전화로 제안했다.

"와타미푸드서비스가 닛폰제분의 사카모토 차장님과 직원들을 정식으로 초대하고 싶습니다. 여태까지 진 신세에 보답하는 의미에서요."

"기쁜 마음으로 참석하겠습니다. 고키 사장님의 시간이 비어 있으면 같이 모시고 가겠습니다."

"사장님까지 와주시는 겁니까?"

"5시부터 6시까지, 1시간 정도 시간을 낼 수 있을 겁니다. 고키 사장님께 와타나베 사장님을 소개하고 싶었거든요. 좋은 기회가 아닙니까."

"감사합니다."

와타나베는 아직 닛폰제분의 사장 고키 마사오와 면식이 없었다.

"개발부 여직원들도 데리고 가지요. 몇 명이나 가능할까요?"

"50석이 있으니까 50명까지 괜찮습니다.

"그렇게 많이는 못 데리고 갑니다. 대충 20명 정도가 되겠지요. 와타미의 직원까지 합쳐서 30명 정도면 어떨까요?"

"알겠습니다."

당일 와타나베, 구로사와 신이치, 가네코 히로시, 고 마사토시는 오후 4시까지 '도헨보쿠 시모키타자와점'으로 집합했다.

"입구의 폭이 90센티미터밖에 안 돼. 입구가 좁은 것이 마음에 걸려."

와타나베가 혼잣말처럼 중얼거렸다.

게다가 지하 1층에 있는 가게로 가려면 계단을 똑바로 내려가는 것이 아니라, 막다른 곳까지 갔다가 다시 한 번 방향을 틀어야 했다.

5시 10분 전에 고키 사장, 다카하시 아키오 이사 개발부장, 사카모토 차장, 하시모토 등 초대손님 전원이 도착했다.

사카모토가 와타나베와 동료들에게 고키를 소개하고 명함을 교환했다.

"가사이와 사카모토에게 와타나베 사장님 이야기를 많이 들었습니다. 잘 부탁합니다."

"바쁘실 텐데 오늘 사장님께서 직접 와주셔서 감격했습니다. 다카하시 부장님과 사카모토 차장님께는 늘 신세를 지고 있습니다."

"그건 서로 마찬가지지요. 와타나베 사장님 덕분에 닛폰제분의 외식산업부문에 서광이 비칩니다. 저도 젊은 사람들의 힘을 크게 기대하고 있어요."

"감사합니다. 닛폰제분의 명성에 누가 되지 않도록 노력하겠습니다."

"회장님께서 '신주쿠점'의 개점일에 몰래 보러 가셨다더군요. 손님이 많아서 깜짝 놀랐답디다. 이 가게도 그렇게 되길 바랍니다."

고키는 우두머리 기질이 짙은 호방한 남자라서 와타나베는 긴장이 풀렸다.

당시 닛폰제분의 회장은 야히로 도시유키였다.

"굉장히 붐비는군요. 개점 첫날인 점을 감안하더라도 앞날은 걱정이 없겠어요."

"예, 저도 손님이 이렇게 많이 올 줄은 몰랐습니다."

몸집이 자그맣고 나이가 지긋한 양복차림의 신사를 사카모토가 공손하게 상대하고 있었으며, 그 모습을 와타나베는 접객 중에 힐끗 목격했다.

8월 28일 오후에 불쑥 찾아온 야히로는 계산대 앞에서 가게 안을 들여다보고는 돌아갔다.

"방금 오신 분이 야히로 회장님이십니다."

"제대로 인사도 못 드리다니 죄송합니다."

"바빠서 일손이 딸렸을 정도니 인사할 틈도 없었잖아요."

와타나베는 4개월 전에 사카모토와 그런 대화를 나눴던 것을 떠올리면서 5시가 된 것을 확인하고 점장인 야나기 유키히로에게 눈짓을 했다.

야나기는 올봄에 도립대학을 졸업하고 와타미푸드서비스에 입사했다. '쓰보하치 고엔지 기타구치점'의 알바생 중 한 명이었다.

와타나베는 야나기를 '도헨보쿠 시모키타자와점'의 점장으로 발탁했다.

"오래 기다리셨습니다. 지금부터 도헨보쿠 시모키타자와점의 오프닝 세레모니를 개최하겠습니다. 저는 점장인 야나기라고 합니다. 먼저 닛폰제분의 사장이신 고키 마사오 사장님께 한 말씀 부탁드리겠습니다."

"연설 준비는 안 해왔는데……."

고키는 사카모토에게 투덜거리면서 자리에서 일어나 계신대와 가까운 앞쪽으로 나갔다.

"'도헨보쿠 시모키타자와점'의 개점을 축하합니다. '신주쿠점'과 '기치죠지 도큐점'에 이은 세 번째 매장으로서, 와타미푸드서비스의 젊은 피가 느껴지는 훌륭한 가게가 완성되어 무척 마음이 든든합니다. 이 '시모키타자와점'의 개점을 계기로 와타미푸드서비스의 더 큰 발전을 기대합니다. 또한 우리 닛폰제분도 최대한 협력할 생각입니다. 이상으로 저의 인사말을 대신할까 합니다."

박수가 그치길 기다렸다가 야나기가 와타나베를 소개했다.

"고키 사장님, 대단히 감사합니다. 그러면 와타미푸드서비스의 사장인 와타나베 사장님의 인사말이 있겠습니다."

와타나베는 온화하게, 고키나 사카모토에게 호소하듯이 말했다.

"오늘 개업식에 고키 사장님께서 참석하신다는 소식을 사카모토 차장님께 들었을 때 꿈이 아닌가 의심했습니다. 또한 지원을 아끼지 않겠다는 고키 사장님의 말을 듣고 저는 온몸이 긴장되는 것을 느꼈습니다. 와타미푸드서비스는 역사가 짧고 작은 회사지만 직원 전원이 한마음이 되어 노력해왔습니다. 덕분에 겨우 넉 달 만에 '신주쿠점', '기치죠지 도큐점' 그리고 '시모키타자와점', 이렇게 연달아 세 곳이나 매장을 늘릴 수 있었습니다. 와타미푸드서비스 전체적으로는 일곱 번째 매장인 이 '시모키타자와점'을 하루라도 빨리 궤도에 올려서 '도헨보쿠'를 성장시키는 것이, 닛폰제분과의 상호 신뢰관계를 공고히 다지고 진정한 파트너가 될 수 있는 지름길이라고 확신합니다. 오늘 개업식에 참석해주셔서 대단히 감사합니다. '구이 아가씨'가 솜씨를 발휘하여 구운 일본에서 제일 맛있는 오코노미야키를 마음껏 즐기시기 바랍니다."

다카하시의 건배사에 맞춰서 샴페인으로 건배했다. 20병이나 준비한 300밀리리터들이 일본주도 1시간 만에 바닥이 났다.

2

개점일인 다음날에는 와타나베, 구로사와, 고, 심지어 사카모토까지 오전부터 얼굴을 내밀었다. 하지만 '신주쿠점'이나 '기치죠지점' 때와는 달리 손님이 뜸해서 와타나베는 불안을 감추지 못했다.

밤이 되도록 한 번도 만석이 되지 않았다.

"눈코 뜰 새 없이 바쁜 연말이잖아. 아무리 젊은이의 거리라고 해도 '6회전', '7회전'을 이루긴 힘들지. 진짜 문제는 정월이야."

와타나베의 속내를 눈치 챈 구로사와의 말에 와타나베는 웃으면서 대답했다.

"하긴 '신주쿠'는 예상했던 것보다 성적이 좋다고 봐야겠지."

게이오 이노카시라선 시모키타자와역 남쪽출구의 번화가는 젊은이들로 북적거리고 있었다.

밤이 되자 밖으로 나가 오가는 인파를 지켜보던 와타나베는 뭔가 이상하다는 생각을 떨칠 수가 없었다. 불안에 추위까지 더해져서 몸의

떨림이 멈추질 않았다. 가게로 돌아가자 할 일이 없어 무료해하던 구로사와가 와타나베에게 다가왔다.

"개점 첫날 파리를 날리는 것은 처음 겪는 일이야. '시로후다야'조차 첫날은 성황을 이루었잖아? '신주쿠점'에서 했던 것처럼 무료 쿠폰을 뿌릴 걸 그랬나?"

"나도 그 생각을 하고 있었어. 하지만 개점 전이라면 몰라도 지금 뿌리면 파리를 날리고 있다고 온 동네방네에 소문을 내는 것이나 마찬가지잖아."

"그것도 그렇군. 시모키타자와는 젊은이의 거리라 어떤 음식점을 내든 성공할 줄 알았어. 너무 만만하게 생각했나 봐. 우리 가게 근처에 히로시마식 오코노미야키 가게가 있는데 오늘 밤도 만석이야. 어제 점심시간에 야나기하고 정찰하고 왔는데, 맛은 그럭저럭 괜찮은 편이지만 우리 '도헨보쿠'가 훨씬 맛있어. 격이 다르다고 할까, 레벨이 다르다고 할까…… . 젊은 애들은 미각이 둔한 모양이야."

"그들에게 '도헨보쿠'의 존재를 어떻게 어필하면 좋을까? '어서 오세요, 한 번 들러보세요'라면서 길거리에서 호객 행위라도 해야 하나?"

"해볼까?"

구로사와는 당장이라도 거리로 뛰어나갈 기색이었지만 와타나베가 말렸다.

"그만둬. 모두의 비웃음만 살 뿐이야."

12월 22일 심야에 와타나베는 일기를 썼다.

오늘 '시모키타자와점' 오픈. '신주쿠점', '기치죠지 도큐점'을 오픈 했을 때와는 달리 반응이 거의 없어서 걱정이 된다. 다만 구로사와의 말처럼 12월 말이라는 점도 염두에 둘 필요가 있을지도 모른다.

지금으로선 그저 노력할 뿐이다. 1월에 반격할 수 있도록 대비하고, 3월의 전 매장 이익체제를 확립하기 위해서도 조바심은 금물이다.

순경順境에 낙관하지 말고 역경에 비관하지 말고, '시모키타자와점'을 성공시키기 위해서 강경한 조치를 취할 필요가 있다. 어떤 조치가 필요한지 직원들과 함께 고민해보아야겠다.

와타나베는 25일 오전 9시 반에 닛폰제분 본사에서 사카모토와 만났다.

"개점 후 3일간의 실적으로 봐서 전망이 어둡다고밖에는 할 말이 없습니다."

"그렇게 조급하게 생각할 것 없어요. 1월도 이런 상태라면 곤란하겠지만 이제부터 시작이지 않습니까."

사카모토는 태연자약한 태도로 말을 이어나갔다.

"'시모키타자와점'은 입지조건이 뛰어나니까 반드시 손님들 눈길을 끌 겁니다. 저는 걱정하지 않아요. '신주쿠점'처럼 대박을 터뜨리기는 힘들지 모르지만 '시모키타자와'가 실패하리라곤 추호도 생각하지 않습니다."

"가까이에 히로시마식 오코노미야키 가게가 있는 것을 아십니까?"

"물론입니다. 와타나베 사장님과 가게 자리를 알아보러 다닐 때 봤으니까요."

"그랬었지요."

"장사가 잘 되는 집이겠지요?"

"시식은 해보지 않았지만 구로사와 아나기가 정찰하고 왔습니다. '도헨보쿠'와는 레벨이 다르다, 즉 우리가 훨씬 낫다고 했어요. 저쪽은 1층, 우리는 지하 1층이기 때문에 집객면에서 이렇게 차이가 나는 걸까요?"

"조금 더 두고 봅시다. 전부 이제부터가 아닙니까."

사카모토는 녹차를 마시면서 눈을 내리깔고 말했다.

3

다음 날 오전 9시에 와타나베는 구로사와를 '도헨보쿠 시모키타자와점'으로 불러냈다. 구로사와가 난방장치를 가동시킨 다음 카운터석에 자리잡은 와타나베의 옆에 앉았다. 와타나베는 양복, 구로사와는 점퍼에 청바지 차림이었다.

"어제 사카모토 차장님을 만났는데 '시모키타자와'가 실패하면 다음을 기대하긴 힘들 거야. 사카모토 차장님이 직접적으로 말한 것은 아니지만. 그런 일이 생기지 않도록 당분간 구로가 '시모키타자와'에 붙어 있었으면 좋겠어. 어제는 어땠어?"

"역시 틀렸어. 3회전 반 정도야. 크리스마스, 그것도 불타는 금요일에 4회전도 안 나오면 앞날이 뻔해."

"오늘과 내일 토요일, 일요일이 마음에 걸려."

"주말에 6회전이 안 되면 사기가 떨어질 거야. 원래부터 12월은 열심히 도움닫기하는 시기이긴 하지만."

"맞는 말이야. '시모키타자와'에 전념해줄 수 있지?"

"'도헨보쿠'의 담당자로서 당연한 일이지. 여기가 실패하면 미래는 없는 것이나 마찬가지니까."

"그렇게 비장해질 필요는 없지만 '시모키타자와'는 어려운 동네일지도 모르겠어."

"무슨 뜻이야?"

"말하자면 간나이는 우리 영역이라고 할 수 있잖아? '하마회' 멤버를 동원한다든가 실험점이라든가, 어디 기댈 데도 있고 변명도 가능해. 신주쿠는 닛폰제분의 영역이지. 사카모토 차장님의 머릿속에도 닛폰제분의 직원들을 동원할 수 있다는 생각이 있었을 거야. 기치죠지만 해도 스파게티보다는 오코노미야키가 유리해서 '도헨보쿠'의 미래형인 '월'이라고 생각했어. 그런 점에서 시모키타는 애매모호하다고 할까, 뭔가 막연하다고 할까⋯⋯."

와타나베는 팔짱을 끼고 고개를 옆으로 기울였다.

구로사와도 덩달아서 고개를 갸우뚱했다.

"확실히 시모키타자와는 간나이나 신주쿠와는 다르고 우리는 이 지역을 잘 모르지. 하지만 그렇기 때문에 오히려 도전해볼 가치가 있지 않을까? 시모키타자와에서 꼬리를 말고 달아날 수도 없잖아."

"응. 나도 마음이 약해진 것은 아니고 새삼 이런 말을 하기도 싫지만 이 자리를 처음 봤을 때부터 불길한 예감이 들었던 것은 확실해.

보증금과 월세가 너무 비싼 것도 화가 났지. 사실은 여긴 제외하고 싶었어. 그리고 또 하나, 입구까지 내려오는 계단이 좁고 복잡해서 단번에 도착할 수 없다는 것도 마음에 걸렸어."

와타나베는 손짓발짓을 섞어가며 설명했다.

구로사와가 오른쪽으로 고개를 비틀었다.

"뭔가 마실래?"

"뜨거운 녹차를 마시고 싶군."

"알았어."

구로사와는 주방에서 차를 끓여서 나왔다.

"뜨거우니까 조심해."

"고마워."

와타나베가 찻잔을 양손으로 감싸 쥐면서 말했다.

"이 자리를 선택한 내가 내 얼굴에 침을 뱉는 것이나 다름없는 말을 하면 안 되겠지?"

"그렇게 생각해."

"지금 이야기는 잊어줘."

"응, 잊을게. 누차 말하지만 12월은 연말이라 다들 바빠. 1월에도 성과가 나오지 않는다면 근본적인 대책을 생각하자. 난 '시모키타자와점'의 점장이 되었다는 마음으로 노력할게. 야나기에게도 사장님이 위기감을 느끼고 있다고 일러두고."

"시모키타자와에서 달아날 생각이 없다는 말을 들으니 기운이 좀 난다."

와타나베는 뜨거운 녹차를 마신 다음 찻잔을 카운터에 올려놓았다. 그리고 구로사와의 어깨를 가볍게 토닥였다.

4

새해가 밝았지만 '도헨보쿠 시모키타자와점'은 악전고투를 계속했다. 1988년 1월의 총 매상은 약 300만 엔.

월매상 650만 엔이 손익분기점인데 절반에도 못 미쳤으니 기가 막힐 노릇이었다.

와타나베가 간나이의 사무소로 구로사와, 가사이, 후지이, 야나기, 사카이와 관리부분 담당자인 고를 소환한 것은 2월 1일 아침 9시였다. 사카이는 '도헨보쿠 기치죠지 도큐점'의 점장으로 스물두 살이었다.

"'시모키타자와'가 힘들다는 이야기는 들었겠지만 솔직하게 말해서 입지조건을 오판한 것이라고 생각해. 투자금을 생각하면 닛폰제분은 '신주쿠점'과 비슷한 900만 엔대를 기대했겠지만 1월 실적은 그 3분의 1에도 못 미쳤으니까 한심하지. 하지만 구로사와도 말했듯이 시모키타자와에서 달아날 수는 없어. 적어도 '출혈'을 막고 손익분기점인 650만 엔까지 늘리지 않으면 '도헨보쿠'라는 이름의 가치는 곤두박질치는 거야. 닛폰제분과의 다점포전개나 염원하던 프랜차이즈 전개에도 영향을 끼치니까 어떻게든 근본적인 대책을 마련하지 않으면 안 돼……."

와타나베는 일동을 둘러보고 말을 이어나갔다.

"오늘부로 여기 모인 멤버들로 이루어진 '도헨보쿠재구축위원회'를 결성하고 싶어. 위원장은 내가 맡을게. 뭔가 의견이 있으면 허심탄회하게 말해줘."

와타나베는 전날 저녁 미리 구로사와에게 전화로 '두헨보쿠재구축위원회'를 만들겠다는 언질을 줬다.

그때 와타나베는 구로사와에게 구체안을 생각해오도록 지시했다.

"구로사와부터 부탁해."

"먼저 '재구축위원회'의 결성에 찬성해. 와타미가 손댄 '쓰보하치'의 이자카야는 전부 순조로운데 반해 '도헨보쿠'는 신주쿠점을 제외하면 어디고 별 볼일이 없어. 시모키타자와에서는 파리나 날리는 실정이고……."

11월 6일에 오픈한 '기치죠지 도큐점'은 손님이 많은 편이었지만 1월에 들어서 고객의 발길이 줄어들었다. 근처에 있는 대형 슈퍼마켓의 식품매장에 장당 250엔짜리 테이크아웃 오코노미야키 코너가 생긴 것이 크게 영향을 끼친 결과였다.

그 소식을 구로사와는 와타나베에게 들었던 것이다.

구로사와는 와타나베를 흘끗 쳐다본 후 말을 이었다.

"'시모키타자와'에 한정된 이야기지만, '구이 아가씨' 스타일에 한계가 있다는 생각이 들어. 즉 직접 구워 먹는 것을 선호하는 손님이 많다는 거지. 반면에 '구이 아가씨'를 좋아하는 손님도 있으니까 손님 취향에 맞춰서 접대 방법을 둘로 나누면 어떨까?"

와타나베는 팔짱을 끼고 5초쯤 고민하다가 고개를 번쩍 들고 큰 소리로 말했다.

"굿 아이디어야. 좋아, 당장 '시모키타자와'에 도입하자. 경비도 안

드니까 전혀 문제가 없어. 다른 구체안은 없나⋯⋯?

구로사와도 하룻밤 고민 끝에 겨우 한 가지 방안을 짜낸 정도였다. 다른 멤버들은 느닷없이 '재구축위원회'를 결성한다는 말에 어안이 벙벙한 상태였기 때문에 구체안이 나올 수가 없었다.

"그럼 내가 하나 제안하지. 정월에 아버지 집에 갔다가 근사한 것을 보고 왔어. 데이코쿠호텔 총주방장인 무라카미 노부오 씨가 어머니에게 어떤 글을 사인지에 써주었는데⋯⋯. 아마 '맛있는 요리는 애정과 진심에서 태어난다'였을 거야. 이 글을 써먹으면 좋겠다고 생각했어⋯⋯."

와타나베는 중앙 테이블의 찻잔에 손을 뻗었지만 텅 비어 있었다.

도다 미사코가 살며시 자리에서 일어났다.

"문제는 어떤 식으로 써먹느냐야. 내 생각에는 '도헨보쿠' 전 매장의 메뉴판을 새로 만들면 어떨까 싶어. 딱 1장밖에 안 되는 얇은 메뉴판으로는 일본에서 제일 맛있는 '도헨보쿠'의 오코노미야키를 충분히 전달할 수가 없잖아. 무라카미 셰프의 추천문을 넣을 생각이야. 기왕 바꾸는 김에 메뉴판의 내용도 더 자세하게 싣자."

와타나베는 옆에 앉아 있는 고 쪽으로 상체를 틀었다.

"새 메뉴판에 대해서 어떻게 생각해?"

"괜찮을 것 같은데? 기왕이면 메뉴의 컬러사진을 실으면 식욕을 자극할 수 있지 않을까? 견적을 받아보아야 확실해지겠지만 100만 엔은 각오하지 않으면⋯⋯."

"그렇게 많이 드나?"

"주력 메뉴 하나하나의 컬러사진을 찍어야 하니까."

"새 메뉴판을 제작하는 데 예산을 아낄 것 없어. 얼마가 들든 바꾸자. 천하의 데이코쿠호텔 총주방장에게 사인이 든 추천문을 받을 건데 새 메뉴판을 호화롭게 만들지 않으면 미안하지."

미사코가 새로 끓인 녹차가 담긴 커다란 주전자를 들고 탕비실에서 돌아왔다.

아직 차가 남아 있던 가사이는 황급히 찻잔을 입으로 가져갔다.

"그런데 무라카미 셰프가 추천문을 써줄까요? 일본 최고의 셰프잖아요. 무엇보다 프랑스요리와 오코노미야키라니 언밸런스한 기분이 들어요."

가사이는 고개를 갸우뚱했다.

와타나베가 녹차를 한 모금 마시고 찻잔을 중앙 테이블에 돌려놓았다.

"프랑스요리도 오코노미야키도 요리라는 것은 마찬가지. 게다가 일본에서 가장 맛있다면 무라카미 셰프는 반드시 OK해줄 거야. 협상은 와타나베 감사역에게 맡기고 싶어."

"맞다, 무라카미 셰프와 아버님은 전우였었지? 사장의 결혼식에서 아버님과 무라카미 셰프가 어깨동무를 하고 군가를 부르던 장면이 눈에 선하네."

구로사와가 웃으면서 쳐다보자 와타나베는 하얀 이를 드러내며 미소를 지었다.

"그렇지. 무라카미 셰프의 OK를 받을 수 없다면 그야말로 전우란 이름이 아깝지."

"당장 새 메뉴판 제작에 착수해도 될까?"

"물론이지."

와타나베는 고에게 대답한 후 구로사와와 야나기에게 번갈아 시선을 던졌다.

"구로사와는 당장 '시모키타가와점'의 구이 아가씨 알바생을 감원하도록. 제1회 '재구축위원회'에서 아이디어가 두 가지나 나온 것은 큰 성과야. '재구축위원회'는 최저 2주일에 1회의 페이스로 모이기로 하자. 다양한 아이디어를 거침없이 내주길 바라. 오늘은 다들 수고했어."

5

와타나베가 회의 후 고와 상담해서 정리한 무라카미 셰프의 추천문 내용은 다음과 같았다.

"맛있는 요리는 애정과 진심에서 태어난다."
이것이 저의 신조입니다.
'도헨보쿠의 오코노미야키'는
애정과 진심이 담긴 맛있는 요리입니다.
일본의 문화인 오코노미야키가 전 세계로 뻗어나가길 기원합니다.

데이코쿠호텔 총주방장

무라카미 노부오

와타나베는 당장 사무소에서 히데키에게 전화를 걸었다.

'도헨보쿠재구축위원회'의 결성 경위를 설명하자 히데키가 염려하는 기색이 역력한 목소리로 말했다.

"'시무키타자와'의 실적이 그렇게 나빴나. 네 말처럼 입구까지 이어진 좁은 계단은 나도 마음에 걸리긴 했지만 그렇다고 해도 1월의 매상이 300만 엔이라니……."

"그렇지만 와타미푸드서비스와 닛폰제분의 명예를 생각하면 철수는 불가능하니까 재구축하고 싶어요. 그래서 부탁이 있는데요……."

와타나베는 무라카미 셰프의 사인지 이야기부터 시작하지 않으면 안 되었기에 통화가 길어졌다.

"괜찮은 아이디어 같구나."

"그래서 와타나베 감사역이 나설 때라는 거죠. 사인지의 사인을 그대로 사용하는 것도 OK를 받아주세요."

"하긴 그렇겠지. 내가 전화 한 통만 하면 무라카미는 호쾌히 OK해줄 거야."

"저도 인사를 드릴 필요가 있지 않을까요?"

"그건 새 메뉴판이 완성된 다음이 좋겠지."

"어머니께 안부 전해주세요. 어머니가 무라카미 셰프의 사인지를 받아오지 않았더라면 이 아이디어는 나오지 않았을 테니까요. 어머니의 공이 큽니다."

"응, 전해주마. 나중에 결과를 알려줄게."

30분쯤 지나서 이번에는 히테키가 와타나베에게 전화를 걸었다.

"기쁘게 수락하겠다는 대답을 받았다. 무라카미는 도움이 되면 좋겠다고 했어.”

“반드시 효과가 있을 겁니다. 사례금은 얼마면 될까요?”

“돈은 됐다. 섭섭한 소리 하지 말라고 오히려 화를 낼 거야. 너도 잘 알다시피 무라카미와 내 우정을 생각하면 당연한 일이지.”

“그렇게까지 말씀하시니 감사히 따르겠습니다.”

“그 대신 무라카미 셰프의 명성에 어울리는 멋진 메뉴판을 만들어라. 이게 내 요구조건이다.”

“물론이죠.”

와타나베가 히데키와 두 번째로 통화한 것은 오전 11시 반쯤으로, 고는 인쇄회사에 갔기 때문에 사무소 안에는 와타나베와 도다 미사코 두 사람 뿐이었다.

수화기를 내려놓은 와타나베는 기쁨을 감추지 못하고 말했다.

“무라카미 셰프가 승낙해주었어.”

“이해가 잘 안 되지만 전우애란 굉장하네요.”

“그야 당연하지. 생사고락을 함께 한 사이니까 친구 중에서도 가장 친밀도가 높지 않을까?”

와타나베는 고가 쓴 추천문 초안을 다시 한 번 소리를 내어 읽은 다음 미사코에게 물었다.

“도다, 이걸 어떻게 생각해?”

“근사한 문장이에요. ‘맛있는 요리는 애정과 진심에서 태어난다’니 센스가 아주 좋은데요.”

“어머니가 요리하길 좋아하시거든. 어머니가 만든 음식은 정말 맛있어. 내 결혼식 때 사인지를 지참했다는 얘길 나중에 듣고 깜짝 놀랐어."

"사모님도 요리를 잘하시죠?"

"아내는 프로 수쥰이지."

"사장님은 복도 많으시네요. 일 년 내내 맛있는 요리를 먹을 수 있다니."

"맞아. 거기다 와타미의 요리도 맛있지."

와타나베는 다시금 초안에 시선을 떨구었다.

"'일본의 문화인 오코노미야키가 전 세계로 뻗어나가길 기원합니다'라는 문구는 어때? 너무 거창하지 않나?"

"천만에요. 사장님의 문장도 센스가 있다고 생각해요."

"공치사인줄 알지만 기분이 좋은데."

와타나베가 싱긋 웃었다.

6

와타나베가 '도헨보쿠재구축위원회'의 결성에 대해서 사카모토에게 말한 것은, 그로부터 3일 후의 오후였다. 1월의 월차결산을 보고하기 위해서 닛폰제분 본사의 사카모토를 방문한 것이었다.

"새 메뉴판의 이야기는 흥미롭군요. 전 위원회 멤버가 아니지만 아이디어를 제안해도 괜찮을까요?"

"물론입니다. 꼭 부탁드립니다."

"파오를 메뉴에 넣어보고 싶군요. 오코노미야키의 발상지는 실크로

드라고 합니다. 오코노미야키의 원점은 파오인 셈이죠. 그렇다면 파오를 메뉴에 포함시켜도 이상할 것이 없지요."

파오包(Pao)는 중국어로 몽골족 등 유목민이 사는 만두처럼 생긴 조립식 주택을 말하는데, 밀가루를 반죽하여 아무런 조미료 없이 얇고 둥글게 구워낸 전병을 파오라고 부르게 되었다. 중화요리의 베이징 오리도 파오에 싸서 먹는다.

"실은 우리 회사의 류가사키竜ヶ崎공장에 최신식 파오제조기가 있습니다. 일본 최고 아니, 세계 최고의 최신식 기계죠. 파오에 칠리소스만 발라서 먹어도 맛있고, 채 썬 파를 싸먹어도 맛있어요. 아직 대량 생산되질 않아서 단가가 비싼 편이라 '도헨보쿠'에 제공하는 가격은 장당 30엔 정도가 될 겁니다. 일단 파오를 메뉴에 넣고 싸먹을 재료는 천천히 생각하면 어떻겠습니까?"

'도헨보쿠'의 식자재 원가는 25퍼센트 이내였다. 그렇다면 장당 140엔으로 팔지 않으면 안 된다. 140엔은 너무 비싸다. 와타나베는 머릿속으로 계산했다.

"'도헨보쿠'에 혼자 오는 손님은 거의 없을 테니까 파오 2장을 세트로 해서 200엔 이내에 내놓으면 팔리지 않을까요? 원가율은 높아지지만 파오는 새 메뉴판의 주력 메뉴가 될 것이라 생각합니다."

사카모토는 와타나베의 흉중을 짐작했는지 웃어보였다.

와타나베도 웃으면서 대답했다.

"알겠습니다. 파오를 '도헨보쿠'의 주력 메뉴로 만들어보지요."

"감사합니다. 잘 부탁합니다."

"파오는 새 메뉴판의 주력 메뉴가 될 수 있을 것 같습니다."

"와타나베 사장님은 '신주쿠점'과 '시모키타자와점'의 차이가 어디에 있다고 보십니까?"

"구로사와와 야나기의 말에 따르면 '시모키타자와'의 손님은 음료수도 안 마신다고 합니다. 전부 다 그런 것은 아니지만 오코노키야키 1장과 물만 먹고 끝내는 손님이 대부분이라는군요. 위스키 보틀을 킵한 손님이 아직 한 명도 없습니다. 오픈한 지 겨우 2개월밖에 안 됐지만 와타미 창립 이래 처음 겪는 일입니다."

"학생 등 젊은 사람들이 몰리는 거리니까 콜라, 우롱차, 아이스커피 같은 소프트드링크를 다양하게 갖출 필요가 있지 않을까요?"

"예. 그것도 새 메뉴판의 개선점 중 하나로 삼을 생각입니다. 3월부터 새 메뉴판을 내놓을 생각인데 그 밖에 다른 아이디어는 없습니까?"

사카모토는 오른손으로 뺨을 쓸어내리면서 천장을 올려다보았다.

"글쎄요. '시모키타자와점'에서 통할지 어떨지는 모르겠지만 파오 요리도 포함해서 다양한 방법으로 즐길 수 있는 풀코스 같은 것은 어떨까요? 소시지나 샐러드를 넉넉하게 곁들여서 파오 요리를 전채로 내는 것은 어떤가요? 조금 자화자찬 같지만 파오는 분명 손님들의 인기를 끌 겁니다."

"예, 2,000엔 안팎의 세트 메뉴라면 '시모키타자와'에서도 잘 팔릴 것 같습니다."

와타나베는 '파오와 세트, 사카모토 차장 제안'이라고 수첩에 메모했다.

7

2월 15일 월요일 오전 9시부터 '도헨보쿠재구축위원회'의 두 번째 회의가 간나이의 사무소에서 열렸다.

고가 새 메뉴판을 제작하는 데 드는 견적을 발표했다.

"여기 세로 30센티미터, 가로 42센티미터의 네뉴판 견본이 있어. 이걸 반으로 접으면 가로가 21센티미터가 되지. 반으로 접으면 표지를 넣어서 4페이지인데 과감하게 2장, 8페이지로 만들면 어떨까 싶어."

"그렇게 메뉴를 많이 늘릴 수 있을까요?"

"가사이의 의견은 타당하지만, 2페이지는 앞뒤 표지니까 실제로 메뉴가 실리는 것은 6페이지뿐이야. 컬러 사진을 여러 점 사용하면 6페이지를 메뉴로 다 채우고도 남어."

"컬러 사진 때문에 코팅을 하면 메뉴판이 두꺼워지니까 100만 엔으로는 부족하겠어. 그리고 후쿠오카福岡인쇄는 수주할 능력이 되긴 하는 거야?"

고가 고개를 우측으로 돌려 와타나베의 눈을 마주보았다.

"실력이 뛰어난 디자이너와 카메라맨이 있으니까 괜찮아. 후쿠오카 사장님은 대략 150만 엔이 들 것이란 견적을 내놓았어."

후쿠오카인쇄는 요코하마시 나카구 아케보노초曙町에 사무소와 인쇄소를 소유하고 있었다. 사원은 12~3명. 사장인 후쿠오카 겐이치福岡健一가 한 달에 한 번씩 와타미푸드서비스에 얼굴을 내밀었다. 나이는 마흔세 살. 정직하고 성실해서 누구나 호감을 느끼는 사람이었다.

"150만 엔이면 무라카미 셰프의 추천문을 넣기에 어울리는 호화로운 메뉴판이 완성된다는 거로군."

와타나베가 사카모토가 내놓았던 방안을 이야기한 다음에 말했다.

"'에투알 세트'라고 하면 어떨까? '에투알Étoile'은 프랑스어로 별, 즉 기라성 같다는 의미인데 세트로서 1,800엔. 파오 특선 메뉴를 전채로 해서 '오리지널 샐러드', '철판야키'나 '야키소바' 그리고 '모던야키', '씨푸드스페셜', '피자오코노미야키' '요코하마야키' 중에서 하나를 손님이 고를 수 있도록 하는 거야. 두 사람이라면 다양한 메뉴를 즐길 수 있지 않을까? 이 '에투알 세트'를 주력 메뉴로 삼자. 2인분의 사진을 크게, 1페이지의 절반을 차지할 만큼 크게 실으면 보기에도 근사할 거야."

반대하는 사람은 없었다. 반대할 이유도 없었고 다들 '에투알 세트'가 나쁘지 않다고 생각했다.

"음료수도 좀 더 구색을 갖추자. '라이트 칵테일', '소프트드링크', '드래프트비어', '하우스와인', '일본주', '위스키' 그리고 '디저트'를 합쳐서 양면 페이지를 사용하자. 3월부터 새 메뉴를 내놓을 거니까 메뉴 내용을 정하지 않으면……. 구로사와, 가사이와 후지이, 이렇게 셋이서 이번 주 안으로 구체안을 정리해줘."

산토리에 의뢰해서 '도헨보쿠'의 라벨을 붙인 로제 와인 보틀이 새 메뉴판에 등장했다.

이 '도헨보쿠 와인'과 산토리 위스키인 가쿠빈이나 글라스와인에 둘러싸인 '모던야키'의 컬러 사진을 중앙에 배치한 드링크 메뉴를 2, 3페이지에, PAO라는 영문 표기를 첨가한 '파오'와 '에투알 세트'를 4, 5페이지에 실었다. 그리고 각종 오코노미야키의 메뉴는 6, 7페이지.

어느 것이나 양면을 사용했다. 무라카미 셰프의 추천문은 당연히 오코노미야키 메뉴가 있는 6페이지에 실렸다. 시선을 끌기 위해서 핑크색 바탕에 글자에는 음영을 넣었다.

겉표지에는 '도헨보쿠'를 알파벳 필기체로 표시하고, 채찍을 들고 실크햇을 쓴 마부와 마차의 스케치를 아래쪽에 배치했다. 와인레드색의 표지는 아주 고상해서 와타나베의 마음에 꼭 들었다.

하지만 '시모키타자와점'에서 현장을 맡고 있는 구로사와는 새 메뉴판을 손에 들었을 때 너무 호화로워서 '시모키타자와'와는 어울리지 않는다는 기분에 사로잡혔다.

8

와타나베는 3월이 되자마자 새 메뉴판을 들고 닛폰제분의 사카모토와 데이코쿠호텔 총주방장 무라카미를 찾아갔다.

"훌륭한 메뉴판이군요. '파오(PAO)' 실크로드가 발상지인 오코노미야키…… 밀가루를 반죽하여 아무런 조미료 없이 얇고 둥글게 구워낸 전병에 다양한 재료를 싸서 드셔보세요. 파오 2장에 180엔, 파오 특선 메뉴, 기본 메뉴에서 선택하세요(파오 2장 제공). 480엔~580엔."

사카모토는 메뉴판의 4페이지와 5페이지를 펼치고 소리 내어 읽으면서 '에투알 세트'의 컬러 사진을 요리조리 들여다보았다.

"파오가 아주 먹음직스럽게 찍혔군요."

맞은편 소파에 앉아 있던 와타나베가 서로의 이마가 맞닿을 만큼 몸을 앞으로 쑥 내밀었다.

"새 메뉴판의 주력 메뉴는 '파오'와 '에투알 세트', 그리고 소프트드 링크입니다."

"'에투알 세트'는 인기가 많겠어요. 풀코스의 프랑스 요리에는 비할 수 없겠지만 겨우 1,800엔에 이 정도면 상당히 만족스러워하지 않을 까요? 특히 '파오'를 전채로 내놓는 것은 좋은 생각 같습니다."

사카모토는 기쁜 듯이 자화자찬했다.

"구로사와는 이 새 메뉴판이 너무 호화로워서 '시모키타자와'와 어울리지 않는다며 걱정하더군요. 하지만 전 '시모키타자와'의 고급식당으로서, 이것을 계기로 번성점이 되리라는 예감이 듭니다. 정확하게 말하자면 그렇게 되기를 빌지 않을 수가 없군요."

"그래요. '파오'와 '에투알 세트'가 젊은이들의 인기를 얻어 '시모키타자와점'이 시모키타자와의 명소가 되면 좋겠습니다. '도헨보쿠'라는 이름의 유래대로 되지 않으리란 법은 없지 않습니까?"

"감사합니다."

와타나베는 쓸쓸하게 웃었다. 몇 년 전에 '도헨보쿠'라는 이름의 오코노미야키 가게가 손님으로 발 디딜 틈이 없는 번성점이 되는 꿈을 꾼 적이 있는데, '신주쿠점'에서는 그 꿈이 현실이 되었다. 그에 비해서 '시모키타자와점'은 현재로선 보고 있기가 무참할 지경이라고밖에는 표현할 길이 없었다.

무라카미와는 데이코쿠호텔 안의 카페에서 만났다. 무라카미는 긴

토크 블랑슈를 머리에 쓴 셰프 복장으로 와타나베를 환영해주었다.

"아버지를 통해서 어려운 부탁을 드려 죄송합니다. 이것이 무라카미 씨의 추천문을 사용한 '도헨보쿠'의 새 메뉴판입니다."

와타나베는 무라카미 쪽으로 메뉴판의 6~7페이지를 펼쳐서 테이블 위에 올려놓았다.

메뉴판을 들고 '맛있는 요리는……'를 묵묵히 읽는 무라카미의 표정은 흡족해 보였다.

"영광일세. 도움이 될 것 같은가?"

"도움이 되고말고요. 덕분에 멋진 메뉴판이 만들어졌습니다. 일본 최고의 셰프가 추천문을 써주셨으니까 '도헨보쿠 시모키타자와점'도 반드시 성공할 겁니다. 그래서 사례를 드리고 싶은데……."

"사례라니, 그런 것은 필요 없네. 자네 아버지가 일본에서 제일 맛있는 오코노미야키라고 자랑하던데, 일본에서 제일 맛있다는 그 오코노미야키를 한번 맛보게 해준다면 그걸로 충분하네."

"무라카미 셰프의 입에 맞을지는 모르겠지만 꼭 '시모키타자와점'이 붐비는 모습을 보여드리고 싶습니다."

9

"기껏 새로 만든 메뉴판을 테이블 위에 펼쳐놓을 수 없다니 아까운걸."

'시모키타자와점'에서 구로사와가 야나기에게 투덜거린 일이 있었다. 테이블 위를 철판이 거의 점령하고 있기 때문에 호화 메뉴판을 세워 놓을 수밖에 없었다. 손님이 메뉴판을 펼쳐서 보는 횟수는 한두 번이었다.

새 메뉴판의 효과가 직방이었다고 보기는 어려웠지만 '시모키타자와점'에 월 50만 엔의 매상 증가를 가져다주었다. 그러나 3월의 매상이 늘어났다고는 해도 언 발에 오줌 누기에 불과했다.

4월 4일에 가진 '도헨보쿠재구축위원회'에서 와타나베가 구로사와에게 질문했다.

"'구이 아가씨'를 절반으로 줄인 효과가 있나?"

구로사와는 면목이 없다는 듯이 머리를 긁었다.

"손재주가 좋은 손님들은 반기지만 망치는 손님이 더 많아서 골치가 아플 지경이야."

"'요코야마야키'든 '모던야키'든 구울 때 테크닉이 필요하니까. 차라리 모든 매장이 메인 철판에서 굽도록 바꾸면 어떨까? 객석 테이블의 철판을 떼어내고 평범한 테이블로 바꾸면 메뉴판을 펼쳐놓을 수 있으니까 검토할 가치가 있지 않을까?"

"그럴지도 모르겠네."

"'구이 아가씨'도 나쁘지는 않아요. '신주쿠점'에서는 호평을 받고 있으니까요."

가사이는 반대했다.

"지금 여기서 결론을 낼 필요는 없겠지. 나도 구로사와처럼 기껏 만든 호화 메뉴판을 테이블에 펼쳐둘 수 없는 것이 안타까워."

와타나베는 팔짱을 끼고 잠시 고민했다.

"'시모키타자와점'이 저조한 것은 추가 주문이 없는 탓도 크지 않을까? '구이 아가씨'를 남기고 철판을 그대로 둘 거라면 메뉴판이 끊임없이 손님들 눈에 들도록 궁리해볼 필요가 있다고 생각해…….”

와타나베가 갑자기 무릎을 탁 치면서 목소리를 높였다.

“메뉴를 인쇄한 에이프런을 만들자.”

본인이 생각하기에도 굿 아이디어 같았는지 흥분한 와타나베의 코가 벌름거렸다.

후지이가 고개를 갸우뚱하면서 물었다.

“종이 에이프런에요?”

“물론이지. 새 메뉴판을 전부 에이프런에 넣진 못할 테니까 소프트 드링크와 파오에 싸먹을 재료나 샐러드 등 오코노미야키를 제외한 상품을 에이프런에 박아두면 오코노미야키를 먹기 전후로 추가 주문을 하지 않을까? 혼자서 오코노미야키를 먹으러 오는 손님은 거의 없으니까 눈여겨볼 거야.”

“에이프런에 어떤 방식으로 박으려고?”

“그건 이제부터 생각해봐야지. 흰 에이프런이면 메뉴를 인쇄하기 쉽겠지.”

“새 메뉴판이 초콜릿색이니까 에이프런도 그 색에 맞추면 어떨까?”

“고도 제법 괜찮은 아이디어를 낼 줄 아네.”

“이 색을 고른 사람은 나라고.”

“연지색이라고 하나? 새 메뉴판의 표지는 정말 괜찮아.”

구로사와도 에이프런 메뉴판에 의문을 품지 않았다.

구로사와뿐만 아니라 '도헨보쿠재구축위원회'의 멤버 중에서 에이프런 메뉴판에 이의를 제기하는 사람은 없었다.

에이프런 메뉴판은 이렇게 결정이 났다.

"다른 아이디어는 없나?"

"'시모키타자와점'에 전언판을 설치하면 어떨까요? 시모키타자와는 젊은이들의 거리니까 '시모키타자와점'을 약속 장소로 이용하게 하는 겁니다. 시부야역의 '충견 하치공' 동상이나 도쿄역의 '은의 종'처럼 '시모키타자와점'도 명소가 되지 않을까요?"

후지이가 꺼낸 제안을 와타나베는 즉각 OK했다.

"센스 있는 아이디어야. 에이프런 메뉴판만큼은 아니지만 괜찮은 생각이야. 공간을 크게 잡아먹는 것도 아니니까 계산대 앞에 두면 되겠지. 에이프런 쪽은 시간이 걸리지만 전언판은 내일이라도 당장 설치할 수 있어. 야나기, 즉각 전언판을 구해봐."

전언판 설치도 결정이 났다.

10

메뉴를 인쇄한 종이 에이프런은 '도헨보쿠 시모키타자와점'의 타개책의 일환으로서, '도헨보쿠재구축위원회'에서 와타나베가 자신 있게 제안한 아이디어였다.

'도헨보쿠'의 각 매장, 특히 '시모키타자와점'의 고급화를 추진하려는 것이 와타나베의 목적이었다고 할 수 있었다.

종이 에이프런의 단가는 장당 32엔. 일단 1년 동안 사용할 10만장을 발주했다.

그때까지 '도헨보쿠'의 각 매장에서는 손님에게 냅킨조차 제공하지 않았었다. 그런데 메뉴를 인쇄했다고는 하지만 1회용 종이 에이프런을 제공하는 것이다. 놀라운 서비스의 차별화이자 고급화 추진과도 맞물려서 '시모키타자와점'은 반드시 회복되리라고 와타나베는 상상했다.

그러나 종이 에이프런은 손님들의 호평을 받았지만 매상에 기여할 정도는 아니었다.

새 메뉴판 투입 등으로 월간 수십만 엔의 매상이 늘어나긴 했으나 '시모키타자와점'은 3월 이후로도 월간 120~150만 엔의 적자가 이어졌다.

4월 하순에 열린 '도헨보쿠재구축위원회'에서 구로사와가 답답한 마음을 감추지 못하고 얼굴을 찡그리며 보고했다.

"'전언판'의 이용도는 높지만 '××' 오코노미야키 가게에서 기다린다는 글을 남겨둔 걸 보고는 기가 막히더군. 게다가 그 손님은 '시모키타자와점'에서는 아무것도 먹지 않고 전언판만 이용하고 돌아갔더라니까."

야나기가 화난 얼굴로 보충했다.

"아마 상대방이 약속장소를 착각했다고 생각했겠죠. 학생으로 보이는 장발의 남자였어요."

와타나베가 눈을 부릅떴다.

"그 오코노미야키 가게는 히로시마식 오코노미야키 전문점이지? 그쪽은 번성점이고 이쪽은 파리를 날리는 날이 많다는 건가. 그것도 '도헨보쿠'의 전언판이 라이벌 가게를 돕고 앉아 있다니 어이가 없어서 눈물이 다 나오려고 하는군."

농담거리로 웃어넘길 수 있을 것 같은 이야기지만 모두의 얼굴은 심각하기 그지없었다.

"차라리 '전언판'을 없애버리지요?"

입술을 삐죽이는 가사이를 와타나베가 달랬다.

"진정해. 빈번하게 그런 일이 벌어진다면 몰라도 전언판을 이용하는 손님도 많잖아."

느긋하던 와타나베의 얼굴에 다시 긴장이 감돌았다.

"새 메뉴판도 메뉴를 박은 에이프런도 전언판도, 성과가 전혀 없는 것은 아니야. 즉각적인 효과로 이어지진 못했지만 조금씩 나아지고 있어. 다음 타개책을 생각해보자. 난 '시모키타점' 최대의 단점은 입구라고 생각해. 90센티미터의 폭을 넓히는 것보다 좋은 방법은 없겠지만 건물 개조는 불가능해. 그렇다면 겉보기만이라도 넓게 보이도록 만들어야지. 지상의 입구 바깥쪽을 눈에 확 띄게 장식하면 어떨까? '도헨보쿠'의 간판도 크게 키우고. 문도 고급스런 느낌이 나도록 호화롭게 꾸미자. 계단 양쪽에 밝은 분위기의 작은 복제그림 같은 걸 걸어두는 것도 괜찮지 않을까? 어쨌거나 '도헨보쿠 시모키타자와점'을 시모키타자와의 고급식당으로 뿌리내릴 수 있도록 닥치는 대로 손을 써보자. 그밖에 좋은 아이디어가 있으면 말해봐."

아이디어는 나오지 않았다. 천장을 올려다보는 사람, 바닥만 내려다보는 사람……. 와타나베는 염세적인 분위기가 떠돌기 시작한 것을 의식할 수밖에 없었다.

와타나베가 목소리를 높였다.

"즉각 '시모키타자와점'의 개장 공사에 착수한다. 포기하기에는 아직 일러. 좀 더 버텨보자고."

가사이가 갑자기 와타나베 못지않게 큰소리를 냈다.

"대형접시를 놓아둡시다. 카운터에 톳조림, 고기감자조림, 후라이드치킨 같은 요리를 대형접시에 담아서 진열하는 겁니다."

"고급화 추진에 역행하는 일이 되잖아? 이자카야 스타일로 복귀하자는 건가?"

"그렇더라도 손님만 끌 수 있으면 되지요. 시모키타자와와 고급식당은 어울리지 않을 가능성도 있잖아요. 일단 뭐든지 해보는 겁니다."

"알았어. 대형접시도 진열해보자."

'시모키타자와점' 입구의 개장 공사에 250만 엔 정도가 투입되었다. 계단의 양쪽으로 복제그림 10여장을 액자에 넣어서 걸었다.

대형접시도 진열했다.

소소한 성과는 얻을 수 있었지만 '시모키타자와점'의 출혈은 멈출 줄을 몰랐다.

11

"오코노미야키 딜리버리 서비스를 시모키타자와에서 해보면 어떨까?"

그 다음 주의 '도헨보쿠재구축위원회'에서 구로사와가 제안했다.

"'시모키타자와점 반경 500미터 이내에는 아파트도 빌라도 많아. 야나기하고도 의논해봤는데 가게에서 파는 것보다 가격을 낮게 설정하면 먹힐 것 같은 기분이 들어."

"오코노미야키 딜리버리라……."

와타나베는 고민하면서 일동을 둘러보았는데 그가 제일 먼저 찬성했다.

"해보자. 오코노미야키는 점심, 간식, 야식으로 안성맞춤이니까."

"하지만 오코노미야키를 굽는 데 20분쯤 걸리니까 10분 안에 배달하지 않으면 안 돼."

"반경 500미터 이내라면 자전거로 10분 안에 배달할 수 있어. 전화로 주문을 받고 30분 이내에 도착하는 것이 피자 체인점의 딜리버리 시스템인데 반경 500미터 이내의 좁은 상권이라면 피자와 맞서볼 수 있다고 봐."

"구로사와는 실제로 자전거를 타고 시간을 재어본 거야?"

"응, 히로시마식 '모던야키'의 조리시간은 22~23분이니까 그럭저럭 30분 이내에 배달할 수 있다는 것을 알아냈어. 저녁의 교통 체증에 걸리면 1~2분 넘어갈 수도 있지만."

와타나베는 웃으면서 고개를 끄덕였다.

"그런 조사까지 했다면 할 말 없지. 반대할 이유는 전혀 없어. 오코노미야키 딜리버리가 '시모키타자와점'의 활성화로 이어지지 않는다고 단언할 수도 없고. 이 건은 구로사와 야나기에게 맡길게. 배달에 쓸 자전거나 배달 용기의 수배, 전단지 등은 '시모키타자와점'에서 준비해줘. 경비는 물론 본사에서 부담한다."

구로사와 야나기는 알바생들을 동원하여 전단지 투함부터 시작했다. 주택 지도를 보고 배달 지역을 6구역으로 나눈 다음, 구로사와는 추리닝 차림으로 선두에 나서서 각 집 우편함에 전단지를 투함했다.

신문이 배달되는 이른 아침에 투함했더니 그 날 점심시간에 주문 전화가 몇 통 걸려왔다.

"즉각 반응이 오는데?"

"성공할지도 모르겠군요."

"뭐 '시모키타자와점'의 부업 같은 것이지만 '시모키타자와점'이 와타미 전체의 걸림돌이 되고 있는 것이 현실이야. 조금이라도 적자를 줄일 수 있다면 생각나는 것은 닥치는 대로 해봐야지."

구로사와와 야나기는 한동안 가게를 부점장 이하 직원들에게 맡기고 딜리버리 서비스를 궤도에 올리기 위해서 전력투구했다.

오코노미야키 딜리버리 서비스 개시 직후의 매상은 월간 기준으로 70만 엔에 달했다.

구로사와가 전화로 보고하자 와타나베는 기뻐하며 말했다.

"반경 500미터의 상권에서 70만 엔이라니, 예상 이상의 성과구나."

"입소문 효과도 있겠지만 시모키타자와에서 살짝 화제가 될 거라고 생각해. 100만 엔까지 늘어나길 기대하고 있어."

"70만 엔이 배로 늘어나면 '시모키타자와점'의 적자를 만회할 수 있겠지. 딜리버리가 특효약이 되어주면 좋겠지만 아무래도 상권이 너무 좁단 말이야."

"조리시간을 단축할 수 있다면 상권을 넓힐 수 있을 텐데."

"그럴 가능성이 있기는 한 거야?"

"조리방법을 바꾸어야겠지만 불가능한 일은 아니라고 생각해."

"흐음. 도전해볼까?"

12

와타나베가 닛폰제분 본사의 사카모토 개발부차장을 방문한 것은 6월 중순의 일이었다.

"호, 오코노미야키 딜리버리 서비스로 70만 엔이나 벌었단 말입니까?"

"고작 반경 500미터라는 한정된 상권에서 70만 엔이라니 기쁜 오산입니다. 구로사와의 말로는 오코노미야키의 조리시간을 단축할 수 있으면 30분 이내에 배달할 수 있는 상권을 확대할 수 있을 겁니다. 구로사와는 조리방법을 바꾸는 것은 불가능하지 않다고 했는데, 사카모토 차장님은 어떻게 생각하십니까?"

사카모토가 커피 잔을 받침 접시에 내려놓고 몸을 앞으로 쑥 내밀었다.

"재미있겠군요. 연구해볼 가치가 있지 않을까요?"

"감사합니다. 실은 저도 내심 사카모토 차장님이 관심을 보이시길 바라고 있었습니다."

"와타미와 닛폰제분이 공동연구를 하는 방향으로 생각해볼까요."

사카모토는 호기심이 강한 편이었다. 와타나베도 그에 뒤지지 않았다. 양측은 단시간에 의견의 일치를 볼 수 있었다.

닛폰제분 본사 빌딩 앞의 별관에 연구실이 있는데, 전부터 오리지널 재료와 신상품의 개발을 두고 와타미푸드서비스와 닛폰제분은 공동연구체제를 취하고 있었다.

공동 연구의 성과는 그 후 오코노미야키 제조법으로 특허를 취득하는 데까지 발전했다.

이 특허 청구의 범위는 다음과 같았다.

1. 1㎠ 당 열용량이 0.15kcal/1℃ 이상의 내열성 접시 혹은 평판 위에 재료를 포함한 오코노미야키의 반죽을 부은 다음, 280~330℃로 설정한 열풍오븐에 넣고 양면으로 가열하여 조리하는 것이 특징인 오코노미야키의 제조법.

2. 접시 혹은 평판 위에 반죽을 부울 경우, 미리 접시 혹은 평판 위에 내열지(글라신페이퍼)를 깔아두는 것이 특징인 오코노미야키의 제조법.

3. 내열지 위에 재료를 포함한 오코노미야키 반죽을 붓고, 그 위에 1㎠ 당 열용량이 0.15kcal/1℃ 이상의 내열성 접시를 덮는다. 그리고 280~330℃로 설정한 열풍오븐에 넣고 양면으로 가열하여 조리하는 것이 특징인 오코노미야키의 제조법.

4. 내열지 위에 내열성 링을 놓고, 그 링 안쪽에 재료를 포함한 오코노미야키 반죽을 부은 다음 링 위에 1㎠ 당 열용량이 0.15kcal/1℃의 내열성 접시 혹은 평판을 씌운다. 그것을 280~330℃로 설정한 열풍오븐에 넣고 양면으로 가열하여 조리하는 것이 특징인 오노미야키의 제조법.

위의 방법들을 이용할 경우 오코노미야키의 조리에 걸리는 시간은 두께에 따라 다르지만 5~8분, 조리 시작부터 완료 후 김 가루 등을 뿌릴 때까지 걸리는 소요시간은 총 12~13분이다. 기존의 방법에 비해서 조리시간을 대폭적으로 단축할 수 있는 것은 물론 맛의 균일화에도 현저한 효과를 가져왔다.

새 조리법의 개발로 '시모키타자와점'은 오코노미야키 딜리버리의 상권을 확대하는데 성공, 적자도 크게 축소되었다.

그러나 손익분기점인 월매상 650만 엔 달성은 아직 요원하기만 했다.

제14장
프랜차이즈 다점포 전개

1

와타미의 직원들이 '도헨보쿠 시모키타자와점'을 재구축하느라 한창 정신없었던 2월 중순의 어느날 저녁, 이오 히로키飯尾廣記라는 남자가 간나이의 와타미푸드서비스 본사 사무소로 와타나베를 만나러 왔다. 물론 사전에 전화로 약속을 잡고 온 것이었다.

이오의 외모나 차림새로 보아 나이는 사십 전후. 체구가 작고 온후해 보이는 인상의 인물이었다.

"이것은 옛날 명함입니다만…….."

이오가 내민 명함에 적힌 직함은 '세븐일레븐 재팬 연수부 교육과장'이었다.

"1월 말에 세븐일레븐을 그만뒀습니다. 직접 사업을 해보고 싶었거든요. 저는 조직생활과는 성격이 맞질 않아서, 대학을 졸업하고 처음 취직한 곳이 칼피스였습니다. 연구소에 근무했지요…….."

겉모습대로 태연한 말투였지만 말하면서 쉴 새 없이 줄담배를 피워 댔다.

좁은 사무소 안은 기침이 날 만큼 담배 연기로 자욱해졌다.

도다 미사코가 슬며시 일어나서 창문을 열고 환기를 시켜야만 할 만큼 이오는 골초였다.

"전화로는 '도헨보쿠'의 프랜차이즈 시스템에 관심이 있다고 들었습니다만⋯⋯?"

와타나베가 본론을 꺼내자 이오는 담배를 재떨이에 비벼 끄면서 싱긋 웃었다.

"그렇습니다. 친구의 권유로 '도헨보쿠 간나이점'에서 오코노미야키를 먹어보았습니다. '신주쿠점'에도 가보았는데, '도헨보쿠'의 프랜차이즈점을 내고 싶어서 와타나베 사장님을 뵈러 온 겁니다. 프랜차이즈점은 안 내실 생각이십니까?"

"아니요. 아시는지 어떤지는 모르겠는데, 닛폰제분이 우리 회사에 40퍼센트를 출자하고 있습니다. 닛폰제분도 '도헨보쿠'의 프랜차이즈점 전개에 의욕적입니다. 현재는 직영점만 네 곳 운영하고 있지만 직영점만 고집할 생각은 추호도 없습니다."

이오가 라이터로 새 담배에 불을 붙이면서 질문했다.

"프랜차이즈점을 내고 싶다는 희망자가 많지요?"

"문의는 꽤 많이 옵니다. 특히 나가사키야가 아주 적극적인데, 우리 회사에 출자하길 원한다는 점이 문제가 돼서요. 닛폰제분과의 관계 때문에 실현되기 어려울 것 같습니다."

"제가 '도헨보쿠'의 프랜차이즈 1호점을 낼 수 있도록 허가해주시지 않겠습니까?"

이오는 방금 불을 붙인 담배를 재떨이에 버리고 정중한 자세로 머리를 깊이 숙였다.

"꼭 좀 부탁드립니다."

"그렇게 말씀해주시다니 영광입니다."

와타나베도 정중하게 사의를 돌렸다.

"가게 위치를 정하는 것이 선결일 텐데 이오 씨는 마음에 둔 곳이
있으신지요?"

"예, 미나미후지사와南藤沢 2가에 세존 계열의 세이부크레디트西武クレジット
가 소유한 '쿠치네'라는 빌딩이 있지요. 지하 2층, 지상 8층의 건물인데
1층에 28평 정도의 공실이 있습니다. 입지조건도 나무랄 데 없다고 생
각합니다. 보증금 등의 자금은 자기자금으로 감당할 수 있을 겁니다."

와타나베는 내심 혀를 내둘렀다. 내장공사 등을 포함해서 약 3,000
만 엔의 자금이 필요할 것으로 예상되는데, 그걸 자기자금으로 감당
할 수 있다고 하니 놀라울 따름이었다.

2

그날 밤 와타나베는 '도헨보쿠 간나이점'에서 이오를 접대했다.

이오는 상당한 술고래였다. 1시간 동안 500밀리리터의 생맥주를
호쾌하게 8잔이나 비웠다. 게다가 상당한 달변가이기도 했다.

"회사원인 제가 어떻게 '도헨보쿠'의 프랜차이즈점을 신청할 만한
자금을 가지고 있는지, 와타나베 사장님도 많이 궁금하죠? 얼굴에 다
쓰여 있습니다. 정말이지 운 좋게도 세븐일레븐의 주식으로 한 몫 단

단히 벌었답니다. 한 몫이 다 뭡니까. 5,000만 엔의 캐피털 게인을 취득했을 정도인 걸요. 그래서 회사를 그만둘 용기가 생겼지요. 저는 꼭 '도헨보쿠'의 프랜차이즈 1호점을 내고 싶습니다."

맥주를 벌컥벌컥 마시면서 쉴 새 없이 담배를 피웠다. 성급하지만 거짓말을 할 줄 모르는 성실한 남자라고 와타나베는 생각했다.

"칼피스의 연구소에서 근무하셨다면 대학 전공은 이공계였습니까?"

"예, 교토대학의 농학부를 나왔지요. 연구자로서는 낙제생입니다. 세븐일레븐의 교육부장도 그렇지만요."

"파란만장한 인생이셨군요."

"꼭 그런 것도 아니지만 한 번뿐인 인생이니까 하고 싶은 일을 하고 살아야죠. 후회가 남지 않도록 유쾌하게 살고 싶습니다."

이오는 왼손으로는 담배를 피우고 오른손으로는 맥주를 꿀꺽 들이켰다.

"프랜차이즈 1호점, 잘 부탁합니다."

"기쁘게 허가하겠습니다. 빌딩 이름이 쿠치네라고 하셨지요? 점포를 한 번 본 다음에 가게의 레이아웃 등을 생각해보죠."

"감사합니다. 오늘은 제 평생 잊을 수 없는 하루가 되었습니다."

이오는 만면에 미소를 띠고 꿀맛이라는 듯이 맥주잔을 비웠다.

3

와타나베는 '도헨보쿠 간나이점'의 점장 후지이와 둘이서 이오가 찍

어둔 후지사와의 점포를 보러갔다가, 첫눈에 여기는 성공하겠다고 직감했다.

"1층인 데다 천장도 높은 것이 멋진 가게가 완성되겠어. 28평이라 공간도 넉넉하고."

"그렇습니다. 입지조건도 나쁘지 않아요. 이오 씨는 허풍이 센 사람인 줄 알았는데 의외로 안목이 좋네요."

"'도헨보쿠'의 프랜차이즈점을 내고 싶어서 점포 자리를 여기저기 물색하고 다녔던 모양이야. 대단한 사람이지? '시모키타자와점'의 적자 정도는 프랜차이즈점으로 메꾸고도 남을지도 몰라."

"이러니저러니 해도 역시 관건은 입지조건이네요. '시모키타자와점'은 입지조건을 잘못 선택한 것 같아요."

"그 말을 들으니 가슴이 찔리는군."

4

쿠치네CUCINNE를 소유한 주식회사 세이부크레디트와 이오 히로키의 임대차계약이 체결되었을 때 와타나베는 연대보증인으로서 사인했다.

월세는 702,900엔, 관리비는 매월 153,644엔, 보증금은 월세의 10개월분인 7,029,000엔이었다.

그리고 와타나베와 이오의 '도헨보쿠' 프랜차이즈점 계약은 급진전하여 와타미푸드서비스를 가맹본부 '갑'으로, 이오를 가맹점 사업자 '을'로 하는 '도헨보쿠 프랜차이즈 기본계약서'가 체결된 것은 3월 25

일의 일이었다.

이 계약서에 기재된 확인사항은 다음과 같았다.

1. 갑은 본 계약서 말미에 기재된 점포의 소재지에서 도헨보쿠점을 경영할 수 있을지의 여부를 조사한다. 통상 갑이 실시하는 환경, 고객의 동향, 경합 관계 등 입지조건에 대해 조사하고 그 결과에 입각한 의견 등 참고가 될 만한 정보를 을에게 제공한다.
2. 갑은 을에게 가맹 여부를 판단할 자료로서 와타미 프랜차이즈 업무 운영규정 자료를 넘기고, 그 자료에 적힌 가맹 개요 및 그 계약 내용의 요점을 설명한다.
3. 을은 2번의 자료설명 및 1번의 정보를 검토하고, 스스로도 필요하다고 여겨지는 조사를 실시하여 면밀히 검토한 끝에 자주적인 의사로 가맹 여부를 결정한다.
4. 도헨보쿠점의 경영을 허락한다는 것이 점포의 소재 지역에서 을의 상권을 인정한다는 뜻은 아니다.
5. 을은 와타미 프랜차이즈 시스템을 통해 성과를 얻기 위해서 갑의 경영지도, 조언에 따르는 것은 물론 스스로도 와타미 프랜차이즈 시스템에 따라 경영하려고 노력할 필요가 있다.
6. 본부인 갑과 가맹점인 을은 상호간에 독립된 사업자로서 을은 갑을 대리하는 권한 또는 지위를 가지지 않는다.
7. 도헨보쿠 가맹점의 경영은 전부 을의 책임, 수완 및 노력에 맡기며 사입, 차입, 고용 그 밖의 경영책임 및 손익결과는 을에게 귀

속된다.

가맹금은 '도헨보쿠' DT 형식이 70만 엔이고 SC 형식 50만 엔. 로열티는 DT와 SC 형식 모두 총 매상에서 요리음료등소비세料飮稅를 제외한 순매상에 5퍼센트를 곱한 금액. 보증금은 로열티 보증금이 DT 형식 55만 엔이고 SC 형식 30만 엔, 본부에서 구입하는 물건 등의 대금보증금은 DT 형식이 50만 엔, SC 형식이 30만 엔.

또 개업 전 교육비는 DT 형식이 75만 엔이고 SC 형식 50만 엔, 개업 준비 수수료는 DT 형식과 SC 형식 모두 60만 엔으로 설정했다.

DT란 다운타운, SC는 쇼핑센터의 약칭이다. 이오의 경우 DT 형식의 도헨보쿠점을 원하고 있는 것이 명백했다.

프랜차이즈 제1호점이라서 와타나베는 평소보다도 더 많은 정성을 들였다.

설계도 단계부터 깊이 관여하여 점장, 부점장의 교육도 직접 나서서 세세하게 지도했다.

테이블에 철판을 설치할지 어떨지를 놓고 이오는 고민하고 또 고민했다.

"이 호화로운 메뉴판을 살리는 것이 우선입니다. 그러려면 테이블에 메뉴를 펼칠 수 있는 공간을 만들어야 합니다. 카운터에서 '도헨보쿠야키'를 구워서 객석으로 옮기는 방식을 씁시다. 새로운 방식을 손님들도 반드시 좋아할 겁니다."

와타나베의 열렬한 주장을 이오는 받아들일 수밖에 없었다.

5

약 20명의 알바생 교육도 끝나고 내장공사도 완료되어 5월 17일이 '도헨보쿠 후지사와점'의 개점일로 정해졌다.

전날 저녁에 개업식이 열려서 와타미에서는 와타나베와 구로사와, 고, 후지이가, 닛폰제분에서는 사카모토, 하시모토가 참석했다. 또 이오의 대학시절 친구들이 많이 와주었다.

먼저 이오가 인사말을 했다.

"'도헨보쿠'의 프랜차이즈 제1호점을 내는 것이 제 꿈이었습니다. 와타나베 사장님을 비롯한 와타미푸드서비스 직원들의 헌신적인 노력과 협력 덕분에 이렇게 빨리 제 꿈을 이룰 수 있게 되었습니다. 정말 이보다 기쁜 일은 없을 겁니다. '도헨보쿠'의 명성을 더럽히지 않도록, 그리고 '도헨보쿠'의 이름을 보다 널리 알리기 위해서 다 같이 힘을 모아 열심히 노력하고자 합니다. 그리고 우리 손으로 2호점, 3호점도 열 수 있기를 기원합니다."

사카모토의 인사말은 짧았지만 와타나베의 인상에 남았다.

"내일 저녁 '도헨보쿠 후지사와점'이 오픈합니다. 손님들의 마음을 따스하게 녹여주는 가게가 될 수 있도록 관계자 모두가 따뜻한 눈으로 지켜봅시다. 저는 이 조촐한 파티가 가게를 미리 따스하게 덥혀두기 위해 열린 것이라고 생각합니다."

와타나베는 건배의 선창을 했다.

"사카모토 차장님, 아주 탁월한 표현이십니다. 손님들 마음을 따스하게 녹여주는 가게가 되길 바란다고 하셨는데, 저도 그 말씀에 동감합니다. 그러면 와타미푸드서비스의 기념비적인 프랜차이즈 제1호점의 성공과 여러분의 건승을 기원하며 잔을 들기로 하지요. 다 같이, 건배!"

"건배!"

"건배!"

"건배!"

생맥주를 단숨에 비운 다음 와타나베는 이오와 악수를 나누었다.

"와타나베 사장님, 감사합니다."

"저야말로 감사를 드려야지요. 멋진 가게가 완성되었습니다. 정말로 따스하고 근사한 가게라고 생각합니다."

사카모토가 와타나베의 어깨를 끌어안았다.

"'도헨보쿠'가 요 몇 년간 길러온 노하우를 전부 쏟아부었기 때문에 이렇게 멋진 가게가 만들어진 겁니다. 이게 다 와타나베 사장님의 초인적인 노력 덕분이에요."

"와타나베 사장님의 정성에는 절로 머리가 수그려집니다. 요 한달 동안 매일같이 진두지휘를 도맡아 하셨지요."

"과장이십니다. 저보다 고나 후지이가 훨씬 수고했지요. 이 가게가 번성점이 되어 '도헨보쿠' 브랜드의 가치를 높여주면 좋겠습니다."

"틀림없이 그렇게 될 겁니다."

사카모토가 와타나베의 귓가에 낮은 목소리로 속삭였다.

"'시모키타자와점'도 틀림없이 잘 될 겁니다. '재구축위원회'의 성과도 나오고 있지 않습니까."

"아직 갈 길이 멀지만 구로사와와 야나기가 노력하고 있으니까요……."

"그렇고말고요."

개업식은 2시간쯤 지나서 끝나고 남은 시간은 교토대학 관계자의 동창회가 되었다.

6

'도헨보쿠 후지사와점'은 순조로운 출발을 보였다. '신주쿠점' 정도는 아니지만 '간나이점'이나 '시모키타자와점'은 발밑에도 미치지 못할 만큼의 매상을 올렸다.

이오가 적극적으로 나오는 것도 무리는 아니었다.

"슬슬 우리 회사의 프랜차이즈 2호점을 내볼까 합니다."

간나이의 와타미푸드서비스 본사 사무소에 와타나베를 찾아온 이오가 이런 말을 꺼낸 것은 7월 중순의 어느 무더운 날 저녁이었다.

이오의 성격 상 틀림없이 생각해둔 자리가 있을 것 같아서 와타나베는 물어보았다.

"목이 좋은 곳이라도 있습니까?"

"그렇습니다. 가나자와카핫케이金沢八景에 괜찮은 곳이 있어요."

이오는 담배를 뻐끔거리면서 말했다.

"프랭탕백화점이 어떨까 합니다. 식당가에 적당한 자리를 확보할 수 있을 것 같습니다."

"프랭탕요?"

와타나베는 고개를 갸우뚱했다. '기치죠지 도큐점'의 일이 머릿속을 스쳤다.

"부끄러운 이야기지만 도큐백화점 기치죠지점에 '도헨보쿠'의 '월', 즉 미래형으로서 낸 직영점이 있습니다. 하지만 매상이 좋았던 것은 겨우 2, 3개월에 불과했지요. 근처의 슈퍼마켓에서 테이크아웃용의 저렴한 오코노미야키를 팔기 시작했거든요. 결국 이번 달 말에 철수하기로 했습니다. 투자한 돈이 적어서 손실은 크지 않았지만 '도헨보쿠'로서는 처음 겪는 철수입니다. 굴욕적인 패배지요. 가나자와핫케이의 프랭탕백화점 근처에 슈퍼마켓이 있다면 먼저 테이크아웃 오코노미야키로 반격해올 수도 있다는 것을 염두에 두는 편이 좋아요."

"근처에 슈퍼마켓이 있긴 하지만 고급스런 오코노미야키와 싸구려 오코노미야키는 고객층이 완전히 다르지 않습니까?"

"프랭탕은 고급화를 지향하는 백화점이니까 도큐백화점 기치죠지점과는 차이가 있을지도 모릅니다. 하지만 신중하게 생각하는 편이 좋지 않을까요? 주제넘은 참견이라고 생각하시겠지만 잘 나가는 때일수록 신중하게 행동해야 합니다. 2호점은 서두르지 않는 편이 좋다고 생각합니다. 말이 나온 김에 부끄러운 이야기를 하나 더 하지요. '쓰보하치 고엔지 기타구치점'과 '야마토점'이 대박을 쳤다고 우쭐해져서 가미오오카에 '시로후다야'를 오픈했다가 뼈아픈 교훈을 얻은 적이 있습니다. 다시 재기하기 힘들 거라고 생각할 만큼 큰 손해를 입었었죠."

"와타나베 사장님도 그런 실패를 경험한 적이 있었군요."

아타나베는 고전을 겪고 있는 '시모키타자와점'의 일두 털어놓을까 망설이다가 꾹 눌러 참았다.

'시모키타자와점'은 아직 타월을 던진 것은 아니었다.

"'후지사와점'은 입지조건이 뛰어납니다. 이오 씨가 가게 자리를 물색하는 데도 많은 시간을 들였겠지요. 가나자와핫케이는 너무 성급한 결정이 아닐까요?"

"프랭탕은 이제부터 시작이지만 반드시 매장을 내고 싶습니다. 와타나베 사장님이 무엇을 염려하는지 모르는 바도 아니지만 원래 리스크가 전혀 없는 사업은 없지 않습니까. 리스크를 두려워하면 아무것도 못합니다."

"맞는 말씀입니다. 판단은 이오 씨가 하는 것이죠. 쓸데없는 오지랖이었나 봅니다."

"우리 2호점은 가나자와핫케이에서 내게 해주십시오."

"천천히 생각하시는 것이 어떻겠습니까?"

"예, 다만 그럴 계획이라는 것을 기억해주십시오."

"잘 알겠습니다."

거절할 이유는 없었다. 오히려 이렇게 빨리 이오가 2호점의 이야기를 꺼낼 줄은 생각도 못했었다.

그러나 어째서인지는 알 수가 없었지만 와타나베는 걱정을 감출 수가 없었다. 괜한 걱정이라고 스스로를 타이르면서 와타나베는 이오에게 웃어 보였다.

"맥주라도 마실까요?"

"그거 좋지요."

"'도헨보쿠'라도 괜찮으시겠습니까?"

"'도헨보쿠'가 최고입니다."

와타나베는 고에게 "1시간 정도 나갔다 올게"라고 말하고 소파에서
일어났다.

7

10월 2일 다이헤이요太平洋엔터프라이즈가 '도헨보쿠' 프랜차이즈 2호
점을 시부야의 도겐자카道玄坂에서 오픈했다.

다이헤이요엔터프라이즈는 닛폰제분의 거래처로, 대표인 니시무라
히로시西村宏를 와타나베에게 소개해준 사람은 사카모토였다.

와타나베는 두 달 전인 8월 상순에 가나자와金沢에서 상경한 다치바
나橘산업의 사장 다치바나 게이분을 '도헨보쿠 신주쿠점'에서 만났다.

다치바나는 와타나베보다 한 세대 위로, 가나자와에서 '쓰보하치'의
프랜차이즈점을 네 곳이나 경영하고 있었다.

몇 개월 전 '쓰보하치'의 오너회가 가나자와의 어느 호텔에서 개최
되었을 때 다치바나가 와타나베에게 말을 걸어온 적이 있었다.

"'도헨보쿠'의 오코노미야키가 인기가 많다지요? '도헨보쿠'의 직영
점을 한 번 견학해볼 수 있을까요?"

"물론이죠. 언제든 환영합니다."

다치바나는 활기가 넘치는 '도헨보쿠 신주쿠점'을 견학하고 많이 놀라워했다.

"정말 대단합니다! 가나자와에서 '도헨보쿠' 프랜차이즈점을 내게 해주십시오."

와타미푸드서비스와 다치바나산업의 프랜차이즈 계약은 9월 14일에 체결되었고, 그 해 안에 3호점이 가나자와에서 탄생했다.

그로부터 며칠 후 와타나베는 닛폰게자이日本経済신문의 취재를 받았다. '도헨보쿠' 프랜차이즈 전개의 진척 상황을 취재한 다음 젊은 기자가 와타나베에게 물었다.

"통산성通産省·通商産業省(통상산업성)의 약칭이 후원하는 뉴 비즈니스 협의회가 뉴 비즈니스 기업가의 앙트레프레너십entrepreneurship 논문을 모집하고 있는데 알고 계십니까?"

"아니요, 처음 듣습니다."

"와타나베 사장님에게 딱 맞는 행사 같습니다. 와타나베 사장님의 기업가정신, 도전정신은 대단합니다. 지금까지 걸어온 길을 정리해서 응모해보면 어떻습니까? 사가와택배의 택배기사 경험 등의 말만 들어도 충분히 설득력이 있다고 봅니다."

"바빠서 그럴 시간이 없어요."

"400자 원고지로 10장 이상, 20장 이내인가 그래요. 2, 3일이면 다 쓸 수 있지 않을까요?"

기자가 돌아간 다음 고도 와타나베를 부추겼다.

"논문 말인데 응모해보지 그래? 사원들을 격려하는 차원에서……."

"떨어지면 창피하잖아."

"비밀로 하면 되지. 나랑 도다밖에 모르잖아."

"하긴 난 일기를 쓰고 있으니까 별로 어렵지는 않을 거야."

그날 밤 와타나베는 히로코의 의견을 물어보았다.

"꼭 해봐요. 정시淨書는 내가 해줄게요."

"문장 첨삭도 부탁해. 난 기분 내키는 대로 휘갈겨 쓰니까."

"그렇지도 않아요. 당신 글은 감수성이 넘치고 이해하기 쉬운걸요."

"히로코가 그렇게까지 말한다면 한번 해볼까. 고도 사원들을 격려하는 차원에서 써보라고 하더군."

와타나베가 통산성에 문의해보자 1차로 서류심사가 있다는 것을 알았다.

경력, 사업내용, 결산서 등을 준비해서 제출했더니 나중에 통산성에서 전화로 제1차 심사에 통과했다는 것을 알려주었다.

와타나베는 당장 옛날 일기장을 펼쳐서 필요한 부분을 메모하거나 포스트잇을 붙이는 작업부터 들어갔다.

하루만에 와타나베는 400자 원고지 13장짜리의 논문을 완성했다.

8

'기업가 정신에 대하여'라는 제목을 붙인 논문의 요점을 싣는다.

'사람이 얼마나 행복하고 유의미한 인생을 보냈는지의 기준은 많은 만남을 경험하고, 그 경험을 통해서 몇 번이나 깊은 감동을 느꼈나'에 있지 않을까 생각한다. 여기서 '만남'이란 사람과 사람과의 만남은 물론이거니와 인생의 주인공인 '본인'과 책이나 영화, 예술과의 만남이자 자연과의 만남이며, 역사와의 만남을 말한다. 나는 예술적 재능이 없어서 간접적인 만남을 통해 타인에게 감동을 주기 어렵기 때문에 직접적인 만남을 연출하는 일에 종사하자고 마음먹었다.

'북반구일주여행'과 '일본일주여행'을 통해서 감동적인 장소에는 반드시 '맛있는 음식'과 '맛있는 술', '마음이 맞는 멤버'가 있다는 사실을 깨달았다. '딱 1시간이나 2시간이라도 괜찮다. 하지만 그 1~2시간이 있기 때문에 오늘 하루가 행복해진다'는, 그런 가게를 만들어서 한 명이라도 많은 사람들에게 '하루'를 나눠주고 싶다고 생각하게 되었다.

상품개발에 관하여

현재 우리 회사는 이자카야 부문 외에 '오코노미야키 HOUSE 도헨보쿠'라는 사업체를 소유하고 있다. 일본의 외식산업에서 밀가루 음식을 내놓는 전문점으로서는 가장 뒤처진 분야라는 생각에 이 업태를 개발하기에 이르렀다.

오코노미야키 가게의 어두운 이미지에서 탈피하기 위해 다다미에서 벤치의자로 바꾸었으며, 젊은 여성이 세련된 분위기 속에서 오코노미야키를 마음껏 먹을 수 있는 가게를 만드는 것이 목표이다. 현재는 다점포화에 도전하고 있다.

오사카식, 히로시마식이라는 고정관념에 사로잡히지 않고 '일본에서 제일 맛있는 밀가루 음식의 개발'이라는 관점에서 상품을 개발하고 있다. 믹스가루, 소스, 마요네즈 같은 주요 재료는 전부 대기업의 연구실과 합작하여 누구도 흉내 낼 수 없는 오리지널 재료를 개발해냈다. 오리지널 재료를 바탕으로 우리 가게만의 오코노미야키인 '피자 오코노미야키', '한국식 오코노미야키' 외에 10여 종류의 특색 있는 상품도 개발했으며, 현재도 다양한 상품을 개발하기 위해 노력 중이다. 현재 직영점 3곳, 프랜차이즈점 3곳 등 총 6개 점포를 운영하고 있으며 매일같이 가맹점 문의를 받고 있는 상황이다.

판매전략 · 마케팅전략

제조회사도 물품판매업도 아니라서 판매 전략을 명확하게 세우는 것은 어렵기 때문에 우리 회사의 프랜차이즈 사업의 특징에 대해서 기술한다. 그것은 다음의 세 가지로 정리할 수 있다.

1. 충실한 교육 시스템

500페이지에 달하는 시스템 매뉴얼을 읽고 우리 회사에서 60일간 교육을 받으면 아무것도 모르는 문외한이라도 점포를 개업할 수 있다.

2. 본부와 가맹점의 신뢰관계 구축

프랜차이즈 사업에서 본부와 가맹점의 신뢰관계를 해치는 가장 큰 원인은, 본부가 물품공급형 지도를 한다는 점이다. 우리 회사의 시스템은 식재료의 경우 스케일 메리트를 활용하여 싸고 좋은 물건을 구입하는 것이 본부의 역할이며, 직영점과 같은 가격으로 가맹점에 상품을 제공하는 것이 본부의 책임이라고 본다. 즉 본부가 불투명한 이익을 얻는 것을 결단코 거부함으로써 가맹점의 신뢰를 얻는 데 성공했다.

　3. 매상총이익 관리의 도입

　기존의 외식 프랜차이즈 로열티의 기준은 대개 매상 금액이었다(노하우가 없는 프랜차이즈 본부는 가게 면적을 기준으로 삼는다). 하지만 매상총이익을 로열티의 기준으로 삼는 편의점식 방식이 본부와 가맹점의 공통 이익을 분배한다는 이상에 가깝다고 생각한다. 현재 우리 회사에서는 외식산업에서 본격적인 매상총이익 관리 시스템을 도입하기 위한 프로그램을 작성, 연내에 가동할 계획이다. 외식업계 최초로 매상총이익으로 로열티를 받는 프랜차이즈 사업이 내년부터 스타트한다.

　도헨보쿠에 관해서는 모델점, 연수점이라는 위치에 남겨두고 전국 프랜차이즈 전개에 들어간다. 다행이 올해 12월에 호쿠리쿠北陸 · 가나자와에 출점하는 것이 결정되어, 지방관리 노하우를 축적하고 교외형 점포의 노하우를 구축할 예정이다. 우리 회사의 명함에 적혀 있는 'V-Action 23 '90 from 0'이 당면의 사업계획을 전부 대변하고 있다. 1990년에는 매상을 23억까지 늘리는 한편 항상 겸허한 문제의식과 도전정신을 품고 이 계획을 성취할 생각이다.

경영관리

　현재 우리 회사의 경영관리의 포인트는 한마디로 말해서 '인사'라고 할 수 있다. '기업은 사람이다'라는 말을 많이들 하는데, 이 말은 특히나 외식산업에 해당되는 말이 아닐까 생각한다. 손님은 '좋은 가게'에 가는 것이 아니라 '좋아하는' 가게에 가는 것이다. 좋아하는 가게란 좋아하는 사람이 있는 가게라고 바꿔 말할 수 있을지도 모른다. 그러나 안타깝게도 외식산업에는 마음과 능력이 있는 사람이 좀처럼 오지 않아서 만성적인 인재부족 상태이다. 우리 회사에서는 그것을 타파하기 위해 나를 비롯한 간부들이 평소부터 꿈을 설파하며 200명의 알바생 중에서 새로 졸업하는 학생들이 입사하도록 유도하고 있다. 창업한 지 4년 반 만에 젊은 엘리트로 이루어진 25명의 사원은 내가 가장 자랑스러워하는 자산이다. 현재의 교육방법은 월 4회의 사장 세미나, 월 1회의 전체회의를 여는 것이다.

사업의 사회공헌에 대해서

우리 회사의 정신을 이해하도록 돕기 위해서 우리 회사가 매일 염불처럼 외우고 있는 사회적 사명, 이념을 여기에 기재한다.

(1) 사회적 사명

한 명이라도 많은 손님에게 다양한 만남과 기회의 장소, 안식의 공간을 제공한다.

(2) 회사 기본이념

회사는 사원의 행복을 위해서 존재한다.

(3) 점포 기본이념

가게는 손님을 위해서 존재한다.

(4) 사훈

1. 감격할 수 있는 감수성을 가지자. 감격은 정열의 원천이며, 정열
   은 성공으로 가는 출발점이다.
2. 역경에 비관하지 않으며, 순경에 낙관하지 않으며, 현상에 만족하
   지 않고 항상 헝그리 정신을 가지고 도전을 멈추지 말아야 한다.
3. 결과가 전부다. 어떤 싸움에서든 이기지 않으면 안 된다.
4. 꾸준한 노력이야말로 힘이 된다. 매일의 노력을 아끼지 않으면
   신용이 생기고 신용은 힘을 낳는다.
5. 와타미푸드서비스의 사원은 회사의 번영, 동료의 행복, 새로운
   문화의 창조, 인류사회의 발전, 행복을 위해서 공헌한다는 같은
   목적을 위해서 같은 마음을 가져야 한다.

이 논문이 '통산대신상通産大臣賞'을 수상했다는 연락을 와타나베가 받
은 것은 10월 17일이었다.

9

표창식은 10월 25일 화요일 오후, 호텔 뉴 오타니에서 거행되었다.
부상은 미국연수여행의 항공권이었지만 일정을 조정할 수 없는 와타
나베로서는 연수여행을 사퇴할 수밖에 없었다.

이날 와타나베는 표창식이 끝나자마자 바로 닛폰제분 본사로 가서

사카모토와 면회했다.

사무적인 연락사항을 보고한 다음 와타나베는 찻잔을 구석으로 치우고 종이로 만든 원통에서 표창장을 꺼내서는 테이블에 펼쳐놓았다.

"이게 뭡니까?"

둥글게 말려 있던 표창장을 양손으로 눌러 펴면서 와타나베가 말했다.

"표창장입니다. 설마 통산대신상을 받을 줄은 꿈에도 몰랐습니다."

어떻게 된 일인지 자초지종을 자세하게 밝힌 다음 와타나베가 흥분을 감추지 못하고 소리 높여 웃었다.

"아닌 밤중에 홍두깨란 이런 경우를 말하나 봅니다."

사카모토가 표창장을 묵독하고 고개를 들었다.

"정말 축하합니다, 와타나베 사장님. 아주 경사스러운 일 아닙니까."

사카모토가 진지한 얼굴로 말을 이었다.

"논문도 읽어보고 싶군요."

"예, 학생시절의 동아리 활동이나 사가와택배의 SD 경험 등도 썼습니다. 우편으로 보내드리지요."

"주말의 즐거움이 하나 늘었군요."

"그렇게 대단한 내용은 아닙니다. 논문이라고 말할 수 있는 물건이 아니에요. 겨우 13장짜리인걸요. 10분 만에 다 읽을 수 있어요."

"10분은 무리겠죠. 문제는 볼륨이 아니라 퀄리티니까요."

"양보다 질인가요?"

"물론이죠. 통산대신상을 수상할 정도라면 심사위원들에게 크게 감명을 주는 내용이었을 겁니다."

"사카모토 차장님이 읽어주신다니 기쁘기 짝이 없지만 콩쿠르의 수준이 얼마나 낮은지 들통 날 것 같아서 걱정입니다."

"쑥스러워하다니 와타나베 사장님답지 않군요."

"쑥스러워하는 것은 아닙니다."

와타나베는 조금 걱정이 되었다. 사카모토는 논객으로도 유명했다.

"어쨌거나 좋은 소식이 아닙니까. 고키 사장님께도 알려야겠습니다."

"고키 사장님께……. 그럴 것까지는 없습니다."

와타나베는 오른손으로 표창장을 말아 넣은 원통을 좌우로 흔들었다.

"고키 사장님도 틀림없이 기뻐하실 겁니다."

"사카모토 차장님이 읽어보시고 알릴지 어떨지 판단해주십시오."

"그렇게 뺄 것 없어요. 통산대신상은 그렇게 가벼운 상이 아닙니다."

사카모토는 무척 기뻐 보였다. '애제자'가 높은 분에게 포상이라도 받은 스승의 심경인 것 같았다.

10

"혹시 내일 모레 11월 11일 금요일 오전 11시에 다른 약속이 있습니까?"

인사를 나눈 후 사카모토가 물었다.

와타나베는 수화기를 오른손에서 왼손으로 바꿔 쥐고 목 사이에 끼운 다음 수첩을 펼쳤다. 선약이 있기는 했지만 충분히 변경할 수 있는 약속이었다.

"무슨 일이신지……?"

"고키 사장님이 와타나베 사장님을 만나고 싶답니다. 예의 '통산대신상' 때문입니다. 몹시 기뻐하셨으니 축하라도 해주려는 것이겠지요."

"아, 그것 말입니까……."

와타나베는 일에 쫓기느라 까맣게 잊고 있었다.

"감사합니다. 고키 사장님도 논문을 읽으셨나 보군요."

"물론이죠. 이해하기 쉽고 설득력이 있다고 칭찬하셨습니다."

"염치없다고 생각하지만 말씀하시는 대로 내일 모레 오전 11시 반까지 닛폰제분으로 가겠습니다. 전화 주셔서 감사합니다. 이만 실례하겠습니다."

와타나베는 다른 전화가 걸려왔기 때문에 일단 수화기를 내려놓았다.

당일 와타나베는 11시 10분에 사카모토를 방문했다.

"고키 사장님도 하시모토도 기뻐했습니다. 와타미의 사원들에게 큰 선물을 하셨군요. 사기 향상에 도움이 되었을 겁니다."

"감사합니다. 다들 자기 일처럼 기뻐해주더군요. 물론 가장 기뻐한 사람은 아내지만요."

"그거야 당연하지요. 부인은 1년 전까지 직접 사무소를 관리하고 계셨으니."

"지금은 육아로 정신이 없지만 회사 일이 늘 마음에 걸리는 모양입니다."

그런 이야기를 나누면서 두 사람은 4층의 임원응접실로 향했다.

임원응접실은 넉넉한 넓이에 소파도 호화로웠다. 사카모토가 와타나베에게 긴 의자를 권했다.

우물거리는 와타나베에게 사카모토가 척척 지시를 내렸다.

"와타나베 사장님은 손님입니다. 사장님은 이쪽에 앉으실 겁니다."

사카모토는 긴 의자 맞은편의 팔걸이의자를 가리키고, 본인은 벽을 등지고 두 사람이 동등하게 보이는 위치에 자리를 잡았다.

우아한 여비서가 뚜껑으로 덮힌 찻잔 3개를 테이블에 내려놓고 목례를 한 후 퇴실했다. 11시 30분 정각에 노크 소리가 들렸다.

"들어오세요."

사카모토가 대답하는 동시에 와타나베도 일어났다.

고키가 여비서를 이끌고 나타났다. 여비서는 커다란 꾸러미를 양손으로 들고 있었다.

포장지는 보석이나 시계로 유명한 긴자의 '와코'. 상당히 비싼 물건이 아닐까 짐작한 와타나베는 미안한 마음이 들었다.

"여어, 와타나베 사장님. 언제 봐도 신수가 훤하군요."

"감사합니다. 오늘 이렇게 뵙게 되어 영광입니다."

"그건 내가 할 소리지요. 이번에 뉴 비즈니스 앙트레프레너십 논문으로 통산대신상을 수상한 것을 축하합니다. 사카모토가 읽어보라고 닦달을 해대서 읽어보았습니다……."

사카모토가 고키에게 고개를 살짝 숙이는 것을 와타나베는 눈치 채지 못했다.

"읽을 만한 가치가 있었어요. 훌륭한 글이었습니다."

"감사합니다."

와타나베가 뺨을 붉히면서 머리를 조아렸다.

"기념품이랄까, 축하선물이랄까, 소소한 물건을 준비했습니다."

고키가 비서에게 건네받은 꾸러미를 와타나베에게 내밀었다.

와타나베는 공손하게 꾸러미를 받아들었다. 손에 묵직한 감각이 전해졌다. 커다란 종이봉투도 곁들여져 있었다.

"뭐라고 인사를 드려야 할지 모르겠습니다. 정말이지 감사합니다. 저희 집 가보로 삼겠습니다."

"그렇게 대단한 물건은 아니에요."

고키가 겸손을 떨었다.

"천천히 이야기를 나눌 시간이 있으면 좋겠는데 다른 약속이 있어서요. 미안하지만 오늘은 이만 실례하겠습니다."

고키는 소파에도 앉지 않았다. 임원응접실에 머문 시간은 5분도 되지 않았을 것이다.

사카모토가 와타나베가 맞은편으로 자리를 바꿔 앉았다.

"미안합니다. 우리 회사 같은 곳의 사장이라도 스케줄이 분 단위로 짜여 있는 바람에 이 만큼이라도 시간을 짜내느라 고생했습니다."

"잘 압니다. 사카모토 차장님, 이 은혜는 잊지 않겠습니다."

"무슨 말씀입니까. 이번의 '통산대신상'은 큰 의미가 있다고 생각합니다."

"어떤 의미 말씀인지요?"

와타나베는 긴장하며 표정을 굳혔다.

"일전에도 말했지만 '아오바다이점靑葉台店'에 이어서 '오기쿠보점荻窪店'

도 '닛폰제분 방식'으로 갑시다. '통산대신상'은 상부를 설득할 좋은 구실이 될 겁니다."

'쓰보하치 아오바다이점'은 세 매장으로 11월 29일에 오픈하기로 되어 있었다.

이토만은 창업자인 이시이 세이지를 추방하고 '쓰보하치'를 자회사로 만드는데 완전히 성공한 것처럼 보였지만, 구심력을 잃고 경영난에 빠진 '쓰보하치' 프랜차이즈점이 속출하고 있었다. 3월 29일에 오픈한 와타미푸드서비스의 네 번째 매장인 '쓰보하치 하치오지점八王子店'은, 도산한 프랜차이즈점을 와타미가 인수하여 부활시킨 매장이었다.

'하치오지점'은 보증금, 개장비 등으로 약 5,500만 엔의 자금이 들었는데, 와타나베는 제2금융권인 닛폰신용판매와 쇼와리스에서 조달했다.

와타미의 '쓰보하치' 프랜차이즈 5호점인 '아오바다이점'은 약 7,000만 엔짜리 점포였는데, 사카모토의 발안으로 일단 닛폰제분이 임대한 후 금리 등을 더해서 갚아나가는 방식을 채택했다.

소유자인 야마구치 유키타카山口幸隆를 갑으로, 닛폰제분을 을로 한 점포임대차계약서(1988년 7월 21일 체결)에 의하면 '아오바다이점'의 보증금은 3,634만 엔, 월세는 554,400엔, 관리비는 323,400엔, 계약기간은 10년이었다.

덴엔토시선田園都市線 아오바다이역과 가까운 요코하마시 미도리구緑区 아오바다이 2가 5번지에 있는 4층짜리 철근 콘크리트건물인 '알렉스 아오바다이' 3층의 일부로, 46.2평의 점포였다. 조모인 이토의 장례

식를 치른 절의 주지스님이 소개해준 곳으로, 와타나베가 자리를 직접 확인하고 입수했다. 이토가 인도해준 것이라고 와타나베는 생각했다.

와타나베가 시간을 신경 쓴다는 것을 눈치 챈 사카모토가 온화하게 말했다.

"이 응접실은 1시까지 확보해두었습니다."

"그래도 괜찮습니까?"

"오늘은 특별하니까요. 도시락을 준비해두었어요."

"거듭 감사해야겠군요."

11

도시락을 먹으면서 대화를 나누었다.

"'아오바다이점'의 개장공사는 순조롭습니까?"

"예. 예정대로 29일에 오픈할 수 있습니다. 닛폰제분과 와타미와의 계약은 당일 체결하면 될까요?"

"예, 괜찮습니다."

앞뒤가 바뀌지만 1988년 11월 29일자로 교환한 '음식점업무위탁계약서' 제4조에 '을(와타미푸드서비스)는 갑(닛폰제분)에 대해 하루의 매상대금을 다음 날까지 지불한다'고 적혀 있다. 참고로 제5조는 다음과 같다.

갑은 4조의 매상대금에서 임대료, 관리비, 보증금의 금리, 보증금의 감가상각비_{시간이 지나면서 노후되는 기물, 설비의 가치를 제품생산원가에 포함시킬 목적으로 계산한 비용,} 설비 · 기기의 감가상각비, 매상비율(2%), 전기 · 가스 · 상하수도요금 등을 제외한 금액을 위탁비로서 매월 맘일에 을에게 지불한다.

장어 국물을 한 모금 마시고 사카모토가 국그릇을 테이블에 돌려놓았다.

"'하치오지점'도 순조롭고 이자카야는 전부 실적이 좋은데 왜 오코노미야키는 '신주쿠점' 말고는 신통치가 않을까요?"

"저도 '시모키타자와점'에 대해서는 비관적인 생각만 듭니다. 다만 논문에도 쓴 것처럼 프랜차이즈 전개에 희망이 있으니까 결과적으로는 '도헨보쿠'가 성공할 가능성이 충분히 있다고 봅니다."

"그렇군요. 프랜차이즈 전개는 제가 당초에 예상했던 것보다 훨씬 빠릅니다. 게다가 '시모키타자와점'도 '재구축위원회'가 노력해준 덕분에 다소 매상이 늘어났으니 포기하기에는 아직 이르지요."

"그렇게 생각합니다."

"'오기쿠보점'에 필요한 자금은 6,400만 엔이었나요?"

"예."

"언제까지죠?"

"이번 달 30일입니다."

"그렇다면 미리 사내에 손을 써두어야겠군요."

이번에는 사카모토가 시간을 신경 썼다. 와타나베는 젓가락을 놓고 자세를 바로 고쳤다.

"잘 부탁드립니다. '하치오지점'은 제2금융권 신세를 졌는데 그것도 전부 닛폰제분의 신용이 탄탄한 덕분입니다."

"천만에요. 서로 상부상조하는 관계가 아닙니까. '닛폰제분 방식'으로 갈 수 있는 데까지 가보지요."

사카모토는 생각에 잠긴 표정으로 녹차를 마셨고, 와타나베는 갑자기 무엇이 들었는지 궁금해져서 옆에 놓아둔 꾸러미에 시선을 던졌다.

12

와타나베는 전차 안에서 꾸러미를 펼쳐보고 싶은 욕구를 참느라 고생했다. JR 야마노테선山手線의 신주쿠역에서 시나가와역品川駅까지 가서, 게이힌토호쿠선으로 환승했지만 시나가와역 플랫폼의 벤치에서 다시 한 번 욕구에 사로잡혔다. 나잇값도 못한다는 생각이 들어서 애써 참을 수 있었다.

간나이의 사무소로 돌아온 것은 오후 2시가 넘어서였다.

"다녀왔어."

와타나베는 문을 열자마자 큰 소리를 외쳤다.

"다녀오셨어요."

"'와코'라니 어마어마하네."

도다 미사코와 고가 일어나서 와타나베를 맞았다.

"도다, 꾸러미를 풀어봐."

"예."

긴장했는지 미사코의 표정이 딱딱해졌다. 정중하고 신중하게 푼 꾸러미에서 오동나무 상자가 나왔다.

"열어봐."

"예."

세 사람을 눈을 부릅뜨고 숨을 삼키며 그 자리에서 얼어붙었다.

보헤미아 글라스의 화병이었다. 높이 30센티미터, 직경 25센티미터. 에메랄드그린이 창문으로 비치는 오후의 햇살을 받아 반짝반짝 빛났다.

"아름다운 화병이구나."

고가 잔뜩 흥분한 목소리로 말했다.

"응."

화병에 시선을 빼앗겼던 와타나베가 정신을 차렸다.

"눈부실 정도로 아름다워. 도다, 이렇게 호화로운 화병을 본 적이 있어?"

"아뇨, 처음 봐요."

"다음 전체회의 때 다른 직원들에게도 보여주자. 일단 집으로 가져 가게 도로 포장해줘."

"알겠습니다."

와타나베는 이 화병을 히로코에게 먼저 보여주고 싶었다.

히로코가 얼마나 기뻐했는지 모른다.

"'통산대신상'을 받은 것은 역시 대단한 일이었어요. 이 에메랄드그

린에 빨려들어 갈 것만 같네요."

잠든 쇼야의 얼굴에 뺨을 부비면서 와타나베가 말했다.

"쇼야 눈에 띄지 않게 조심해. 보면 만지고 싶어서 안달할 테니까. 사무소에 장식할 생각이지만 당분간은 집에 둘 거야. 아버지와 어머니께도 보여드리고 싶거든."

"아버님이 기뻐하시는 모습이 눈에 선해요."

"쇼야의 눈에 닿지 않을 장소라면 벽장밖에 없으려나?"

"서랍장 위는 괜찮아요."

"안아 올릴 때 알아차릴 거야."

"아, 그렇겠네요."

"아버지랑 어머니께 보여드리는 것도 쇼야가 잘 때를 노려야겠어."

"그게 좋겠어요."

쇼야는 생후 11개월이 되었다. 아장아장 걸을 수 있게 되면서 한시도 눈을 뗄 수가 없어졌다.

시간은 10시를 경과하고 있었다. 와타나베도 히로코도 식사를 마쳤다.

"'도헨보쿠 와인'으로 축배를 들까?"

"찬성."

와타나베가 레드와인의 마개를 따고 두 개의 와인글라스에 병을 기울였다.

"건배!"

"여보, 축하해요."

"고마워."

두 사람은 글라스를 가볍게 부딪쳤다.

"맛있어요."

"보헤미아글라스의 화병을 바라보면서 마시는 술은 진짜 달콤하네."

"정말요."

두 잔째는 히로코가 따랐다.

"당신, 결국은 리라이팅을 안 해줬잖아. 삐뚤빼뚤한 글씨라도 자필인 쪽이 심사위원에게 어필하네 어쩌네 하면서."

"그랬었죠. 하지만 당신이 마음을 담아서 직접 정서한 것은 옳은 선택이었다고 생각해요."

"닛폰제분의 고키 사장님도 읽어보셨다는데 창피해 죽겠어."

"그렇게 생각할 것 없어요. 읽기 쉬웠다고요."

"10시 20분이라. 아버지는 벌써 주무실까?"

"아직 안 주무실 것 같아요."

"좋아, 이거……."

와타나베는 식탁 위의 화병을 턱으로 가리키면서 말을 이었다.

"전화로 알려드려야겠어."

히데키가 직접 전화를 받았다.

"늦은 시간에 죄송해요."

"무슨 일이냐? 혹시 쇼야가 아프기라도 한 게야?"

"쇼야는 지금 새근새근 잘 자고 있어요. 실은 오늘 닛폰제분의 고키 사장님이 부르셔서 갔다 왔어요. '통산대신상'을 수상한 것을 축하한다면서 아주 호화로운 크리스털글라스의 화병을 주셨어요. 보헤미아

제의 에메랄드그린이 굉장히 아름다운 화병이에요.

"호오, 비싼 물건이겠구나. 화사에 놓아뒀니?"

"아뇨, 집에 있어요. 조만간 구경하러 오세요."

"지금 당장 택시를 타고 보러 갈까?"

"저야 상관없어요. 모시러 가고 싶지만 술을 마신 상태라……."

"그럴 것까지는 없다."

"어머니도 같이 오실 건가요?"

"물론이지."

"택시비를 들여서라도 볼 가치가 있다고 생각해요."

"그럼 이따가 보자. 심야니까 20분만에 갈 수 있을 거야."

"기다릴게요."

히데키와 도미코가 도착한 것은 저녁 11시가 다 되어서였다.

"맙소사, 정말 훌륭한 물건이구나."

"미키, 이렇게 아름다운 화병일 줄은 몰랐어."

네 사람은 한동안 넋을 놓고 화병만 바라보았다.

13

'쓰보하치 오기쿠보점'은 JR 오기쿠보역 서쪽출구의 식당 거리에 있었다. 약 41평의 넓이에 객석은 79석. 2호점인 '야마토점'과 비슷한 규모였다.

내부시설까지 모조리 와타미푸드서비스가 인수하기로 한 '쓰보하치'

의 프랜차이즈점으로, 전 오너가 매월 700만 엔의 매상밖에 올리지 못해 고생하던 매장을 와타미푸드서비스가 이어받게 되었다.

'오기쿠보점'을 둘러본 와타나베는 이렇게 입지조건이 좋은데 매달 700만 엔밖에 벌어들이지 못했다는 것을 믿기가 힘들었다.

'하치오지점'을 입수할 때도 그랬지만 점포의 취득은 전부 와타나베가 판단했다.

물론 이자카야 담당임원인 가네코를 비롯한 멤버의 의견도 듣지만 최종판단은 와타나베가 내렸다. 책임 소재를 명확히 하고 싶기도 하고 가네코에게 지나친 부담을 주기 싫었기 때문이었다.

개장공사라고 하면 듣기에는 그럴 듯하지만, '하치오지점' 때는 자금이 모자라서 전 직원을 동원하여 매장을 청소하고 집기나 테이블, 의자를 빡빡 닦았다.

지휘관은 물론 와타나베였다. 당연히 솔선수범했다. 청소만으로 꾀죄죄했던 매장이 몰라볼 정도로 청결한 가게로 '변신'했다.

'하치오지점'은 전 경영자가 600만 엔밖에 벌어들이지 못한 가게였다. 하지만 와타미푸드서비스 산하의 '쓰보하치'가 되자마자 즉각 매상이 두 배나 많은 1,350만 엔으로 늘어났다.

'하치오지점'은 JR 하치오지역 북쪽출구 근처에 있는 32평, 68석의 점포였다. 1988년 11월 현재의 점장은 1호점인 '고엔지 기타구치점'에서 알바생으로 일했던 와니베 신지다.

와니베는 하귤처럼 여드름 자국이 많은 겉모습과는 달리 눈치가 빠르고 싹싹한 남자였다. 1987년 7월에 알바생에서 사원으로 승격된

후 '고엔지 기타구치점'의 점장을 거쳐 '하치오지점'의 점장이 되었다.

'오기쿠보점'을 '아오바다이점'에 이어 '닛폰제분 방식'으로 가자고 제안한 것은 닛폰제분의 개발부 차장 사가모토였다. 그 사가모토로부터 11월 18일 아침 9시에 간나이의 사무소로 전화가 왔다.

"예, 와타나베입니다. 지난번에는 대단히 감사했습니다. 분수에 넘치는 호화로운 보헤미아제 화병까지 받아서 다들 아직까지 흥분이 가시질 않고 있습니다. 정말 무어라 감사를 드려야할지……."

"다들 좋아한다니 저도 기쁘군요."

사카모토의 목소리는 어딘지 모르게 딱딱했다. 기분 탓인가 생각한 순간 와타나베는 쇼크로 머리가 어질어질해졌다.

"와타나베 사장님, 실은 나쁜 소식을 알려드리게 되어서 면목이 없습니다. '닛폰제분 방식'에 이의를 제기하는 사람이 상부에 있습니다. 사장님께 직소하는 방법도 생각해보았지만, 그랬다가는 사내의 기강이 흔들릴 수 있습니다. 죄송하지만 이번에는 '닛폰제분 방식'을 포기하는 수밖에 없겠습니다."

"그, 그런?! 누가 반대하는 겁니까?"

"그건 말씀드릴 수 없습니다. 이렇게 된 이상 제가 개인적으로 채무 보증이든 뭐든 서겠으니까 융자해줄 곳을 찾아봅시다. 방침을 전환할 수밖에 없습니다."

사카모토의 목소리에는 비통한 심정이 섞여 있었다.

"개인보증이라니 말도 안 됩니다. 그러나 반대하는 이유가 무엇인지 꼭 알고 싶습니다."

"으음."

와타나베는 5초쯤 기다렸다가 "여보세요"하고 말을 걸었다.

"복잡한 이야기라 전화로 말하기 곤란합니다. 오후에 다시 한 번 전화를 드리죠. 융자에 대해서 부탁해볼 만한 곳을 알고 있거든요. 그럼 나중에 전화하겠습니다."

전화가 끊어졌다.

와타나베는 망연자실하여 한동안 멍하니 있었다.

30일까지 보증금 등 6,400만 엔을 조달하지 않으면 모처럼 구한 매장을 포기할 수밖에 없었다.

'오기쿠보점'을 번성점으로 만들 자신이 있었던 만큼 답답하기 짝이 없었다. 은행이 무담보융자를 거부한다는 것은 이미 '하치오지점'에서 경험했다. 사카모토는 개인보증을 서겠다는 말까지 했지만 그런 부담을 줄 수는 없었다. 그나저나 닛폰제분의 상부에서 반대하는 근거가 도대체 무엇일까?

거기까지 생각하던 와타나베는 가슴이 뜨끔했다.

닛폰제분은 와타미푸드서비스에 대한 출자비율을 51퍼센트로 늘리고 싶다, 자회사로 삼고 싶다는 뜻을 사카모토를 통해서 제안한 적이 있었다.

장고 끝에 머조리티majority-다수를 빼앗기는 것을 어떻게든 회피하고 싶었기 때문에 50-50면 어떤지 역으로 제안했다. 그것에 대해서 닛폰제분은 당분간 현 상태를 유지하자면서 태도를 분명히 하지 않았다. 이른바 보류 상태였던 것이다.

내부에서 사카모토에게 다시 이 문제를 들고 나온 것이 틀림없다. 자회사도 아닌 와타미에 너무 집중한다는 감정론적인 의견이 나왔을 것이다.

와타나베는 상부와 와타미 사이에 끼여서 이러지도 저러지도 못하는 사카모토의 입장이 염려되어서 우울한 기분이 들었다.

14

그날 오후 1시 반에 와타나베는 사카모토의 두 번째 전화를 받았다.

"미쓰이은행은 거절했지만 요코하마은행 신주쿠지점이 와타나베 사장님의 이야기를 들어보고 싶답니다. 지금 오실 수 있습니까?"

"예."

"저도 동석하겠습니다. 닛폰제분의 본사 1층 안내데스크에서 연락을 주세요. 오실 때까지 자리를 지키고 있겠습니다. 자료도 전부 준비해주세요."

"알겠습니다."

와타나베는 1시간쯤 뒤에 닛폰제분 본사 빌딩에 도착했다.

사카모토는 와타나베가 도착할 시간을 가늠하여 1층에서 기다리고 있었다.

"굿 타이밍이군요. 방금 막 내려왔습니다. 가면서 이야기하죠."

사카모토는 마음이 급한지 빠른 걸음으로 앞장섰다.

보폭이 큰 와타나베는 쉽사리 사카모토의 뒤를 따라잡았다.

"또 신세를 지는군요."

"다케우치 지점장과 오쿠보 부지점장께 대강의 사정은 말해두었습니다."

"감사합니다. 담보를 중시하는 은행에서 융자를 받기란 힘들다고 생각했는데……."

"말 그대로 50 대 50의 확률이니까요. 저는 기대해도 된다고 생각하지만."

"50 대 50이라는 말이 나왔으니까 말인데, 닛폰제분의 출자비율 때문에 못마땅하게 생각하는 분이 있는 것이죠?"

"없다면 거짓말이 되겠지만 지금은 '닛폰제분 방식'이 부정당한 것에 대한 선후책을 생각할 때입니다."

"예, 잘 알고 있습니다."

요코하마은행 신주쿠지점은 신주쿠역 동쪽출구의 야스쿠니대로靖国通り에 면한 가부키초歌舞伎町에 있었다.

지점장실에서 지점장 다케우치 스스무竹内進와 부지점장 오쿠보 고이치大久保孝—가 기다리고 있었다. 나이는 지점장이 마흔일곱에서 여덟, 부지점장이 서른일곱에서 여덟쯤 되어 보였다.

다케우치가 말투도 정중하고 조용한 데 비해서 오쿠보는 은행가로서는 드물게 말투도 억세고 털털한 남자였다. 정(靜)과 동(動), 절묘한 콤비라고 할 수 있겠다.

와타나베는 긴장 탓에 평소처럼 미소를 지을 수가 없었다.

사카모토의 소개로 명함을 교환하자마자 느닷없이 오쿠보가 질문을 던졌다.

"와타나베 사장님, 여기까지 차로 왔습니까?"

"아니요, 전차로 왔습니다."

"흐음. 하지만 자가용은 소유하고 있죠?"

"예."

"벤츠 타시죠?"

"그런 고급차를 몰 수 있는 형편이 아닙니다. 크라운입니다."

"중소기업의 사장은 좀 잘 나간다 싶으면 쥐뿔도 없는 주제에 벤츠를 타고 싶어 하지요. 그런 점에서 와타나베 사장님은 모범적이군요. 천하의 닛폰제분이 40퍼센트나 출자한 것도 그런 사장님의 인품 덕분이겠죠."

"아뇨, 과찬이십니다."

"그런데 현금흐름은 좀 어떻습니까?"

와타나베는 지참한 자료를 봉투에서 꺼내 테이블에 늘어놓았다.

"이걸 봐주십시오. 전 점포의 매상실적을 표로 정리했습니다. '도헨보쿠'……, '도헨보쿠'란 일본에서 제일 맛있다고 자부하는 오코노미야키 가게인데 '신주쿠점'은 이렇게 번성하고 있습니다. 하지만 '시모키타자와점'은 아직 적자가 계속되고 있지요. '쓰보하치'의 이자카야는 전부 흑자로 '고엔지 기타구치점', '야마토점', '가미오오카점', '하치오지점' 이렇게 네 매장 모두 경영이 순조롭습니다. 원래 하루벌이 장사이긴 하지만 현금흐름은 지극히 건전하다고 자부하고 있습니다."

말을 주고받는 동안 와타나베는 침착을 되찾았다. 사카모토가 바로 옆에 앉아 있었기 때문에 마음이 든든했다.

"향후 5개년의 경영계획은 이렇습니다."

다케우치도 오쿠보도 대충 훑어볼 뿐이었다.

오쿠보가 녹차를 벌컥벌컥 들이켰다.

"사원 정착률은 어느 정도입니까?"

"'쓰보하치' 본부에서 스카우트한 경리부장 한 명이 그만둔 것이 다 입니다. 실습 때 접객 태도에 문제가 있어서 야단을 쳤더니 자존심이 상했나 보더라고요."

"단 한 명뿐이요? 외식산업은 정착률이 나쁘다고 들었는데 참 다행 스런 일이네요."

다케우치가 찻잔을 양손으로 만지작거리면서 말을 이었다.

"사카모토 차장님이 권하길래 논문을 읽어보았습니다. 설득력이 있 더군요. 가나자와에서 교외형 외식산업을 전개하고 싶다고 적혀 있던 데 진척 상황은 어떻습니까?"

사카모토 차장님이 그런 일까지……. 와타나베는 가슴이 먹먹해졌다.

"부끄러울 따름입니다. '쓰보하치' 프랜차이즈점의 오너가 적극적으 로 나오고 있어서 아마도 실현될 것 같습니다."

"그거 잘 됐군요. 가져온 자료를 면밀히 검토해보겠습니다. 개인적 으로 채무보증을 서도 좋다는 사카모토 차장님의 말씀을 우리는 무겁 게 받아들이고 있습니다. 6,400만 엔의 융자를 원한다던데 2~3일 시 간을 주십시오. 오늘 여기까지 와주셔서 감사합니다."

다케우치는 일어나서 정중하게 머리를 숙였다. 오쿠보는 엉거주춤

한 자세로 대충 묵례했다.

"감사합니다."

와타나베는 사카모토에 대한 고마움으로 목소리가 잠겼다.

"저도 감사를 드리겠습니다. 무리한 부탁을 해서 정말로 죄송합니다."

사카모토도 머리를 깊이 숙였다.

은행에서 신주쿠역으로 가는 길에 시키모토가 말했다.

"'도헨보쿠'에 들렀다 갈까요?"

"사카모토 차장님, 시간 괜찮으신가요?"

"일이 남아 있지만 맥주 한 잔쯤은 괜찮겠죠. 와타나베 사장님은요?"

"전 괜찮습니다."

오후 4시가 되기 전이었지만 '도헨보쿠 신주쿠점'은 만석에 가까웠다.

두 사람은 카운터석에서 생맥주를 마시면서 대화했다.

"아마 융자를 받을 수 있을 겁니다."

"다케우치 지점장도 오쿠보 부지점장도 사카모토 차장님 덕분에 친절하게 대해주었지만 무담보융자에 응해줄까요? 애당초 무담보융자를 해달라는 제가 너무 뻔뻔한 것이겠죠."

"그럴까요? 좀 더 자신을 가져도 좋다고 생각하는데."

"사카모토 차장님이 아니었다면 만나주지도 않았을 겁니다."

"결과는 뚜껑을 열어봐야 알겠지만 저는 융자를 받을 가능성이 높다고 봅니다. 제가 개인보증을 서겠다는 말까지 했으니까요. 경솔한 기분으로 그런 말을 한 것이 아닙니다. 그만큼 와타나베 사장님을 신뢰하고 있습니다. 저는 와타미의 이사이기도 하니까요. 물론 닛폰제분의 이익대표이기도 하지만 이번 건에서는 와타미의 편에 설 작정입니다."

닛폰제분이 와타나베의 간절한 요청을 받아들여 사카모토를 비상근이사로 파견한 것이 올해 5월이었다. 같은 달 12일에 열린 와타미푸드서비스의 정기주주총회에서 정식으로 결정되었다.

"미쓰이은행에서는 문전박대를 당하지 않았습니까."

"보수적인 은행이니까요……."

사카모토는 반농담조로 말했다.

"돌다리를 두들겨 보고도 건너지 않는 곳이에요. 요코하마은행은 좀 더 융통성이 발휘해줄 겁니다."

"사카모토 차장님의 말씀을 들으니 조금 기운이 납니다."

"저는 낙관합니다. 만약 요코하마은행에서 거절한다면 다음 방법을 생각해보죠."

과연 다음 방법이 있을지 와타나베는 생각해 보았다. 51퍼센트의 출자비율을 요구해올까? 그렇다면 또 고민할 수밖에 없었다. 어쩐지 맥주의 맛이 느껴지지 않았다.

신주쿠역에서 사카모토와 헤어진 와타나베는 내선순환의 야마노테선에 탑승했다.

사카모토는 50 대 50의 확률이라고 말했지만 다케우치와 오쿠보의 태도로 보아 융자를 받을 가능성은 충분히 있어 보였다. 한편으로는 그렇게 일이 쉽게 풀릴 리가 없다고 부정하는 마음이 가슴 속에서 들끓었다.

'하치오지점'을 예로 들 것까지도 없이, 무담보융자를 받기가 얼마나 어려운지 뼈저리게 알고 있었다.

그것이 은행의 논리였다. 아무리 주가가 계속해서 올라가도 은행은 그렇게 만만치가 않았다. 그렇지 않아도 외식산업을 '물장사'라고 얕잡아 보는 경향이 있었다.

돌아가는 전차의 손잡이에 몸을 맡긴 와타나베의 몸도 마음속도 덩달아 흔들리고 있었다.

15

11월 21일 월요일 아침 9시를 지나서 와타나베는 사무소에서 오쿠보의 전화를 받았다.

"오후 1시까지 오실 수 있습니까?"

"예."

"다케우치 지점장님이 하실 말씀이 있답니다. 그럼 기다리고 있겠습니다."

"알겠습니다. 전화 주셔서 감사합니다."

몹시 무뚝뚝한 전화였다. 초조한 마음으로 연락을 기다렸던 와타나베는 전화가 끊어진 후에도 수화기를 쥔 채로 한참동안 넋을 놓고 있었다.

"누구 전화야?"

고의 질문에 와타나베는 겸연쩍게 웃으면서 수화기를 내려놓았다.

"오쿠보 부지점장이야. 다케우치 지점장이 1시에 만나고 싶어 한다고."

"OK가 나온 걸까?"

"그건 아닌 것 같던데. 하지만 사람을 일부러 불러놓고 융자를 거절하지는 않겠지.”

“동감이야. 무언가 부대조건이라도 있는 걸까?”

“예스 아니면 노밖에 없다고 생각하지만.”

와타나베는 닛폰제분 본사로 전화를 걸었다. 사카모토는 자리에 없었지만 곧 그쪽에서 다시 전화를 걸어왔다.

“전화를 하셨다던데 뭔가……?”

“방금 오쿠보 부지점장님의 전화를 받았습니다. 타케우치 지점장님이 1시에 만나고 싶다고 합니다.”

“틀림없이 좋은 소식일 겁니다. 결과가 어떻든 끝나자마자 들려주십시오. 회의 도중이라도 나가겠습니다.”

“감사합니다. 오후 2시 전후가 되리라 생각하는데 찾아뵙겠습니다.”

와타나베는 ‘오기쿠보점’을 입수할 수 있을지 없을지, 여기가 고비라는 기분이 들었다.

16

“이리 앉으시죠.”

다케우치가 온화하게 소파를 권했다.

“그렇게 서 있지 말고 얼른 앉아요.”

오쿠보에게 등을 얻어맞은 와타나베는 꼬꾸라지듯이 상석인 긴 의자에 앉았다.

“실례합니다.”

긴장감으로 굳어 있던 와타나베의 표정이 누그러졌다.

지점장 직속의 여비서가 녹차를 내주었다.

"고맙습니다. 잘 마시겠습니다."

와타나베는 즉시 찻잔으로 손을 뻗었다. 목이 타서 죽을 지경이었다.

다케우치는 조용히 녹차를 홀짝였고 오쿠보는 맥주라도 마시는 것처럼 찻잔을 비운 다음 테이블 위에 요란하게 내려놓았다.

다케우치가 자세를 가다듬었다. 와타나베도 덩달아 허리를 쭉 폈다.

"축하합니다. 융자를 내드리겠습니다. 6,400만 엔을 원하셨는데 6,000만 엔을 오늘 내일 중으로 입금하겠습니다."

"장기 프라임레이트Long-term prime rate—일본의 장기금융시장에서 우량고객에 적용되는 대출금리를 가리킨다. 1980년대 중반부터 일본 국제금융시장의 지위가 높아져감에 따라 중요한 국제기준금리의 하나가 되었다 플러스 1퍼센트. 이거라면 불만 없겠죠."

와타나베는 섬광이 몸속을 관통하는 것 같은 감동을 받아 대답이 한 박자 늦어졌다.

"감사합니다! 꿈만 같습니다."

"지점장님은 당신의 장래를 높이 샀습니다. 당신에게 걸어볼 가치가 있다는 뜻이죠. 배신하면 용서하지 않을 겁니다."

"예, 이 은혜는 잊지 않겠습니다. 와타미푸드서비스는 직원이 얼마 안 되지만 모두 엘리트 정예뿐입니다. 전원이 저를 도와주고 있습니다. 11월 21일, 오늘의 감격을 전원 가슴에 새겨두겠습니다."

"사카모토 차장님 같은 분이 개인보증을 서고 싶다는 말까지 하셨어요. 닛폰제분의 사정도 잘 압니다. 오쿠보도 말했듯이 저는 와타나베 사장님의 장래성에 대해 일말의 불안도 느끼지 못했습니다. 그 점에서 사카모토 차장님과 제 의견이 일치했다는 겁니다."

와타나베는 손을 무릎에 대고 고개를 떨구었다. 기쁘고 고마운 마음에 가슴이 먹먹해져서 목소리도 나오지 않았다.

"괜한 겸손 떨지 말아요. 언젠가 와타미푸드서비스는 주식을 상장할 수 있는 회사가 되겠지요."

다시 등을 얻어맞은 와타나베는 미소를 되찾았다.

"물론입니다. 상장은 5, 6년 안에 실현할 겁니다. 그때는 2부 상장도 염두에 둘 생각입니다."

"가만히 듣고 보니……. 통 크게 나오시네."

"좋아요, 아주 좋아."

오쿠보와 다케우치가 얼굴을 마주보면서 끄덕였다.

다케우치가 은근한 어조로 질문했다.

"가나자와의 교외형 프랜차이즈 점포의 전망은 어떻습니까?"

즉각 와타나베는 논문에 쓴 내용이 기억났다. 다케우치는 숙독완미熟讀玩味한 것이 틀림없었다.

"예, 1호점은 연내에 오픈할 수 있을 것 같습니다. 신규개점의 설계도도 완성됐고요. 2호점은 교외형의 패밀리 타입으로 내고 싶다는 가맹점 사업자와도 합의했습니다.

"'도헨보쿠'의 프랜차이즈 전개도 이자카야의 다점포 전개도 급속하게 진행될 것 같군요."

"예. 덕분에 예상했던 것보다 훨씬 속도가 빨라졌습니다."

"닛폰제분이 이만큼 힘을 실어주는 것으로 보아 와타미푸드서비스의 전도는 창창하지 않을까요."

와타나베는 다케우치에게서 오쿠보로 시선을 옮겼다.

"말씀하시는 대로입니다. 사카모토 차장님에게는 아무리 감사해도 모자랄 정도라고 생각합니다."

"고키 사장님도 다카하시 이사님도 와타나베 사장님을 응원하고 있다고 들었습니다."

"예, 닛폰제분이 물심양면으로 지원해주고 있습니다."

"'도헨보쿠'보다 '쓰보하치' 쪽이 훨씬 투자비율이 좋은 것 같은데. 닛폰제분은 밀가루를 고집하고 있으니까 '도헨보쿠'에서 손을 뺄 수 없나 보군요."

"말씀하시는 대로입니다."

눈치로 보아하니 오쿠보는 와타미의 점포를 직접 살펴보고 온 것 같았다.

"우리 회사로서는 '시모키타자와점'의 적자가 최대의 현안문제입니다."

오쿠보가 눈살을 찌푸리며 팔짱을 끼고 다리를 꼬았다.

"그래요. 이것저것 시도해 보고 있는 것 같았지만 조금 들어가기 껄끄러운 가게였어요."

와타나베는 자신의 예상이 맞았다고 생각했다.

"갔다 오셨습니까?"

"보고 왔지요. 밤인데 손님이 3분의 2쯤 차 있더군요. 가게는 청결하고 오코노미야키도 맛있었어요. 손님이 더 많으면 좋을 텐데요."

"딜리버리는 순조로우니까 조금만 더 노력하면 손익분기점을 넘길 수 있을 겁니다."

와타나베는 눈을 내리깔았다.

"'도헨보쿠' 신주쿠점은 번성하고 있습니다. 계단까지 손님들이 줄을 서서 기다릴 정도예요. '쓰보하치'는 어디든 성공적이에요."

"와타미푸드서비스의 프랜차이즈점만 그렇지요."

와타나베는 너무 잘난 척한 것이 아닌가 살짝 후회했다. 아니나 다를까 오쿠보의 어투에는 비아냥이 섞여 있었다.

"자신이 넘치는군요."

"감사합니다."

"실례지만 와타나베 씨는 몇 살입니까?"

"10월 5일로 스물아홉이 됩니다."

"부러울 정도로 젊군요."

"아직 코흘리개 어린애에 불과합니다."

오쿠보가 다케우치 쪽으로 틀었던 목을 원위치시켰다.

"그 코흘리개 어린애에게 천하의 닛폰제분이 미치고, 천하의 요코하마은행을 홀렸습니다."

"홀렸다니 말도 안 됩니다."

"요는 우릴 속이면 가만두지 않겠다는 말입니다."

이런 말을 하는 은행원을 만난 것은 처음이지만 와타나베는 오쿠보에게 호감을 느꼈다. 참으로 신기한 일이었다.

17

"사카모토 차장님 덕분에 장기 프라임레이트 플러스 1퍼센트로 융자를 받을 수 있었습니다."

"축하합니다.

닛폰제분 본사 4층의 응접실에서 와타나베와 사카모토가 힘차게 악수를 교환한 것은 그날 오후 2시가 지났을 때였다.

손짓으로 소파를 권하면서 사카모토가 먼저 자리에 앉았다.

"마음이 한결 놓입니다. '닛폰제분 방식'을 소리 높여 주장했던 제 입장이 말이 아니었으니까요. 저 역시 사내에서 반대했던 사람의 입장이었다면 반대했을지도 모릅니다. '재리스leaseback'는 닛폰제분의 품위를 손상시킨다고 여기는, 프라이드가 높은 사람이 우리 회사에는 제법 많거든요."

와타나베는 '51퍼센트'의 이야기가 나오지 않을까 긴장했지만 사가모토는 그것은 언급하지 않았다.

"저도 와타나베 사장님이 '통산대신상'을 수상했다고 자신감 과잉이 되었다고 할까요? '닛폰제분 방식'을 과신했을지도 몰라요. 너무 우쭐했나 봅니다. 그 대가를 치루는 것이라고 반성하고 있습니다. 하지만 다행이에요. 요코하마은행이 사실관계를 명확하게 파악하여 와타나베 사장님의 장래에 확신을 가진 것이라고……."

"전부 사카모토 차장님 덕분입니다. 정말로 감사합니다."

"전 별로 한 일이 없습니다. 은행가는 담보주의에 빠지기 쉽지요.

그거야 어쩔 수 없는 일이자 당연한 일입니다. 하지만 경영자의 자질이나 사업계획의 내용에 중점을 두어도 좋지 않을까요? 그 점, 다케우치 지점장이 눈이 높다고 감탄하고 있습니다."

"사카모토 차장님의 지원이 없었다면 이렇게 풀리지 않았을 겁니다. 사카모토 차장님이 개인보증을 서겠다는 말을 무겁게 받아들였다고 지점장님은 말씀하셨습니다."

"제가 개인보증을 서겠다고 했던 것은 리스크가 제로에 가깝다는 것을 알고 있었기 때문입니다."

"오쿠보 부지점장님이 배신하면 가만두지 않겠다고 으름장을 놓더군요. 단단히 명심해야겠습니다."

"은행가답지 않게 재미있는 사람이지요. 꽤 존재감이 있어요."

"동감입니다."

두 사람은 소리를 높여 웃었다.

"'오기쿠보점'은 12월 1일에 오픈하지요?"

"예. 11월 29일에 인수인계가 끝나니까 30일에 전 직원이 대청소를 하고 1일 오후 5시에 오픈합니다. 반드시 번성점으로 만들 테니까 안심하십시오."

사카모토가 걱정스런 얼굴로 말했다.

"1일은 목요일이지요? 잠시라도 들여다볼 시간이 날지 어떨지?"

"'하치오지점'과 마찬가지입니다. 저희에게 맡겨주십시오."

"하긴 제가 얼굴을 내밀어도 아무런 도움도 안 되니까요. 도움은커녕 방해가 될 뿐이겠죠."

"그렇지 않습니다. 사카모토 차장님이 와주시면 직원들도 기운이 납니다. 하지만 시간이 안 되는데 무리해서 오실 필요는 없다고 생각합니다."

"와타나베 사장님께 맡기겠습니다. 다른 직원들에게도 인사를 전해주십시오."

사카모토가 손목시계에 시선을 떨구었다.

찻잔을 비운 다음 와타나베는 다시 한 번 고개를 숙였다.

"오늘 정말로 감사했습니다. 직원들이 목을 길게 빼고 기다리고 있으니 오늘은 이만 실례하겠습니다."

사카모토가 엘리베이터 앞에서 속삭였다.

"오늘 밤은 푹 잘 수 있을 것 같군요."

와타나베는 잠자코 고개를 숙였다.

18

'쓰보하치 오기쿠보점' 오픈을 앞둔 11월 하순의 어느 날 저녁, 가나자와에 있는 다치바나산업 신규사업담당인 에무라 데쓰야江村哲也가 와타미푸드서비스의 본사 사무소로 와타나베를 찾아왔다. 2호점의 기본 설계도에 대한 의논을 마친 다음 에무라가 말했다.

"'도헨보쿠'의 오코노미야키에 홀딱 반한 다치바나 사장님이 꼭 먹어보라고 말씀하셨습니다."

에무라는 와타나베보다 한 살 연상인 서른 살이었다. 잘 웃는 명랑한 남자였다.

"꼭 드셔보십시오. '간나이점'은 여기서 가깝거든요."

와타나베는 후지이 점장에게 전화를 걸어 '히로시마 모던야키'와 '요코하마 모던야키'를 준비시켰다.

"어때요? 맛있지요?"

"예."

"정말 맛있네요. 둘이 먹다 하나가 죽어도 모르겠어요. 온 일본을 뒤져봐도 이렇게 맛있는 오코노미야키는 찾기 힘들 겁니다."

와타나베 본인도 '모던야키'를 먹으면서 "맛있다"는 말을 연발했다.

에무라는 포근한 와타나베의 미소에도 도취되었다.

"가나자와로 돌아가서 2호점을 낼 장소를 찾아보겠습니다."

"선물로 이 메뉴판을 드리지요. 두 달만 교육을 받으면 이것과 똑같은 메뉴를 에무라 씨가 내는 가게에서도 만들 수 있게 될 겁니다."

에무라는 와인레드의 표지로 감싸인 메뉴판을 꼼꼼하게 들여다보았다. 데이코쿠호텔 총주방장 무라카미 노부오의 추천문을 묵독하고는 홍조된 얼굴을 들었다.

"무라카미 셰프의 추천문이라니 굉장합니다."

"무라카미 셰프는 아버지의 전우거든요. 그래서 저의 어려운 부탁을 들어주었습니다."

"이런 멋진 메뉴판을 가나자와의 가게에도 둘 수 있을까요?"

"물론입니다."

와타나베는 이쪽을 살펴보고 있던 후지이를 손짓으로 불렀다.

"메뉴판 2부를 에무라 씨에게 챙겨드리게."

"알겠습니다."

와타나베는 이 기회다 싶어서 후지이를 에무라에게 소개했다. 두 사람이 명함을 교환한 다음에 와타나베가 말했다.

"후이지의 머릿속에 '도헨보쿠'의 노하우가 전부 들어 있습니다. 와타미에서도 1, 2위를 다투는 프로페셔널이죠."

"넘버원은 사장님입니다. 저는 3위나 4위 정도입니다."

"잘 지도해주세요."

에무라는 후지이에게 정중하게 고개를 숙이고서 착석했다.

19

와타나베 일가가 야마토시의 아파트에서 요코하마시 고난구 히노日野의 신축주택으로 이사한 것은 1988년 12월 4일 일요일이었다.

대지는 50평, 이층집으로 건평은 35평. 땅값은 평당 135만 엔으로 6,750만 엔, 가옥은 약 2,000만 엔.

자금은 은행의 주택융자를 받아서 해결했다. 무섭게 성장하는 팽창 경제의 전성기였기 때문에 토지와 가옥을 담보로 삼는 주택융자라면 은행은 얼마든지 빌려주었다.

자금을 빌려준 모 대형은행은 토지와 가옥을 담보로 다 망해가는 '쓰보하치' 프랜차이즈점의 구입 자금까지 융자해주겠다고 약속했다. 그러나 '거품경제'의 종언으로 자산 디플레이션이 일어나 담보능력이

저하, 결과적으로 와타나베는 주택을 건축하는 타이밍을 잘못 판단한 셈이 되었다.

'오기쿠보점'의 입수에는 시간을 맞추지 못해두 반드시 좋은 물건을 만날 수 있다고 믿고 토지를 구입한 와타나베는 혹독한 경험을 겪게 되었다. 하지만 주택융자 때문에 전전긍긍하는 회사원이 잔뜩 존재한 다는 것을 생각하면 체념하기도 쉬웠다.

새 집의 스케치에서 기본 디자인까지는 다망하기 짝이 없는 와타나 베가 업무를 보는 틈틈이 직접 그렸다.

"마음만 먹으면 2급 건축사 아니지, 1급 건축사의 자격을 딸 수 있을지도 몰라."

밤중에 설계도의 청사진을 펼쳐놓고 와타나베는 오똑한 코를 실룩거리면서 히로코에게 잘난 척을 한 적도 있었다. 자신의 성을 짓는다는 기쁨, 쾌감은 누구에게나 공통된 것이었다.

바쁜 직원들을 번거롭게 하기는 싫었기 때문에 이사는 전문 이삿짐 센터에게 맡겼지만, 집들이에 주요 직원들을 초대하여 히로코와 계모 도미코가 직접 만든 요리를 대접했다.

1층에는 거실과 식당, 2층에는 부부 침실과 자녀방 등이 세 개. 어쨌거나 스물아홉이란 젊은 나이에 목조 몰타르의 세련된 이층집을 신축했으니 감개무량하기 짝이 없었다.

"사장님, 축하드립니다."

"사모님, 정말 축하해요. 고엔지에서 같이 생활하던 시절이 꿈만 같네요."

가네코도 구로사와도 옛날 일이 떠올라서 가슴이 뜨거워졌다.

"너희도 머지않아 자신의 성을 가질 때가 올 거야."

와타나베는 주식상장을 계획하고 있다는 말이 목구멍까지 치밀어 올랐지만 꾹 참았다.

"이렇게 훌륭한 집은 아직 너한테는 안 어울릴 것 아니니? 융자금을 다 갚을 수 있을지 걱정이구나."

히데키도 말과는 달리 무척 기뻐 보였다.

"몽땅 빚이지만 높은 급료를 받을 수 있게 되었으니까 걱정할 필요 없어요. 분위기를 보아하니 이 집과 토지에 2번 저당권을 설정하면 은행에서 자금을 더 빌릴 수도 있다고요."

"과연 그럴까? 이 인플레이션이 언제까지 계속 될지⋯⋯."

히데키의 우려가 이윽고 적중하게 되리라곤 이때의 와타나베는 추호도 몰랐다. 전 일본이 '거품경제'에 취해 있었던 시대였으니까.

20

해가 바뀌어 1989년 설날 아침 8시가 넘어서 와타나베의 새 집으로 에무라가 전화를 걸어왔다.

"새해 복 많이 받으십시오. 다치바나산업의 에무라입니다."

"아, 에무라 씨. 새해 복 많이 받으세요."

"설날 아침부터 죄송합니다. 예의가 아닌 것은 알지만 와타나베 사장님과 긴히 의논하고 싶은 일이 있어서 전화를 걸었습니다."

"무슨 일입니까?"

"급히 와타나베 사장님을 뵙고 싶은데요."

에무라의 목소리는 궁지에 몰린 것 같았다.

"저는 언제라도 상관없습니다."

"그러면 내일 모레인 3일 오후에 사무소로 찾아가도 괜찮습니까?"

"3일에는 사무소가 있는 빌딩이 잠겨 있습니다. 간나이의 역사에 '르누아르'라는 찻집이 있는데 거기서 뵙지요. 오후 5시 어때요?"

"예."

나쁜 소식 같다고 와타나베는 생각했다.

"이렇게 이른 시간에 누구예요?"

파자마 차림의 와타나베의 등 뒤에서 히로코가 카디건을 걸쳤다.

"가나자와야. '쓰보하치'의 프랜차이즈점인 다치바나산업 이야기를 한 적이 없었나?"

"없어요."

"지방의 '도헨보쿠' 프랜차이즈 제1호점이야."

"아, 알겠어요."

물론 히로코도 '논문'을 읽었다.

"다치바나산업은 교외형 2호점을 내는데도 의욕적이었는데 아무래도 사정이 변한 모양이야. 다치바나산업의 에무라 씨의 전화였어."

"2호점은 취소된다는 뜻?"

"아마 그렇겠지. 1호점은 예정보다 늦어졌지만 계약도 끝났고 가맹금도 받은 데다 가게 위치도 정해졌어. 하지만 2호점에 대해서는 지금부터 의논하기로 되어 있어. 일단 1호점을 내고 상황을 보고 싶다는 말이 아닐까?"

"그 정도 일로 설날 아침부터 전화를 할까요?"

"하긴 그렇군. 에무라 씨의 목소리에서 긴박한 느낌이 들었는데 도대체 무슨 일일지 짐작이 가?"

"나야 모르죠. 아마 훨씬 더 심각한 일이 있는 것 아닐까요?"

"어쨌거나 오늘은 경사스런 날이니까 에무라 씨의 전화는 잊어버리자."

와타나베는 쪼그리고 앉아서 발밑에서 알짱거리는 쇼야의 머리를 쓰다듬었다.

21

와타나베는 1월 3일의 오후 5시 5분 전에 '르누아르'에 도착했다. 에무라는 입구에서 가까운 테이블에 앉아 커피를 마시면서 기다리고 있었다.

와타나베는 청바지, 브이넥의 스웨터 위에 점퍼를 입고 있었다. 반면 에무라는 감색 양복 차림이었다.

입구를 쳐다보고 있던 에무라가 일어나서 와타나베를 맞이했다.

와타나베는 점퍼를 벗고 인사를 나눴다.

"새해 복 많이 받으십시오."

"새해 복 많이 받으십시오. 명절에 불러내서 죄송합니다."

"오래 기다리셨습니까?"

"아니요."

"어서 앉으세요."

와타나베는 에무라에게 의자를 권하면서 점퍼를 옆의 의자에 놓았다. 에무라의 옆에는 검은 오버코트와 서류가방이 놓여 있었다.

찻집에는 설빔으로 차려입은 젊은 손님으로 붐비고 있었다.

와타나베는 웨이터에게 아메리카노를 주문하고서 웃으면서 에무라를 바라보았다.

"교외형 2호점은 자금적으로 힘들지 않겠습니까?"

에무라는 붙임성 있는 얼굴을 잔뜩 찡그리며 고개를 떨구었다. '도헨보쿠' 프랜차이즈점에 홀딱 반해서 열심히 미래를 이야기하던 에무라가 소금에 절인 야채처럼 풀이 죽어 있었다.

"훨씬 더 심각한가요?"

"예. 다치바나 사장님의 방침이 180도 바뀌었습니다."

와타나베가 컵을 들어 물을 식도로 흘려 넣었다.

"그건 1호점도 백지로 돌린다는 뜻인가요?"

"죄송합니다. 사장님이 '도헨보쿠'를 중지하자는 말을 꺼냈습니다."

"1호점은 점포도 정해져서 개조공사에 착수하고 있는데 도대체 어떻게 된 일입니까?"

와타나베의 말투가 힐문조가 되는 것은 어쩔 수가 없었다. '호쿠리쿠·가나자와에 출점하는 것이 결정되어, 지방관리 노하우를 축적하고 교외형 점포의 노하우를 구축할 예정이다'라는 '논문'을 쓴 지 얼마 되지도 않았다.

"저는 최근 한 달 내내 어떻게든 '도헨보쿠'를 열게 해달라고 다치바나 사장님께 호소했습니다. 다치바나 사장님은 방침이 바뀌었으니까 잠자코 따라오라면서 들은 척도 하지 않았어요. 오코노미야키보다 이자카야 쪽이 투자효율이 좋다는 것이 그 이유입니다. 끝내는 '도헨보쿠'는 가나자와처럼 역사가 깊은 거리에는 어울리지 않는다는 말을 할 뿐입니다. '도헨보쿠'의 프랜차이즈점을 내는 일에 전력투구해온 제 입장은 말이 아닙니다."

투자효율이란 단어에 와타나베는 조금 주춤했다. '시모키타자와점'을 언급할 것까지도 없이 그것은 사실이었기 때문이다. 그러나 '도헨보쿠'의 프랜차이즈점 전개는 현재로선 만범순풍滿帆順風이었다. 직영점인 '시모키타자와점'은 입지를 잘못 선택한 것에 불과했다.

그러나 사장이 일단 마음을 굳힌 이상 계획을 원래대로 돌릴 수는 없을 것이다. 와타나베는 각오를 굳혔다.

"유감스럽지만 포기할 수밖에 없다고 생각합니다."

"사람의 마음은 그렇게 간단히 변하는 것이 아니지 않습니까. 저는 아무래도 납득이 안 됩니다."

"에무라 씨의 마음은 알겠지만 사장님을 거역해선 안 됩니다."

"그렇게 말씀하시지 말고 와타나베 사장님도 저와 같이 다치바나 사장님을 설득해주십시오."

"에무라 씨가 며칠이나 설득했는데도 다치바나 사장님의 마음을 바꾸지 못했지 않습니까? 헛수고라고 생각합니다. 포기합시다."

에무라는 분하다는 듯이 입술을 깨물었다.

시계를 보면서 와타나베가 물어보았다.

"에무라 씨, 오늘 밤 다른 약속이 있습니까?"

"아뇨, 없습니다. 비즈니스호텔에서 묵었다 내일 가나자와로 돌아가려고요."

"그렇다면 우리 집에서 묵으시죠. 비즈니스호텔보다 나을 겁니다. 에무라 씨와는 좀 더 이야기를 나누고 싶군요."

와타나베의 미소에 이끌린 것처럼 에무라의 표정이 누그러졌다.

"폐가 되지 않을까요?"

"실은 지난 달 4일에 이사를 했거든요. 밤에 회사 직원들이 우르르 몰려왔다가 술에 취해서 자고 간 사람도 있습니다. 아내는 그런 일에는 익숙합니다. 결코 싫은 얼굴을 하지 않으니까 걱정 마세요."

와타나베는 반쯤 일어난 자세로 말을 이었다.

"잠시 집에 전화를 걸고 올게요."

"정말로 괜찮겠습니까?"

"물론이죠."

와타나베는 테이블을 떠나 계산대 근처의 핑크색 전화로 히로코에게 전화를 걸었다.

"지금 에무라 씨와 이야기 중인데 당신이 예상했던 대로 상당히 심각한 이야기야. 오늘 밤 우리 집에서 재울 테니까 식사 준비를 부탁해. 아마 6시에서 7시 사이에 도착할 거야."

"알았어요. 심각하다니 얼마나 심각한 거예요?"

"나중에 이야기해줄게. 그럼."

22

산토리제의 '도헨보쿠' 화이트와인이 두 병째가 되었다.

시각은 새벽 2시에 가까웠다. 히로코는 새벽 12시까지 같이 있다가 결국은 이층의 침실로 물러났다.

"나가노長野의 대학을 졸업하고 처음 취직한 곳은 고향 도야마富山의 DIY스토어였지요. 외식산업의 성장세에 매력을 느끼고 가나자와에서 '쓰보하치'의 프랜차이즈점 네 곳을 소유하고 있는 다치바나산업으로 이직한 것은 1년쯤 전입니다. 신규영업개발 담당이 되어 '도헨보쿠'를 낸다는 비즈니스 찬스를 잡아 의욕이 넘쳤는데……. 와타미푸드서비스와 계약까지 해놓고 파기한다니 도저히 용서가 안 됩니다. 저는 사장님께 항의하는 의미에서 회사를 그만두려고 합니다. 그렇게 하지 않으면 와타나베 사장님께 면목이 없어서요."

"회사를 그만두고 어쩌려고요? 가족을 길거리에서 헤매게 할 셈입니까?"

"독신이라서 그 점은 마음이 편합니다. 남자 혼자니까 어떻게든 먹고 살 수 있을 겁니다."

"가나자와에서 새 일자리를 찾을 생각입니까?"

"차라리 도쿄로 나올까 생각 중입니다."

와타나베는 적당한 때를 봐서 단숨에 결론을 꺼냈다. 무엇보다 졸려서 견딜 수 없었다.

"와타미에 입사할 생각은 없습니까?"

"저야 바라마지 않는 일이지만 너무 염치없는 것이 아닐까요?"

"솔직하게 말해서 늘 인재가 부족합니다. 에무라 씨에게 그럴 마음이 있다면 와타미로서는 두 팔 벌려서 환영하겠습니다."

"고맙습니다. 뭐라고 감사를 드리면 좋을지 모르겠습니다."

에무라는 눈물을 글썽이며 말꼬리가 떨렸다.

"다만 조건이 두 가지 있습니다. 저는 다치바나 사장님과도 신뢰관계가 있으니까 원만하게 퇴사해주십시오. 유종의 미를 거두어야죠. 인수인계는 깔끔하게 정리해야 한다고 생각합니다. 또 하나는 가장 밑바닥부터 일을 배워야 합니다. 본인보다 어린 점장 아래서 버틸 수 있겠습니까?"

"그런 조건은 전혀 문제가 없습니다. 잘 부탁드립니다."

와타나베가 와인글라스 두 잔을 채웠다.

"인수인계에 얼마나 걸릴 것 같습니까?"

에무라는 고민하는 얼굴로 와인글라스를 입으로 가져갔다.

"1월 16일의 월요일이면 늦을까요?"

"그렇지 않습니다. 그러면 1월 16일자로 와타미푸드서비스의 사원이 되어 주십시오. 급여 등의 조건에 대해서는 고에게 말해두겠습니다. 그리고 우리는 사원기숙사라고 부르는 임대아파트에서 3~4명이 공동생활을 하고 있습니다. 연대감을 강화하기 위해서도 같이 한솥밥을 먹는 것은 나쁘지 않다고 생각합니다. 저 또한 구로사와나 가네코와 함께 그런 경험을 쌓아왔습니다."

"저도 학생기숙사에서 살아봐서 공동생활은 익숙합니다."

1월 16일자로 와타미푸드서비스에 입사한 에무라는 '쓰보하치 아오바다이점'에 배속되었다. 스물다섯 살의 젊은 점장 시미즈 마사토清水雅人 아래서 에무라는 성실하게 일했다.

시미즈는 고가 과거에 근무했던 닛산자동차 계열의 부품제조회사에서 스카우트해왔다. 고를 따라 와타미푸드서비스로 이직한 시미즈는 입사 2개월 만에 '쓰보하치 야마토점'의 점장으로 발탁되었다가 작년 12월 1일에 오픈한 '아오바다이점'의 점장이 되었다.

'아오바다이점'에서 시미즈와 에무라는 한솥밥을 먹는 사이가 되었다.

제15장
배달업계 진출

1

1989년 3월 29일 수요일 오후, 와타나베는 에무라와 함께 도쿄 스기나미구 이즈미和泉의 점포를 직접 보고 검토했다.

'도미 호난초ドーミー方南町'라는 이름의 상가건물 1층의 13.4평짜리 점포를 찾아낸 사람은 에무라였다.

에무라가 다치바나산업의 신규사업 담당자로서 '도헨보쿠'의 프랜차이즈점을 내기 위해 분투하고 있을 때부터, 와타나베는 그의 근무 태도를 높이 평가하고 있었다. 와타미의 '쓰보하치 아오바다이점'에서 약 두 달 동안 설거지나 청소 같은 밑바닥 일부터 시켰지만 에무라는 자연스럽고 담담하게 업무를 배워나갔다.

구로사와와 가사이가 '도헨보쿠 시모키타자와점'에서 개발한 오코노미야키 딜리버리를 본격적으로 사업화하는 프로젝트가 와타미푸드서비스의 최대 과제가 되었을 때, 와타나베는 그것을 에무라에게 맡기기로 결심했다.

3월 초순에 사장의 특명으로 에무라를 '아오바다이점'에서 빼내 점포를 물색하도록 명령한 것도 그 때문이었다. 에무라는 '도헨보쿠'의 오코노미야키에 홀딱 반해 있었기 때문에 적격이라고 판단했던 것이다.

해당 건물은 간죠 7호선環狀七号線—도쿄 오타구(大田区) 헤이와지마(平和島)를 기점으로 네리마구(練馬区), 키타구(北区), 아다치구(足立区), 카츠시카구(葛飾区) 등을 경유하여 에도가와구(江戸川区)의 린카이쵸(臨海町)에 이르는 주요지방도로에서 하나 더 들어간 도로에 면해 있었다. 지하철 마루노우치선丸ノ内線의 호난초역 근처였다. '도미 호난초'에서 역으로 가는 길에 와타나베가 잔뜩 들떠서 말했다.

"여기로 정하죠. '도헨보쿠야키'의 딜리버리(배달) 매장으로 쓰기에 이보다 좋은 점포는 바라기 힘들 거예요. '조이너 호'나 '칼 루이스 호'로 대충 예상해보건대 리스크는 아주 적다고 봅니다."

"예. 반경 2킬로미터 이내에 15만 세대, 30만 명 이상이란 인구밀도를 고려하면 '도미 호난초'의 입지조건은 뛰어나다고 생각합니다."

'조이너 호'와 '칼 루이스 호'는 장난치길 좋아하는 가사이가 오코노미야키 배달용 자전거에 붙인 이름이었다. '도헨보쿠 시모키타자와점'이 부업으로 시작한 오코노미야키 딜리버리는 자전거 2대로 배달하고 있지만, 딜리버리 전문매장에서는 전용 오토바이를 구입할 계획이었다.

두 사람 다 양복 차림이었지만 와타나베는 빈손, 에무라는 서류가방을 들고 있었다.

"가게 이름은 어떻게 생각하십니까?"

"괜찮지 않을까요? '오코노미이치방お好美壱番 KEI타쓰'……. 멋진 센스라서 감탄했습니다."

진지한 얼굴로 찬성하는 에무라의 옆얼굴을 보면서 와타나베는 미소를 지었다.

"'테크 C'의 요시오카吉岡 사장님이 케이터링에서 따와서 고안한 이름인데 나쁘지 않지요? 케이터링의 스펠링은 CATERING이니까 C로 시작되지만, C를 K로 바꾼 점이 재미있어요. 작명료로 겨우 30만 엔밖에 안 드려서 죄송할 정도입니다."

케이터링의 본래 의미는 파티나 연회 같은 곳에 요리를 배달하는 것이지만 딜리버리와도 통하는 구석이 있었다.

'테크 C'의 요시오카는 '도헨보쿠' 프랜차이즈 1호점인 '후지사와점'의 설계에 참가했던 상업디자이너로 와타나베보다 일곱 살 연상이었지만 둘은 막연한 사이였다.

호난초역의 플랫홈에서 와타나베가 혼잣말을 하듯이 중얼거렸다.

"'오코노미이치방 KEI타' 1호점의 이름은 '호난초점'이라고 지을까요? 만에 하나 호난초에서 실패하면 오코노미야키 딜리버리의 미래는 없다고 봐야겠지요."

"사장님, 반드시 성공할 겁니다."

호난초역에서 출발하는 상행열차가 들어왔기 때문에 두 사람은 나란히 의자에 앉을 수 있었다.

와타나베가 태연하게 말을 이었다.

"내일 전체회의에서 발표하겠지만 에무라 씨가 'KEI타'의 담당을 맡아주세요. 가사이와 후지이, 이렇게 셋이서 프로젝트팀을 짜는 것이 좋겠습니다. 구로사와는 '도헨보쿠'에서 손을 뗄 수가 없는 상황이니 그것이 최선의 포진입니다. 딜리버리 프로젝트에는 사운을 건다는 각오가 필요한데, 그러기 위해서도 우리가 보유하고 있는 인재를 집중적으로 투입해야겠지요."

에무라가 무릎 위의 서류가방을 고쳐 안고 와타나베 쪽으로 상체를 비틀었다.

"저야 영광이지만 가사이 씨와 후지이 씨의 의욕이 꺾이지 않을까요? 제가 보조를 맡는 편이 팀워크를 유지하기 쉽지 않을까요?"

와타나베가 깔깔대며 소리 높여 웃었다.

"쓸데없는 걱정입니다. 가사이도 후지이도 이해할 겁니다. 둘 다 에무라 씨를 한 두수 위라고 인정하고 있거든요."

2

다음 날 새벽 4시, 와타나베는 알람 소리를 듣고 깨어났다.

아침 6시 반부터 닛폰제분 본사 빌딩의 5층 회의실에서 와타미푸드 서비스의 전체회의가 열리기로 되어 있었다. 직원이 30명을 넘어가자 간나이의 사무소는 좁아서 다 들어갈 수 없었기 때문에, 사카모토에게 어렵게 부탁한 것이었다.

와타나베는 오코노미야키 딜리버리 'KEI타'를 장기 경영계획의 핵심사업 중 하나로 삼고, 가까운 장래에 연매상 23억 엔을 달성하여 5천만 엔의 경영이익을 목표로 삼겠다는 발표를 한 다음 '도헨보쿠 시모키타자와점'에 대해서 언급했다.

"'시모키타자와'는 입지 조건을 잘못 판단했습니다. 리더로서 부끄럽기 짝이 없는 일입니다. 가급적 빨리 철수하는 방향으로 수습하고 싶지만, 새 사업인 'KEI타'로 이어졌으니 결과적으로는 플러스마이너스제로가 되리라 생각합니다. 'KEI타'가 성공하면 '시모키타자와'의 가치도 상승할 겁니다. 그러기 위해서 'KEI타'에서도 제가 선두에 나서겠지만, 에무라 씨를 담당자로 임명하여 가사이와 후지이, 이렇게 셋이서 프로젝트팀을 결성하도록 하겠습니다. 프랜차이즈 시스템의 패키지화, 컴퓨터에 의한 관리, 그리고 특히 출원 중인 오코노미야키의 단시간 조리법을 개발한 것이 'KEI타' 사업화에 동기를 부여했습니다. 즉 이 세 가지가 합쳐진 덕분에 성공할 확률이 무척 높아졌다고 할 수 있습니다. 일단 직영점으로 딜리버리 서비스를 시작할 텐데, 'KEI타'는 혼자 밥 먹는 사람이 늘어나고 있는 현대사회와 어울리기 때문에 이용객이 급증할 것으로 예상됩니다. 서민의 맛 오코노미야키 딜리버리가 반드시 성공하리라 확신하지만, 문제는 얼마나 성공하는지에 달렸습니다. 'KEI타'가 성공하면 염원하던 주식 공개를 향해 크게 전진할 수 있다고 생각합니다……."

와타나베는 입 주위의 타액을 오른손으로 닦아내고 직원들을 가리키면서 열렬하게 연설을 이어나갔다.

"저는 인복이 많은 사람이라고 지금 절절하게 느끼고 있습니다. 직원 한 사람, 한 사람이 제게는 무엇과도 바꿀 수 없는 보물입니다. 여러분이 보다 풍족한 생활을 할 수 있고, 보다 결실이 있는 인생을 보낼 수 있도록 저는 분골쇄신할 각오입니다. 이른 새벽의 회의임에도 불구하고 한 명도 빠지지 않고 전원 참석해주셔서 감사합니다."

의자에 앉으려는 와타나베에게 고가 다가가서 속삭였다.

"결산상여금을……."

"맞다. 중요한 일을 잊고 있었네."

와타나베는 웃으면서 다시 일어났다.

"여러분 덕분에 1989년 3월기 결산으로 약 3,000만 엔의 영업이익을 계상할 수 있을 것 같습니다. 소소하지만 결산상여금로서 0.5개월분을 전원에게 지급하겠습니다. 결산상여금은 올해부터 내년 지불할 생각입니다."

"우와아, 굉장하다."

"신난다!"

"사장님, 사랑해요!"

기쁨의 환호 다음에 우레와 같은 박수가 쏟아졌다.

3

'오코노미이치방 KEI타 호난초점'이 오픈한 것은 6월 12일의 월요일 오후 4시, 장마철치고는 상쾌하고 화창한 날씨였다.

인근에 5,000장의 전단지를 배포했지만 첫날에 109통이란 주문전화가 쇄도했다. 전화는 계속 울어댔다.

"날씨도 우리 편을 들어주다니 정말 다행이야."

"예, 틀림없이 성공할 겁니다."

가사이가 브이사인을 내밀며 와타나베에게 대답했다.

사카모토도 얼굴을 내밀었다.

"어쩌면 금광을 발견한 것일지도 모르겠군요."

"'시모키타자와'의 부업으로 70~80만 엔이나 벌어들였기 때문에 전혀 거정하지 않았지만, 설마 이만큼 성황을 이룬 줄은 몰랐습니다."

"에무라, 가사이, 후지이, 세 사람이 많이 고생했습니다. 특히 에무라는 점포를 물색할 때부터 침식을 잊고 수고를 아끼지 않았습니다. 아무리 칭찬해도 모자랄 정도지요."

"가장 노력한 사람은 와타나베 사장님이잖아요."

"아니요, 이번만큼은 저도 조연이었어요."

이날 밤 사카모토가 신주쿠의 술집에서 와타나베의 노고를 치하해 주었다. 두 사람은 카운터석에 자리를 잡았다. 와타나베가 단숨에 맥주를 비웠다.

"시원하다! 오늘 밤의 맥주는 각별히 맛있네요."

"그만큼 인기를 실감한다는 거겠지요."

"우리 와타미의 기대주 'KEI타'가 예상대로 좋은 출발을 보여준 덕분에 온몸이 가뿐해져서 춤이라도 추고 싶은 기분입니다."

와타나베는 소리를 높여 웃었다.

"춤이요? 그 심정 저도 압니다."

"여세를 몰아 2호점의 출점을 서두르겠습니다. 아까 에무라와도 이야기했는데 10월로 예정했던 오픈을 한 달 앞당기고 싶습니다."

"좋은 점포 자리가 있습니까?"

"가미오치아이上落合 3가의 점포가 괜찮을 것 같은데 사카모토 차장님도 한 번 보러 가시겠습니까?"

"그 근처도 인구밀집지역이니까 딜리버리의 입지조건은 최고군요."

"예."

"오코노미야키 딜리버리는 처음이니까 아마 신문이 기사를 내주지 않을까요?"

사카모토가 의뢰한 것인지 어떤지는 정확하지 않지만, 훗날 와타나베는 닛폰케이자이신문의 기자에게 취재를 받았다.

6월 22일자 닛케이유통신문은 '와타미푸드서비스의 오코노미야키 딜리버리', '5년 후 수도권에서 100점포 목표'의 3단 표제로 다음과 같이 보도했다.

닛폰제분의 관련회사인 와타미푸드서비스(본사 요코하마시, 사장 와타나베 미키)가 오코노미야키 딜리버리점의 전개에 나섰다. 기존에 운영하고 있던 오코노미야키점 '도헨보쿠'의 노하우를 활용하여 다양화되고 있는 배달업계에 진출하기로 한 것이다.

오코노미야키 딜리버리점의 이름은 'KEI타'. 케이터링이란 단어를 따서 지었다. 상권은 반경 1.5킬로미터로, 주문을 받으면 30분 이내에 배송하는 것이 기준이다. 메뉴는 일반적인 오코노미야키인 'KEI타야키'(900엔) 외에 살라미, 양파, 치즈를 얹은 '이탈리아야키'(1,200엔) 등. 딜리버리의 대표격인 피자는 최근 성장이 주춤하고 있지만, 오코노미야키는 남녀노소 상관없이 폭넓은 고객층을 확보할 수 있다고 전망하고 있다. 단가는 1,800엔을 상정하고 있다.

1호점은 도쿄 스기나미구에 열렸다. 점포 면적은 10평. 매상은 매월 600만 엔을 예상.

먼저 직영으로 10개 점포를 출점한 다음 프랜차이즈 체인 전개에 나설 예정. 전부 수도권으로 5년 후 100점을 내는 것을 목표로 삼고 있다.

6월 22일은 'KEI타' 2호점인 히가시나카노점東中野店의 개점 자금 2,500만 엔을 하마긴浜銀파이낸스가 융자하겠다고 허가해준 날이었다.

2호점은 신주쿠구 가미오치아이 3가의 '1989 빌딩' 1층에 있는 16.4평짜리 점포로 9월 14일 오픈을 목표로 프로젝트팀이 이미 움직이고 있었지만, 와타미푸드서비스가 자력으로 자금을 조달했다는 그 의미는 작지 않았다.

물론 요코하마은행 신주쿠지점의 조언이 주효했던 것이지만 'KEI타' 1호점의 성공이 와타미푸드서비스의 자금조달력을 증강시켜준 것 또한 사실이었다.

같은 시기 통산성이 지원하는 재단법인 '연구개발형기업육성센터'가 중소기업의 프로젝트에 대해서 채무보증을 서주는 제도가 있다는 것을 와타나베에게 가르쳐준 사람은, 노무라野村증권 계열의 벤처캐피탈 일본합동파이낸스의 스즈키鈴木 기업정보 부장이었다.

이 센터의 소재지는 지요다구千代田区 가스미가세키霞が関 1가의 뉴 다이아몬드 빌딩의 8층으로, 혼다기연공업本田技研工業의 창업자로 유명한 혼다 소이치로本田宗一郎가 초대이사장이었다.

'지식융합형기업채무보증제도'의 대상은 중소기업이라면 업종이나 업태에 관계없이 스스로 새로운 서비스를 개발하고, 유사사실의 기업화가 널리 확대되지 않았으며, 품질과 가격 면에서 획기적으로 개선될 가능성이 있는 구체적인 사업 계획(프로젝트)을 가지고 있는 경우에 한했다.

보증한도는 차입금 80퍼센트로 프로젝트 한 건당 4,000만 엔 이내, 담보 없이 보증기간은 8년 이내, 보증료는 연 1퍼센트.

"심사가 까다롭겠지만 'KEI타'로 도전해보면 어떨까?"

"외식산업이라는 이유로 무시당하면 어쩌지?"

"스즈키 부장님은 'KEI타'라면 통과될 가능성이 높다고 하셨어. 일본합동파이낸스가 와타미푸드서비스에 출자하고 싶다는 속셈도 있는 것 같지만 어쨌든 신청해보자고."

"알았어."

와타나베의 명령에 고는 신청 준비를 했다.

와타나베에게 1989년 6월은 좋은 일만 가득했던 행복한 한 달이었는데, 그중에서도 최대의 경사는 차남 레츠시의 탄생이었다. 6월 30일 금요일 새벽 1시 41분에 히로코는 남아를 출산했다. 체중은 3,234그램. 와타나베는 전날 저녁에 진통이 시작된 히로코를 크라운에 태워서 게이유慶友병원으로 데려갔다.

심한 난산이었다. 와타나베는 분만실 앞에서 신에게 기도하지 않고는 있을 수가 없었다.

간호사에게 "산모가 고생을 많이 했지만 건강한 아기가 태어났어요"라는 말을 듣고 와타나베가 얼마나 안도했는지 모른다. 모자와 대면했을 때 와타나베는 눈물을 흘리며 히로코에게 말했다.

"아주 씩씩한 아들이야. 히로코, 수고 많았어. 고마워. 당신과 아이들의 행복을 위해서라면 난 목숨도 걸 수 있어. 맹세할게."

히로코는 지쳐서 와타나베의 손을 마주잡아줄 기운두 없는 것 같았다. 하지만 눈물을 글썽이면서도 활짝 웃어 보였다.

4

와타나베가 'KEI타'의 프랜차이즈 계약서 작성에 착수한 것은 7월 중순이었다. 직영 1호점인 '호난초점'이 예상보다 순조로운 출발을 보였기 때문에, 직감적으로 성공할 수 있다고 판단했다.

즉 '오코노미이치방 KEI타' 1호점의 한 달 실적만 보고도, 와타나베는 프랜차이즈 전개가 본격화되리라는 앞날을 읽은 것이었다.

프랜차이즈 계약서 작성은 '도헨보쿠'에서 이미 경험했다. 서식이 있으니까 그리 어려운 일은 아니었다.

다만 '도헨보쿠'와 다른 점은 가맹 사업자에게 1년 동안 매상총이익을 보증하기로 마음먹은 것이었다. 최고이자 최선의 계약서를 작성하지 않으면 안 되었다.

1주일 만에 와타나베는 '오코노미이치방 KEI타'의 프랜차이즈 기본 계약서와 각종 세칙, 각서를 완성했다.

1주일이나 계약서 작성에 몰두할 수 있을 만큼 시간적 여유가 없었기 때문에 자택에서 밤늦게까지 작성할 수밖에 없었다. 밤을 샌 적도 부지기수였다.

가맹본부와 가맹점 사업자의 상호이익과 번영을 통해 사회에 공헌하겠다는 와타나베의 뜻이, 아래의 기본계약서 전문에 격조 있게 드러나 있었다.

'오코노미이치방 KEI타' 프랜차이즈 체인 본부인 와타미푸드서비스 주식회사(이하 갑)과 ○○○○○(이하 을)은 갑을 간의 동지적인 결속과 신뢰를 기반으로, 갑은 을에게 갑이 개발한 독자적인 경영 노하우와 경영방침(이하 KEI타 프랜차이즈 시스템이라고 한다)에 입각하여 통일된 이미지 아래서 'KEI타' 가맹점의 영업을 허가한다. 을은 KEI타 프랜차이즈 시스템에 입각하여 'KEI타'의 가맹점으로서 영업한다. 갑과 을이 상호이익을 얻어 'KEI타 그룹' 전체가 번영하고, 본 사업을 통해서 사회에 공헌하기 위해 다음과 같이 계약한다.

그리고 최대의 주안점인 이익보증에 대해서는, 각서로 ①일정한 방식으로 매달 보증금액을 산정한다. ②보증기간은 개업일로부터 1년간이다. ③A=매상총이익은 매상에서 원재료 사용액을 공제한 금액으로, 가맹점의 정보처리기기 단말에 을이 입력한 데이터를 기반으로 갑이 산정한다. B=매상액은 가맹점의 정보처리기기의 단말에 을이 입력한 데이터를 기반으로 산정한다. C=원재료 사용액은 메뉴별 매상을 기본으로, KEI타 매뉴얼대로 조리한 경우 개별적인 원재료 사용량에 각각의 가중평균 단가를 곱한 합계액으로 한다. ④1개월의 매상총이익이 보증금액에 미치지 못할 경우, 익월 10일에 을이 갑에 대해서 지불하는 로열티 혹은 식재료 등의 대금을 차감하고 지불한다. ⑤을은 별도로 명시하는 이익보증을 위해서 점포운영기준을 지켜야만 한다. 하나라도 어길 시에는 그 달의 이익보증을 갑에게 받을 수 없다──고 명문화했다.

5

'도헨보쿠 시모키타자와점'이 시모키타자와의 마쓰야부동산의 중개로 노래방을 경영하는 자영업자에게 매각된 것은 8월 1일이었다.

양도가격은 겨우 900만 엔. 그러나 계약기간인 12월까지의 보증금 금리, 월세, 해체비 등의 부담을 고려하면 400만 엔을 더한 1,300만 엔의 가치는 있다고 와타나베는 보았다.

오픈에서 매각까지 약 1년 8개월, 용케 버텼다고 와타나베는 생각했다. 적자액은 약 2,000만 엔에 달했다.

그러나 'KEI타'로 사업이 발전한 것을 계산한다면 '시모키타자와점'은 결코 마이너스가 아니었다. 그렇기는커녕 이득을 보았다고 생각해도 괜찮을 정도였다. 와타나베는 사고방식의 전환이 빨랐다.

9월 14일에 오픈한 'KEI타' 2호점인 '히가시나카노점'도 순조로웠다. 경사스러운 일이 계속되었다.

9월 22일자로 재단법인 연구개발형기업육성센터가 와타미푸드서비스에게 2,400만 엔의 채무보증을 서겠다는 결정을 내렸다.

이 센터에 1989년도 제2회 지식융합형기업 채무보증을 신청한 벤처기업 중에서 채무보증을 받게 된 곳은 와타미푸드서비스 하나뿐이었다. 게다가 외식산업에서는 전무후무한 쾌거라고 할 수 있었다.

프로젝트 내용은 '오코노미야키의 단시간 조리에 의한 딜리버리 시스템의 개발'. 취급 금융기관은 일본합동파이낸스. 차입금 3,000만 엔 중 80퍼센트를 국가가 보증해주었다.

결정되었다는 소식을 들었을 때 와타나베와 고는 어깨를 부둥켜안고 기뻐했다.

"방대한 자료를 제출하고 통산성 담당관의 면접을 받느라 고생하긴 했지만 굉장한 훈장을 받았어."

"심사위원회가 와타나베의 설명에 설득된 거지. 질문다운 질문도 나오지 않았잖아."

"다 '호난초점'의 실적 덕분이야. KEI타는 크게 번성할 거야."

"응. 이 보증제도는 '뉴 비즈니스의 아쿠타가와상芥川賞-소설가 아쿠타가와 류노스케 (1892~1927)를 기리기 위해 일본 문예춘추사가 1935년 창설한 순수문학상'이라는 말을 듣는 모양이야. 'KEI타'에 탄력이 붙어서 크게 발전할 수 있는 계기가 될 지도 몰라."

"이미 탄력을 받았어. 와타미는 'KEI타' 덕분에 장외시장거래소시장 밖에서 유가증권의 거래가 이루어지는 비조직적·추상적 시장에 등록하게 될 거야!"

와타나베의 마음은 고조되어 있었다.

6

"아무래도 12평은 너무 좁아. 우리 와타미푸드서비스도 연간 10억 엔 이상의 매상을 올리는 회사로 성장했으니까 본사를 더 넓은 곳으로 옮겨도 괜찮지 않을까?"

와타나베가 고에게 말을 꺼낸 것은 'KEI타' 2호점인 '히가시나카노점'이 궤도에 오른 1989년 12월 하순의 일이었다.

"계속 닛폰제분의 회의실을 빌려서 전체회의를 할 수도 없는 노릇이잖아. 사카모토 실장님도 사무소를 이전하라고 권하셨어. 우리는 항상 'KEI타'나 '도헨보쿠', '쓰보하치'의 매장만 보러 다녔잖아. 이참에 본사 사무소 자리도 찾아보자."

와타나베가 사카모토와 와타미푸드서비스의 본사 사무소 이전에 대해서 의견을 교환한 것은 두 달 전의 일이었다. 10월 1일 닛폰제분의 인사이동으로 사카모토가 외식산업 실장으로 승진했기 때문에 와타나베가 신주쿠의 술집에서 축하주를 샀다.

"'KEI타'가 용두사미로 끝나는 일은 없겠죠."

"그렇게 생각합니다. '도헨보쿠'와 병행하여 'KEI타'의 프랜차이즈 전개에도 적극적으로 나가려고 합니다."

"와타미푸드서비스의 업무내용은 계속 확대되고 있으니까 슬슬 새로운 사무실을 마련하지 그래요? 아예 닛폰제분 근처로 이사하면 어때요? 여러모로 편리할 것 같은데."

"이 근처는 너무 비싸서 엄두가 안 납니다. 딱히 요코하마를 고집할 필요는 없다고 생각합니다."

"다소 비싸더라도 닛폰제분과 가까운 편이 서로를 위해서 득이 아니겠습니까. 본격적으로 한번 찾아봅시다."

"새 사무소를 찾는 것은 저희에게 맡겨주세요."

사카모토가 미간을 찌푸린 것을 와타나베는 알아차리지 못했다.

"어쨌든 고에게 맡길 테니까 적당한 곳을 알아봐줘. 다만 우리 분수에 맞는 곳이어야 돼. 너무 호화로우면 안 돼."

"알았어. 올해 안에 찾아볼게. 프랜차이즈 전개로 손님도 많이 방문하니까 나도 무슨 수를 써야겠다고 생각하던 참이야."

고는 눈부신 행동력으로 사흘 만에 적당한 물건을 찾아왔다.

"JR 가마타역蒲田駅 서쪽출구에서 도보 2분 거리에 지상 5층, 지하 1층짜리 신축 빌딩의 주인이 3, 4층을 사무실로 쓸 임차인을 구하고 있어. 선라이즈빌딩이라는 건물인데……."

고가 활짝 웃으면서 말을 이었다.

"건물주가 아사히야旭屋라는 술도매상이라는 것도 유리하게 작용할 거야. 와타미가 거래처가 되진 않을까 기대하는 마음도 없지는 않을 테니까."

"그게 조건이야?"

"아니야. 기대만 하는 거지 그럴 의무는 없어."

"그래서 가격은?"

"한 층이 60.45평으로 보증금이 1,000만 엔, 월세가 574,275엔으로 평당 9,500엔. 관리비는 120,900엔으로 평당 2,000엔이야.

"싸다. 그런 곳을 용케 찾아냈네. 당장 보러 가보자."

와타나베는 시계를 확인하고 자리에서 일어났다. 12월 27일 수요일 오후 4시가 지났을 때였다.

가마타역으로 향하는 게이힌토호쿠선의 전차 안에서 손잡이를 잡고
선 와타나베가 질문했다.

"고는 몇 채나 비교, 검토했어?"

"음, 사흘 동안 7건을 둘러봤어. 근처에 러브호텔도 있어서 빈말로
도 좋은 환경이라 할 수는 없지만 신축이고 역에서 가까워서 높은 점
수를 줄 수 있어. 무엇보다도 요즘 이렇게 좋은 가격으로 신축빌딩의
사무실을 얻기는 힘들잖아."

"확실히 시세보다 싸. 러브호텔은 마음에 걸리지만 그 정도는 참아
야겠지."

"지하 1층에서 2층까지는 아사히야의 물류센터고 5층은 건물주의
자택이야. 엘리베이터 홀로 차단되어 있어서 물류센터의 소음 때문에
불편할 일은 없을 거야.

3층과 4층을 직접 둘러본 와타나베는 그 자리에서 결단을 내렸다.

"신축이라는 것이 마음에 들어. 기분까지 산뜻해지잖아. 3층으로
정하자. 60평이라면 간나이의 5배나 되네. 대단한 출세다."

신이 나서 둘러보는 와타나베의 동작은 춤을 추는 것처럼 보였다.

와타미푸드서비스의 본사 사무소는 1990년 1월 15일에 이전하여
16일부터 업무를 개시했다.

7

'KEI타' 프랜차이즈 1호점에 관한 정보는 본사가 간나이에서 가마타로 이전하기 석 달 전인 9월 하순에 이자카야 담당임원인 가네코가 물어왔다.

"야스이 마사시安井雅司라는 나보다 한 살 적은 불알친구가 있는데, 그 친구 부모님이 아들을 'KEI타' 프랜차이즈점의 오너로 키우고 싶다는 거야. 어떻게 좀 고려해주면 안 될까?"

"가네코의 불알친구라면 나도 얼굴 정도는 알고 있겠네?"

"아니야. 와타나베는 만나본 적이 없을 거야."

"흐으음. 1호점이니까 반드시 성공하지 않으면 안 되는데 근성이 있는 친구야?"

"외모는 딱 들어맞아. 프로레슬러라고 해도 통할 정도로 덩치가 좋거든."

가네코가 눈을 내리깔고 말했다.

"다만 너무 착해서 말이야."

와타나베는 웃으면서 참견했다.

"착한 천하장사라고? 모모타로桃太郎-일본 전설의 대중적인 영웅 같은 남자인가 보네."

"모모타로하고는 달리 야스이의 부모님은 아들이 어엿하게 독립하길 간절히 바라고 계셔. 그러니 개업 자금은 부모님이 대주시지 않을까 싶어."

와타나베와 에무라는 간나이의 사무소에서 즉각 야스이와 그 부모님의 면접을 봤다. 야스이는 듣던 대로 어깨가 떡 벌어진 근육질에 힘이 좋아 보이는 젊은이였다. 하지만 계속 바닥만 쳐다보고 있었다. 덩치에 어울리지 않게 과묵하고 마음이 약해 보인다는 인상을 받았다.

세 사람이 돌아간 다음 와타나베와 에무라는 얼굴을 마주보면서 고개를 좌우로 흔들었다.

"기대주 'KEI타'의 프랜차이즈 1호점의 오너가 되는 것은 무리입니다. 가게를 경영할 수 있을 것 같지가 않아요."

"에무라도 그렇게 생각해?"

이 무렵 와타나베는 동세대라는 점도 있어서 에무라에게 말을 놓고 지냈다. 에무라도 "나에게만 높임말을 하지 마세요"라고 했다.

"그나마 봐줄 만한 것은 알바로 피자 배달을 해본 적이 있다는 정도. 그래도 'KEI타'의 프랜차이즈점을 꾸려나갈 수 있을 것 같지는 않네요."

"동감이야. 가네코에게는 미안하지만 거절하자."

하지만 "나도 야스이를 교육시킬게. 어떻게 좀 안 될까? 프랜차이즈점의 오너로 클 가능성이 전혀 없는 것은 아니잖아. 그 친구 부모님이 울며 매달려서 도저히 거절할 수가 없어"라면서, 가네코가 간곡히 부탁하는 바람에 와타나베는 야스이와 프랜차이즈 계약을 맺을 수밖에 없었다.

"야스이가 실패하면 직영점으로 전환하면 돼. 가네코의 체면을 세워주자. 에무라, 미안하지만 부탁한다."

와타나베까지 고개를 숙이며 부탁하는 통에 에무라도 끝까지 반대할 수가 없었다.

에무라가 점포 물색부터 시작해서 하나부터 열까지 야스이를 지원했다.

와타미푸드서비스와 야스이가 'KEI타'의 프랜차이즈 계약을 맺은 것은 12월 1일, 그리고 'KEI타 마이타점蒔田店'이 오픈한 것은 1990년 1월 12일이었다.

마이타점은 요코하마시 미나미구 호리노우치초堀の内町 2가 '메종 아베'에 있는 23평짜리 점포였다.

'KEI타' 프랜차이즈점 제2호점의 계약자는 주식회사 난킨켄南京軒식품. 1990년 5월 6일에 계약이 체결되어 같은 달 29일에 '무사시코야마점武蔵小山店'이 오픈했다.

난킨켄식품은 라면 체인인 '원조삿포로야元祖札幌屋'의 본부로, 체인점에서 사용하는 면도 가공하고 '도헨보쿠', 'KEI타'를 소유한 와타미푸드서비스의 납품업자이기도 했다.

"닛폰제분의 밀가루로 면을 만들어 와타미에 납품하고 있지만 늘 와타미와는 좀 더 우호를 다지고 싶었습니다. 와타미에게 배울 점도 많다고 생각하고요. 그런 점에서 'KEI타'의 프랜차이즈점을 신청하는 것은 옳은 선택이 아니겠습니까."

"감사합니다. 난킨켄식품이 'KEI타'의 프랜차이즈점이 되어 주신다니 마음이 든든합니다."

와타나베보다 2세대는 선배격인 미우라三浦는 누구를 대하든 정중한 말투를 쓰는 인격자로서도 유명했다. 미우라에게 프랜차이즈 계약을 맺고 싶다는 말을 들었을 때, 와타나베는 가슴이 쿵쾅쿵쾅 뛸 만큼 감동했다.

'무사시코야마점'은 메구로구目黒区 메구로혼초目黒本町 4가에 있는 '사라하세가와サ—ラ長谷川'의 32평짜리 점포였다. 'KEI타'의 직영 3호점인 '와세다점早稲田店'(신주쿠구 니시와세다 1가 아사히팰리스 와세다, 17.8평)이 3월 1일에, 4호점인 '도키와다이점常盤台店'(이타바시구板橋区 도키와다이常盤台 2가 아사노浅野빌딩, 18평)이 4월 16일에 오픈했다.

직영점, 프랜차이즈점을 합쳐서 5월 현재로 6점포 체제가 갖추어진 것이다.

8

'KEI타'의 쾌진격은 멈출 줄을 모르고 계속되었다.

1990년 7월 25일에는 직영점인 '우라다점浦田店'이 오픈했다.

'우라다점'은 오다구 니시우라다 7가에 있는 이나게稲毛빌딩의 22.3평짜리 점포였지만 본사 사무소와 가까워서 와타나베가 더 공을 들인 매장이었다.

와타나베의 발안으로 평일 오후 4시부터 오후 11시까지 7시간 동안 영업하는 것을, 주말과 공휴일에 한해서 오전 11시부터 오후 11시까지의 12시간 영업으로 늘렸다. 서비스의 차별화를 꾀한 것이었다.

4월 13일자 호치報知신문에 '피자가 아니지만 30분 이내에 배달합니다'라는 제목으로, 또 같은 날 일간공업신문도 '딜리버리 오코노미야키, 피자를 추월'이란 제목으로 'KEI타'의 기사를 실었다.

아사히신문은 4월 20일자 조간에 'KEI타'의 전용 오토바이에 배달원이 오코노미야키를 싣는 3단 사진을 포함, '오토바이로 배달', '오코노미야키', '일본의 전통적인 맛…피자에 도전', '현대적인 감각으로 승부', '적은 투자로 개점 가능' 같은 큰 표제어를 배치한 특집기사를 실어주었다.

핫토리 하지메服部肇 기자의 이름이 들어간 기사로, 와타미푸드서비스에 관한 부분이 실린 전문과 본문을 여기에 인용하겠다.

전화로 주문할 수 있다는 간편함과 30분 만에 도착한다는 신속함이 인기비결인 피자의 오토바이 딜리버리에 오코노미야키나 군고구마 같은 일본의 전통적인 맛이 도전한다. 하나같이 포장부터 고급스럽고 세련된 이미지와 감각을 만들어내는 데 신경을 썼다. 서양음식이 장악한 배달음식시장에 전통적인 일본음식이 진출하게 된 것이다. 서양음식은 과당경쟁시대에 들어갔다고 볼 수 있다. 신입인 일본음식이 그 격전지에서 새로운 고객을 확보할 수 있을까? 딜리버리에 새 바람이 불어온다.

한편 피자가 성공했으니 오코노미야키도 가능하다면서 도전장을 내민 사람은 오다구 니시가마타 7가에 본사가 있는 '와타미푸드서비스'(와타나베 미키 사장). '한 손으러 버번을 들고 재즈를 들으면서 오코노미야키를'이라는 현대적인 감각을 도입한 가게가 신주쿠와 요코하마에서 문을 열었다. 작년 6월에 스기나미구에 딜리버리점을 오픈. 지금까지 4개 매장을 직영으로 운영하고 있으며, 어느 곳이나 매월 500만 엔의 매상을 올리고 있다고 한다. "피자보다 오코노미야키 쪽이 노인부터 어린아이까지 고객층이 다양하다. 간식, 안주, 주식으로도 먹을 수 있다"고 진출 이유를 말했다. 가게 이름은 딜리버리라는 뜻이 담긴 '케이터링'에서 따온 'KEI타'.

이런 상법을 선택한 것은 투자금이 적어도 괜찮기 때문이다. 현재 도쿄 시내에서 가게를 차리려면 30평방미터에 6,000만 엔은 필요하다. 가게 앞을 지나가는 통행인도 계산하지 않으면 안 된다. "딜리버리라면 매장이 큰길가에 면해 있지 않아도 상관없다"고 영업사원은 설명한다. 매장 당 투자금은 3,000만 엔이면 충분하다.

와타나베는 매스컴의 취재에 적극적으로 응했다.

사진지에까지 등장했다. 1990년 8월 24일에 발매된 「Friday」 9월 7일호 56페이지에 'SUCCESS', '창업 6년 만에 연간 22억 엔 매상, 부하 50명. 서른 살, 오코노미야키 딜리버리회사 사장의 라이벌'라는 표제어가 배치된 기사와, 양옆으로 알바 여대생을 거느린 와타나베가 득의양양하게 오코노미야키를 들고 있는 사진이 게재되었다.

라이벌의 뜻은 이렇다.

하지만 딜리버리라고 하면 이미 피자라는 강력한 라이벌이 있다. 그에 대해서 그는 "오히려 딜리버리 피자 가게가 있는 지역일수록 수요가 늘어날 가능성이 높고, 피자보다 전통적인 일본음식 쪽이 일본인의 입맛에 맞는다"면서 자신감을 드러냈다.

가는 곳마다 칭찬 일색이었다. 그야말로 앞에서 기다리는 것은 성공밖에 없을 것 같았다.

"'KEI타' 매장당 투자액은 큰길가나 역 앞에 낼 필요가 없기 때문에 2,500만 엔에서 3,000엔이면 충분해. 매상은 연간 6,000만 엔 이상. 영업이익은 25퍼센트. 거의 2년 만에 회수할 수 있으니까 황금알을 낳는 거위나 다름없지. 이제 장외시장에 등록할 수 있어. 'KEI타'의 프랜차이즈 전개에 박차를 가하자."

와타나베가 간부회에서 속내를 털어놓은 것도 이 무렵이었다.

<h1 style="text-align:center">9</h1>

스기나미구 아사가야阿佐谷의 주식회사 'K&B'가 와타미푸드서비스에 '오코노미이치방 KEI타'의 프랜차이즈점에 가맹하고 싶다는 말을 꺼낸 것은 9월이 되어서였다.

본사 사무소의 응접실에서 'K&B'의 사장 구보 요시아키久保義昭를 상대한 사람은 와타나베와 에무라였다. 와타나베가 웃으면서 "프랜차이즈점에 1년간, 일정의 매상총이익을 보증합니다. 최초의 2년은 가맹점 사업자에게 힘든 기간이니까 가맹본부로서 지원을 아끼지 않을 생각입니다"라고 말하자 구보는 깜짝 놀랐다.

매상이 얼마나 될지 불확실한 외식산업에서 매상총이익을 보증한다는 것은 있을 수 없다고 구보는 생각했다.

"편의점에서 매상총이익을 보증한다는 말은 들은 적이 있지만……."

"말씀하시는 대로입니다. 외식산업에서는 첫 시도이겠지요. 하지만 'KEI타'의 프랜차이즈 시스템에서는 그것이 가능합니다. 귀사의 'KEI타' 프랜차이즈점을 가령 '아사가야점'이라고 할까요. 최소한 매월 450만 엔의 매상을 예상할 수 있다고 생각합니다. 원가율 22.5퍼센트를 제외한 약 350만 엔의 매상총이익을 보증합니다. 즉 우리는 그만큼 'KEI타' 프랜차이즈 전개에 자신이 있다는 뜻입니다."

"계약을 베이스로 하는 이야기지요?"

"물론입니다. 다만 별도의 각서를 교환하게 됩니다. 귀사는 이익이 보증되는 프랜차이즈 3호점이 되는 것이죠. 매상총이익을 보증하면 우량 가맹점 사업자를 'KEI타' 프랜차이즈 본부로 끌어들이는 효과가 있으리라 확신합니다."

와타나베의 옆에서 에무라도 온화하게 수긍했다.

"가맹점 사업자에게는 꿈만 같은 이야기지요. 당장 점포를 물색해보겠습니다."

구보는 홍조된 얼굴로 머리를 숙였다.

와타미푸드서비스와 'K&B'의 프랜차이즈 계약은 2월 8일에 체결되어, 3월 19일에 '아사가야점'(스기나미구 아사가야키타 2가 메종 후지다メゾン藤田, 17.8평)이 오픈했다.

"'KEI타'의 프랜차이즈 전개는 매상총이익 보증제도를 선전하면 올해 안에 매장을 30개 정도 낼 수 있지 않을까? 닛케이유통신문에 광고를 내볼까?"

"맞아. 매상총이익을 보증하는 프랜차이즈 가맹점의 모집 광고는 효과가 있을 거야."

"광고의 레이아웃은 에무라에게 맡길게."

에무라가 만든 레이아웃을 와타나베가 수정한 10단광고가 닛케이유통신문에 게재된 것은 1991년 3월 5일이었다.

"마음이 맞는 동료 모집!"

"가장 염려스러운 1년간을 보증합니다", "KEI타 오코노미이치방"

"오코노미야키 딜리버리! 갓 구운 오코노미야키를 배달합니다"

"신뢰의 지원제도, 매상총이익 보증제도, 노하우에 대한 자신감을 시스템으로"

"드디어 수도권에서 본격 전개 개시!! 프랜차이즈 가맹점 모집"

"가벼운 마음으로 문의하세요", "직접 보고 함께 고민합시다"

"의욕이 넘치는 당신, 기왕이면 자영업자로 독립하라"

이 광고 문구들은 전부 가로로 인쇄하고, 전용 오토바이를 배경으로 7명의 청년들의 사진을 배치한 신문 광고를 면밀하게 검토하면서 와타나베가 말했다.

"와타미푸드서비스도 많이 출세했구나. 이렇게 커다란 광고를 낼 수 있는 회사가 되었으니까."

"30분 후면 9시입니다. 전화가 몇 통이나 걸려올지 기대되네요."

에무라는 평소와 달리 긴장으로 표정이 굳어 있었다. 가사이가 히죽거리면서 에무라의 어깨를 두드렸다.

"오늘 전화가 몇 통이나 걸려올지 내기할까요? '호난초점'에서 전단지를 돌린 것만으로 109통의 전화가 왔었으니까 그 배인 200통?"

후지이가 끼어들었다.

"그건 아니죠! 가맹점 모집과 오코노미야키 딜리버리는 비교 대상이 되질 않아요."

"당연하죠. 200통은 그냥 농담으로 해본 소리에요."

"그럼 가사이 씨는 몇 통입니까?"

"한 50통 정도일까요?"

"나는 30통."

"좋아요, 그걸로 내기하죠. 비슷하게 맞춘 사람에게 1만 엔."

가사이와 후지이의 대화를 들은 와타나베가 웃으면서 말했다.

"전화는 50통이 걸려오든 30통이 걸려오든 상관없지만 프랜차이즈 계약까지 진행되는 것이 몇 건일지가 문제야. 일주일 사이에 100건 정도는 문의전화가 쇄도해서, 금년도 즉 내년 3월까지 30개의 프랜차이즈점을 계약한다면 장외시장에 등록할 수 있을 거야."

"맞아. 30개까지는 힘들어도 최소한 20개는 낼 수 있을 것 같은 기분이 들지만."

"고는 신중하구나. 에무라는 어때?"

"저도 30개는 낼 수 있다고 생각해요. 매상총이익의 보증제도란 대단한 메리트니까."

10

시계가 9시를 넘어섰다.

전화선은 6개. 에무라, 가사이, 후지이는 금방이라도 수화기를 들 수 있는 태세로 책상 앞에 앉았다.

10시까지 한 시간이 지나도록 전화는 1통도 걸려오지 않았다.

"너희들 그렇게 걱정할 것 없어. 닛케이유통신문을 집에서 구독하는 사람은 그렇게 많지 않잖아. 가령 외식산업에 종사하는 사람이 회사에서 이 광고를 보더라도 회사에서는 전화를 걸기 힘드니까 점심시간에 집중되지 않을까? 사장이라면 몰라도 독립하고 싶은 사람이 이 신문을 보고 바로 전화를 걸기란 불가능해."

"듣고 보니 일리가 있기는 한데, 난킨켄식품의 미우라 사장님 같은 사람이 아직까지 없다는 것이 좀…. 와타미에서 일을 배우고 싶다는 마음까지는 안 들더라도, 이 광고는 임팩트가 있으니까 오너라도 달려들 기분이 들고도 남을 텐데."

고는 몇 번이고 몇 번이고 고개를 갸우뚱했다.

11시가 되어도 문의 전화는 걸려오지 않았다.

점심시간 전에 1통, 저녁 5시까지 2통. 첫날은 고작 3통. 그것도 그중 1통은 장난 전화였다.

"피자라면 고려해볼 수도 있는데 댁의 회사는 피자점의 딜리버리로 는 프랜차이즈 전개를 하지 않는 거요?"

"'KEI타'는 오코노미야키 프랜차이즈입니다. 오코노미야키로 도전 해보시면 어떻습니까?"

"오코노미야키는 도쿄에서 먹힐 것 같지가 않은데."

"우리 회사는 이미 직영점 5개, 프랜차이즈점 2개의 오코노미야키 배달점을 운영하고 있는데 전부 실적이 우수합니다."

"뭐 생각해보죠."

"여보세요……."

중년 남자의 전화였는데 일방적으로 끊었다.

전화를 받은 사람은 에무라로 상대방은 이름도 밝히지 않았다. 가 망이 없다고 생각할 수밖에 없었다.

무참한 결과에 와타나베도 고, 에무라도 안색이 나빠졌다.

가사이도 후지이도 내기를 했다는 사실조차 잊어버릴 만큼 머릿속 이 새하얘져서 어깨를 떨구었다.

"아직은 몰라. 일주일은 두고 봐야지. 게다가 3통 중 2통은 가망이 있잖아."

와타나베는 스스로를 격려하듯이 큰 소리를 냈지만 호응하는 사람 이 없었다. 와타미푸드서비스의 직원들이 받은 쇼크는 상상할 수 없 을 만큼 컸다.

일주일 동안 'KEI타'의 프랜차이즈 가맹점 모집 광고를 보고 걸려온 문의 전화는 5통에 불과했다. 프랜차이즈점 본부로 직접 자료를 받으러 온 사람은 한 명도 없었다.

"이렇게 훌륭한 자료를 만들었는데 멍하니 기다릴 뿐이라니……. 어째서 이럴까?"

자료를 난폭하게 넘기면서 와타나베는 고에게 퉁명스럽게 말했다.

A4 사이즈의 10페이지짜리 자료의 5페이지에 'KEI타 실적, 월별예상매상, 경비일람표', '모델점 개요(점포면적 15평, 종업원수 정직원 2명, 지정 광고 지역 내의 호수 60,000 세대), 단위는 1,000엔'이란 항목이 숫자로 표시되어 있었다.

▷매상 = 6,000(100%)

▷식재료원가 = 1,350(22.5%)

▷매상총이익 = 4,650(77.5%)

▷경비 = 3,556(59.3%)

▷경영이익 = 1,094(18.2%)

▷경비명세 = 인건비 · 복리후생비 2,100(35%, 정직원 2명 및 파트타임 급여, 교통비 · 식비 포함), 월세 200(3.3%, 점포 월세 및 관리비), 광고선전비 350(5.8%, 매월 광고지 매수 16,000매), 수도 · 광열비 150(2.5%, 점포전기 · 가스 · 수도세), 위생비 50(0.8%, 산업폐기물처리비 · 위생 매트비), 오토바이비 170(2.8%, 가솔린 · 보험 · 정비 · 수리비), 소모품비 246(4.1%, 포장지 · 종이접시 · 젓가락 · C/P연속전표), C/P 리스료 80(1.3%, 배달 시스템 소프트웨어 및 C/P 임대료), 기타

경비 90(1.5%, 통신비, 세탁비, 사무용품비, 잡화비), 로열티 120(2%, 상표 및 특허사용료, 경영기술지도원조비, 정보처리비)

"과대광고는 조금도 안 섞였어. 지극히 성실하고 정확한 숫자야."
고도 자료를 보면서 커다란 한숨을 내쉬었다.

사실 1990년도의 'KEI타' 주요 직영점의 매상은 '호난초점'이 6,496만 엔, '히가시나카노점' 6,172만 엔, '와세다점'이 6,615만 엔, '도키와다이점'이 6,454만 엔으로 각 매장 모두 계속 상승하고 있었다.

와타나베는 프랜차이즈점에 대한 매상총이익 보증이라는 비장의 방법에 손톱만큼의 의문도 가지지 않았다. 프랜차이즈점 전개에 자신이 있었던 만큼 신문광고가 전혀 효과가 없다는 것은 적지 않은 좌절감을 안겨다줬다.

11

신문광고의 성과가 제로라는 쇼크가 가라앉기도 전인 3월 15일 금요일 오후 7시. 에무라가 심각한 얼굴로 와타나베를 회의실로 불렀다.
"'마이타점'은 버티지 못하겠어요. 우리는 'KEI타' 프랜차이즈 1호점의 육성에 실패했습니다."
"매상이 급격하게 떨어졌다고 들었는데…… . 영업일보, 영업월보를 보여주겠어?"

"영업일보는 팩스로 보낼 때도 있고 안 보낼 때도 있어요."

"그러면 프랜차이즈 계약 위반이잖아."

'오코노미이치방 KEI타 프랜차이즈 계약 세칙'의 제13조(보고)에 보고서류, 기한, 방법에 대해서 ①영업일보 = 익일 오전 9시 ②영업주보 = 매주 화요일 오후 4시 ③재고조사표 = 익월 1일 오전 9시 ④ 영업월보 = 익월 3일 오후 4시 ⑤식재료 로스 보고서 = 익월 3일 오후 4시 ⑥광고보고서 = 익월 3일 오후 4시, 라고 명기되어 있었다. 제출 방법은 전부 팩스였다.

야스이가 기초이론 교육, 배달 실습, 인스토어 실습, 스토어 매니지먼트 실습 등 3주간의 개업을 위한 연수과정을 완수하고 'KEI타 마이타점'의 오너가 된 것은 1년하고도 2개월 전의 일이었다.

"점장, 부점장이 그만둬버린 모양이에요. 야스이 씨는 오코노미야키를 구워서 오토바이로 배달하는 것은 점장이나 알바생보다 잘 해내지만, 'KEI타' 프랜차이즈점이라는 조직을 다스릴 능력은 없습니다. 야스이 씨는 사람이 너무 물러터졌어요."

"즉시 전화로 불러내. 자르기 전에 무슨 생각인지 물어보고 싶어."

와타나베도 심각하게 눈썹을 찡그렸다.

"어떻게든 오너로서 독립할 수 있도록 저도 노력하겠습니다. 맡겨주세요."

반쯤 울며 매달리는 야스이의 부모님을 만났을 때 큰 소리를 치며 장담한 이상 그렇게 간단히 포기할 수는 없었다. 야스이가 가네코의 불알친구라는 사정도 고려해서 오픈한 지 3개월 간은 와타나베도 열심히 야스이를 지원했다.

"그게 전화가 연결되지 않아요. 아무리 걸어도 통화 중입니다. 월매상이 200만 엔에도 미치질 못했으니 실적이 너무 안 좋네요. '마이타점'은 직영점으로 전환하는 편이 좋지 않을까요?"

"내가 상황을 보고 올게."

"제가 가볼게요."

"에무라는 전화로 문의해온 4명을 조사해줘. 한 명 정도는 잡을 수 있을지도 몰라. 광고비 정도는 거두고 싶어."

와타나베는 농담이라고도 여기기 힘든 말을 남기고 일어났다.

와타나베는 본인의 책상으로 돌아가서 책상 위에 산적해있는 'KEI타' 프랜차이즈 가맹안내서 한 권을 손에 들고, 미련이 가득한 얼굴로 페이지를 넘기면서 엘리베이터 쪽으로 걸어갔다.

안내서에 있는 'KEI타 프랜차이즈점의 매력'을 정리한 사람은 와타나베 자신이다.

①높은 영업이익을 가져오는 수익구조 ②컴퓨터를 이용한 경영의 시스템화 ③KEI타만의 오리지널 테이스트 ④KEI타 특유의 오코노미야키 단시간 조리법 ⑤매상 2%라는 낮은 로열티 ⑥배달 상권의 확보 ⑦닛폰제분과의 업무제휴를 통한 새로운 콘셉트 ⑧일본 최초의 매상 총이익 관리 시스템 ⑨만전의 지원체제.

프랜차이즈 가맹 희망자로 지금쯤은 니시우라다의 본사 사무소는 붐벼야 마땅했다. 매상총이익까지 보증해주는 'KEI타'의 프랜차이즈 가맹점 모집 광고에 응모자가 전혀 없다니 어이가 없었다. 외식산업에 대한 낮은 인식 때문인지, 매상총이익 제도 차제를 이해하지 못하는 것인지, 도대체 이유가 무엇일까.

엎친 데 덮친 격이라고 프랜차이즈 1호점도 붕괴 위기에 처해 있다니 기가 막혀서 말도 안 나왔다. 그것만큼은 막아야했다. 'KEI타'의 명예가 걸려 있었다. 프랜차이즈점으로서 재건할 방법은 없을까?

와타나베는 전차 안에서 이런저런 궁리를 해보았지만 프로레슬러 같은 거인을 재교육할 묘안이 떠오르지 않았다.

12

사쿠라기초桜木町에서 시영지하철 1호선으로 갈아탔다. 마이타역에서 10분 정도 걸어간 곳에 'KEI타 마이타점'이 있었다.

가게 앞에 오토바이가 6대나 서 있었다. 시각은 오후 8시를 막 지났다. 한창 바빠야 당연할 시간인데 이게 무슨 꼬락서니인지, 와타나베는 '마이타점'의 참상에 속이 쓰려왔다.

게다가 가게 안은 불이 켜져 있었지만 텅 비어 있었다. 전화의 수화기가 내려놓여 있었다. 계속 통화 중인 것은 이 때문이었다. 와타나베는 수화기를 제자리에 돌려놓아야 할지 어떨지 망설였다. 그대로 둔 것은 전화가 울려도 대응할 수 없다고 생각했기 때문이다.

주방을 들여다보자 오코노미야키를 구운 열기가 남아 있었다. 지저

분하긴 했지만 영업을 하고 있는 것은 틀림없었다.

'마이타점'은 항상 30명 정도의 알바생이 등록되어 있지 않으면 안 된다. 특히 주말과 공휴일은 오전 11시부터 오후 11시까지 12시간이나 영업하기 때문에 알바생이 17~8명은 필요했다. 이 날은 평일이므로 오후 4시부터 11시까지의 7시간 영업이었다. 그래도 최저 10명은 필요하고 주방에 3~4명이 없으면 배달 주문에 대응할 수가 없었다.

가게 안쪽에 이불이 아무렇게나 널려 있었다. 야스이가 가게에서 숙식을 해결하며 분투하고 있다는 것을 알 수 있었다.

점장, 부점장은 그만두었다고 해도 알바생조차 한 명도 없는 일이 가능할까?

수화기를 내려놓고 다 함께 식사하러 갔을 수도 있지만, 그것은 있을 수 없는 일이었다.

와타나베는 머릿속이 혼란해지고 가슴이 술렁거렸다. 와타나베가 가게 안을 어슬렁거리고 있었던 시간은 10분도 채 되지 않았다.

오토바이 소리가 들려서 밖으로 나가자 헬멧을 쓴 야스이가 와타나베를 보고 멍하니 서 있었다.

"배달을 갔던 겁니까?"

야스이는 대답을 하지 않고 고개만 끄덕였다.

"여기는 야스이 씨의 가게잖아요. 어서 들어오세요."

"예."

덩치와는 어울리지 않게 모기처럼 가는 목소리였다.

야스이가 가게에 들어가서 수화기를 전화기에 돌려놓자마자 전화가 울렸다.

야스이의 두터운 손이 기계적으로 수화기를 잡았다.

"예, 'KEI타 마이타점'입니다."

"아까부터 계속 통화중이던데 댁의 가게에는 전화가 하나밖에 없어요?"

중년여성의 히스테릭한 목소리가 와타나베의 귀에도 어렴풋이 들어왔다.

"죄송합니다."

"무쓰미초睦町 1가의 ××맨션 303호실의 야마모토인데 'KEI타야키'랑 '히로시마 모던야키'를 하나씩 갖다주세요. 30분 이내에 배달해줘요."

"예."

"그럼 부탁해요."

"주문해주셔서 감사합니다."

야스이는 수화기를 다시 내려놓고 주방으로 달려갔다. 와타나베의 존재는 까맣게 잊어버린 것 같았다.

"주문 내용은 뭡니까?"

"'KEI타야키'와 '히로시마 모던야키'입니다."

놀란 얼굴로 야스이가 대답했다.

"도와드리죠."

"괜찮습니다. 혼자서 할 수 있어요."

"배달처는 어딥니까?"

"무쓰키초입니다. 바로 근처니까."

돼지, 문어, 오징어를 넣는 'KEI타야키'는 900엔, '히로시마 모던야키'는 1500엔.

두 장이면 다섯 사람은 먹을 수 있었다. 아무리 'KEI타' 특유의 단시간 조리법을 써도 혼자서 만들면 10분 이상 걸린다.

야스이의 손놀림은 민첩했지만 와타나베가 거든 덕분에 캐치 프레이즈대로 6분 이내에 두 개의 오코노미야키가 완성되었다.

"배달 좀 다녀오겠습니다."

따끈따끈한 오코노미야키를 실은 오토바이의 소리가 멀어져가는 것을 들으면서 와타나베는 너무 딱하고 안쓰럽다는 기분이 들었다.

혼자서 전화당번에서 배달까지 하고 있는 야스이가 불쌍했다. 이래서는 '마이타점'은 제대로 굴러갈 수가 없었다.

로열티는커녕 월세도 지불할 수 있을지 불안했다. 더구나 야스이 혼자 먹고 살 수 있는 돈을 버는 것도 불가능하지 않을까?

점장, 부점장 같은 직원들을 제대로 관리하지 못하자 알바생들도 질려서 떠나버렸다고 생각하는 것이 타당할 것 같았다.

배달에서 돌아와 수화기를 올려놓으려는 야스이의 손을 와타나베가 말렸다.

"잠시 이야기 좀 합시다."

와타나베와 야스이가 파이프의자에 앉았다.

"야스이 씨, 이대로 줄곧 혼자서 꾸려나갈 생각입니까?"

"……."

"야스이 씨의 부모님께서 프랜차이즈점의 오너로 길러달라고 간곡히 부탁하셔서 우리도 많은 공을 들였습니다만 계속 뒤를 봐줄 수 없다는 것은 알고 계시죠?"

"……."

"프랜차이즈점 오너의 업무는 가게를 경영하는 것이지 오코노미야키를 배달하는 것이 아닙니다. 이제는 물러날 때네요. 야스이 씨는 1년 2개월간 노력했지만 오너가 되지는 못했습니다. 점장과 부점장을 제대로 부리지 못한 것이 전부입니다. 가게 보증금은 와타미가 부모님께 돌려드리겠습니다. 와타미의 직영점으로 전환하지 않으면 'KEI타 마이타점'은 부활하지 못합니다. 이해하시겠지요?"

야스이는 고개를 떨군 채 한 마디도 내뱉지 않았다.

"야스이 씨가 와타미의 사원으로서 일하려는 의욕이 있다면 같이 의논해봅시다."

야스이가 눈물을 주르륵 흘렸다.

"오늘 밤을 기점으로 프랜차이즈 계약은 해약하겠습니다. 내일 아침 9시까지 본사로 와주세요. 부모님과 함께 오시는 편이 좋겠지요."

와타나베는 그날 밤 당장 에무라, 가사이, 후지이의 세 사람과 전화로 연락을 취하면서 '마이타점'의 팀을 편성하고 다음 날부터 직영점으로서 재출발시켰다. 이 가게를 궤도에 올릴 때까지 그리 많은 시간을 요하지는 않았다.

13

1991년 오픈한 'KEI타'는 전부 다섯 곳으로 '아사가야점', '다바타田端

점', '지토세후나바시千歲船橋점', '샤쿠지石神井점', '무사시코스기점'.

'KEI타' 사업은 순조로워서 1991년도의 전년도비 성장률은 평균 20퍼센트를 넘었다.

예를 들어 '호난초점'의 매상은 82,328,000엔으로 26.7퍼센트, '히가시나카노점'은 76,428,000엔으로 23.8퍼센트, '와세다점'은 80,546,000엔으로 21.8퍼센트, '가마타점'에 이르면 82,986,000엔으로 67.5퍼센트나 늘었다.

'KEI타' 사업이 크게 업적에 기여한 덕분에 와타미푸드서비스의 1991년 3월기 매상은 23억54,722,000엔으로 전년도대비 186.6퍼센트가 되었다.

경상이익은 68,282,000엔으로 전년도대비 432.9퍼센트가 되었다.

1991년 3월기는 매상 30억5,636,000엔으로 127.6퍼센트, 경상이익은 1억3,864만 엔으로 두 배로 늘어났다.

다만 '마이타점'에 이어서 프랜차이즈 2호점인 '무사시코야마점'도 직영점으로 전환할 수밖에 없었던 것이 'KEI타' 프랜차이즈 본부의 전의를 상실하게 만들었다.

다만 그 사정은 '마이타점'과는 많이 달랐다.

난킨켄식품의 사장 미우라가 와타나베를 만나기 위해서 와타미푸드서비스의 본사 사무소로 찾아온 것은 1991년 10월의 일이었다.

"항상 신세가 많습니다. 덕분에 'KEI타 무사시코야마武蔵小山점'의 영업이 순조롭지만 오랜 고민 끝에 가게를 와타미에게 돌려드려야겠다는 결론을 내렸습니다."

미우라가 겸손한 태도로 몇 번이고 고개를 숙이자 와타나베는 머쓱해졌다.

"무슨 말씀이신지 잘 모르겠습니다."

"점장이 중병에 걸려서 입원하게 되었습니다. 점장은 와타미에서 많은 것을 배운 덕분에 온몸이 가루가 되도록 열심히 일해주었습니다. 하지만 그 친구 말고도 가게를 꾸려나갈 수 있는 사람이 있으면 좋겠지만 대신할 만한 적당한 인재가 없어요. 엉뚱한 사람을 뽑아서 와타미의 간판에 먹칠을 할 바에야 번성점일 때 돌려드려서 직영점으로 전환하는 편이 좋지 않을까 생각했습니다."

"외람되지만 부점장을 점장으로 승진시키면 어떨까요?"

"그것도 생각해보지 않았던 것은 아니지만 부점장에게는 다른 업무를 맡길 예정입니다. 우리 같은 외식산업은 늘 인재가 없어서 골치 아프지요. 한 명이 병에 걸리자마자 야단이 났습니다. 아무쪼록 이해해주셨으면 합니다."

와타나베는 억지로 웃어 보였다.

"사실은 반년 전에 프랜차이즈 1호점인 '마이타점'을 직영점으로 전환했습니다. 오너가 아랫사람을 관리하지 못해서 달리 뾰족한 방법이 없었지요. 그런 일이 있었던 만큼 미우라 사장님의 말씀은 충격적입니다."

미우라는 심각한 표정으로 미간을 찌푸리며 입을 다물었다.

"대선배이신 미우라 사장님이 일부러 걸음하신 것은 나름대로 이유가 있다고 생각합니다. '무사시코야마점'의 직영점 전환을 받아들이겠습니다."

"죄송합니다. 아깝다고 생각하지만 'KEI타'는 라면가게와는 품격이
다릅니다. 걸맞은 인재가 아니면 가게를 맡길 수가 없어요. 매상총이
익 보증제도의 신문광고는 대단했습니다. 가맹점 신청을 하는 사람이
끊이질 않겠지요."

가슴을 푹푹 찌르는 말이었지만 미우라는 비꼬거나 할 사람이 아니
었다.

"올해 안에 30개 점포를 낼 생각이었는데 꿈이 너무 거창했나 봅니
다. 내년이 고비라고 생각하고 있습니다."

미우라가 떨떠름한 얼굴로 녹차를 마셨다.

'무사시코야마점'의 1991년도 매상은 55,672,000엔이었지만 1992
년도는 66,418,000엔으로 19.3퍼센트나 성장했다.

직영점으로 전환한 효과는 말할 것도 없었다.

제16장
자본의 논리

1

아직 본사 사무소가 간나이에 있던 1989년 10월 19일 오전 9시. 와타나베 미키는 상근임원인 구로사와, 가네코, 고의 3명을 불러 자본정책문제의 기본방침을 명시했다.

"닛폰제분에 출자를 부탁했을 때까지만 해도 장외시장 등록은 머나먼 꿈에 불과했지만, 'KEI타'의 성공으로 꿈이 아니라 현실이 되리란 전망이 생겼어. 그렇게 되면 장외시장 등록을 염두에 두고 체제를 정리할 필요가 있어. 그래서 자본정책문제에 본격적으로 착수하려고 생각한다."

'KEI타'의 프랜차이즈 전개가 급진전할 것으로 예상했던 와타나베는 왕성한 의욕을 보였다. 와타나베의 의욕이 고나 구로사와, 가네코 같은 간부에게도 전염되어, 누구 한 사람 장외시장 등록의 실현을 의심하는 사람은 없었다.

닛폰제분 역시 와타미푸드서비스가 'KEI타'를 통해 크게 성장할 가능성이 있다고 느끼기 시작하고 있었다. 특히 와타미푸드서비스의 비상근임원이기도 한 사카모토는 외식산업 실장이라는 입장도 있어서 의욕적으로 나오는 게 당연했다.

와타나베가 20일쯤 전에 본사 사무소의 이전 문제로 사카모토와 의견을 교환했을 때, 사카모토는 닛폰제분 근처로 이전할 수 없는지 권해왔다. 자회사로 만들고 싶다는 뜻이 은근히 담긴 발언이라고 생각할 수밖에 없었다.

와타나베가 가네코, 구로사와, 고를 번갈아 바라보면서 말했다.

"'KEI타' 10개 점포 체제 시의 시산표를 정리했는데 프랜차이즈 한 점포당 8퍼센트의 이익을 충분히 확보할 수 있을 거야. 식재료, 판촉상품 등 원가의 하락으로 프랜차이즈 전개도 가능해졌고. 프랜차이즈에서의 이익 8퍼센트가 무너지지 않으면 50개 점포를 달성할 때 장외시장 등록이 가능하리라 본다. 그래서 증자를 포함한 자본정책문제 말인데, 가네코는 어떻게 하면 좋을 것 같아?"

"와타미가 항상 과반수를 보유하고 있는 것이 제일 중요해. 즉 50대 50은 있어서는 안 돼."

"사카모토 실장님에게 50대 50을 제안한 적이 있으니까 50대 50을 받아들이겠다고 나오면 곤란하겠군."

고가 와타나베의 심정을 떠보려는 듯이 들여다보았다.

"그거야 옛날이야기지. 이제는 시간도 많이 흘렀고 상황도 변했으니까 50대 50은 말이 안 되지. 반대로 말해 와타나베가 50대 50을 제안한 시점에서 닛폰제분이 받아들였다면 문제가 더 복잡해졌을 거라고 생각해. 그때는 닛폰제분의 비위를 거스르면 곤란하니까 울며 겨자 먹기 식으로 51을 수락할 수밖에 없다고 생각했어. 하지만 역학관계가 개선되었으니까 강하게 나가도 괜찮지 않을까?"

와타나베가 싱긋이 웃으면서 만족스럽다는 듯이 고개를 끄덕였다.

"JAFCO(일본합동파이낸스)의 스즈키鈴木 기업정보부 부장과 요코하마캐피털의 마사키正木 투자부 부장이 해준 조언인데, 7천만 엔을 증자해서 닛폰제분의 출자비율을 줄이는 편이 바람직하다더군."

구로사와도, 가네코도, 고도 아연한 표정으로 서로를 마주보았다.

도다 미사코가 끓여온 인스턴트커피를 한 모금 마신 고가 흥분한 목소리로 말했다.

"닛폰제분의 출자비율은 17퍼센트 정도에 그치게 되는데……."

"응. OK해줄 것 같지는 않지만 각오를 단단히 하고 일단은 부딪쳐보려고. 종업원지주회는 시대적인 추세니까 전체의 5퍼센트를 지주회에 할당하는 것도 제안할 생각이야."

"좀 더 온건하고 현실적인 제안을 하는 편이 좋지 않아? 아까도 나온 이야기지만 50대 50을 제안했던 적도 있으니까."

"구로사와의 의견도 타당해. 하지만 밑져봐야 본전이니까 이걸로 밀어보고 싶어."

와타나베의 강한 어조에 눌린 세 사람은 모두 입을 다물었다.

2

와타나베가 닛폰제분 본사에서 사카모토와 면회한 것은 11월 17일의 오후 11시였다.

1주일 전에 증자 문제의 제1차 제안을 문서로 만들어 사카모토에게 제출했다. 그 대답을 듣기로 한 날이었다.

노크 소리와 동시에 사카모토가 응접실 안으로 들어왔다.

와타나베는 자리에서 일어나 웃으면서 인사했다.

"안녕하십니까. 바쁘신데 시간을 내주셔서 감사합니다."

사카모토는 뚱한 얼굴로 소파에 털썩 앉았다.

"바로 본론으로 들어가죠. 와타미의 제안을 닛폰제분 내부에 밝히는 것은 그만둡시다. 오픈하면 양사의 우호관계에 균열이 생길 가능성이 있습니다."

"어째서요?"

"닛폰제분의 출자비율을 줄이는 것은 불가능합니다. 우리 회사는 51퍼센트로 늘리길 희망합니다. 거기에 대해 와타나베 사장님은 50대 50이 좋겠다고 제안했었지요. 설마 그 경위를 잊은 것은 아니겠죠?"

"예, 기억하고 있습니다."

"지금 50대 50을 받아들이겠다고 한다면?"

"거절할 수밖에 없습니다. 장외시장 등록을 앞둔 현재와 2년 전을 같은 선상에 놓고 논하는 것은 불가능합니다."

와타나베는 목이 타서 죽을 지경이었지만 사카모토를 기다리는 5분 동안 차를 다 마셔버렸다.

사카모토가 비아냥거리면서 말했다.

"맞는 말입니다. 50대 50은 농담이라고 생각하세요. 하지만 출자비율을 줄이라는 요구는 닛폰제분에 대해서 너무 무례하다고 생각하지 않습니까?"

"장외시장에 등록하고 2부 상장, 1부 상장을 목표로 노력하고 있는 와타미 사원들의 심정을 고려해주셨으면 합니다. 사카모토 실장님은 종업원지주회도 부정하십니까?"

사카모토가 녹차를 벌컥벌컥 마신 다음 세차게 찻잔을 테이블에 내려놓았다.

"아무도 그런 말은 하지 않았습니다. 와타미가 주식공개를 준비한다면 종업원지주회는 당연하지요. 하지만 그것은 와타미의 문제입니다. 와타미의 전체 60퍼센트 중에서 충분히 해결할 수 있지 않습니까?"

"40퍼센트를 계속 유지하겠다고 고집하신다면 언젠가는 닛폰제분의 발언력이 강해지겠지요. 증자할 때마다 와타미의 소유주는 줄어들어 갈 테니 당연히 그렇게 될 수밖에 없습니다. 사원들의 의욕이 꺾이기 때문에 사카모토 실장님의 제안을 들고 회사로 돌아갈 수는 없습니다. 몰매를 맞을 겁니다."

"그렇다면 닛폰제분이 보유하고 있는 400주를 10억 엔으로 되사들이지 그래요? 와타미푸드서비스의 장래성을 생각하면 그 정도의 가치는 있지 않습니까?"

와타나베는 농담이 심하다고 항의하고 싶은 것을 꾹 참고 사카모토의 눈을 똑바로 직시했다.

사카모토가 와타나베의 시선을 피했다.

"어젯밤 잠을 설쳐가며 고민했지만 10억 엔은 어쨌거나 현시점에선 40퍼센트에서 더 줄일 수는 없습니다. 상부의 거절은 불을 보듯 뻔하니까요. 너무 부정적으로 생각하지 마십시오. 지금은 절 믿어달라고

밖에는 말할 수 없군요."

"1억2천만 엔의 증자에 대해서는 찬성하십니까?"

"닛폰제분의 40퍼센트를 지켜준다면 문제없다고 생각합니다."

"그것이 닛폰제분과 와타미의 우호관계를 유지하기 위한 최소한의 조건입니까?"

"그렇습니다. 괴로운 제 입장도 이해해주십시오. 상부는 와타미푸드서비스를 닛폰제분 그룹의 일원이라고 여기고 있습니다. 위에서는 왜 과반수를 차지하지 못하는지 이상하게 생각하고 있다고요. 그것이 자본의 논리라는 겁니다."

"1억2천만 엔의 증자와 종업원지주회, 이 두 가지는 합의한 것으로 보고 오늘은 이만 돌아가겠습니다. 다만 출자비율에 대해서는 나중에 다시 의논할 기회를 주십시오."

"다시 한 번 못을 박겠는데 와타미와 닛폰제분의 비율 6대 4를 변경해서는 안 됩니다. 거듭 말하지만 제 입장도 고려해주면 좋겠군요."

사카모토는 험악한 표정으로 자리를 떴다.

3

사무소로 돌아간 와타나베는 고개를 좌우로 흔들면서 소파에 앉더니 갑갑하다는 듯이 긴 다리를 쭉 뻗었다.

고가 와타나베의 맞은편에 앉았다.

"틀렸어?"

"응, 말 붙여볼 여지도 없더라. 닛폰제분이 보유한 와타미의 주식을 10억 엔에 되사래."

"정말?"

"10억 엔은 농담이겠지만 6대 4의 출자비율은 절대로 변경할 수가 없대. 그것이 자본의 논리라나."

"종업원지주회의 5퍼센트도 와타미의 60퍼센트 안에서 해결하라는 말인가."

"맞아."

"그건 너무하잖아. 종업원지주회 덕분에 직원들 사기가 높아졌어. 거기에 찬물을 끼얹은 셈이 된다고. 나도 16.7퍼센트는 무리라고 생각했지만 40퍼센트는 너무 심하잖아."

"사장님, 수고하셨어요."

도다 미사코가 웃으면서 테이블에 찻잔을 내려놓았다.

"고마워."

와타나베는 녹차를 마시면서 얼굴을 찡그렸다.

"고는 강력하게 주장하지만 1억2천만 엔의 증자와 종업원지주회의 5퍼센트를 사카모토 실장님이 인정한 것만으로도 대단한 일이지. 사카모토 차장님은 처음부터 싸우기라도 할 기세였어. 사카모토 실장님에게는 빚진 것이 많으니까. 이번에는 내 출자비율을 줄이는 방향으로 조정할 수밖에 없다고 생각해."

고는 물러나지 않았다.

"우리도 빚을 졌지만 그쪽도 우리에게 빚을 졌잖아. 말 그대로 50대

50의 관계야. 닛폰제분이 와타미 때문에 손해를 입은 적은 없어. 닛폰제분의 출자비율 40퍼센트를 바꾸지 못하면 실망해서 의욕을 잃는 직원이 나올지도 몰라. 혹시 이대로 닛폰제분의 자회사가 되어버리는 것이 아닐까 누구나 의심하겠지."

"직원들의 사기 문제에 대해서는 나도 사카모토 실장님에게 말했어. 사카모토 실장님은 지금은 자신을 믿어달라고 했지만 앞으로도 계속 40퍼센트를 유지하는 것은 절대로 안 돼."

"뭐든지 처음이 중요한 법이야. 여기서 6대 4를 바꾸지 못하면 닛폰제분의 자회사가 되겠다고 인정하는 것이나 마찬가지야. 사카모토 실장님이 자본의 논리라고 확실하게 말했잖아? 닛폰제분도 'KEI타'의 성공을 보고 욕심이 나는 거야."

이 시점에서는 'KEI타' 사업은 직영점 2개 점포 체제에 불과했다. 그것이 엄청나게 대박을 치고 있었으니 장외시장 등록을 고려하는 것은 당연한 흐름이라고 볼 수 있었다.

자본정책 문제를 둘러싼 와타미푸드서비스와 닛폰제분의 줄다리기는 겨우 제1 라운드를 맞이했을 뿐이지만, 갈수록 귀찮은 문제가 될 것 같은 낌새가 보였다.

온후해 보이는 고가 강한 뚝심을 보이면서 한 발도 물러서지 않았다. 와타나베는 사카모토와 자신이 처해 있는 입장을 생각하니 쓴웃음이 절로 났다. 사카모토는 상부의 의향을 헤아리고 나는 부하에게 압력을 받고 있다.

"고의 주장은 알겠어. 40퍼센트는 어떻게든 줄여보자. 종업원지주회의 5퍼센트를 와타미와 닛폰제분이 나눠서 부담하자고 다시 제안해볼까. 와타미 3퍼센트, 닛폰제분 2퍼센트. 즉 닛폰제분의 40퍼센트를 38퍼센트로 줄이는 거지.”

고가 걱정스런 표정으로 찻잔으로 손을 뻗었다.

“16.7에서 단숨에 38인가? 대폭적인 양보지만 뭐 그것이 현실적이겠지.”

와타나베가 12월 상순의 간부회의에서 제안한 제2차 자본정책안에 따르면 2,400주의 소유주식 비율은 다음과 같다.

와타나베 1,024주(42.7퍼센트). 구로사와, 가네코가 각각 128주(각 5.3퍼센트). 고 88주(3.7퍼센트). 종업원지주회 120주(5퍼센트). 다합하면 와타미가 1,488주(62퍼센트)이고 닛폰제분 912주(38퍼센트).

“7,000만 엔, 1,400주를 할당해서 와타나베 576주, 닛폰제분 512주, 종업원조합 120주, 가네코와 구로사와와 고가 각 64주라고 생각했어. 난 회사의 대부금에다 아버지에게 좀 빌리면 자금을 조달할 수 있어. 너희들 셋은 어때? 320만 엔 납입하지 않으면 안 되는데…….”

“문제없어.”

“괜찮아.”

“나도.”

구로사와, 가네코, 고의 순서로 대답했다.

와타나베가 고에게 시선을 돌렸다.

“고가 부추겨서 하는 말은 아니지만 불퇴전不退轉의 결의로 사카모토 실장님과 싸우게 되겠지. 이 요구를 받아주지 않으면 닛폰제분과 갈

라서게 될 지도 몰라."

"그렇게까지 비장해질 필요는 없지 않나? 닛폰제분과의 우호관계는 유지할 필요가 있다고 생각해."

"구로사와는 쉬운 것처럼 말하지만 실제로 협상하는 사람은 나라고. 서로의 이해가 대립하는 문제니까 간단하게 해결되지는 않겠지. 사카모토 실장님이 OK해도 위쪽이 NO라고 강경하게 나오면 어쩔 도리가 없어."

고의 따스한 눈길이 와타나베에게 향했다.

"지주회가 보유할 5퍼센트를 와타미와 닛폰제분이 3대 2의 비율로 나누자는 것은 아주 합리적인 제안이야. 잘만 교섭하면 사카모토 실장님은 닛폰제분의 상부를 설득하기 위해서 기를 써줄 거야."

"네 말이 맞아."

구로사와의 태연한 말에 와타나베는 의자에서 반쯤 일어나 구로사와의 머리를 때리는 시늉을 했다.

"이 자식이 듣자듣자 하니까……. 조금은 내 처지가 되어보라고."

주먹을 휘두르는 와타나베도 목을 움츠리는 구로사와도 눈은 웃고 있었다.

4

와타미푸드서비스의 제2차 자본정책안에 대해서 잠자코 듣기만 하던 사카모토가 와타나베를 불러낸 것을 12월 18일 오전 9시 30분이었다.

와타나베는 약속시간 10분 전에 닛폰제분 본사에 도착했다.

사카모토가 웃음기 하나 없는 얼굴로 말했다.

"사와다 전무님을 만나보시죠. 사와다 전무님이 답변할 겁니다."

사와다 히로시는 대표이사전무지만 차기 사장 자리가 확실시되는 인물이었다. 고키 사장은 회장, 전무인 하세가와 후지오가 사장으로 승진했다.

와타나베는 사와다와 초대면이었다.

명함을 교환하고 소파를 권하면서 사와다가 말했다.

"얼마 전에 'KEI타' 히가시나카노점을 들여다봤는데 쉴 새 없이 주문전화가 울려서 깜짝 놀랐습니다."

"감사합니다. 점장한테서는 아무런 보고를 받지 못했는데요."

사카모토가 씁쓸하게 웃으면서 곁에서 거들었다.

"전무님은 걱정이 되어서 몰래 보러 가셨던 모양입니다. 저도 나중에 듣고 깜짝 놀랐어요."

"사카모토에게 오코노미야키 딜리버리라는 묘한 사업에 지나치게 관여하지 말라고 주의를 줬어요. 그런데 좁은 가게에서 오코노미야키를 구워 식기 전에 배달할 수 있도록 연구한 덕분에 매장이 자꾸 늘어나서 프랜차이즈점까지 전개한다지 뭡니까. 하지만 개인적으로 이 사업이 오래 갈 것 같지가 않아요. 오코노미야키의 본고장은 간사이고 갓구운 뜨끈뜨끈한 것을 가게에서 후후 불어가면서 먹어야 맛있잖소."

사와다의 말투는 온화했지만 내용은 신랄했다.

"증자를 하고 싶다던데, 아직은 장외시장 등록을 고려할 단계가 아니라고 봅니다. 애초에 등록할 수 있을 것 같지도 않소이다. 5,000만 엔을 1억2,000만 엔으로 늘리는 것도 좋고, 우리 회사의 출자비율을 38퍼센트로 줄이는 것도 상관없지만 너무 조급해할 필요는 없지 않소이까? 1할을 배당하려면 2할의 이익을 올리지 않으면 안 됩니다. 은행에서 빌리는 편이 이득일 게요."

사와다는 장외시장 등록은 아직 이르다고 말하고 싶은 모양이었다. 와타나베는 내심 불만이었지만 불쾌한 기분을 얼굴에 드러낼 정도로 어리석지는 않았다.

"증자 건을 수락해주셔서 감사합니다."

소파에서 일어나 정중하게 고개를 숙이는 와타나베에게 사와다는 가볍게 고개를 끄덕였다.

"천만에요."

사카모토와 와타나베는 임원응접실에서 외식사업실의 응접실로 이동했다.

"이번에도 또 신세를 졌습니다. 다 사카모토 실장님이 미리 손을 써주신 덕분입니다."

"미리 손을 쓴 적은 없습니다. 출자비율을 줄이는 것도 저는 석연치가 않고요. 사와다 전무님은 와타미의 주식공개는 말도 안 된다고 생각하십니다. 거기다 오코노미야키의 배달사업에도 부정적이죠. 장외시장 등록은 아직 먼 이야기라고 생각되지 않나요?"

"그 말씀을 들으니 오히려 투지가 불타오릅니다."

"두고 보자는 말이군요?"

"그렇습니다."

둘 다 웃으면서 이야기하다가 갑자기 와타나베가 표정을 굳혔다.

"장외시장 등록을 위해서 정관의 일부를 변경하여 수권자본이랄까, 발행하는 주식수를 1,600주에서 4,000주로 늘리고 싶은데 괜찮겠습니까?"

"4,000주라면 2억 엔입니까. 문서로 제출하면 문제없다고 생각합니다."

"감사합니다. 그리고 'KEI타'의 프랜차이즈 전개로 현행 정관의 사업목적과 어긋나게 되었습니다. 사업목적을 이렇게 변경하고 싶은데 괜찮을까요?"

와타나베는 메모를 사카모토에게 내밀었다.

제2조 당사는 다음 사업을 운영하는 것을 목적으로 한다.

1. 음식점의 경영

2. 요리음식업의 체인점 경영

3. 식재료, 원재료의 가공 및 판매

4. 부동산의 매매, 임대, 중개 및 관리업

5. 점포 내장의 설계 및 시공

6. 손해보험대리업

7. 생명보험모집에 관한 사업

8. 광고대리업

9. 금융업

10. 주류의 수출입 및 판매

11. 식료품의 수출입 및 판매

12. 오토바이, 주방기구의 판매

13. 컴퓨터 및 주변기기의 임대 및 판매, 도입 지도

14. 상기 각 번에 부대되는 업무 일체

메모를 눈으로 훑어보던 사카모토가 얼굴을 들었다.

"12과 13번이 늘어난 것입니까?"

"예."

"괜찮겠지요. 품의서를 돌리겠습니다."

12월 28일 오전 12시, 전 사무소에서 최후로 열리는 와타미푸드서비스의 중역회의가 시작되었다.

출석자는 와타나베, 가네코, 구로사와, 고, 사카모토의 5명.

정각에 개회를 선언한 의장 와타나베가 고양된 표정으로 말했다.

"당사의 자본금을 7,000만 엔으로 증자하여 1억2,000만 엔까지 늘릴 것을 제안합니다. 새로 발행하는 주식은 1,400주, 1주 5만 엔, 납입 기일은 1월 31일, 납입을 취급하는 금융기관은 요코하마은행 신주쿠지점, 새로 발행하는 주식의 인수권은 와타나베 미키, 가네코 히로시, 구로사와 신이치, 고 마사토시, 와타미푸드서비스 종업원조합, 닛폰제분주식회사에 주어집니다. 각각의 납입 주식수는 와타나베 576주, 가네코와 쿠로사와와 고가 각각 64주, 종업원지주회 112주, 닛폰제분 512주입니다. 이의 있으십니까?"

"없습니다."

"찬성."

"찬성."

가네코, 구로사와, 고는 발언했지만 사카모토는 팔짱을 끼고 고개를 돌렸다.

하지만 만장일치로 승인, 가결되었다는 사실은 변함이 없었다.

그리고 해가 바뀌어 1990년 1월 16일 오전 10시부터 니시가마타의 새 사무소에서 개최된 와타미푸드서비스의 임시주주총회에서 7,000만 엔, 1400주의 유상할당증자, 발행주식총수 4,000주에 대한 변경, 사업목적의 변경 등이 결정되었다.

5

그로부터 거의 1년이 지난 1991년 설날 오후, 가족을 데리고 부친인 히데키의 집을 방문한 와타나베는 히데키와 와타미푸드서비스의 자본정책에 대해서 대화했다.

"신년이 되자마자 2년 후인 1993년을 목표로 장외시장 등록을 위한 준비에 들어갑니다. 2월에는 2,250만 엔, 450주 증자해서 닛폰제분의 출자비율을 38퍼센트에서 32퍼센트로 줄이고, 3월에 BW신주인수권부사채–발행회사의 주식을 매입할 수 있는 권리가 부여된 사채를 발행할 겁니다. 장차 신주를 발행하여 100퍼센트 권리를 행사할 수 있을 경우 4,400주가 돼요. 이것에 따라 닛폰제분의 출자비율을 20.7퍼센트까지 줄일 수 있으면 좋겠다…고 생각합니다."

　두 사람은 히데키의 서재에서 커피를 마시면서 대화를 나누었다.

　"싸움이 벌어지겠구나. 닛폰제분은 상당히 감정적으로 나올 거야. 너랑 사카모코 실장님 사이에 감정과 감정이 충돌하는 것만큼은 피해라."

　히데키가 미간을 찌푸리며 커피를 한 모금 마신 다음 말을 이어나갔다.

　"사카모토 실장님은 닛폰제분이 와타미에 출자했을 때부터 오늘에 이르기까지, 공동으로 경영한다는 입장에서 경영진에 보고해왔을 거야. 사카모토 실장님이 실제로 그렇게 인식했는지 어땠는지는 별개로, 사카모토 실장님의 입장상 그런 자세를 취할 수밖에 없었겠지. 사카모토 실장님이 와타미에 해주신 지원을 생각하면 닛폰제분 사내에서 실장님이 궁지에 빠지는 일만큼은 피하고 싶구나."

　히데키는 재색으로 염색한 명주로 만든 기모노 소매에서 담배를 꺼내 입에 물고 라이터로 불을 붙였다.

　"말씀하신 대로 사카모토 실장님에게는 아무리 감사를 드려도 모자랍니다. 하지만 그것과 이건 별개의 문제예요. 자본정책은 냉정하게 판단해야 합니다. 사카모토 실장님도 자본의 논리로 반발해오리라 생각해요. 사카모토 실장님은 와타미가 독립기업이고, 닛폰제분은 일개 주주에 불과하다는 실체를 인식하고 있으니까 최종적으로는 이해해 줄 것 같지만요. 완고한 교섭 상대가 되겠지만 어떻게든 1월 안에 결론을 내겠어요."

　"그렇게 만만한 일이 아니야. 사카모토 실장님은 결국 닛폰제분의 이익대표야. 와타미를 자기가 길렀다는 생각이 강할 거야. 사실 여러 가지 면에서 사카모토 실장님이 와타미를 도와준 것은 틀림없는 사실이니까. 그나저나 와타미가 이렇게 빨리 장외시장 등록을 노릴 만큼 급성장할 줄은 나나 너도 예상치 못한 일이지. 가장 놀란 사람은 사카모토 실장님이 아닐까?"

히데키는 길어진 담뱃재를 재떨이에 떨구었다.

"회사가 커지면 커지는 대로 너도 고생하는구나. 그것은 창업자의 숙명으로 아무리 시간이 지나도 편할 날이 없어. 회사를 도산시킨 내가 잘난 척해봐야 소용없지만 네가 말하는 자본정책은 시련의 하나라고 봐야지."

"1년쯤 전에 닛폰제분의 사와다 전무님에게 장외시장 등록이라니 웃기다는 식의 말을 들은 적이 있어요. 사와다 전무님만이 아니라 닛폰제분 경영진은 와타미를 고작 그 정도라고 평가하고 있었죠. 예상보다 빨리 'KEI타'가 성공한 덕분에 닛폰제분은 우리를 다시 보게 되었을 겁니다."

"……."

"자본정책 문제는 닛폰제분과의 싸움이기도 해요. 고, 구로사와, 가네코, 에무라 등 간부 전원이 전면적으로 절 지지해주니까 이 싸움에서 꼭 이길 겁니다. 말이 나온 김에 알려드리는데 에무라를 6월 총회에서 이사로 선임하고 싶어요. 주식도 나눠줄 예정입니다."

"싸움이라……."

히데키는 한숨을 섞어 내뱉고는 담배를 재떨이에 비벼서 껐다.

와타나베는 커피 잔을 테이블의 컵받침 위에 내려놓았다.

"고가 한 말인데, 우리는 닛폰제분의 지원과 협력을 받았지만 손해를 끼친 적은 없어요. 이른바 상부상조하는 대등한 관계입니다. 주식을 공개한다는 것은 와타미도 닛폰제분도 창업자 이득을 취득한다는 뜻이 아니겠습니까."

"주식을 장외시장에 등록하거나 상장한다는 것은 그만큼 사회적인 책임이 무거워진다는 뜻도 된다. 가령 1993년에 장외시장 등록에 성공한다면 네가 회사를 설립하고 딱 10년 만에 이루는 셈이 된다. 산전수전을 다 겪었지만 대단한 쾌거야. 그러나 닛폰제본과 싸우겠다고 생각하지 말고, 이해득실을 조정하기 위해서 끈질기게 대화를 나누겠다는 태도를 고수했으면 좋겠다. 미키에게 사카모토 실장님은 인생의 대선배이고 은인이기도 하니까 겸허하게 행동하길 바란다."

"물론입니다. 싸둔다는 말에는 어폐가 있을지도 몰라요. 감정적이 되지 않도록 주의하겠지만 사카모토 실장님께 10억 엔으로 되사라는 말을 들은 사람은 저라고요."

"그 이야기는 들었다. 닛폰제분은 와타미를 자회사로 삼고 싶어 하니까 그 정도의 말은 하고도 남겠지."

"아버지는 도대체 누구 편이예요?"

와타나베가 웃으면서 묻자 히데키는 당혹스런 얼굴로 두 개비 째의 담배에 불을 붙였다.

"그거야 대답할 필요도 못 느끼는 질문이구나. 다만 알력이 심해져서 사카모토 실장님과 안 좋게 헤어지는 일만은 없기를 빌 뿐이야."

히데키는 담배연기를 한숨과 함께 내뿜으면서 진지한 얼굴로 대답했다.

와타나베는 구로사와, 가네코, 고, 에무라의 네 간부와 의견을 조정해서 1월 7일까지 제3차 자본정책안을 정리했다.

1993년 3월에 와타미푸드서비스의 주식을 장외시장에 등록하고 주당 가격을 5만 엔에서 50엔으로 변경, 50만주의 공모 증자를 실시하는 때의 가설 주가를 주당 1970엔으로 정했다. 그러기 위해서는 1993년 3월기의 당기순이익 2억1,100만 엔을 확보하지 않으면 안 되었다.

장외시장에 등록한 직후의 자본금은 9억1,875만 엔, 자본준비금 6억5,750만 엔, 조달액 9억8,500만 엔으로 한다.

보유주식의 비율은 와타나베가 2,124,000주(39.7퍼센트), 가네코와 구로사와가 각각 188,000주(각 3.5퍼센트), 고가 148,000주(2.8퍼센트). 에무라가 8만주(1.5퍼센트), 종업원지주회가 230,000주(4.3퍼센트), 닛폰제분이 912,000주(17퍼센트), 은행·생명보험이 400,000주(7.5퍼센트), 요코하마캐피털이 190,000주(3.5퍼센트), 일반주가 890,000주(16.6퍼센트)로 상정했다.

공모는 50만주로, 그것을 제외한 39만주를 와타나베가 25만주, 가네코와 구로사와, 고가 각 4만주, 에무라가 2만주의 비율로 방출한다. 즉 와타나베와 간부들은 창업자이득을 얻을 수 있게 되는 것이다.

그리고 1996년 3월에 1대 0.4의 비율로 2,140,000주의 무상증자를 거쳐, 1997년 3월에 도쿄증시 2부에 상장 신청을 하기 위해서

1997년 3월기의 당기순이익 8억1,000만 엔을 목표로 삼았다.

2부 상장 때의 가정주가는 5,000엔, 200만주를 공모하여 100억 엔을 조달하다.

이 단계에서 보유주식의 비율은 와타나베가 2,874,000주(30.3퍼센트), 가네코와 구로사와가 각각 163,000주(각 1.7퍼센트), 고가 107,000주 (1.1퍼센트), 에무라는 62,000주(0.6퍼센트), 종업원지주회가 322,000주(3.4퍼센트), 닛폰제분이 1,277,000주(13.5퍼센트), 은행·생명보험이 560,000주(5.9퍼센트), 요코하마캐피털이 266,000주(2.8퍼센트), 일반주가 3,696,000주(38.9퍼센트)가 된다고 상정했다.

"닛폰제분은 17퍼센트에도 13.5퍼센트에도 반발하겠지. 분노하는 사카모토 실장님의 얼굴이 눈에 선하네."

"고의 말이 맞아. 하지만 제3차 자본정책의 원안은 이 정도가 적당하겠지. 어쨌든 부딪쳐보자."

와타나베는 입술을 꽉 다물었다.

7

도다 미사코가 워드로 정리한 '닛폰제분주식회사와 와타미푸드서비스(주)의 우호관계를 위한 제안'이라는 제목의 문서를 와타나베가 닛폰제분의 사카모토에게 우송한 것은 1991년 1월 8일이었다.

와타미푸드서비스(주)의 현재 상황

보유주식의 비율은 사장과 임원이 57%의 주식을, 닛폰제분주식회사는 38%의 주식을 보유하고 있다. 그 밖의 5%는 종업원지주회가 보유한다.

와타미푸드서비스(주)의 현재까지 걸어온 길

총 점포수가 4개에 불과할 때 40%의 액면가격으로 제삼자 할당을 닛폰제분주식회사가 인수했다. 그 덕분에 닛폰제분주식회사의 신용을 큰 무기로 삼아 와타미푸드서비스(주)는 직영점 20개, 프랜차이즈 4개, 연매상 25억 엔 규모의 기업이 되어 장외시장 등록을 바라보는 위치까지 올 수 있었다.

닛폰제분주식회사와 와타미푸드서비스(주)의 지금까지의 관계

자본금 1억2,000만 엔에 대해 38%의 출자, 신주쿠 주오대로점의 매장 임대, 신주쿠 야스쿠니대로점·아오바다이점·나리마스점을 와타미푸드서비스(주)에 업무위탁경영, 금융기관의 소개, 'KEI타'의 믹스가루 개발 등 지금까지 밀접한 관계를 맺어왔다. 그러나 인재 파견, 자금 융자, 외식 노하우 제공 등 경영의 3요소에 대한 원조는 일체 없이, 어디까지나 후방에서 응원하는 형태에 불과했다. 그것은 제조회사라는 인식이 강하고 역사가 깊은 대기업 닛폰제분주식회사와 서비스업적인 사고가 강한 젊은 벤처기업 와타미푸드서비스(주)의 기업문화 차이에 의한 것이다.

닛폰제분주식회사와 와타미푸드서비스(주)의 미래상

기업문화가 완전히 상이한 두 기업이지만, 와타미푸드서비스(주)는 닛폰제분주식회사의 기업문화에 많은 호감을 느끼고 있으며, 감사의 마음 또한 가지고 있다. 따라서 우호관계를 바탕으로 장기적 시야에서 이상적인 관계를 추구할 필요가 있다고 판단했다. 결론부터 말하면, 이상적인 모습이란 와타미푸드서비스(주)가 독립기업으로서 독자적인 기업문화 아래서 발전하는 것이라고 생각한다. 현재의 보유주식 비율을 유지한 상태로(임원·닛폰제본주식회사가 6대 4) 장외시장 등록 및 2부 상장에 성공할 경우, 에퀴티 파이낸스_{주식과 관련하여 자금을 조달하는 방법}를 거듭할수록 개인(임원)의 보유주식은 줄어든다. 한편 닛폰제분주식회사가 납입에 응하면 보유주식 비율은 줄어들지 않는다. 기업발전이라는 면에서 생각할수록 와타미푸드서비스(주)는 닛폰제분주식회사의 관련회사나 자회사 같은 존재가 된다는 것이 명백하다. 와타미푸드서비스(주)의 최대 재산은 종업원의 의욕과 거대조직에 대한 반골정신과 스스로의 상승 지향적인 성격이다. 특히 외식산업에서 생존의 절대조건인 '종업원의 사기 고양'이 대기업의 관련회사, 자회사나 다름없는 존재가 되면 사라질 가능성이 높다고 판단했다. 따라서 와타미푸드서비스(주)는 어디까지나 독립한 기업체로서 닛폰제분주식회사로부터의 신용공여와 출자에 대해서 와타미푸드서비스(주)를 1부 상장 기업으로 발전시켜서 닛폰제분주식회사가 보유한 912주를 포함한 자산의 가치를 높이는 것이 와타미푸드서비스(주)의 닛폰제분주식회사에 대한 보답이라고 생각한다.

결론

장외시장 등록 준비에 들어가기에 앞서서 별지에 자본정책에 따른 BW의 발행 허가를 요청하는 바이다. 이 자본정책에 따라 2부 상장 때 닛폰제분주식회사의 보유주식 비율이 현재의 38%에서 13.5%로 줄어드는 것에 대해서는 다음과 같이 생각한다.

현재의 경제정세 속에서 금융기관이 안정주주가 되기 힘든 것은 명백하다. 따라서 안정주주는 보통 사장과 그 일족뿐이라고 여겨지지만, 와타미푸드서비스(주)의 경우 사장의 일족은 주식을 소유하지 않았으며 그 일족의 사고방식은 임원 4명에게 적용할 수 있다. 따라서 임원 5명이 BW를 인수하기를 원한다. "닛폰제본주식회사가 안정주주가 된다"는 의견도 있을 수 있지만 역시 기업문화가 다른 회사가 지배권을 가질 수 있을 만큼 주식을 보유하고 있는 것은 바람직한 일이 아니다. 또 지금까지의 관계, 즉 시모키타자와점의 철수, 기치조지 도큐점의 철수를 예로 들지 않더라도 리스크를 전부 부담해온 것은 와타미푸드서비스(주)의 임원이다. 또한 닛폰제분주식회사가 출자한 자본금에 대해 적정한 배당금을 지불하고 업무위탁된 점포에 대해서는 은행 금리 이상의 이자를 지불했다는 것을 고려할 때 이것은 무리한 부탁이 아니라고 판단한다. 이 부탁을 받아들여서 지금까지의 우호관계를 유지하는 것이 닛폰제분주식회사를 비롯한 자산의 증대(2부 상장 시 64억 엔), 와타미푸드서비스(주)가 닛폰제분주식회사의 상품을 보다 많이 판매할 수 있는 유일한 길이라고 믿는다. 이 와타미푸드서비스(주)의 생각이 이기적이고 독선적인 것인지에 대하여 사내는 물론 외부의 많은 분들(전문가, 일반기업의 분들)과도 면밀히 상담해보았다. 그리고 "지금까지의 성장과 금후 성장의 공헌도는 역시 3대 2가 아니라 5대 2정도로 판단하는 것이 공평할 것이다"라는 결론에 도달했다. 사원들이 자기 회사라는 공통된 인식을 가지고 사기를 높일 수 있도록 부디 이 청을 수락해주시기 바란다.

와타미푸드주식회사

대표이사 와타나베 미키

8

1월 14일부터 와타나베와 사카모토는 힘든 협상을 시작했다.

와타나베는 연일 닛폰제분 본사의 응접실에서 사카모토와 대치했다. 말 그대로 한 치의 양보도 없는 팽팽한 교섭이 되었다. 둘 다 웃음기 하나 없이, 숨이 막힐 것 같은 긴장감이 실내에 떠돌았다.

17일의 세 번째 협상에서 사카모토가 타협안을 제시했다.

"제안한 BW 발행은 수락하겠습니다. 하지만 장외시장 등록 후에 닛폰제분의 출자비율을 25.6퍼센트로 변경해주세요. 따라서 올해 2월의 제1회 제삼자 할당증자는 600주, 3,000만 엔을 닛폰제분에 지불하면 됩니다. 와타미는 종업원지주회의 100주만으로 그치면 어떻겠습니까? 순간적으로 닛폰제분의 출자비율은 48.8퍼센트로 늘어나지만 BW를 제로로 하면 33.4퍼센트로 줄어듭니다. 1992년 3월의 제2회 제삼자 할당증자로 은행 등에 100주, 종업원지주회에 50주를 나뉘주면 닛폰제분의 몫은 32.3퍼센트로 줄어들고 1993년 3월의 제3회 할당증자에서 닛폰제분이 150주를 은행에 방출하면 28.2퍼센트로 줄어들겠죠. 이 시점의 가정주가를 제안한 110만 엔으로 하면 닛폰제분은 약간의 캐피털게인capital gain-매각차익이 생기지만 이 정도의 이득은 얻어도 괜찮겠죠."

"BW의 발행은 원안대로 인정하시는 거군요."

사카모토는 떫은 얼굴로 천장을 올려다보면서 팔짱을 꼈다.

"미세하게 조정할 필요는 있겠지요."

"……"

"요코하마캐피털의 190주는 너무 많지 않나요? 단숨에 출자비율이 4.3퍼센트가 됩니다. 130주, 2.9퍼센트면 어떻습니까?"

"BW의 발행규모를 1,550주에서 1,490주로 줄이라는 겁니까?"

사카모토는 잠시 머뭇거리다가 찻잔을 쥐고 조심스럽게 대답했다.

"와타나베 사장님이 960주를 인수하면 원안으로는 54퍼센트의 출자비율이 되겠군요. 이 점이 마음에 걸립니다. 아무리 창업자라고는 해도 반발을 사지 않을까요?"

와타나베가 입꼬리에 쓴웃음이 걸렸다.

"닛폰제분 경영진의 찬성을 얻기 어렵다는 뜻입니까?"

사카모토는 잠자코 고개를 끄덕였다.

"구체적으로 어떻게 하면……?"

"900주로 하면 어떻습니까?"

와타나베는 머릿속으로 계산했다.

제1회 제삼자 할당증자의 390주를 제로로 하면 내 출자비율은 BW를 원안대로 발행해도 50퍼센트를 밑돌지 않나. 여기는 거부하는 것이 좋을지도 모른다.

하지만 와타나베는 망설였다. 강경했던 사카모토가 여기까지 물러섰다. 그것을 고맙게 여기고 타협안을 받아들이자.

14일의 첫 번째 협상에서 사카모토는 정색을 하면서 "이런 자본정책안을 받아들이라고 요구하다니 제정신이 아니군요. 와타나베 사장님이 끝까지 고집한다면 법정투쟁도 불사하겠다고 말하고 싶을 정도입니다"라고 내뱉었다.

"알겠습니다. 닛폰제분의 제안을 전부 받아들이겠습니다."

"감사합니다."

세 번째 협상으로 사카모토는 처음으로 미소를 보이고 악수를 청해왔다. 와타나베의 출자비율은 장외시장에 등록한 시점에서 39.7퍼센트에서 31.4퍼센트로, 2부 상장 시점에서 30.3퍼센트에서 23.7퍼센트로 떨어지지만 닛폰제분과의 우호관계 유지를 우선해야 한다고 생각하자 마음이 정리되었다.

9

1월 21일 월요일 밤, 와타나베는 '쓰보하치' 가나자와지구의 오너회에 참석하느라 하코네箱根의 난푸소南風荘라는 호텔에서 묵었다. 오랜만에 온천에 들어가서 푹 쉬었다.

현안의 제3차 자본정책이 결정되었다는 안도감에 와타나베는 새벽 1시까지 사람들과 어울려 왁자지껄하게 놀았다.

다음날 아침 7시에 일어나서 온천욕을 즐긴 후 아침밥도 깨끗하게 먹어치웠다. 그리고 택시로 오다와라역까지 가서 신칸센을 타고 도쿄역으로.

와타나베가 출근한 것은 10시 반이었다.

고가 인사도 대충대충 넘기고 심각한 얼굴로 와타나베에게 말했다.

"10시에 사카모토 실장님이 전화하셨어. 들어오는 대로 전화를 달라고 하더라. 뭔가 긴박한 느낌이었어."

"긴박한 느낌?"

"응, 나한테 말하라고 했지만 와타나베 사장님이 아니면 안 된다고 딱 자르더라고."

"흐으음."

와타나베는 수화기를 들었다.

사카모토는 전화가 오기만을 기다리고 있었던 것 같았다. 전화가 금방 연결되었다.

"안녕하세요. 와타나베입니다."

와타나베의 미소가 사라지기까지 10초도 걸리지 않았다.

"미안하지만 제 타협안은 상무회에서 기각되었습니다. 결국 닛폰제분의 본심은 와타미푸드서비스를 지배하에 두고 싶다는 것입니다."

"즉 제3차 자본정책안은 백지로 돌아갔다는 뜻입니까?"

"장외시장 등록에 대해서 부정적인 의견이 나왔을 정도입니다. 그

거야 극단적인 견해라고 해도, 닛폰제분은 계속해서 와타미푸드서비스의 필두주주로 있어야 한다는 것이 닛폰제분의 의향입니다."

온후한 사카모토치고는 상당히 고압적인 태도였다.

와타나베는 강한 어조로 반박했다.

"분명히 말씀드려서 닛폰제분의 지배를 받아야할 의리는 없다고 생각합니다. 사카모토 실장님께는 많은 신세를 졌지만 닛폰제분에는 나름대로 보답을 해왔다고 자부합니다. 닛폰제분에게 와타미가 짐이 된 적은 없지 않습니까. 와타미가 닛폰제분에 다소나마 기여하고 있다는 인식이 닛폰제분에는 전혀 없는 겁니까?"

"그렇지 않습니다. 다만 전에도 말했듯이 자본의 논리라고 해야겠지요. 닛폰제분의 상부가 와타미서비스에 38퍼센트를 출자하고 있다는 사실을 중시하는 것은 어쩔 수 없다고 생각합니다."

"저는 사카모토 실장님의 타협안을 전부 받아들였습니다. 더 이상의 양보는 불가능합니다. 사원들의 의욕이 꺾일 만한 닛폰제분의 일방적인 주장에 따른다면 저는 사장으로서 실격일 겁니다. 이만 실례하겠습니다."

와타나베는 요란하게 전화를 끊었다. 손에 잡히는 대로 물건을 집어던지고 싶은 충동에 사로잡혔지만 심호흡을 하면서 애써 억눌렀다.

고가 머뭇거리면서 와타나베에게 다가왔다.

"다시 고쳐야 해?"

"그 정도가 아니야. 닛폰제분이 와타미의 지배권을 쥐고 싶어 한다는 뜻이야. 선전포고 같은 것이 아닐까? 웃기고 있네. 이렇게 된 이상

끝까지 싸우자. 이건 전쟁이야!"

와타나베가 이렇게까지 감정을 드러내는 일은 과거에 없었다.

본사 사무소에는 고 이외에 구로사와, 가네코, 에무라도 있었다. 모두의 시선을 일제히 받은 와타나베는 계면쩍은 듯이 얼굴을 찡그렸다.

"마침 잘 됐다. 모두 응접실로 와줘."

와타나베는 도미다 미사코에게 "차 좀 부탁해"라고 지시하고 응접실로 들어갔다.

"사카모토 실장님께 법정투쟁도 불사하겠다는 말을 들은 적이 있는데 결국 그렇게 될 것 같아."

"그렇게까지 악화된 거야?"

가네코가 고개를 갸우뚱했다.

"닛폰제분이 그럴 작정이라면 맞서 싸우는 수밖에 없겠지. 타협안이 기각되었다는 말은 법정투쟁이라는 말이 아니겠어?"

와타나베는 거칠게 쏘아붙였다. 그만큼 흥분해 있었다.

10

와타나베는 녹차를 들이킨 다음 일동을 둘러보았다.

"닛폰제분의 대표를 만나서 직접 이야기를 들어볼게. 사카모토 실장님의 입장을 곤란하게 만드는 일은 피하고 싶었지만 이참에 닛폰제분의 상부에 하고 싶은 말을 전부 퍼부어줄 테야. 날 젊다고 해서 얕잡아보면 큰 코 다칠걸."

"닛폰제분 이사회의 판단이나 사고방식을 확인하는 것은 좋지만 어느 쪽이든 우리가 내민 원안을 강행할 수 있을지 어떨지 법적인 사항을 조사해두자. 당장 변호사와 공인회계사에게 연락해볼게."

고는 투지를 불태우고 있었다.

"우리는 일심동체입니다. 하지만 닛폰제분은 다들 따로따로 놀잖아요. 계쟁係爭―문제를 해결하기 위해 당사자끼리 법적인 방법으로 다투는 것까지는 안 갈 것 같다는 느낌이 들어요."

느긋하게 의견을 밝히는 에무라가 답답한지 와타나베가 매섭게 되물었다.

"어째서?"

"필요 이상으로 체면을 신경 쓰는 회사잖아요."

"그건 맞는 말일지도 몰라."

가네코가 에무라에게 동의했고 구로사와도 고개를 끄덕였다.

최근 들어 구로사와가 통 기운이 없어 보였기 때문에 와타나베는 구로사와를 날카롭게 바라보았다.

"구로사와의 의견은?"

"전쟁과 화해, 둘 다 대비하는 것도 좋겠지만 사장의 판단에 따를게."

와타나베도 다소간 침착을 되찾았다.

"에무라가 말한 대로 우리는 일심동체야. 너희들이 날 따라와 준다면 닛폰제분과 싸워도 이길 수 있다고 생각해. 나머지는 나와 고에게 맡겨."

와타나베는 점심시간 전에 회의를 끝내고 응접실에서 사카모토에게 전화를 걸었다.

"아까는 실례했습니다. 사카모토 실장님의 타협안을 기각한 닛폰제분의 대표를 만나게 해주시겠습니까? 직접 뵙고 의견을 듣고 싶습니다. 물론 제 의견도 밝히고요."

"알겠습니다. 오늘내일 중으로 연락드리죠. 재무 · 경리 담당의 미나미다南田 상무님을 뵈면 될 겁니다."

사카모토는 달아나지 않았다.

"감사합니다."

"하지만 온건하게 부탁해야 합니다."

"예, 뭐…."

와타나베는 말을 얼버무렸다. 걸어온 싸움에 맞서는 판국인데 온건하게 나갈 수 있을 턱이 없었다.

"어떻게 하면 이사회를 설득할 수 있을지 저도 지혜를 짜내볼 테니까 와타나베 사장님도 냉정하게 생각해주세요."

"예, 연락을 기다리겠습니다."

"그럼 나중에."

와타나베는 전화를 끊은 다음 5분 정도 고민하다가 문을 열고 고를 손짓해서 불렀다.

"방금 생각났는데 요코하마은행의 이해와 지원을 얻을 수 있느냐에 귀추가 달려있을 거야. 요코하마은행마저 거절한다면 닛폰제분과의 싸움에서 이길 수 없어. 제삼자 할당에 필요한 자금 1,950만 엔은 요코하마은행이 빌려주겠다고 했는데 당연히 닛폰제분은 요코하마은행에도 압력을 넣을 거야. 요코하마은행은 대기업, 대형거래처의 압력에 굴복하겠지. 지점장과 부지점장이 바뀐 것도 치명적이야. 다케우치 지점장과 오쿠보 부지점장이라면 우리 편이 되어줬을 텐데……."

당시 요코하마은행 신주쿠점의 지점장은 미하라 히데쓰구三原秀次, 부지점장은 다카하시 히데오高橋秀雄였다. 나이는 마흔다섯과 마흔두 살.

"나도 요코하마은행이 캐스팅보트를 잡고 있다고 생각해. 그러니까 죽기 살기로 부딪쳐 보자고. 하지만 이해해줄 가능성이 없지는 않을 것 같아. 사카모토 실장님의 타협안을 차버린 것은 닛폰제분이니까."

"어쨌든 내일 미하라 지점장과 만나서 지원을 요청하자. 무릎이라도 꿇지 뭐."

"요코하마은행의 지원을 얻을 수 있으면 닛폰제분에 대한 제삼자 할당증자를 거부하고 강행돌파할 수 있어. BW의 발행도 가능해."

"사카모토 실장님과 결별하게 되는 건가. 안타까운 일이야."

와타나베는 "사카모토 실장님과 싸우면 안 된다"라고 말하던 히데키의 얼굴을 떠올리고 가슴이 답답해지는 것을 느꼈다.

고개를 한 번 휘젓고 와타나베는 마음을 다잡았다.

"합법적이면서 요코하마은행의 지원을 받을 수 있다면 돌진한다……. 감사법인의 주가산정 자료를 보여줄래?"

고가 자기 책상으로 돌아가 서랍에서 서류를 꺼내가지고 소파로 돌아왔다.

"여기 있어."

"응."

사카모토에게 닛폰제분이 보유한 와타미푸드서비스의 주식을 10억 엔에 되사라는 말을 들었을 때 요코하마시 주오구의 주오신코中央新光감사법인에 주가를 산정해달라고 의뢰했다.

1990년 10월의 과세시기에 맞춰서 산정한 와타미푸드서비스의 주가는 액면가 50,000엔에 대해서 33,024엔이었다.

와타나베는 A4 사이즈로 된 3페이지의 자료를 처음으로 봤을 때 고에게 말했다.

"내가 예상했던 숫자와 그렇게 다르지 않구나. 물론 이론치에 불과하고 성장력, 장래성 등은 고려하지 않았지만 닛폰제분이 진심으로 되사라고 나왔을 때는 제3자의 객관적인 산정가격이 설득력이 있을 거야."

와타나베는 A4 사이즈 3페이지의 자료를 훑어보고 마지막 페이지를 소리 내어 읽었던 것을 기억했다.

"유사업종 비준가격 106,600엔, 순자산방식에 의한 가격, (1)평가익이 있는 자산은 없다. (2)1991년 3월기 이연자산 잔고 45,899,387엔 A. (3)1991년 3월기의 자본의 부합계 1억25,158,775엔 B, (4)순자산(B-A) 79,259,388엔 C, (5)발행주식 2,400 D. (6)주당 가격 (C/D) 33,024엔. 평가액 유사업종 비준가격과 순자산방식에 의한 가격 중 낮은 쪽, 33,024엔……. 그렇구나."

와타나베는 주가산정자료를 보여주었을 때의 떨떠름하던 사카모토의 얼굴을 떠올렸다.

"이론치라고 해도 상당히 낮은 평가로군요."

"닛폰제분이 다른 감사법인에게 의뢰해도 결과는 그리 다르지 않으리라 생각합니다만."

"10억 엔은 농담입니다. 하지만 재무경리부문에 이 자료는 제출해두겠습니다."

사카모토와 그런 대화를 주고받은 것을 떠올리면서 와타나베는 결국 빼도 박도 못하는 곳까지 왔다고 자각할 수밖에 없었다.

"닛폰제분과 전면전쟁이 벌어지면 와타미의 주식을 방출할까?"

"거기까지 감정적이 될까? 요코하마은행을 우리 편으로 끌어들였을 때 닛폰제분이 어떻게 나올지 예상할 수 없지만 결국 사카모토 실장님의 조정능력에 매달릴 수밖에 없다고 생각해."

11

와타나베과 고가 요코하마은행 신주쿠점에서 미하라 지점장과 다카하시 부지점장과 면회한 것은 23일 오후 1시가 지나서였다.

와타나베의 설명을 들은 후에 미하라가 말했다.

"사카모토 실장님이 제시한 타협안을 닛폰제분의 상무회가 왜 부결했는지 이해하기 어렵군요. 요코하마은행은 전면적으로 와타미를 지원하겠습니다. 와타미가 원안으로 돌아간 것은 도리에 맞는 일입니다. 제삼자 할당증자의 자금을 빌려드리지요."

"닛폰제분이 너무 오만하군요. 와타미를 지배하에 두겠다고 진심으로 생각하는 거라면 대기업의 횡포가 따로 없군요. 그러니까 노대국老大國이라는 욕을 듣는 겁니다. 그런 일은 점점 사라질 겁니다."

다카하시의 말에 와타나베와 고는 서로 마주보면서 고개를 끄덕였다.

"감사합니다. 요코하마은행이 지원해주시지 않으면 닛폰제분에 굴복할 수밖에 없다고 생각했습니다."

"장외시장에 등록하려는 회사의 창업자가 그렇게 마음이 약하면 어떻게 합니까?"

미하라가 어깨를 두들겼을 때 와타나베는 정말로 무릎을 꿇고 싶어졌다.

이날 저녁 외근을 나갔다가 돌아온 고가 흥분이 가라앉지 않은 얼굴로 와타나베에게 보고했다.

"변호사도 공인회계사도 합법적이라고 판단했어. 강행돌파가 가능하다는 것이 확실해졌어."

"좋아, 잘 됐다."

와타나베는 주먹을 움켜쥐었다.

12

24일의 오전 10시에 와타나베는 닛폰제분 본사에서 미나미다 상무와 사카모토를 만났다.

"와타미푸드서비스는 닛폰제분의 관련회사가 아니었습니까? 닛폰제분이 출자한 덕분에 오늘날의 와타미푸드서비스가 존재합니다. 닛폰제분 안에는 와타미푸드서비스를 닛폰제분의 자회사로 인식하고 있는 사람도 있지만 대등, 즉 파트너로 봐야 마땅하다고 생각합니다. 보유주식의 비율도 와나타베 사장님과 닛폰제분은 평등해야 합니다."

미나미다는 와타나베와 사카모토를 힐끗거리면서 거만하게 말했다.

와타나베는 솟구치는 분노를 억누르면서 반박했다.

"외람되지만 저는 닛폰제분의 자회사라는 인식이 전혀 없습니다. 오늘까지 우리 회사에 베풀어주신 사카모토 실장님의 지원과 협력에는 아무리 감사해도 모자라다고 생각합니다. 하지만 우리의 자본정책안에 대한 사카모토 실장님의 타협안이 우리가 받아들일 수 있는 최선입니다. 사카모토 실장님이 제시하신 타협안이 부결된 이상 우리는 닛폰제분에 대한 할당증자를 중지하고 독자적으로 자본정책안을 진행하겠습니다. 변호사와 공인회계사와 상담한 결과 합법적이고 아무런 문제가 없다고 했습니다."

"그렇다면 저는 아무것도 듣지 못한 것으로 치겠습니다. 사카모토, 그걸로 됐지?"

사카모토는 바닥을 쳐다볼 뿐 대답하지 않았다.

미나미다는 불퉁한 얼굴로 소파에서 일어났다.

13

이날 밤 구리하라栗原, 미나미南, 야베矢部라는 신입사원의 환영회가 있어서 와타나베는 과음을 했다. 마시지 않고는 견딜 수가 없었다.

사카모토와 대립하지 않으면 안 된다고 생각하는 것만으로 가슴이 쓰라렸다. 사카모토를 적으로 돌리고 싸울 수밖에 없다고 생각하자 괴롭기 짝이 없었다.

맥주와 와인, 미즈와리 위스키를 물처럼 들이켰는데도 취할 생각을 안 했다.

밤늦게 귀가한 와타나베는 잠든 쇼야와 레츠시의 얼굴을 보고 마음을 달랜 다음 일기를 적었다.

닛폰제분과의 제3차 자본정책안의 협상은 결렬되었다. 와타미가 독립기업인지 닛폰제분과 공동경영하는지, 근본적인 인식의 차이에서 비롯된 결과일 것이다. 미나미다 상무님과 사카모토 실장님에게 강행 돌파하겠다고 선언했지만 '나와 닛폰제분은 대등한 파트너라는 인식'에는 벌어진 입이 다물어지지 않았다.

사카모토 실장님에게 공동경영이라는 인식이 있었다고 생각하긴 힘들지만, 외식산업 실장이라는 입장상 이사회에 그렇게 보고해왔을 가능성은 있을지도 모른다. 적어도 처음 출자를 받았을 때 자회사화를 전제로 하는 출자라고 설명하지 않았더라면 품의서가 통과되지 못했을 가능성은 크다.

하지만 이런 사고방식을 개선하는 방향으로 사카모토 실장님이 닛폰제분 내부에서 사전에 손을 써왔던 것은 확실하다. 타협안에 그것이 명시되어 있었다.

닛폰제분의 최종안은 와타나베와 닛폰제분의 출자비율은 대등하다, 이것에 대해 와타미는 닛폰제분에 대한 할당증자를 중지한다고 되어 있었다.

천지차이로 벌어져버린 차이를 대화로 메꾸기란 매우 힘들 것이다.

닛폰제분이 법정투쟁으로 가져가서 저지하려고 들지 어떨지는 예측하기 힘들지만 우리의 주장이 옳다는 신념 아래서 끝까지 싸울 각오가 되어 있다.

우리가 전면적으로 승소한 다음 새로운 실태에 맞는 우호관계를 재구축하는 것이 나의 사명이자 의무라고 생각한다. 그것이 사카모토 실장님의 은혜에 보답하는 인간된 도리이기도 할 것이다.

"듣지 못한 걸로 치겠다"는 미나미다 전무의 태도에서 무책임한 월급쟁이 중역의 전형을 본 기분이 들었다. 모든 책임을 사카모토 실장님께 뒤집어씌울 작정이겠지.

사카모토 실장님은 좌천될지도 모른다. 그것이 가장 괴롭다. 그렇게 훌륭한 포용력이 있는 사람을…….

여기까지 쓴 와타나베는 눈물이 쏟아질 것만 같았다. 와타나베는 넥타이를 느슨하게 풀고 크게 기지개를 한 다음 다시 펜을 들고 일기장과 마주했다.

크나큰 은인을 좌천시키다니 배은망덕하다고 생각하지만 3년만 기다려달라고 사카모토 실장님께 말씀드리고 싶다. 사카모토 실장님을 정당하게 평가해달라고 닛폰제분의 사장님께 진언할 수 있을 만큼 와타미가 힘을 기를 필요가 있다고 생각한다. 나는 사카모토 실장님께 은혜를 갚을 수 있다고 확신하고 있다.

신이시여, 부디 닛폰제분과의 싸움에서 아무도 상처받지 않도록 지켜주십시오.

25일 금요일 오후 1시가 넘어서 요코하마은행의 미하라가 와타나베에게 전화를 걸어왔다.

"닛폰제분의 경리부문 윗선에서 이런저런 불만을 해왔지만 들은 척도 안 했습니다. 오히려 닛폰제분이 착각을 하고 있다고 확실히 말해두었어요. 본점에도 압력을 넣을 가능성이 있어서 담당자에게 어떻게된 일인지 경위를 자세히 설명해두었습니다. 요코하마은행은 닛폰제분의 압력에 굴복하는 나약한 은행은 아니니까 안심하세요."

"감사합니다. 하지만 요코하마은행이 대형거래처를 잃을까봐 걱정됩니다."

"그런 리스크가 없다고 단언할 수는 없지만 닛폰제분 같은 일류기업이 그런 짓까지 할 리가 없지요. 회사의 우두머리가 감정만 앞세워서판단하는 일은 없을 겁니다. 그거야말로 아주 위험한 사고방식입니다."

"31일에 이사회가 열리는데 사카모토 외식사업 실장님이 빠지면 일이 귀찮아질 겁니다."

"결석한다고 해도 어쩔 수가 없지만 우리로서는 조용히 제삼자 할당증자가 결정되면 족합니다."

미우라의 전화는 와타나베에게 한층 용기를 불어넣었다.

14

훗날 닛폰제분의 재무·경리부문이 요코하마은행 본점에까지 손을썼다는 사실을 와타나베에게 전화로 알려준 사람은 요코하마캐피털의 담당자였다.

"본점 역시 미동도 하지 않을 것입니다."

요코하마캐피털의 담당자도 냉정했다.

3월 중에 실시하는 제삼자 할당증자를 결의하기 위한 이사회를 와타나베는 1월 31일 오전 11시에 소집했다.

원안에서는 와타나베에게 390주, 종업원지주회에게 60주로 총 450주(2,250만 엔)를 할당하기로 되어 있었다.

사카모토가 제안한 타협안에서는 와타나베가 제로, 닛폰제분이 600주, 종업원지주회가 100주로 총 700주(3,500만 엔)를 할당하게 되어 있었다. 와타나베는 이것을 받아들였다.

그럼에도 불구하고 닛폰제분의 이사회는 타협안을 걷어 차버렸다. 너무나 불견식하고 비논리적이라고 와타나베는 생각했다.

그러나 닛폰제분이 912주의 주식을 보유하고 있는 것은 틀림없는 사실이었다. 와타나베는 재판은 피하기 힘들겠다고 단단히 각오했지만, 승소하더라도 912주가 유동주식이 되어버려 장외시장 등록 후 파이낸스가 곤경에 처하리란 것이 충분히 예상되었다.

닛폰제분을 거함이라고 치면 와타미푸드서비스는 거룻배였다. 잃어버릴 것의 크기는 비교가 되지 않았다. 거함이 거룻배에 육탄돌격하려고 들까?

어떻게든 화해하고 싶다. 사카모토와 싸우고 싶지 않다. 명문기업인 닛폰제분이 이미지가 저해되는 것을 겁내지 않을 리가 없다. 반드시 타협 방도를 제시해올 것이다.

와타나베는 표면적으로는 회사 안팎으로 의연한 태도를 취하면서도 기도하는 마음으로 사카모토가 조정능력을 발휘해주기를 기대하고 있었다.

29일 화요일의 오후 1시 넘었을 때 고대하던 사카모토에게서 전화가 걸려왔다.

"2시 반까지 와주시겠습니까?"

"예, 알겠습니다."

"그럼 기다리겠습니다."

사카모토의 어조는 딱딱했지만 긴급하게 불러낸 것으로 보아 닛폰제분 측에 어떤 움직임이 있었다고밖에 생각할 수 없다.

와타나베의 예상은 들어맞았다.

"장외시장에 등록할 때 닛폰제분의 출자비율이 20퍼센트가 안 되는 것을 인정하도록 상부를 설득했습니다. 그러니 내일의 이사회에서 원안을 억지로 밀어붙이지 마십시오."

"감사합니다."

"세세한 결정은 재무·경리부문과 조정하세요."

"알겠습니다. 우리의 원안과 사카모토 실장님의 타협안의 절충안을 고려해서 경리부와 타협을 보겠습니다."

"그러세요. 감정적이 되지 말고 사무적으로 해결하십시오."

사카모토의 어조는 사무적이고 웃음기도 없었지만 와타나베가 얼마나 안도했는지 몰랐다.

　다음날 오전 11시부터 오후 5시까지 와타나베와 고는 닛폰제분의 재무·경리부문과 절충에 절충을 거듭했다.

　"이번 제삼자 할당증자 후에 닛폰제분의 출자비율이 33.4퍼센트 이상이 되도록 해주세요. 그것이 최저조건입니다."

　담당과장은 33.4퍼센트 이상을 고집했다.

　하지만 아무리 주물러도 33.4퍼센트 이상이면 등록할 때의 20퍼센트 이하가 양립되지 않는 것이 판명되어서 "33.4퍼센트를 철회해주십시오. 그렇지 않으면 내일의 이사회는 원안대로 강행돌파할 수밖에 없습니다"라고 와타나베가 협박했다.

　닛폰제분도 물러나지 않았다. 협상은 다시 결렬되어 암초에 걸렸다.

15

　이날 밤, 와타나베와 고는 본사 사무소의 응접실에 틀어박혔다. 내일 31일의 이사회에 대비해서 의견 조정을 계속했다.

　"원안을 강행하는 것 말고는 선택지가 없을까? 우리도 결국 궁지에 몰려버렸어."

　"사카모토 실장님은 다 포기해버린 걸까?"

　"지금쯤 머리에 피가 솟구쳤겠지. 우리에게도 경리부문에게도."

　"이사회에는 출석할까?"

"그건 무리야. 우리는 루비콘 강을 건너버렸어. 이제 돌이킬 수가 없어. 닛폰제분과 적당히 거리를 두는 것은 어렵게 되겠지."

와타나베도 고도 나오는 것은 불평과 한숨뿐이었다.

"한 번만 더 사카모토 실장님에게 전화를 걸어보면 어때? 이사회에 출석해달라고. 밑져봐야 본전이니까……."

"그래. 그것이 예의겠지."

고가 실처럼 가느다랗게 눈을 좁혔다.

"그렇게 하자. 사장이 출석을 부탁하는 것이 예의야."

"염치가 없지만 그렇게 할까."

와타나베가 소파에서 일어나려는 순간 전화가 울렸다.

고가 와타나베를 제지하고 소파에서 일어났다.

"예, 와타미푸드서비스입니다……."

"사카모토입니다."

"안녕하세요. 고입니다."

"안녕하세요. 와타나베 사장님 계십니까?"

"예, 바꿔드리겠습니다."

고가 손으로 수화기를 막고 흥분한 목소리로 말했다.

"사카모토 실장님이야."

"그래?"

와타나베는 낚아채듯이 수화기를 잡았다.

"예, 와타나베입니다."

"안녕하세요. 사카모토입니다."

"안녕하세요."

"줄곧 와타나베 사장님에게 꿈을 걸었던 제 마음을 헤아려주었으면 합니다."

"물론입니다. 어떤 결과가 나오든 사카모토 실장님께 감사하는 마음에는 변함이 없습니다."

"와타나베 사장님과 싸우는 일이 생겨서는 안 된다고 생각했습니다."

사카모토의 목소리는 기운이 없고 애절함마저 섞여 있었다.

와타나베의 목소리도 잠겼다.

고의 존재를 잊을 정도로 와타나베는 정신을 전화에 집중했다.

"저도 실장님과 같은 기분입니다. 제 아버지도 결코 사카모토 실장님과 싸우지 말라고 주의를 주셨을 정도입니다."

"그럼 지금부터 닛폰제분의 최종안을 말씀드리겠습니다. 내일 이사회에서 닛폰제분에게 550주를 할당해주세요. 종업원지주회의 50주와 합쳐서 600주를 할당하는 것으로, 어떻습니까? 배당 후 3월 말까지 요코하마은행, 요코하마캐피털에 276주, 다이요고베미쓰이은행과 홋카이도척식은행에 각각 137주씩, 캐피털게인 없이 이동합니다. 뭐, 닛폰제분의 체면을 세워달라는 거지요. 닛폰제분의 출자비율을 장외시장에 등록할 때 17.9퍼센트, 2부 상장 때 14.2퍼센트로 줄인다는 최종안을 제가 내일 이사회에 제출하겠습니다. 조금 전에 상무회의 승낙을 받았습니다."

"좋습니다. BW의 발행은 어떻게 됩니까?"

"미세 조정하고 싶지만……."

"무슨 말씀인지?"

"요코하마캐피털에 대한 할당은 보류해주십시오. 닛폰제분이 거부한 것으로 설명이 될 겁니다. 닛폰제분이 48주를 인수할 겁니다."

와타나베는 고개를 갸우뚱하면서 수화기를 왼손으로 바꿔 쥐었다.

"그 대신 타협안에서는 1993년 3월의 제삼자 할당증자 시에 닛폰제분이 150주를 방출하여 캐피털게인을 얻기로 되어 있지만 그건 철회합니다. 그것과 1992년 3월의 증자를 9월로 변경합시다. 이유는 3월기 결산의 숫자가 명확한 편이 낫다고 생각하기 때문입니다. 이 단계에서 액면가 5만 엔에 대해서 110만 엔의 가정주가로 요코하마은행 및 요코하마캐피털에 150주, 홋카이도척식은행과 다이요고베미쓰이은행에 75주씩 할당하면 어때요? 요코하마은행과 캐피털이 8.8퍼센트를 나눠가지게 됩니다. 홋카이도척식은행과 다이요고베미쓰이은행은 각 4.4퍼센트입니다. 요코하마은행과 캐피털에 불평할 권리는 없을 겁니다."

"그렇군요. 그렇다면 설명이 된다고 생각합니다."

"정리하면 BW를 발행하고 100퍼센트 권리행사 후에 주식 1500주중 와타나베 사장님이 1,052주, 가네코와 구로사와, 에무라 씨가 각각 100주, 닛폰제분이 48주로 하면 어떻습니까?"

"알겠습니다."

"안내장에는, 내일 이사회는 제삼자 할당증자의 결의만 적혀있지만 BW의 발행도 결정하면 어떻습니까?"

"감사합니다. 그렇게 할 수 있다면 얼마나 기쁠지……."

와타나베는 전화기를 향해서 몇 번 고개를 숙였는지 모른다.

"외람되지만 2부의 상장 신청은 1년간 미뤄도 되지 않겠습니까?"

"되든 안 되든 일단 1997년이 목표입니다."

"그 목표를 1년 연기하고, 서두르지 말고 천천히 해나가면 좋겠다는 것이 사와다 전무님의 의견입니다. 뭐, 목표 계획을 굳이 기관이 결정할 필요도 없겠지만요."

"……."

"요 3일 동안에 온몸에서 기운이 다 빠져버린 것처럼 지쳤습니다. 오늘 밤은 이만 실례합니다. 내일 오전 11시에 사무소로 들르겠습니다. 안녕히 주무세요."

"전화 주셔서 감사합니다. 그저 감사할 따름입니다."

긴 전화가 끝났다.

16

고가 와타나베의 등 뒤에서 기다리고 있었다.

"좋은 소식이구나."

"응, 사카모토 실장님이 닛폰제분의 이사회를 설득해주었어. 말 그대로 몸이 가루가 되도록 노력해주신 모양이야. 요는 닛폰제분에게 550주의 제삼자 할당을 해달라는 거였어. 닛폰제분을 경유해서 바로 세 은행으로 이동시키는 거지. 순서를 바꿨을 뿐이지만 그걸로 닛폰제분의 체면이 산다면 문제는 없겠지."

"캐피틸게인은?"

"액면가 그대로야."

"닛폰제분으로서는 세 은행에 은혜를 베푸는 셈이 되겠지."

"울트라 C구나. 이사회가 트집을 잡는 바람에 닛폰제분은 장외시장에 등록할 때 2부 상장 때 출자비율을 사카모토 실장님의 타협안보다 줄일 수밖에 없어졌지만 우리 원안보다는 조금 많아. 원안은 부르는 값이라고 할까 시안 같은 것이니까 이상적인 형태로 수습된 것 같네."

"닛폰제분의 퍼센테이지는 어떻게 되는 거야?"

"아, 맞다. 그걸 말하지 않았구나. 장외시장에 등록할 때 17.9퍼센트, 2부 상장 때 14.2퍼센트."

"그거 굉장하잖아. 와타나베, 해냈어."

흥분하는 바람에 고의 목소리가 날카로워졌다.

"사카모토 실장님이 지쳤다고 했는데 나도 지쳤어."

와타나베의 목소리에 피곤이 감돌았다.

사카모토 실장님께

주식의 이동은 스케줄상 문제가 없다고 생각합니다. 내일 아침 일찍 확인하겠습니다. 뭐라고 말씀드려야 좋을지 모를 만큼 감사하고 있습니다.

항상 이기적인 부탁만 드렸던 것 같은 기분이 듭니다. 다만 이렇게 하지 않을 수밖에 없었던 제 심정을 헤아려주셨으면 합니다.

이 은혜는 평생 잊지 않겠습니다.

내일은 실장님의 제안에 따라 예정대로 이사회를 개최하겠습니다.

바쁘시겠지만 이 문제가 전부 해결되었다는 것을 확인하기 위해서 회사로 와주십시오.

대단히 감사합니다.

1991. 1. 30. PM10

와타미푸드서비스

대표 와타나베 미키

임원 일동

와타나베가 울먹거리면서 삐뚤빼뚤한 글씨로 쓴 편지를 팩스로 사카모토에게 전송한 것은 고가 퇴근한 직후였다.

17

1월 31일 오전 9시, 와타나베는 요코하마은행 신주쿠지점장의 미하라에게 전화로 어젯밤 사카모토와 나눈 대화 내용을 보고했다.

"그것 다행이군요. 과연 닛폰제분은 일류기업입니다. 와타나베 사장님 손바닥에서 놀아났다, 한 방 먹었다고 생각할지도 모르지만 일류기업으로서의 긍지를 지켰습니다. 원한이 남지 않았으니 다행 아닙니까."

"전부 요코하마은행 덕분입니다."

"와타미를 지원하는 것은 우리 은행으로서도 플러스가 됩니다. 게다가 와타나베 사장님의 주장은 논리적이니까요."

"감사합니다. 오후에 시간이 괜찮으시다면 인사차 들르고 싶습니다만."

"언제든지 오십시오."

홋카이도척식은행과 다이요고베미쓰이은행에는 고가 전화로 보고했다.

그리고 10시에 와타나베는 고, 가네코, 구로사와, 에무라의 4명을 응접실로 불렀다.

"어젯밤 사카모토 실장님이 전화로 최종안을 제시하셨어. 오늘 1시부터 이사회를 개최해서 600주, 3,000만 엔의 제삼자 할당증자와 1,500주의 BW의 발행을……."

와타나베의 보고를 듣고 누구라고 할 것 없이 치기 시작한 박수가 오랫동안 그칠 줄을 몰랐다.

"알았어, 그만."

와타나베는 오른손을 흔들어 박수를 그만두게 했다.

닛폰제분에 할당된 550주의 최종 양도처는 2월 25일의 이사회에서 정식으로 승인되었다.

양도처와 할당주식의 내역은 결국 요코하마은행, 요코하마캐피털이 각 138주, 미쓰이파이낸스서비스가 137주, 홋카이도척식은행이 69주, 다쿠긴캐피털이 68주였다.

제17장
와타미 설립

1

1991년 4월 30일 밤, 와타나베는 본사 사무소 근처의 술집에서 구로사와와 둘이서 한잔하고 있었다.

시종 웃고 있는 와타나베와는 대조적으로 구로사와는 얼굴에 그늘이 져 있고 안색도 나빴다. 맥주를 따르면서 와타나베가 말했다.

"작년 7월이었나? '도헨보쿠'의 가맹점 내는 것을 거들러 2주일간 고베에 간 적이 있었지?"

"그래. 그때는 마음 써줘서 고마워. 보통 점장급의 젊은 친구들이 가야 하는 곳인데 좀 쉬고 오라며 날 보내줘서."

고베의 신코神港통운주식회사라는 운송회사가 사업다각화의 일환으로 외식산업에 진출하게 되었다. 와타미푸드서비스와 '도헨보쿠'의 프랜차이즈 계약을 체결, '오코노미야키 HOUSE 도헨보쿠 산노미야점'을 고베시 주오구의 산노미야三宮에 출점한 것은 1991년 7월의 일이었다.

그 무렵 구로사와는 기운이 없었다. 업무량이 늘어남에 따라 상사는 부하들을 건사할 줄 알아야 하는 법이지만, 구로사와는 부하들을 관리하는 데 영 소질이 없었다. 결국 혼자서 모든 업무를 떠안다 보니

용량을 초과해서 꼼짝도 못하게 되는 것이었다.

혼자서 테마를 찾아내어 상품을 개발할 때는 생생하게 빛나지만 부하를 딸려주면 컨트롤을 못하고 쩔쩔매는 것이었다.

"구로사와, 무슨 일이야? 요즘 업무에 통 집중하질 못하네. 도대체 왜 그래?"

스트레스를 발산시킬 방법도 몰라서 혼자 끙끙대며 풀이 죽어 있는 구로사와를 보다 못한 와타나베가 농담 속에 진담을 섞어서 말을 건 적이 있었다.

"그러게 말이야. 내가 왜 이럴까?"

구로사와는 굵은 눈물을 뚝뚝 떨어트렸다. 와타나베가 구로사와를 고베로 보낸 것은 그 직후였다.

고베에서 가맹점을 내고 돌아온 구로사와는 기분전환이 되었는지 생기를 되찾았다.

자본정책을 둘러싼 닛폰제분과의 협상으로 한창 골치가 아프던 때였지만 와타나베는 구로사와를 면밀하게 관찰하고 있었다. 또 다시 생기를 잃은 구로사와 때문에 와타나베는 가슴이 아팠다. 구로사와의 부하들도 덩달아 기운을 잃고 맥을 못추었다.

주식 공개를 향해 전 직원이 하나가 되어야 할 때에 공로자인 구로사와를 잃을 수는 없었다.

와타나베는 구로사와의 처우에 대해 고심했다.

그리고 며칠이나 고민한 끝에 내린 결론을 전하기 위해서, 오늘 밤 와타나베는 구로사와를 불러낸 것이었다. 와타나베는 단숨에 맥주를 비우고 구로사와를 응시했다.

"내일의 임원회에서 와타미의 장외시장 등록을 목표로 조직을 개혁하고 싶어. 구로사와에게 고베에서 쉬고 오라고 권할 수 있는 상황이 아니야. 너에게는 감사실장을 맡기고 싶어. 한직처럼 들려서 불만스럽겠지만 등록을 위해서 꼭 필요한 업무야. 공개 준비를 거드는 한편 공부해서 다시 한 번 도전해보는 거야. 구로사와는 창업 이래 계속 앞만 보고 달려왔으니까 이쯤에서 조금 편한 자리에 가도 괜찮지 않을까?"

"앞만 보고 달려온 것은 다들 마찬가지야. 그중에서도 가장 열심히 달려온 사람은 사장이지."

구로사와는 약이라도 마시는 것처럼 맥주를 찔끔찔끔 마시면서 말을 이었다.

"감사실장이라니 내게는 가장 괴로운 자리야. 차라리 이자카야의 점장이 되는 편이 훨씬 나아."

"그렇게 말하지 마. 나로서는 구로사와가 꼭 공개 업무에 관여했으면 좋겠어. 고랑 연계해서 잘해봐. 여기서 손을 놔버리면 구로사와는 진짜로 탈락해버린다고. 그런 일이 생기면 난 죽어도 편히 눈을 감을 수가 없어."

와타나베는 힘주어 말했지만 미소를 지우진 않았다. 구로사와의 기분이 절절하게 이해되었다.

"말이 나온 김에 밝히는데 고에게는 경영기획 실장, 가네코에게는 영업 부장, 에무라에게는 토탈 스태프 부문인 영업추진 부장을 맡길 거야. 그리고 조금 미안한 말이지만 가네코를 상무로 삼고 싶어. 영업부문의 책임자니까 대외적으로 상무라는 직함이 있는 편이 좋겠지."

구로사와는 한마디도 하지 않았다. 얼마나 분할지 와타나베는 이해하고도 남았다.

라이벌인 가네코가 상무로 승진한 것도 구로사와로서는 견디기 힘들 것이다. 구로사와가 이번 수뇌 인사를 본보기라고 생각할지 시련이라고 생각할지. 와타나베는 구로사와가 분통함을 원동력으로 바꾸길 바라며 기도하는 심정으로 간절한 시선을 보냈다.

2

5월 3일의 밤 7시에 와타나베 일가는 자가용인 크라운을 타고 오랜만에 히로코의 친정인 오나하마로 향했다.

오나하마의 호텔에 도착한 것은 오후 11시였다. 다음 날 오전까지 와타나베는 시체처럼 곯아떨어졌다.

"오나하마에 오면 푹 쉴 수 있어. 맛있는 생선과 푹 잘 수 있다는 것이 오나하마의 장점이야."

아이들은 내내 잠만 자는 아버지에게 불평을 해댔지만 와타나베는 온몸이 가뿐했다.

오후에는 히로코의 친정에서 처가 식구들과 놀다가 다 같이 씨푸드 레스토랑에서 저녁을 먹었다.

5월 5일은 아침부터 점심까지 가족끼리 오붓하게 해안과 미사키공원을 산책하고 놀이공원에서 놀았다. 아이들이 놀다 지친 덕분에 오후에는 와타나베도 마음 편히 낮잠을 즐길 수 있었다.

5일 오후 10시에 호텔을 출발해서 교통체증에 시달리는 일 없이 새벽 1시 반에 귀가했다.

"회사 일을 잊고 이렇게 쉬는 것이 몇 년 만인지 몰라."

"그러게요. 증자니 뭐니 회사가 힘들어서 잠시도 마음 편한 날이 없었잖아요. 다 해결되어서 당신도 한숨 놓인 거죠."

"장인장모님도 오랜만에 손자들을 만나서 기쁘신가 보더라고. 전에는 장모님이 날 반기질 않으셨는데 말이야."

침대에 누우면서 히로코가 문득 물어보았다.

"구로사와 씨는 요즘 괜찮아요?"

"1일의 임원회에서는 생각보다 괜찮아 보였어. 애써 태연한 척하는 것이겠지만 덤덤하더군. 구로사와에게 어떤 업무를 맡길지가 나의 영원한 테마야. 적성에만 맞으면 엄청난 파워를 발휘하는 남자니까."

히로코가 화제를 바꾸었다.

"그나저나 당신, 요즘은 사카모토 실장님 이야기를 통 하질 않네요."

와타나베의 얼굴에 그늘이 졌다.

"2월 25일의 임원회 이후 만난 적이 없어. 닛폰제분으로 찾아가도 만나주질 않으니 이대로 흐지부지 연락이 끊어질지도 몰라. 사카모토 실장님께는 신세만 잔뜩 졌어. 나는 우리 인연이 끝났다곤 생각 안 하지만 상대방은 어떨까? 의외로 앙심을 품었을지도 모르지."

"역시 그런 일이 있었군요. 늘 사카모토 실장님이 화제에 올랐는데 요즘은 통 말이 없어서 어떻게 된 일인가 했어요."

"아마 사카모토 실장님은 닛폰제분 내부에서 입장이 곤란해졌겠지. 하지만 나로서는 해줄 수 있는 일이 없어."

"사카모토 실장님의 은혜를 잊지 않으면 그걸로 충분해요."

히로코는 위로해줄 생각인지 다정하게 말하면서 눈을 감았다.

3

5월 13일 월요일 오후, 와타나베는 4월의 월차보고를 위해서 닛폰제분 본사로 향했다.

사카모토를 대신하여 와타나베를 맞이한 사람은 사토 주이치佐藤壽一였다. 1958년에 입사한 사토는 사카모토의 1년 선배였다.

"사카모토는 영업부의 부부장으로 임명되었습니다. 오늘은 여기저기 인사를 드리러 나간 모양입니다. 와타나베 사장님께는 인사를 전해달라고 했습니다."

실장직과 부장직은 동등한 직급이 아니다. 실장에서 부부장이라니 명백한 좌천이 아닌가.

와타나베는 가슴이 세차게 뛰었다. 그런 예감이 들지 않았던 것은 아니었다.

와타미푸드서비스와 닛폰제분 사이에 끼어서 사카모토가 얼마나 속을 태웠을까.

결별 직전까지 자본정책 문제는 난항에 난항을 거듭했다. 결국 와타미와 닛폰제분이 타협하게 된 것은, 최후의 순간까지 포기하지 않고 조정안을 마련한 사카모토의 끈질긴 노력의 산물이었다.

"온몸에서 기운이 다 빠져버렸다……."

지쳐버린 사카모토의 전화 목소리가 와타나베의 귀에 남았다.

"6월 총회에는 사카모토 대신 제가 와타미푸드서비스의 비상근임원으로 참석합니다. 잘 부탁합니다……."

별일이 아닌 것처럼 사토가 말했지만 와타나베는 건성으로 들었다.

와타나베는 그날 밤 일기에 다음과 같이 적었다.

도대체 닛폰제분이라는 회사는 무슨 생각을 하는 걸까?

사카모토 실장님이 영업부 부부장으로 좌천당했다. 이 얼마나 불합리하고 어처구니없는 일인가.

와타미푸드서비스의 와타나베 미키라는 애송이에게 놀아났다, 한방먹었다는 생각이 닛폰제분 상부에 있는 것일까? 그래서 본보기삼아 사카모토 실장님에게서 외식산업 실장의 지위를 빼앗은 걸까?

혹은 "지쳤다"고 말했던 걸로 보아 사카모토 실장님 본인이 이동을 원했을지도 모르겠다. 어느 쪽이든 간에 좌천이라는 점은 변함이 없다.

사카모토 실장님이 닛폰제분에 가져다준 공적은 다대하다. 와타미를 자회사로 삼지 못한 것이 닛폰제분에서 마이너스로 평가되더라도 플러스 85점은 되고도 남을 것이다.

사카모토 실장님 외의 다른 사람은 무엇 하나 공격적인 액션을 취하지 않으니까 플러스마이너스제로다. 어쨌거나 사카모토 실장님의 흉중을 헤아리면 부끄럽기 짝이 없다. 창자가 끊어질 만큼 슬프다.

커다란 기회를 마련해준 은인에게 은혜를 갚기는커녕 좌천당하는 원인을 만들어 발목을 잡는 결과를 낳아버렸으니까.

아무리 사죄를 드려도 모자랄 것이다.

분하고 원통해서 견딜 수가 없다.

개인적인 감정은 무시하더라도 금후 와타미와 닛폰제분의 관계를 어떻게 할 것인지 생각하면 암담한 심정이 된다.

대주주와 큰 거래처라는 관계를 확립하는 데 주력할 수밖에 없다고 생각한다.

5월 16일은 친어머니 미치코의 기일이었다.

와타나베는 1970년에 미치코가 사망한 후로 성묘를 거른 적이 한 번도 없었다.

미치코가 유명을 달리한 지 21년이 지났지만 성묘를 갈 때마다 와타나베는 마음이 정화되고 용기가 나는 것을 느꼈다. 올해는 특히나 그 느낌이 각별했다.

아침 9시에 와타나베는 히로코, 쇼야, 레츠시를 데리고 히노공원묘지의 '와타나베 가의 무덤' 앞에 섰다. 무덤을 바라보고 있자니 마음이 따스해졌다.

"어머니, 쇼야는 3살 반, 레츠시는 곧 2살이 됩니다. 가족 4명이 건강하게 지내는 것도 다 어머니가 지켜주시는 덕분이에요. 어머니는 아직도 제 마음 속에 생생하게 살아계십니다. 이번 주에는 괴로운 일이 하나 있었어요. 닛폰제분의 사카모토 실장님의 일입니다. 부디 사카모토 실장님께 찬스를 주세요."

어머니는 와타나베에게 신에 가까운 존재였다.

와타나베는 어머니의 무덤 앞에서 사카모토를 위해서 두 손 모아 기도하지 않을 수가 없었다.

4

업무가 힘들어서 고민하는 사람은 구로사와만이 아니었다.

후지이 다카아키도 그중 한 명이었다.

과거 '도헨보쿠' 1호점의 부점장이었던 후지이는 1991년 11월 현재, 에무라 밑에서 본사 영업추진부 과장을 맡고 있었다.

그런 후지이가 12월에 들어서자마자 이틀이나 무단결근을 했다.

사흘째에 에무라가 후지이를 끌고 와타나베 앞에 나타났다.

"후지이가 회사를 그만두고 싶다고 합니다. 무단으로 결근한 책임을 지려는 것이겠죠."

수면부족으로 부은 눈두덩이, 창백한 얼굴, 생기가 없는 몽롱한 눈동자. 후지이는 가슴이 아플 만큼 초췌한 몰골이었다.

회사가, 사장인 내가 후지이를 여기까지 몰아세운 것인가. 나는 직원을 괴롭히기 위해서 회사를 경영하고 있는 것인가. 와타나베는 자문자답하면서 자책했다.

"죄송합니다."

모기처럼 가느다란 목소리였다.

"떠나는 사람은 잡지 않는 것이 내 스타일이지만 후지이에게는 미련이 남아. 1주일간의 유예기간을 줄 테니까 회사에 남고 싶다면 돌아와라."

와타나베의 얼굴은 웃고 있었지만 마음속으로는 울고 있었다. 그 후지이가 고치高知에서 와타나베에게 전화를 걸어온 것은 12월 10일의 저녁이었다.

"사장님, 후지이입니다."

목소리에 활기가 넘쳤다.

"지금부터 회사로 돌아가겠습니다. 그래도 될까요?"

"물론 되고말고. 기다리마."

와타나베는 신이 나서 목소리가 들떴다.

전화를 끊은 후 와타나베는 에무라를 손짓해서 불렀다.

"후지이에게 전화가 왔어. 돌아오겠다는군."

"그렇습니까. 저는 다 틀린 줄 알았는데 정말 잘 됐군요."

"나도 기뻐."

12월 14일의 사원연수회에서 후지이가 울면서 당시의 심경을 적은 작문을 발표했을 때, 와타나베도 에무라도 출석자 전원이 감동해서 눈물을 흘렸다.

스스로도 무엇 때문에 고민하는 것인지 전혀 알 수가 없었습니다. 지금 이런 곳에서 머뭇거리고 있을 때가 아니라고 머릿속으로는 알고 있지만 지금까지 제가 해온 일, 그것에 대해 자신감이 요란한 소리를 내며 무너져가는 기분이 들었습니다.

사장님께 "회사에 남고 싶다면 돌아와라"는 말을 들었습니다. 스스로도 2~3일 쉬면 해결될 줄 믿었습니다. 하지만 신칸센을 타고 있을 때 "난 이제 끝났다"는 생각이 머릿속을 스쳐지나갔습니다. 본가로 돌아간 지 이틀이 되지도 않아 잠을 설치기 시작했습니다. 졸리긴 했지만 밤중에 자꾸 눈이 떠져서 자도 잔 것 같지 않았습니다.

공항에 갔다가 우연히 고치행 비행기에 빈 좌석이 있는 것이 눈에 들어와서 무작정 탔습니다. 도사투견센터라는 곳이 있었는데, 그 안에서는 개들끼리 전력으로 싸우고 있었습니다. 상대의 목을 물고 결코 놓아주지 않았습니다. 죽기 살기로 싸운다는 건 이런 것이구나 생각하면서 구경했습니다.

투견을 다 보자 "돌아가자"는 기분이 들었습니다. 그리고 "돌아가자"는 생각이 드는 장소가 있다는 것을 깨닫고 묘하게 기뻤습니다. 지금은 솔직한 마음으로 와타미 안에서 저라는 간판을 걸고 살아가고 싶습니다.

5

후지이의 눈물어린 체험 발표는 와타미의 사원들에게 큰 감동과 용기를 주었다. 그칠 생각을 안 하는 눈물을 닦으면서 와타나베가 마무리했다.

"후지이, 감동적인 이야기를 들려줘서 고맙다. 우리 와타미가 지금까지 걸어온 길은 틀리지 않았다는 자신감이 생기는데, 이건 우리 모두가 공통적으로 느끼는 감정이 아닐까? 여기서 한 가지 알려줄 소식이 있다. 3일 전에 '쓰보하치' 본부에서 와타미의 일본음식점 출점을 허가하겠다는 연락이 왔어. 법정투쟁까지 가지 않도록 세심한 주의를 기울여서 문제점을 체크해두고 싶어. 오늘은 아침 일찍부터 고생 많았어."

'쓰보하치' 본부가 이시이 세이지를 추방하고 이토만식품의 산하에 들어간 지 한참이 지났다. 현저한 성장세를 보이는 와타미푸드서비스가 다른 가맹점 사업자들의 질투와 반감을 사고 있다는 것을 와타나베도 피부로 느끼고 있었다.

반년쯤 전인 6월 6일 오후에 와타나베는 오카치마치의 '쓰보하치' 본부로 호출되었다.

이토만식품의 야스다 전무가 농을 섞어서 말했다.

"다들 와타미가 무섭다고 벌벌 떨고 있어요."

야스다는 바로 정색했다.

"다른 가맹점 사업자의 입장을 고려해서 와타미에게는 현재의 13개 점포 이상의 출점은 허가하지 않기로 결정했습니다. 와타미는 명백하게 체인점 내부의 체인점이 되었습니다."

와타나베는 여기는 순순히 따르는 편이 득이라고 머릿속으로 계산했다.

"무슨 말씀인지 알겠습니다. 와타미가 본부의 위험분자라는 것을 인정할 수밖에 없지만 적어도 앞으로 2개, 15개 점포까지는 내게 해주십시오. 허가해주신다면 본부의 체면이 상하지 않도록 계약기간이

끝나는 대로 간판을 변경하는 쪽으로 검토하겠습니다. '쓰보하치'의
프렌차이점을 그만두는 것이 원만한 해결방법이라고 생각합니다."

주식공개 준비에 들어가자마자 초장부터 귀찮은 문제가 생겼다 싶
어서 와타나베는 골치가 아파왔다.

재판이라도 벌어지면 주식공개에 지장이 생길 것이 틀림없었다. 본
부는 이것을 약점으로 이용할 생각이라고 의심하지 않을 수 없었다.

'쓰보하치' 본부와 와타미푸드서비스의 전신인 와타미상사가 프랜차
이즈 계약을 체결한 것은 1984년 4월 28일로, 계약서에 따르면 계약
기간은 만 5년이고 '기간만료 2개월 전에 양측의 일방 혹은 쌍방으로
부터 서면으로 해약 신청이 없을 경우 본 계약은 동일한 조건으로 갱
신되는 것으로 간주한다'(제2조)라고 명시되어 있었다.

한 번 갱신했기 때문에, 1994년 4월의 계약만료를 기다렸다가 프랜
차이즈 계약을 해약하고 순차적으로 간판을 바꿔나가겠다는 것이 와
타미푸드서비스의 속내였다.

12월 19일과 25일, 이틀에 걸쳐서 협상한 결과 이토만식품의 오시
마 사장은 기존의 13개 점포의 건전경영과 식재료의 100퍼센트 구입
을 조건으로 와타미푸드서비스의 사업에 금후 일절 참견하지 않겠다
고 와타나베에게 약속했다.

6

와타미푸드서비스가 새로 시작하는 사업, 새 브랜드의 이름이 '와타

미和民’로 결정된 것은 1992년 2월 10일이다.

평화로운 국민으로, 일본인답게 살기를 바라는 마음을 담아서 와타나베가 지은 이름이었다.

간판에는 ‘이쇼쿠야 와타미居食屋 和民’로 표기하기로 결정했다.

2월 14일 오후 와타나베는 에무라를 대동하고 시부야구 사사즈카笹塚의 물건을 보러 다녔다. 게이오선 사사즈카역의 상점가와 주택가의 경계에 있는 건물 2층에 있는 36평이 노리는 물건이었다.

“입지조건이 끝내주는군. 지역밀착형을 추구하는 ‘와타미’에 어울리는 가게가 만들어지지 않을까? ‘이쇼쿠야 와타미’의 간판을 상상해보라고. 어쩐지 번쩍번쩍 빛나는 것이 느껴지지 않아?”

와타나베가 눈을 감고 손짓발짓을 해가면서 말하자 에무라도 똑같은 시늉을 하면서 대답했다.

“상상할 수 있어요. 여기에 ‘와타미’를 냅시다.”

“여기라면 총투자액도 7,000만엔에서 8,000만엔이면 충분할 거야. 실험점으로서는 안성맞춤이지. 여기로 결정하자.”

두 사람은 더할 나위 없이 목이 좋은 물건을 찾아내고 즉각 결정했다.

“가세다 신이치枠田進一 씨가 ‘와타미’다운 분위기를 자아내는 것이 성공의 비결이라는 조언을 했었는데 이 자리라면 틀림없이 분위기가 날 거야.”

가세다 신이치는 컨설팅 PERI의 대표이사로 마흔다섯 살. 와타나베는 가세다에게 마케팅리서치 등 이런저런 어드바이스를 받고 있었다.

“음식점에서 점포가 늘어나도 진부해지지 않고 손님들에게 항상 참신한 인상을 전하기 위해서는 강력한 마케팅이 불가결하다”고 가르쳐준 사람 또한 가세다였다.

　4월 25일 토요일에 '이쇼쿠야 와타미 사사즈카점'이 오픈했다.

　개업식에서 와타나베는 다음과 같은 인사말을 했다.

　"최근 1년 사이에 이자카야와 패밀리레스토랑의 중간인 '새로운 외식산업의 업태'와 '21세기의 밥집'을 찾기 위한 와타미 사원들의 노력과 각계각층의 협력 덕분에 오늘 '이쇼쿠야 와타미 사사즈카점'이 문을 열게 되었습니다. 감개가 무량합니다. 관계자 여러분, 사원 여러분, 모두 수고가 많으셨습니다. 감사합니다."

　와타나베는 세 방향을 향해 세 번 깊숙이 머리를 숙인 다음 애정 어린 시선으로 일동을 둘러보았다.

　"시각은 6시 반입니다. 누나와 남동생은 어머니의 귀가를 기다리고 있습니다. 남동생은 배가 고프다고 칭얼거립니다. 밖에서 타박타박 발소리가 들려왔습니다. 저 조급한 발소리의 주인은 어머니입니다. 어머니는 '미안해. 학부형회의가 늦게 끝났어'라고 사과합니다. 마침 그때 아버지도 돌아왔습니다. 이런 때는 으레 '이쇼쿠야 와타미'로 가게 됩니다. 밝고 씩씩하게 환영하는 종업원들의 목소리를 들으면서 가게 안으로 들어갑니다. 아버지와 어머니는 맥주로 건배합니다. 어머니는 운전 때문에 딱 한 잔만 하지만 아버지는 맥주에 이어 자기 보틀을 꺼내서 마치 자택에 있는 것처럼 미즈와리를 마시기 시작합니다. 오늘의 반찬은 '우엉조림', '소고기감자조림', '회', '닭튀김'입니다. 당연히 야채절임도 딸려 있습니다. 아버지는 술안주로 '방어조림'을 주문합니다.

오늘 학교에서 있었던 일을 누나와 남동생이 어머니에게 열심히 보고합니다. 아버지는 웃으면서 아이들의 이야기를 듣고 있습니다……."

와타나베는 말을 멈추고 일동을 바라보며 웃었다.

"이런 가게를 만들고 싶었습니다. 이런 장면을 제공할 수 있다면 얼마나 행복할까요. 그래서 이쇼쿠야의 요리는 애정을 담아 직접 만들지 않으면 안 됩니다. 어머니가 자식들이 맛있게 먹는 모습을 상상하면서 영양가 많고 안전한 식재료를 사는 것처럼, 식재료를 음미하지 않으면 안 됩니다. 그렇기 때문에 이쇼쿠야의 서비스에는 마음이 담겨 있고, 가게는 화려하지는 않아도 구석구석 청소가 되어 있어야 합니다. 한마디로 말해서 '이쇼쿠야 와타미'는, 한 동네에 하나씩 있는 '또 하나의 가정의 식탁입니다. 가족끼리 친구끼리 애인끼리 매일 편안하게 식사를 즐기는 장소이자 일주일에 한 번은 가고 싶어지는, 개개인에게 생활의 일부이자 가정에서 반발자국 나아간 쾌적한 공간인 것입니다."

와타나베는 미소를 띠고 한 사람, 한 사람에게 말을 걸 듯이 연설을 계속했다.

"우리는 오늘부터 '와타미' 1,000개 점포를 출점하기 위한 준비에 들어갑니다. 금년도부터 3년간 14개의 실험점포를 출점합니다. 입지를 바꿔가면서, 메뉴를 바꿔가면서, 인테리어를 바꿔가면서, 작전을 바꿔가면서, 사상을 제외한 모든 것을 바꿔가면서 손님들이 이상적으로 생각하는 '이쇼쿠야 와타미'의 모습이 어떤 것인지 탐구하고자 합니다. '21세기의 밥집'을 손님들에게 배워나갈 생각입니다. 감사합니다."

이날 밤 와타나베는 오랜만에 계산대 뒤에 섰다.

"맛있었어요. 또 올게요."

"이렇게 맛있는데 가격은 저렴하니 최고예요."•

"이 가게 틀림없이 유행할 거예요. 분위기도 좋고요."

손님들이 차례차례 감상을 늘어놓았다. 이렇게 기쁜 반응은 '쓰보하치 야마토점'의 오픈 이래 처음이었다. 7년 만에 와타나베는 온몸이 오싹오싹해지는 감동을 느꼈다.

만남, 친목, 편안함이 있다는 것을 고객들이 실감한 것이 틀림없었다.

7

'이쇼쿠야 와타미' 1호점이 오픈하기 5일 전인 4월 20일 오후, '쓰보하치' 본부로 불려간 와타나베는 야스다에게 최후통첩을 받았다.

인사도 건성으로 끝낸 야스다가 심각한 표정으로 말했다.

"'와타미'는 '쓰보하치'의 유사업종이라는 판정이 내려졌습니다. 따라서 계약서 제5조에 저촉됩니다."

계약서의 제5조는 배타조항으로, '가맹점은 본부의 노하우와 유사 경합하는 음식점을 경영해서는 안 된다'고 명기되어 있었다.

와타나베는 안색이 바뀌는 것을 의식하면서 조용히 반박했다.

"콘셉트 시트 및 메뉴를 보셨겠지만 '와타미'에서는 냉동식품을 사용하지 않습니다. 메뉴도 '쓰보하치'와 명확하게 차이를 두려고 노력했습니다."

"하지만 유사경합하는 음식점이라는 것은 의심할 여지가 없지 않습니까?"

"오시마 사장님은 '와타미'에 대해서 이해해주셨다고 생각하는데요."

"오시마 사장님이 와나타베 사장님께 OK했을 때와는 시간이 흘렀고 정세도 변화했습니다. 가맹점 사업자가 들은 척도 하지 않습니다. 본부도 '와타미'에 위협을 느끼고 있고요. 가맹점 사업자의 이익을 지키기 위해서라도 '와타미'를 내버려둘 수 없습니다. 즉각 13개 점포에서 '쓰보하치'의 간판을 내려주십시오."

"무슨 말씀인지는 알겠지만 다시 한 번 생각해주십시오. 즉각 간판을 내리는 것은 물리적으로 어렵습니다."

"반년이면 가능하겠죠."

"1년 반의 유예기간은 주십시오. 가령 간판을 변경한다고 해도 한 곳씩 순차적으로 바꾸는 것 외에는 방법이 없다고 생각합니다. 어쨌거나 이 자리에서 당장 결론을 내리긴 힘드니까 따로 의논할 시간을 가지고 싶은데 어떠신지요?"

"본부로서도 가능하다면 와타미처럼 유력한 프랜차이즈점을 키우고 싶고, 와타미와 결별하는 것은 괴롭습니다. 하지만 이대로 방치했다가는 다른 프랜차이즈점이 등을 돌릴 가능성이 있습니다. 말씀대로 이 자리에서 결론을 내리기는 어렵겠지만 다른 프랜차이즈점의 체면도 세워주고 싶습니다."

와타나베는 '쓰보하치' 본부와의 계쟁만큼은 가능한 한 피하고 싶었기 때문에 따로 대화할 시간을 가지는 것에 동의를 얻어서 안심했다.

5월 19일 와타나베는 이토만식품에 대해서 ①1993년 5월 10일까지 '쓰보하치' 프랜차이즈점에서 철수한다 ②'와타미'의 새 점포는 '쓰보하치'의 승인을 받을 필요가 없다는, 이 두 가지를 골자로 삼은 각서를 교환하고 싶다는 제안을 했다.

변호사와 신중하게 의견을 조정한 다음에 제안한 것이지만 다소 억지스런 제안이라고 생각할지도 몰랐다.

이토만식품이 여기에 불만을 품고 소송을 제기한다면 맞서 싸울 수밖에 없었다. 이른바 화해와 전쟁, 두 가지 결과를 모두 대비하고 임하게 되었다.

7월에 들어가서도 이토만식품에서는 답변이 없었다.

그런 때 6일에 발매된 「닛케이 레스토랑」에 "'와타미'를 이자카야의 이상형으로 만들고 싶다. 냉동식품을 배제하고 직접 조리한 음식을 손님에게 제공한다"는 내용이 담긴 와타나베의 담화가 게재되었다.

기사를 읽었을 때 와타나베는 펄쩍 뛰어오를 정도로 놀랐다.

이 기사가 간접적으로 '쓰보하치'를 비난하고 있는 것은 명백했다. 이토만식품과 '쓰보하치' 프랜차이즈점을 자극하는 것이 아닐까 와타나베는 우려했다.

아니나 다를까 이토만식품은 즉각 반응을 보였다.

다음날 7일 아침 9시에 도야 전무가 와타나베에게 전화를 걸어왔다.

"'닛케이 레스토랑'에 실린 기사는 도대체 뭡니까? 오시마 사장님도 야스다 전무님도 대단히 노하셨습니다."

"죄송합니다. 전부 제 책임입니다. 반성하고 있습니다."

"프랜차이즈점에서도 젊은 와타나베 사장님이 함부로 떠들게 내버려둘 생각이냐면서 클레임이 쇄도하고 있어요. 우리도 와타나베 사장님에게 배신당한 기분입니다."

"비판, 비난은 달게 감수하겠습니다. 그저 죄송하다는 말밖에는 드릴 말씀이 없습니다. 오시마 사장님께 사과장을 제출하겠습니다."

와타나베는 수화기를 꼭 움켜쥐고 머리를 숙일 따름이었다.

"우리는 와타미와 싸우는 일 없이 평화롭게 넘어갈 생각이었는데 이래선 생각을 달리할 수밖에 없습니다."

"'쓰보하치'와의 인연은 와타미에게 엄청난 플러스가 되었습니다. 은혜를 잊어버린 것이 결코 아닙니다. 제 잘못으로 이런 결과가 되어서 깊이 반성하고 있습니다."

"어쨌든 「닛케이 레스토랑」의 기사는 용서하기 힘듭니다. 우리가 얼마나 분노하고 있는지 잘 알아두십시오."

요란한 소리와 함께 전화가 끊겼다.

와타나베는 눈을 꼭 감았다. 이걸로 각서 체결은 틀렸다. 와타나베는 그렇게 생각하지 않을 수가 없었다.

8

와타나베는 이토만식품의 오시마 사장 앞으로 사과장을 발송했다. 진심으로 반성하는 마음을 담아서 "제가 너무 건방졌습니다"라고 썼다.

와타나베는 사과장이 효과를 거두었는지 이토만식품의 태도가 누그러져서 각서 합의를 위한 절충이 거듭되었다. 그 결과 7월 14일에 와타미푸드서비스의 주장이 전면적으로 받아들여진 형태로 각서가 체결되었다.

그날 오후 4시에 각서에 사인을 하고 이토만식품에서 본사 사무소로 돌아온 와타나베가 고에게 말했다.

"이토만식품은 창업자인 이시이 씨를 추방하고 '쓰보하치'의 이미지를 떨어뜨렸어. 와타미와의 계쟁을 벌이면 체면이 상하고 '쓰보하치'의 이미지는 더 추락하겠지. 그렇게 되면 가맹점들이 떨어져나갈 수도 있으니까, 여기서는 양보하는 편이 득책이라고 판단했을 거야."

"그렇다고 해도 전면적으로 와타미에게 양보한 것은 의외였어. '닛케이 레스랑'의 일로 사장이 보여준 성실한 태도를 높이 평가한 것이겠지."

"'쓰보하치'를 무시할 마음은 없었지만 결과적으로 그런 오해를 사도 어쩔 수가 없어. 잘못은 내게 있으니까 솔직한 심정으로 반성하고 사과할 수 있었어. 거기서 뻗댈 만큼 난 바보가 아니지만 감정적이 되었더라면 이런 결과가 되지는 않았을지도 몰라. 매스컴과의 관계를 포함해서 많은 것을 배웠지만, 도야 전무님에게서 격렬한 항의 전화가 걸려왔을 때는 주식 공개 계획도 물 건너갔다고 단념했었어. 몸도 마음도 다 지쳤다."

"긴장 상태가 계속 이어졌으니까. 횡령사건도 있었고……."

"응. 앞으로 '쓰보하치' 본부에 머리를 숙일 필요가 없어졌다는 해방감 때문인지 온몸이 축축 늘어지지만 이제부터가 진짜야. 드디어 '와타미' 1호점을 냈지만 기존 점포의 간판 변경과 신규 출점을 한꺼번에 진행해야 하니까 앞으로 많이 힘들 거야."

"사장이 긴장 상태에서 해방되는 일은 영원히 없지 않을까?"

고는 반쯤 농담처럼 말했지만 와타나베는 "응"이라고 동의하면서 정색했다.

9

고가 말한 '횡령사건'은 7월에 들어서자마자 발각되었다. 와타나베가 '와타미 사사즈카점'의 일보를 체크하고 있다가 발견한 것이었다. 올해 4월에 대형 컨설턴트 회사를 통해서 소개받아 채용한 슈퍼바이저 A가 일으킨 사건이었다.

일보를 훑어보면서 쿠폰(판매촉진권)의 회수율이 왜 이렇게 좋은지 와타나베는 이상하게 여겼다.

조사해보니 손님에게는 390만 엔어치밖에 배포하지 않았던 쿠폰의 매상이 480만 엔이나 잡혀 있는 것이 판명되었다.

영수증, 매상전표 등을 조사한 결과, 손님에게 받은 현금을 금전등록기에 입력할 때 쿠폰의 매상으로 계상하는 수법으로, A가 계획적으로 매일 돈을 횡령했다는 것이 밝혀졌다.

A는 일류대학 출신이었다. 대형 슈퍼마켓의 외식부장으로 근무했던 마흔 살 가량의 처자가 있는 남자로, 사원연수회에서도 정확한 판

단을 기초로 발언했었다. 와타나베는 머지않아 A에게 책임이 있는 지위를 맡겨야겠다고 생각하던 참에 벌어진 사건이었다.

와타나베는 A와 본사 사무소의 응접실에서 이야기했다.

"왜 여기로 불렀는지 알겠습니까?"

그 말을 듣자마자 와타나베의 안색을 조심스럽게 엿보고 있던 A가 놀라서 다급히 소파에서 내려와 바닥에 무릎을 꿇었다.

"죄송합니다."

"일어나세요. 이래서야 대화를 나눌 수가 없지 않습니까. 의자에 앉으십시오."

도로 소파에 앉은 A의 눈에는 눈물이 고여 있었다.

"정말 믿어지지가 않습니다. 쿠폰의 회수율이 적은 것을 지적하는 입장에 있는 사람이 이런 짓을 하다니."

A에게 기대하고 있었던 만큼 와타나베는 안타깝고 슬퍼서 견디기 힘든 심정이었다.

"페널티가 부과되겠지만 만회할 기회를 가지고 싶습니까?"

"아닙니다. 그냥 징계해고 처리해주십시오."

신뢰할 수 없는 인간을 패밀리로 삼기 싫었기 때문에 그편이 좋겠다고 와타나베도 생각했다.

와타나베는 쿠폰, 금전에 관한 규칙을 정확하게 하지 않았던 것을 반성하며 A의 사건을 '반드시 규칙을 지켜야한다'는 교훈으로 삼아야겠다고 생각했다.

매일의 생활 속에서 인간에게는 네 가지 선택지밖에 없다고 와타나베는 생각했다.

"선한 일로 득을 보는 것"

이것이 이상적이지만 선한 일로 득을 보는 경우는 지극히 적다.

이 선택밖에 없지 않을까. 왜냐하면 인간은 모두 자신이 소중하기 때문에 '손해를 봤다'고 생각하는 정도가 딱 알맞은 것이다. '득을 봤다'고 생각되는 일을 하면 필연적으로 '손해를 봤다'고 생각하는 사람이 어딘가에 있기 마련이다. 그렇게 사람을 적으로 돌리면 결국은 자신이 손해를 보게 된다.

"악한 일로 손해를 보는 것"

평범한 사람은 이런 선택을 하지 않는다.

"악한 일로 득을 보는 것"

한 번이라도 이 선택을 해버리면 치명상이 된다.

양심이 아파서 정정당당하게 새로운 일을 시작할 수도 없어지기 때문이다.

동료들 사이에서 또 다시 범죄자가 나오는 것을 막기 위해서라도, 규칙을 지키고 '선한 일로 득을 보는 것'을 바라는 집단으로 있고 싶다고, 와타나베는 기도하지 않을 수가 없었다.

10

와타미푸드서비스는 5월의 연휴가 끝나자 '와타미' 2호점인 'JR 가와고에川越 니시구치점'을 출점했다. 그리고 8월에는 3호점인 'JR가마

타 니시구치점', 4호점인 '요가用賀 미나미구치점', 나아가서 9월에 5호점인 '미쓰쿄三ツ境 미나미구치점'을 냈다. 겨우 반년 사이에 5개의 점포를 오픈한 것이다.

8월 11일 화요일 저녁 6시에 와타나베는 에무라를 대동하고 개점을 하루 앞둔 'JR가마타 니시구치점'에 불쑥 들렀다.

주말도 회사일로 바빠서 와타나베는 이날만큼은 일찍 귀가하여 집에서 저녁을 먹겠다고 히로코에게 말해두었다.

그런데 'JR가마타 니시구치점'의 계산대 옆에 쌓여 있는 전단지를 보고 마음을 바꾸었다.

"이 전단지는 개점 전에 나눠주지 않으면 의미가 없잖아."

"그렇게 생각합니다. 지금부터 역 앞으로 가서 배포하죠. 현장 직원들은 바빠서 여기까지는 신경 쓸 겨를이 없나 봅니다. 본부에 남아 있는 사람들을 총동원하죠."

에무라는 즉각 신속하게 본사 사무소로 전화를 걸었다. 전화를 받은 사람은 후지이였다.

"지금 하는 일을 멈추고 전원 '가마타 니시구치점'으로 와줬으면 하는데. 지금 몇 명이나 남아 있어?"

"9명 있습니다. '가마타 니시구치점'에 무슨 일 있습니까?"

"아직 전단지가 고스란히 남아 있어."

"알겠습니다. 즉시 가겠습니다."

에무라가 수화기를 내려놓고 와타나베를 돌아보았다.

"본부에서 9명이 달려올 겁니다."

6시 반부터 JR 가마타 동쪽출구와 서쪽출구 앞에서 전단지 배포에 나선 사람은 와타나베와 에무라를 포함하여 11명이었다.

구로사와와 함께 고도 가네코도 있었다.

이날 밤 도쿄지방의 기온은 22~3도라 쾌적했지만 요리조리 빨빨거리며 승객들을 쫓아다니느라 다들 땀으로 흠뻑 젖었다.

배포한 전단지는 6,000장. 최후의 1장까지 다 나뉘준 것은 오후 11시 15분이 지나서였다.

전단지를 배포하기 위해서 싫은 얼굴 한 번 하지 않고 유니폼 차림으로 나선 간부들을 바라보면서, 와타나베는 와타미푸드서비스는 틀림없이 커다란 회사로 성장할 것이라고 확신했다. 전단지 배포를 통해 동지애가 한층 깊어진 것을 느꼈다.

반소매의 흰 셔츠에 붉은 넥타이, 거기에 갈색 에이프런이 '와타미'의 유니폼이었다. 역 앞에서 전단지를 배포하는 데도 접객의 기쁨이 있다고 와타나베는 생각했다.

"땀을 쫙 빼고 나니 상쾌해졌어."

"그래. 이걸로 지난달의 우울하고 불쾌했던 사건을 잊어버렸어."

고의 표정도 환해졌다.

11

'와타미'의 설립 시절을 생각할 때, 결코 잊을 수 없는 것은 이시이 세이지의 우정 어린 협력이었다.

시간을 거슬러 올라가서, 3월부터 4월에 걸쳐 '이쇼쿠야 와타미'의 구체적인 이미지가 좀처럼 잡히지 않아서 와타나베는 밤낮으로 잠을 설쳐가며 고민한 적이 있었다.

생활밀착형, 지역밀착형, 교외형 이자카야를 지향하는 것은 좋았지만 구체적인 메뉴를 어떻게 정하면 좋을지 막막했다.

3월 7일 토요일 오후, 와타나베는 이시이에게 전화를 걸었다. 이시이에게 무언가 힌트를 얻을 수 있으면 좋겠다고 생각했다.

"미키 씨, 그거야 간단한 일이지. '핫뱌쿠야초八百八町'에 있으니까 보러 오시게나."

이시이는 태연하게 대답했다.

"감사합니다. 오늘 저녁에 가도 괜찮을까요?"

"물론이지. 환영하겠소."

'핫뱌쿠야초'는 '쓰보하치'에서 쫓겨난 이시이가 새로 낸 이자카야로 게이힌급행의 가마타에서 한 정거장 더 간 우메야시키梅屋敷역의 앞에 있었다.

와타나베는 혼자서 '핫뱌쿠야초'로 외출했다.

"어서 옵쇼."

와타나베가 가게 안에 발을 들여놓는 순간 주방에서 우렁찬 목소리가 들려왔다.

이시이였다. 이시이는 입구에서 가까운 곳에 진을 치고 회칼을 휘두르고 있었다.

부릅뜬 눈의 힘을 풀면서 이시이가 말했다.

"슬슬 나타날 때가 되었다 싶어서 방어회를 뜨고 있던 참이야."

와타나베는 주방이 잘 보이는 카운터석에 자리를 잡았다.

"염치없이 전화를 끊자마자 달려왔습니다. '핫뱌쿠야초'에 오는 것은 세 번째지만 언제 와도 멋진 가게입니다."

와타나베는 가게 안을 둘러보면서 말을 이었다.

"겨우 5시밖에 안 됐는데 손님이 가득하지 않습니까?"

"오늘은 토요일이라 다들 일찍부터 들른 거지. 미키 씨, 맥주면 되겠나?"

"감사합니다."

이시이는 30분 정도 더 손님들이 주문하는 회를 뜨다가 뒤를 젊은 요리사에게 맡기고 와타나베의 옆에 앉았다.

'핫뱌쿠야조'는 35평으로 60명을 수용할 수 있었다.

"여기 음식은 전부 직접 조리하고 있지. '와타미'는 '핫뱌쿠야초'의 메뉴를 흉내 내면 되는 거야. 아까 방어회를 뜨면서 생각했는데 이 가게에서 교육을 받으면 어때? 주방을 중심으로 3명씩이라면 받을 수 있을 거요."

"정말 그래도 되겠습니까?"

"'쓰보하치'에서 튕겨 나왔다는 점에서 미키 씨와 나는 공통점이 있어. 난 '쓰보하치'의 안티테제이자 반쯤 소일거리 삼아서 '핫뱌쿠야초'를 시작했지만, 지금은 이 가게에서 삶의 보람을 느끼고 있지."

"안티테제요? 즉 이시이 사장님의 반골정신이라는 거군요."

"'쓰보하치'의 문화를 구축한 사람은 분명히 나지만 '쓰보하치' 문화의 파괴에서부터 나의 재생이 시작되었거든.”

“다음 주부터 교육을 받으러 와도 되겠습니까?”

“물론 좋고말고. 미키 씨도 오시게나. 단단히 훈련시켜주지.”

이시이는 껄껄 웃으면서 맥주를 마셨다.

맥주를 따르면서 와타나베가 말했다.

“힘들 때는 믿을 곳이 신밖에 없는데 이시이 사장님은 와타미의 수호신 같은 사람입니다.”

“미키 씨에게는 언제 어떤 경우에도 협력을 아끼지 않겠네. 나로서는 가장 마음에 걸리는 존재니까.”

“아슬아슬해서 보고 있기 힘들다는 건가요?”

“그건 조금 다르지. 성장이 기대된다는 뜻이야. 오만하게 들릴지도 모르지만 미키 씨는 일단 내 제자라고 할 수 있으니까.”

“물론이지요.”

와타나베는 ‘핫뱌쿠야초’의 상품을 기준으로 ‘이쇼쿠야 와타미’의 메뉴를 만들기로 마음속으로 정했다.

그날 밤 와타나베는 물릴 정도로 ‘핫뱌쿠야초’의 음식을 이것저것 시식했다.

어느 요리에도 이시이의 혼이 담겨져 있는 것처럼 느껴졌다.

와타나베는 ‘와타미’ 부문의 영업부장인 가네코도 ‘핫뱌쿠야초’의 교육에 참가하도록 지시했다. 와타나베 본인도 겨우 3일뿐이었지만 접객 교육을 받았다.

3명씩 팀을 짜서 10여명을 ‘핫뱌쿠야초’에서 교육을 받게 한 보람이 있어서, '와타미'의 설립은 원활하게 진행되는 것처럼 보였다.

"구로사와는 어떻게 지내나?"

연수 중에 이시이가 와타나베에게 질문한 적이 있었다.

구로사와야말로 제자라는 단어가 어울리는 남자니까 이시이가 마음을 쓰는 것도 당연했다.

"구로사와는 본부에서 총무를 담당하고 있습니다."

"흐음, 적재적소라고 말하기 힘들지 않나."

"말씀하시는 대로일지도 모릅니다. 하지만 창업할 때부터 있었던 간부로서 어떤 분야의 업무든 처리할 수 있는 인재가 되었으면 좋겠다 싶어서요."

"구로사와가 교육을 받으러 올 줄 알고 기대했는데 말일세. 잘 지내고 있겠지?"

"예, 잘 지냅니다."

"그렇다면 됐네."

구로사와는 반년 전부터 감사실장은 물론 총무와 인사를 담당하게 되어 익숙하지 않은 업무로 악전고투하고 있었다.

구로사와는 직속의 과장, 계장급이나 여사원들과 부딪치는 일이 적지 않았다.

3월 23일의 일기에 와타나베는 다음과 같이 적었다.

오늘 과장 간친회에서 불친절하다, 책임회피가 심하다는 등 구로사와에 대한 비판이 속출하고 있는 것에 깜짝 놀랐다.

창업 당시 멤버들의 신뢰를 한 몸에 받았던 구로사와와 동일인물인데도 불구하고 구로사와가 성장하지 못하는 것은 어째서일까?

구로사와가 마음을 다스려서 솔직한 마음으로 젊은 사람들의 의견에 귀를 기울이게 되기를 간절히 빈다.

구로사와라면 부하의 관리가 서툰 것을 잘 알면서도 총무와 인사를 맡긴 내 심정을 이해해주리라 믿고 싶다.

구로사와, 솔직해져라!

12

1991년에 와타미푸드서비스가 출점한 '이쇼쿠야 와타미'의 점포는 5개, '쓰보하치'에서 '와타미'로 간판을 변경한 점포는 2개였다.

10월에 '쓰보하치 나카노 미나미구치점'을 '와타미 나카노 미나미구치점', 11월에 '쓰보하치 고엔지 기타구치점'을 '와타미 고엔지 기타구치점'으로 간판을 바꿔서 '와타미'는 7개 점포 체제가 되었다.

12월 28일 월요일 아침 9시가 지났을 때, 기쁨을 감추지 못하는 얼굴의 에무라가 와타나베의 책상으로 다가왔다.

"방금 가나자와의 오카모토로부터 전화가 왔습니다. 잔무정리, 인수인계 등이 1월 10일쯤 끝나니까 늦어도 20일까지는 상경할 수 있답니다."

"정말인가? 굉장히 기쁜 소식이로군."

와타나베는 사무실 구석구석까지 울려퍼질 만큼 커다란 목소리로 반색하며 에무라에게 의자를 권했다.

"포기했던 것은 아니지만 드디어 결심해주었구나."

와타나베가 만사를 제쳐놓고 기뻐하는 것도 무리가 아니었다.

오카모토 유이치岡本勇―는 에무라가 과거에 근무했던 가나자와의 '쓰보하치' 프랜차이즈회사의 동료였다. 와타나베는 '쓰보하치'의 오너회에서 오카모토와 알게 되었고, 오카모토가 상경했을 때는 에무라와 함께 식사를 한 적도 있었다.

와타나베는 에무라와 오카모토를 한꺼번에 스카우트하고 싶었지만 오카모토는 "경영자는 제 은인입니다. 은혜를 갚는 의미에서 최저 10년은 그분 밑에서 일하고 싶으니까 앞으로 4년만 기다려주십시오"라며 거절했다.

오카모토의 기특한 마음에 감동한 와타나베는 "4년 후를 학수고대하고 있겠습니다"라고 대답했는데, 드디어 그 4년이 지나간 것이었다.

오카모토는 멍해 보이는 외모에 안경 너머의 가느다란 눈은 항상 온화한 빛을 띠고 있었다. 온후한 성격이지만 꼼꼼한 일처리 솜씨는 "감히 흉내 내기 어렵다"고 에무라가 자주 칭찬했다.

갓 서른 살이 되었지만 즉각 전력으로 활용할 수 있다는 점에서 와타나베가 늘 욕심을 내던 인재상이라고 할 수 있었다.

"10일에 인수인계가 끝나면 11일에는 올 수 있지 않을까? 빠르면 빠를수록 좋겠어."

"가나자와의 촌티를 벗기 위해서 열흘 정도는 쉬다가 오고 싶은 것이 아닐까요?"

"가나자와의 촌티는 와타미에 오면 바로 벗겨질 거야. 게으름 피우지 말고 당장 상경하라고 재촉해줘."

와타나베는 하루라도 빨리 오카모토의 얼굴이 보고 싶었다.

"사장님의 뜻을 오카모토에게 전하겠습니다."

"지금 당장 전화를 걸지 그래?"

"어쩔 수 없는 분이네요. 떼쓰는 어린애가 따로 없습니다."

에무라는 진지한 표정으로 밉살스런 말을 던지더니 어깨를 으쓱거리면서 혀를 쏙 내밀었다.

와타나베도 에무라도 폭소를 터트렸다.

10분 후에 에무라가 통화를 끝낸 것을 보고 와타나베가 에무라의 책상으로 다가갔다.

"뭐래?"

"OK입니다."

와타나베는 오른손 주먹을 왼손을 치면서 흡족한 듯이 끄덕였다.

"오카모토 같은 능력자를 열흘이나 놀게 놔두면 아깝잖아."

"예, 그렇죠."

에무라는 동의를 표했지만 내심으로는 오카모토를 동정했다.

13

오카모토는 1월 11일에 단신 상경했다. 환영회에서 와타나베는 오카모토를 자기 왼쪽에 앉혔다.

"재촉해서 미안했다. 사택으로 아파트를 준비해두었으니까 언제든지 부인과 자녀들을 불러도 괜찮아."

"감사합니다."

"2주일간의 현장 연수는 '와타미 JR가마타 니시구치점'이면 될까? 본부하고도 가까우니 편할 거야."

"어디든 상관없습니다."

"연수를 받으면서 고쳤으면 하는 부분이 있으면 마구 지적해줘. 그렇지, 보고서로 정리해서 제출해주면 좋겠군."

"예."

와타나베는 늘 미소가 끊이질 않는 행동파 에무라와는 달리 말수가 적고 냉정침착한 오카모토의 성격에 높은 점수를 매겼다.

일요일인 14일 밤에 와타나베의 자택으로 오카모토가 전화를 걸어왔다.

"보고서는 연수가 끝나는 26일에 제출하겠지만 와타미의 현장은 상상했던 것보다 더 위태로운 상황에 처해 있다고 생각합니다. 그래서 한시라도 빨리 사장님께 보고하는 편이 좋겠다 싶어서 전화를 드렸습니다."

"위태로운 상황?"

"예. 'JR 가마타 니시구치점'은 번성점이고 훌륭해 보이는 외관과는 달리 수지는 별로 좋지 않습니다. '가마타점'이 이렇다면 다른 점포는 훨씬 심하지 않을까요?"

"막 오픈한 곳이라 시행착오가 많으리라 생각하지만 위태로운 상황이라는 말은 오버가 아닐까? 일보를 읽어보면 매상은 그렇게 나쁘지 않은 편인데."

"아니요. 엉망진창이라고 표현하는 편이 좋을 정도입니다. 빨리 손을 쓰지 않으면 와타미가 위험해질 겁니다."

담담한 말투였지만 오카모토가 말하는 내용은 참혹했다.

"연수는 오늘로 끝내고 내일 아침 8시까지 와주겠나?"

"예."

와타나베는 오카모토가 일요일 저녁에 일부러 전화를 걸어올 정도로 심각한 일이라고 생각했다. 긴박감이 몰려왔다.

와타나베는 한동안 전화기 앞에서 꼼짝도 못했다. 고, 에무라, 가네코도 소집할까 망설였지만 일단 혼자서 오카모토의 이야기를 들어보기로 결심했다.

25일 월요일의 아침 일찍 와타나베가 출근하자 오카모토는 이미 사무소에서 기다리고 있었다.

"알바생의 관리가 허술하다든가 점장도 부점장도 알바도 모두 의욕이 없다든가, 그런 일인가?"

와타나베는 응접실에서 오카모토와 마주앉자마자 말을 꺼냈다.

"아니요. 그런 일이 아닙니다. 모두 열심히 일하고 있습니다. 오히려 애처로울 정도로 애쓰고 있지만 '쓰보하치'의 냉동식품 문화에서 벗어나질 못하고 있습니다."

"전화로 엉망진창이라고 말하지 않았나?"

"엉망진창이라고 하면 약간 어폐가 있으니까 수정하겠습니다. 혼란이라고 표현해야겠지요. '냉동식품 문화'와 '직접 조리한 음식'이면 숍 콘셉트가 다릅니다. 물류 시스템이 확립되어 있는 '쓰보하치'라면 개점 전에 필요한 식재료가 가게에 도착하지만, '와타미'에서는 그럴 수가 없습니다. 발주관리능력도 재고관리능력도 제로에 가까운 상태입니다. 혼란스런 운영에 점포 스태프의 부담이 증가할 따름입니다. 납품업자가 세분화되어 있어서 발주와 납품 기간이 따로따로 놉니다. 소고기를 발주한 지 1주일 만에 도착하는 사태가 일어나도 이상할 것이 없습니다. 로스가 너무 큽니다. '와타미'의 독자적인 매뉴얼부터 제작할 필요가 있지 않을까요? 납품업자와의 교섭력도 서둘러 구축해야합니다."

과묵하다고 생각했던 오카모토의 혀가 기름이라도 칠한 듯이 매끄럽게 움직였다. 게다가 이야기하는 내용은 논리정연했다.

"'와타미'를 궤도에 올려놓았다고 생각했던 내 인식이 잘못되었던 모양이구나."

미간을 찌푸린 와타나베에게 오카모토가 미안하다는 듯이 그렇게 말했다.

"그렇게 생각합니다. 아직 갈 길이 멉니다."

"이대로 방치해두면 어떻게 되나?"

"방치해두는 것은 불가능하지 않을까요?"

"하지만 오카모토가 입사하지 않았더라면 이대로 계속되었을 것이 분명하잖아."

"누군가가 알아차렸을 겁니다. 저는 연수 하루 만에 큰일이다, 현장이 혼란스럽다고 느꼈습니다."

"응, 우리가 좀 더 빨리 알아차렸어야 했는데."

와타미 영업부장은 상무인 가네코에게 위촉되어 있었다. 가네코는 왜 이 문제를 알아차리지 못했을까? 가네코는 이래라 저래라 지시는 내리지만, 결과를 제대로 확인하지 않았다.

매뉴얼을 팩스로 전송할 뿐 지원은 해주지 않았다. 만사 대충대충 넘어간다고 생각했지만 와타나베는 그것을 입 밖에 내지는 않았다.

"지금 내가 들은 내용을 임원회에서 발표해주게. 월요일이니까 전원 9시까지 출근할 거야."

와타나베는 심각한 얼굴로 소파에서 일어났다.

오카모토의 보고서는 임원들을 긴장시켰다. 가네코의 얼굴은 핏기가 사라져서 창백했다. 고도 에무라도 구로사와도 등줄기에 오한이 달려서 한동안 입을 열지 못했다.

와타나베가 일동을 돌아보았다.

"이대로 계속해나가면 와타미는 망해버릴 거야. 오카모토는 연수 첫날부터 이상하다고 생각했다는군. 모든 책임은 나에게 있지만 와타미가 현재 중대한 위기에 직면해 있는 것은 틀림없어. 다들 좀 더 위기감을 가져주었으면 한다. 오늘부터 오카모토에게 '와타미'의 영업관리를 맡기고 싶어. '와타미'의 영업개혁은 초미지급焦眉之急의 사항이야. 냉동식품 문화와 결별하고 와타미의 문화를 만들어갈 수 있도록 모두가 힘을 내다오."

14

오카모토는 밤낮을 가리지 않고 초인적으로 일했다.

덕분에 점포 운영의 상세한 표준 매뉴얼이 며칠 만에 완성되었다.

물론 하루아침 만에 문화가 바뀔 리는 없다. 하지만 점장의 서류 작업은 무엇인기, 서비스의 기준은 무엇인가라는 기초적인 문제를 해결할 필요가 있었다.

그러기 위해서 오카모토는 매장을 방문해서 점장들과 하나부터 열까지 일일이 의논했다.

점포 스태프의 노력에 동정심이 발동해서 나쁜 정보를 보고하길 꺼리는 슈퍼바이저들을 오카모토는 부드러운 어조로 설득했다.

"점포 스태프를 감싸고 싶다는 기분은 이해합니다. 하지만 이것이 경영자의 판단미스로 이어지면 돌이킬 수 없는 결과가 생깁니다. 여기와 여기는 고쳐주세요."

구체적인 개선점을 지적받은 슈퍼바이저의 의식도 변해갔다.

와타나베는 매일 아침 20분~30분씩 오카모토와 의견을 조정했지만, 와타미 영업부는 영업부로서 형태를 갖추지 못했다, 영업부로서 기능하지 않는다는 생각이 깊어질 수밖에 없었다.

2월 6일 토요일의 일기에 와타나베는 다음과 같이 적었다.

와타미 영업부의 개혁이야말로 주식 공개를 앞둔 최후의 허들이 될 것이다.

이 허들은 당치도 않은 난관이다. 아마 지금 있는 세력으로 극복하기는 힘들 것 같다.

기존 매니지먼트가 손때에 찌들어 있기 때문이다.

외식산업의 이론과 실천을 우리 이상의 수준으로 터득한 사람은 존재할 리가 없다고 생각하고 있었다. 또한 체계적인 노하우를 가진 사람이 존재할 줄은 꿈에도 몰랐다.

그리고 와타미의 사상을 공유한 사람은 이 넓은 일본에 한 사람도 존재하지 않을 것이라고 만만하게 보고 있었다.

그런데 딱 한 사람, 존재했던 것이다. 기적이라는 말 외에는 표현할 길이 없다.

그것이 오카모토 유이치다. 그 오카모토가 최고의 타이밍에 와타미에 입사해주었다.

오카모토는 와타미의 구세주다.

나는 정말 운이 좋다. 이 행운을 신께 감사드릴 따름이다.

와타나베는 2월 8일 월요일 아침 6시에 본사 응접실에서 가네코와 마주 앉았다.

"임원회는 7시인데 가네코만 1시간 일찍 나와 달라고 부탁한 것은, 와타미 영업부를 어떻게 재건하면 좋을지 둘이서 미리 합의해두고 싶어서야. 지금의 체재로 가도 괜찮다고 생각해?"

"아니야, 개혁은 필요해."

"오카모토를 어떻게 생각해? 실력이 괜찮은가?"

"물론이지. 오카모토는 뛰어난 인재야. 그를 중심으로 와타미 영업부를 재구축해야 한다고 생각해."

"진심이야?"

"그래."

"가네코를 영업부장에서 해임해도 될까?"

"응, 오카모토의 밑으로 들어가도 상관없어."

와타나베는 양손으로 뒷머리를 받치고 걱정스런 표정으로 천장을 올려다보았다. 30초쯤 뒤에 와타나베의 시선이 천장에서 가네코에게로 옮겨졌다.

"오카모토 부장, 가네코 과장은 아무리 봐도 좀 시기상조야? 당분간 내가 부장 대행을 할게. 가네코, 오카모토, 시미즈 셋이서 나를 도와주겠어?"

"……."

"반대인가?"

"아니야."

"그럼 결정됐다. 일종의 긴급피난 같은 조치로 사태가 일단락되면 원래대로 돌려놓는 것도 포함해서 생각해줘."

와타나베는 가네코의 강등인사가 사내에 인센티브를 초래할 것이 틀림없다고 생각했다. 이대로 가네코가 낙오된다면 그것은 그걸로 어쩔 수 없는 일이지만…….

가네코가 와타나베를 곁눈질하면서 물었다.

"상무이사에서도 내려오지 않으면 균형이 맞지 않아."

"그건 괜찮아. 명함에 과장의 직함을 넣을 필요는 없어. 어디까지나 내부적인 문제니까."

가네코가 안두한 표정으로 고개를 떨구었다.

임원회에서 와타나베는 와타미 영업부의 인사이동에 대해서 담담하게 발표한 다음에 말을 이어나갔다.

"사내의 정체 무드를 일소하고 싶어. 위급존망지추危急存亡之秋라는 인식, 위기감을 느끼도록 변칙적이지만 가네코를 부장에서 과장으로 강등했다. 아침에 가네코와 이야기해서 합의를 봤으니까 가네코가 낙오할 리는 없으니 안심해. 쇼크요법 같은 것이 얼마나 효과가 있을지 모르겠지만 당분간 영업부장 대행인 나를 도와주기 바란다. 진정한 '와타미'의 설립을 위해서 전력을 다할 생각이니 다들 잘 부탁해."

와타나베가 장난스러운 몸짓으로 머리를 숙였기 때문에 딱딱했던 모두의 표정이 단숨에 누그러졌다.

제18장
사업철수의 결단

1

1994년 1월 13일자의 닛케이금융신문의 칼럼 '공개 예비군의 프로필'에서 와타미푸드서비스가 다루어졌다.

와타나베의 사진이 들어간 기사의 표제어는 '저가의 이자카야 전개'.

수도권을 중심으로 이자카야, 오코노미야키점을 전개하고 있다. 이자카야와 식당의 요소를 결합한 '와타미', 스테이크하우스 같은 분위기의 오코노미야키 전문점 '도헨보쿠', 딜리버리 오코노미야키점 'KEI타'의 세 업태로 총 점포수는 48개나 된다. 95년 3월기의 장외시장 등록이 목표다.

이자카야 '쓰보하치'의 가맹점으로서 출발했지만 최근 2년 동안 '와타미'로 간판을 변경해 나가고 있다. '와타미'는 낮은 가격을 무기로 수익을 늘려나가, 현재 이 회사 매상의 70%를 차지하고 있다.

'와타미'의 메뉴는 전부 오리지널로 종류도 120가지로 풍부하다.

와타나베 미키 사장은 "나쁜 입지조건을 메우려면 손님이 재방문하도록 유도하는 것이 관건"이라고 말했다.

1,000명의 파트타임·아르바이트를 전력화하는데 힘을 쏟았다. 직접 조리한 요리는 원가가 적게 드는 반면 인건비 부담이 크다. 파트 등을 많이 채용해서 원가를 절감하고 있다.

장외시장에서 조달한 자금은 가공설비를 갖춘 물류센터를 신설하는 데 사용할 계획. 일괄적으로 식재료를 가공하면 원가율을 줄이는 데 도움이 되리라 보고 있다.

이번 분기의 매상은 전기 대비 29%가 증가한 약 46억6,000만 엔이 될 전망. 다만 이번 분기는 간판 변경에 따른 경비가 겹쳐 경상이익은 7,300만 엔의 보합 상태로 그칠 것 같다. 간판 변경이 완료되는 다음 분기에는 3억5,000만 엔의 경상이익이 예상된다.

하지만 'KEI타'는 불황의 영향을 받아 고전을 면치 못하고 있다. 이 부문의 매상영업이익율은 과거 15%를 기록했지만 지금은 5%까지 떨어졌다. 와타나베 사장은 "다양한 메뉴를 갖추어서 일인당 단가를 올리고 싶다"고 한다.

와타미푸드서비스의 개요 = ▷사장 와타나베 미키 ▷본사 도쿄 오타구 니시가마타 7-33-6 ▷자본금 1,500만 엔 ▷최근 업적(100만 엔) 92년 3월 매상 3005, 경영이익 138. 93년 3월 매상 3624, 경상이익 72, 94년 3월(예상) 매상 4664, 경상이익 73

이 기사에서도 알 수 있듯이 'KEI타'는 고전을 겪고 있었다.

1992년에 들어서자 'KEI타'의 매상이 급격하게 떨어져서 전년대비 15퍼센트 이상 감소하는 직영점, 프랜차이즈점이 속출했다.

예를 들어 1991년도에 8,000만 엔 이상의 매상을 올린 '호난초점', '와세다점', '가마타점'(모두 직영점)이 1992년도에는 각각 7,000만 엔, 6,700만 엔, 6,700만 엔으로 격감했다. 전년대비 각각 14.6퍼센트, 16.3퍼센트, 18.4퍼센트나 감소했다.

감소 경향은 1993년이 되어서도 멈추지 않아 평균 15퍼센트 이상, 특히 20퍼센트 이상이나 전년대비 매상이 감소한 직영점도 있었다.

각 점포 모두 배달용 오토바이를 늘려 배달지역을 넓히는 것 외에 프라이드치킨이나 닭꼬치 등의 메뉴도 추가해보았지만 이익률은 떨어지기만 했다.

2

1994년에 들어서 'KEI타'의 업적은 한층 심각해져서 와타나베는 사업을 철수하겠다는 판단을 내릴 수밖에 없었다.

'이쇼쿠야 와타미'가 오카모토와 여러 직원들의 노력으로 위기를 극복한 덕분에 와타나베의 경영부장 대행 기간은 1년도 안 돼서 끝났다. 하지만 최고경영자에게 사업철수만큼 괴로운 결단은 없었다.

'KEI타'가 순조롭게 출발했기 때문에 주식을 장외시장에 등록하려고 생각했던 것이다. 자본정책을 둘러싸고 닛폰제분과 항쟁 직전까지 갔던 것을 생각하면 철수라는 선택지는 있을 수 없었다. 와타나베가 아니더라도 어떻게든 부활시키고 싶다고 생각할 것이다.

그러나 상품단가의 인하, 다양한 사이드 메뉴, 상권의 확대, 점포의 대형화 등 생각할 수 있는 온갖 방법을 써보았지만 수익구조가 변화하지 않는 혹독한 현실에 와타나베는 애가 탔다. 버티기 힘들다고 실감했다.

와타나베는 1994년 2월 하순에 나흘간 '마이타점'에서 실제로 오코노미야키의 배달을 체험해보았다. 알바생들 사이에 섞여서 오토바이에 걸터앉은 것이다.

본인의 눈으로 'KEI타'가 처한 상황을 똑똑히 확인하고 싶었기 때문이다.

이미 입춘이 지났지만 2월 21일부터 나흘간 북풍이 불어 추운 날이 계속되었다.

핸들을 잡은 손이 추위로 곱아서 감각이 사라졌다.

사가와택배의 SD 시절에 겪은 고생을 생각하면 이 정도는 고생 축에도 들어가지 않는다고 생각했지만 딜리버리도 상당히 고생스러운 일이었다.

와타나베는 배달의 괴로움이 몸에 사무쳤다.

배달을 갈 때마다 와타나베는 고객과 대화를 나누려고 노력했다.

"'KEI타'에 불만스러운 점은 없으신지요?"

"직원들은 다들 예의바르고 오코노미야키도 맛있으니까 딱히 불만은 없어요. 굳이 꼽으라면 가격이 비교적 비싸다는 걸까요."

중년의 주부에게 '비교적 비싸다'는 말을 듣고 충격을 받았다.

피자 배달업자는 1,500엔을 최저 주문 단위로 삼고 있었다. 즉 1,500엔 이상을 주문하지 의 않으면 배달해주지 않지만 'KEI타'는 900엔짜리 오코노미야키 한 장도 배달하고 있었다.

왕복 25분~30분. 900엔이면 알바비도 나오지 않는다. 적자다. 그럼에도 불구하고 고객은 비싸다고 생각하는 것이었다.

"초밥이라면 1,500엔을 지불해도 괜찮지만 오코노미야키가 900엔인 것은 조금 비싸다고 생각해요."

주부가 다그치자 와타나베는 애써 반박했다.

"갓 구운 오코노미야키를 집에서 먹을 수 있다고 생각하면 비싸지 않다고 생각합니다만."

"배달 오코노미야키는 사치스런 음식이네요."

"서민적인 음식입니다."

"그런가요? 조금 더 싸면 좋겠는데."

와타미푸드서비스로서는 마진이 거의 남지 않는 가격을 고객들은 비싸다고 느끼고 있었다. 이 인식의 차이는 오코노미야키가 가진 상품적인 특성 때문이 아닐까 와타나베는 생각했다.

컴퓨터의 키보드를 두들겨보자 1년 전에는 1주일에 1번씩 주문하던 고객이 2주일에 1번으로 주문량이 절반으로 줄어 있었다.

더 이상 웬만한 타개책으로는 재건할 수 있을 것 같지가 않았다.

나흘간의 딜리버리와 마케팅 리서치를 보고 'KEI타'를 존속시키기는 힘들겠다고 와타나베는 창자가 끊어지는 심정으로 결론을 내렸다.

3

와타나베는 2월 25일 저녁에 에무라, 가사이, 후지이의 3명을 회의

실로 불렀다. 에무라는 영업추진부장이사지만 'KEI타'도 담당하고 있었다. 가사이는 'KEI타'의 부장, 후지이는 과장이었다.

"'KEI타'는 접을 수밖에 없다고 생각해. 더 이상은 구제할 방법이 없다는 것을 나흘간 직접 배달해보고 깨달았어. 오코노미야키는 가게에서 왁자지껄하게 구워먹는 음식이야. 게다가 간토에서는 고급스런 음식이라는 이미지가 강한 모양이야. '도헨보쿠'도 하락하고 있는 걸로 보아 간토와 간사이의 문화 차이가 막다른 곳에 다다른 것이겠지."

"짧은 봄이 끝나버렸네요. 1991년도 'KEI타'의 성장률은 '가마타점'의 67.5퍼센트 증가를 비롯해서 각 점포 모두 엄청났지요. 그래서 순식간에 가맹점이 100개로 불어날 줄 알았는데……."

늘 밝은 에무라가 원통하다는 듯이 아랫입술을 깨물었다.

가사이의 표정도 험악하게 일그러졌다.

"1991년이 피크였다니 믿을 수가 없습니다. 허무하군요. '시모키타자와점'에서 부업삼아 했을 무렵에는 아직 꿈이 있었는데요."

가사이는 구로사와와 둘이서 자전거에 '조이너 호'와 '칼 루이스 호'라는 이름을 붙이고 오코노미야키를 배달하던 과거가 떠올라서 가슴이 먹먹해졌다.

후지이가 와타나베를 올려다보았다.

"'KEI타'에는 14명의 사원이 배속되어 있습니다. 수익은 늘지 않았지만 연간 8억 엔의 매상을 올리고 있어요. 이 구멍을 어떻게 메우지요?"

"14명의 사원을 어떻게 살릴지, 8억 엔을 어떻게 메꿀지는 내가 생각할게. '와타미' 점포를 5개만 출점하면 8억 엔은 메꿀 수 있을 거야.

철수하겠다는 생각을 고에게는 말했지만 세 사람을 부른 것은 구체적인 철수 스케줄을 검토하고 싶어서야."

"그 전에 점포를 매각할 수 없을까요?"

와타나베는 에무라의 말에 동의했다.

"맞는 말이야. 매각할 수 있다면 그보다 더 좋은 일은 없겠지. 하지만 가게가 좁고 입지조건도 나빠서 간단히 팔릴 것 같지가 않아. 하지만 이미 내 나름대로 알아보고는 있어."

"옛? 벌써 거기까지?"

"응, 스트로베리 콘즈의 미야시타宮下 사장님께 타진해봤는데 검토해볼 가치가 있을 것 같다는 대답을 받았어."

스트로베리 콘즈는 센다이를 중심으로 피자배달산업을 전개하고 있는 회사로 도쿄 진출을 계획하고 있었다. 와타나베와 미야시타는 '피자 등 배달업안전운전관리협의회=약칭 SDA(세이프티 드라이빙 어소시에이션)의 이사회에서 만났다.

SDA는 도미노 피자의 히가比嘉 사장과 와타나베가 발기인이 되어, 배달용 오토바이의 안전운전 · 차량관리 매뉴얼 제작을 목적으로 1993년 9월에 발족되었다.

매뉴얼은 5월까지 작성할 예정으로 안전운전을 위한 마음가짐, 운전 전의 점검, 안전운전을 위한 복장, 피자 등의 배달에 사용하는 삼륜차의 특성과 사고 패턴, 사고가 일어났을 경우 대처 방법, 차량의 보수 관리 등을 담기로 되어 있었다.

매뉴얼 분과회는 훗날 다음과 같은 5항목의 안전운전기준을 명시했다.

①시속 30킬로미터 이하로 주행한다, ②일시정지선 앞에서는 양발로 땅을 딛고 정지한다, ③반드시 헬멧을 착용하고 턱끈을 조인다, ④ 신호가 없는 교차점, 커브, 통행인이 많은 길, 좁은 길에서는 20킬로미터 이하로 서행한다, ⑤교통규칙을 준수한다.

와타나베는 SDA의 이사회에서 미야시타와 몇 번 얼굴을 마주쳤을 때 'KEI타' 매각에 대해서 말했고, 미야시타는 'KEI타'에게 관심을 가져주었다.

"스트로베리 콘즈의 대답을 기다리고 있지만 매각 가능성은 20퍼센트~30퍼센트 정도야. 14개 점포를 한꺼번에 직영점으로 만들 만큼의 여력이 있을지 모르겠어. 미야시타 사장님은 프랜차이즈점을 전개하고 싶은 모양이지만 그러려면 시간이 걸릴 테니까."

와타나베는 녹차를 한 모금 마시고 이야기를 계속했다.

"스트로베리 콘즈에 대해서는 피산용이니까 카운트하는 것은 그만두자. 'KEI타'의 직영점은 철수해도 프랜차이즈점은 존속시킨다는 방법도 있겠지만, 프랜차이즈점도 지금 고전하고 있어. 와타미가 오너에게 공을 던져서 프랜차이즈 계약을 해약하겠다고 사전에 알리는 것이 도리잖아. 프랜차이즈점 오너와 해약하는 방향으로 이야기를 진행시켜주지 않겠어. 그리고 매각하기 위해서 최선을 다하겠지만 성과가 제로일 가능성도 있어. 철수 비용도 대충 계산해줘."

이날 와타나베는 최후까지 웃는 얼굴을 보이지 않았다.

4

3월에 들어서 바로 미야시타는 전화로 'KEI타'의 매수를 거절했다. 어렴풋이 예측하고 있었기 때문에 와타나베는 그다지 낙담하지 않았다.

3월 18일의 점심시간에 와타나베는 가사이를 데리고 마이타의 '코스모스의 집'을 방문했다. 마음의 병을 앓고 있는 사람들의 회복을 돕는 리허빌리테이션 센터였다.

와타미푸드서비스는 자원봉사의 일환으로서 'KEI타'의 각종 전단지를 각 가정의 우편함에 투함하는 일을 '코스모스의 집'에 위탁하고 있었다. 또 신입사원이 일정기간 동안 자원봉사를 하도록 의무화하고 있었다.

'코스모스의 집'에서는 리허빌리테이션을 위해서 간단한 노동을 권하고 있었다. 전단지를 투함하는 작업이라면 환자들도 가능할 테니 맡겨줄 수 없냐는 센터의 요청을 와타나베가 받아들인 것이었다.

이날 와타나베가 직접 전단지를 투함해본 감상을 물어보자 다음과 같은 대답이 돌아왔다.

"할아버지가 배포하고 있으니 주문해야겠다는 말을 들었어요."

"어떤 여자분이 다음에 주문하겠다고 했어요."

와타나베가 중년 여성에게 질문했다.

"전단지를 배포하는 것이 힘에 부치나요?"

"아니요, 즐거워요."

스물한 살의 여성부터 일흔의 노인까지 어깨를 맞대고, 서로 도우면서 열심히 일하려는 모습에 와타나베는 감명을 받았다.

"이 센터에서 매년 두세 사람이 사회로 복귀하고 있습니다. 우리는 환자들에게 자립심을 심어주기 위해서 노력하고 있답니다."

그렇게 설명해준 젊은 여직원의 따스한 눈빛이 인상에 남았다.

"남을 끌어내리려는 생각만 하는 경쟁사회의 사람들이 오히려 이상하지 않나요?"

"확실히 히스테릭한 사람이 많은 것 같습니다. 여기 다니는 사람들은 다들 솔직하고 밝고 사이가 좋아요. 생활 규칙을 모르는 사람이 있으면 다 같이 열심히 가르쳐주지요."

5

그날 와타나베는 점심시간에 '마이타점'에서 오코노미야키를 시켜서 '코스모스의 집' 전원에게 대접했다.

"맛있네요."

"이렇게 맛있는 오코노미야키는 처음 먹어봐."

갓 구운 오코노미야키를 먹고 있는 행복한 얼굴을 바라보면서 와타나베도 가사이도 잠시 동안 흡족한 기분에 젖어들었다.

"이 오코노미야키 메뉴가 인쇄된 전단지를 모두가 배포하느라 애써주셨기 때문에 오늘은 조촐하게나마 사례를 하고 싶었습니다."

"또 전단지 배포를 할 수 있을까요?"

중년여성의 질문에 와타나베는 순간적으로 말문이 막혔다.

"예, 부탁드릴 생각입니다."

'KEI타'의 철수는 반년 앞의 일이므로 거짓말을 하는 것은 아니었다. 하지만 와타나베는 어쩐지 양심이 찔리는 것을 의식하고 얼굴에서 미소가 사라졌다.

와타나베와 가사이가 '코스모스의 집'을 떠난 것은 오후 3시가 넘어서였다.

돌아가는 전차 안에서 가사이가 말했다.

"'KEI타'를 접지 않고 계속할 방법은 없을까요?"

"적어도 이 일을 하고 있는 동안은 전력으로 노력하자. 하지만 철수는 이미 결정된 사항이야."

"'KEI타야키'처럼 맛있는 음식이 왜 팔리지 않을까요? 저는 '도헨보쿠' 1호점 이래 오코노미야키 외길을 걸어왔기 때문에, 사장님께 철수 이야기를 들은 날은 분해서 잠을 다 설쳤습니다."

"오사카와 히로시마까지 가서 기술을 배워온 구로사와는 훨씬 괴롭겠지. '도헨보쿠'도 머지않아 철수하게 될지도 몰라. 하지만 오코노미야키가 와타미푸드서비스를 크게 성장시켜준 것만큼은 확실한 사실이니까 헛고생은 아니야."

"……."

"철수 비용은 대충 어느 정도일 것 같아?"

"제트오븐을 떼어내고 주방을 다시 꾸며야 하니까 비용이 꽤 많이 듭니다. 어림잡은 계산으로는 점포당 평균 1,000만 엔 정도일까요?"

"14개 점포면 1억4,000만 엔인가. 엄청난 비용이군. 'KEI타'의 매각이 최우선 과제야."

"예."

"만약 'KEI타'의 다점포화가 더 크게 확대됐었더라면 와타미는 다시는 회복하기 힘들 만큼 큰 손해를 입었을지도 몰라. 14개 점포로 멈춘 것이 행운이었어."

"예. 5년 안에 100개 점포를 달성할 수 있다고 진심으로 믿고 있었으니까요."

"100개면 10억 엔인가. 상상만 해도 오싹하군. 1억 4천만 엔이라면 와타미의 능력 범위 안이니까 어떻게든 해결할 수 있어."

"'와타미'가 궤도에 오르지 못했다면 위험했겠지요. 운도 실력이라고들 하지만 사장님은 강력한 행운의 소유자입니다."

"'KEI타'의 매각에서도 운이 따라주면 좋겠는데."

"하지만 스트로베리 콘즈는 틀렸다면서요?"

"행운의 여신이 등을 돌리기라도 한 것 같은 슬픈 얼굴은 좀 풀어."

와타나베가 가사이의 어깨를 두들기며 온화하게 말했다.

"이제 시작이야. 'KEI타'의 14개 점포를 한꺼번에 매각하긴 틀렸다고 단정할 필요는 없어."

"장외시장 등록은 어떻게 될까요? 닛케이금융신문에는 95년 3월기의 장외시장 등록이 목표라고 적혀 있던데요."

"응."

와타나베는 눈살을 찌푸렸다.

"닛케이의 취재를 받은 것은 작년 말이었어. 그때만 해도 재건할 수 있을 거라고 기대하고 있었지. 올해 들어서 'KEI타'의 추락이 한층 심해졌어. 내 예상이 빗나간 것이 부끄러울 따름이야. 장외시장 등록은 1년 어쩌면 1년 반은 연기해야 할지도 몰라. 어느 쪽이든 'KEI타'의 철수가 완료되지 않은 이상 등록은 언감생심이지. 연착륙軟着陸할 수 있다면 좋겠는데."

죽은 자식의 나이를 세어봐야 아무 소용도 없지만 내가 스트로베리 콘즈의 사장이라면 매수시장의 잇점을 챙겨서 매수했을 것이다. 미야시타 사장은 도량이 좁다고 와타나베는 제멋대로 판단했다.

와타나베가 SDA의 이사회 같은 곳에서 알게 된 피자 배달업자 오너는 미야시타만이 아니었다.

도미노 피자의 히가 사장은 물론 피자 윌리의 하시구치橋口 사장, 피자라의 아사노浅野 사장, 피자 캘리포니아의 우시쿠보牛久保 사장 등과도 면식이 생겼다.

미야시타 사장에게 거절당한 직후 와타나베는 에무라와 가사이에게 말한 적이 있었다.

"스트로베리 콘즈 말고도 'KEI타'를 매수할 가능성이 있는 곳은 없을까?"

"'도미노 피자'도 '피자라'도 'KEI타'의 14개 점포 근처에 매장이 있으니까 가능성은 제로입니다."

에무라는 고개를 좌우로 흔들었다.

가사이가 말을 이어받았다.

"피자 캘리포니아도 'KEI타'를 매수할 여력은 없을 겁니다. 다소나마 가능성이 있는 곳은 피자 윌리가 아닐까요?"

피자 윌리의 본부는 도쿄 가쓰시카구葛飾区 신코이와新小岩로, 직영점 4개, 프랜차이즈점 31개의 점포를 거느리고 있었다.

"알았어. 당장 하시구치橋口 사장님께 전화를 넣어볼게."

하시구치는 와타나베보다 열 살 정도 연상인 명랑한 성격의 남자였다. 와타나베의 이야기를 들은 하시모토는 농담처럼 말했다.

"제안해줘서 영광이지만 우리는 그럴 능력이 없어요. 과대평가하시는 겁니다."

"그러지 마시고 일단 'KEI타'의 점포를 둘러보시지 않겠습니까?"

"그렇게까지 말씀하시니 일단 검토해보겠습니다."

하지만 하시구치는 대번에 거절하는 것은 실례라고 생각했을 뿐 이틀 후 전화로 거절했다.

와타나베가 홋카홋카테이의 규슈지역 본부인 '플레나스'가 'KEI타'에 관심을 보이고 있다는 정보를 들은 것은 6월 중순의 일이었다.

플레나스의 시오이塩井 사장이 7월 상순에 상경했을 때 와타나베는 데이코쿠호텔의 카페에서 만나기로 약속을 잡았다.

"우리가 도쿄에 진출할 계획인 것은 사실이지만 딜리버리 오코노미야키 점이면 변경할 수 있는 업종은 피자 정도가 아닐까요?"

"피자를 해볼 생각은 없으십니까?"

"이 업계는 경쟁이 과다하지 않습니까."

"도시락 배달이라면 저희 점포를 활용할 수 있다고 생각하는데 한 번 둘러보시면 어떻겠습니까?"

"그렇다면 한번 구경해볼까요."

그러나 시오이는 'KEI타'의 점포를 시찰하기도 전에 거절했다. 나중에 알게 된 일이지만 플레나스는 도쿄에서 덮밥집 패스트푸드 체인점을 시작할 계획이었다. 'KEI타'의 점포는 덮밥집으로 변경하기 힘들 테니 거절한 것도 당연했다.

6

7월 18일의 저녁 켄터키 프라이드 치킨KFC 일본법인의 나가이永井 이사가 와타미푸드서비스 본사사무소로 와타나베를 찾아왔다.

와타나베는 나가이하고도 SDA 이사회를 통해서 면식이 있었다. 나이는 마흔두셋 정도였다. 하고 싶은 말은 직설적으로 거침없이 말하는 타입으로 회사원답지 않은 쾌활함이 와타나베의 마음에 들었다.

나이스가이인 나가이와 와타나베는 의기투합하여 집안일 등 개인적인 대화까지 나누는 사이가 되었다.

KFC 일본법인이 미국 본부의 요구로 일본에서 '피자헛'을 체인화하기 위해 점포 물색에 들어갔다는 이야기를 나가이에게 들었을 때, 와타나베는 흥분해서 'KEI타'를 접으려는 방침을 털어놓았다.

"그렇다면 구체적으로 이야기해보고 싶군요."

"저는 대환영입니다."

그리하여 즉각 나가이의 와타미푸드서비스 본사 방문이 실현된 것이었다.

와타나베는 나가이를 '와타미 JR가마타 니시구치점'에서 접대했다.

언제가 되어야 'KEI타'의 이야기를 꺼낼지 와타나베는 애가 탔지만 나가이는 시종 잡담만 늘어놓았다. 헤어질 때가 되어서야 "'KEI타'를 포기하는 것은 보류하는 편이 좋지 않겠습니까? 와타나베 사장님이라면 '와타미' 매장을 1,000개 내는 것은 물론 'KEI타'의 딜리버리 사업도 계속할 수 있어요. 자금과 인재에 관련해서라면 협력하겠습니다"라는 말로 와타나베를 놀라게 했다.

"두 마리의 토끼를 쫓는 사람은 한 마리도 잡지 못합니다. 와타미에 전념할 생각입니다."

"아깝지 않습니까? 와타나베 사장님이라면 식품 배달업계에서 리더가 될 수도 있을 텐데요."

과한 찬사를 받으니 기분이 은근이 좋았지만 'KEI타'의 철수는 이미 기정사실이었다. 철수 없이는 주식 공개도 없다고 생각하기 때문에 이 정도 칭찬에 와타나베의 결심이 흔들릴 리는 없었다.

"'KEI타'의 점포에 관심이 있다면 현장부터 살펴보시겠습니까?"

"물론 관심은 많습니다. 다음 주에 다시 뵙죠."

나가이는 1주일 후인 7월 25일의 아침 9시에 와타나베에게 전화를 걸어왔다.

"예의 이야기를 사토佐藤 전무와 했더니 전무도 혹하는 모양입니다.

8월 4일 목요일 오후 2시까지 사토 전무와 함께 갈 테니까 'KEI타'의 점포를 보여주세요."

"감사합니다. 괜찮으시다면 점심시간은 어떠신지요? 와타미의 자랑인 'KEI타야키'를 시식해보시기 바랍니다."

"말씀하시는 대로 하지요."

나가이와 사토는 약속대로 4일 정오에 와타미푸드서비스의 본사 사무소에 나타났다. 와타나베는 에무라와 같이 응접실에서 손님을 맞았다.

"나가이 이사한테서 말씀 많이 들었습니다. 애써 키운 딜리버리 체인을 포기하시다니 가슴이 아프시겠습니다."

"예, 하지만 오코노미야키 딜리버리는 간토에서 뿌리내리기 힘들다는 교훈을 얻었습니다. 초반에는 호기심 많은 손님들 덕분에 제법 벌이가 좋았지만 경기에 좌우되기 쉬운 상품인가 봅니다. 피자의 적수가 되진 못하더군요."

"적은 투자금으로 수도권에 출점한 14개 점포를 한꺼번에 매수할 수 있다니 정말 솔깃한 이야기입니다."

나가이의 말에 사토가 농담이라고 생각할 수 없는 말을 했다.

"와타나베 사장님의 마음이 바뀌기 전에 얼른 상담을 진행하죠."

니시가마타 7가의 이나게 빌딩에 있는 'KEI타 가마타점'에서 사무소까지 세 종류의 오코노미야키가 배달되었고 바로 시식회가 열렸다. 전원 양복을 벗고 와이셔츠 차림이 되었다.

"오코노미야키는 겨울에 먹는 음식이라고 생각했는데 한여름에 먹어도 맛있군요."

"정말 맛있습니다."

사토와 나가이는 얼굴을 마주보고 고개를 끄덕였다.

두 사람은 차가운 보리차를 3잔이나 마셨다.

오코노미야키를 다 먹은 후에 아이스티로 입가심을 하면서 와타나베는 힘주어 말했다.

"'KEI타'는 철수하기로 정해졌지만 우리는 지금도 'KEI타'의 새로운 메뉴 개발에 전력을 쏟고 있습니다. 남아 있는 시간이 짧더라도 'KEI타야키'를 배달하고 있는 한 보다 맛있는 신상품을 개발해서 다양한 메뉴를 제공하는 것이 우리에게 주어진 책무라고 생각합니다. 대충대충 일할 수는 없습니다. 'KEI타야키'를 사랑해주신 고객들에게 보답하기 위해서라도 최후의 날까지 신 메뉴 개발에 도전할 생각입니다."

"그런 와타나베 씨의 경영이념에 따라 와타미푸드서비스의 사풍, 기업풍토가 길러지는 겁니다. 참으로 감동적입니다."

나가이는 와타나베에게 목례했다.

7

본사에서 '가마타점'까지는 걸어서 2분도 걸리지 않는 거리였다. 와타나베가 혼자서 사토와 나가이를 안내했다.

나가이가 질문했다.

"넓이는 어느 정도입니까?"

"22평 정도입니다. 원래 평일 낮에는 영업을 안 하지만 오늘은 특별히 문을 열었습니다.”

“이거 미안합니다. 그런 줄 알았다면 저녁에 왔을 텐데요.”

“대낮이 살펴보기 더 쉬울 겁니다.”

“실례합니다.”

사토는 시간을 들여서 주방을 시찰했다.

나가이와 와타나베는 점포 주위를 한 바퀴 돌면서 이야기했다.

“이렇게 작은 점포에서 91년에 8,300만 엔이나 벌어들였으니까 젊은 우리가 우쭐했던 것도 이해가 되실 겁니다. 그랬던 것이 93년은 5,800만 엔입니다. 올해는 피크였던 때의 절반 이하로 떨어질 것으로 예상됩니다.”

“이 점포는 공간이 좁은 편입니까?”

“‘마고메馬込점’이 29평, ‘다바타’와 ‘지토세후나바시점’, ‘샤쿠지점’이 25평 정도입니다.”

“‘피자헛’으로 쓰기에는 조금 작은가.”

나가이의 혼잣말은 와타나베에 귀에 들어가지 않았다.

주방에서 밖으로 나온 사토가 나가이를 손짓해 불렀다.

“잠깐 실례합니다.”

나가이는 종종걸음으로 사토에게 다가갔다.

“‘피자헛’에는 창고 스페이스도 필요합니다. 이 넓이면 무리가 아닐까요.”

“지금 와타나베 사장님에게 확인했는데 가장 넓은 매장이 29평인 모양입니다. 나머지는 25평짜리가 3개. 넓이는 저도 마음에 걸려요.”

"좋은 기회다 싶었지만 '피자헛'과 '오코노미야키'는 들어가는 물건이 다르니까요."

"유감스럽지만 14개 점포 일괄 매수는 불가능하겠어요. 25~29평이라면 좁아도 어떻게 해볼 수 있을 것 같지만요."

"흐음."

사토와 나가이가 심각하게 대화를 주고받는 것을 멀리서 지켜보면서 와타나베는 신에게 기도하고 싶어졌다. 와타나베의 눈치가 보여 나가이는 손을 들고 사토에게 말했다.

"오늘 결론을 내리는 것은 무리겠네요."

"일단 전문가에게 29평의 점포를 보여줄까요."

와타나베가 웃으면서 다가왔다.

"멋진 가게입니다."

사토가 예의상 말했다.

"감사합니다."

"신중하게 검토해보고 다시 연락드리겠습니다."

8

5일 후인 8월 9일 아침에 나가이가 와타나베에게 전화를 걸었다.

"결론부터 말씀드리면 넓이가 '피자헛'에 적합하지 않습니다."

"'KEI타'는 너무 좁다는 말씀입니까?"

"예. '마고메점'도 견학하고 왔는데 29평도 스페이스가 모자란다는 것이 전문가의 의견입니다. 모처럼의 인연인데 유감입니다."

"잘 알겠습니다."

"전에도 말했지만 자금과 인재 쪽에서 제 도움이 필요한 것이 있으면 뭐든지 말해주세요. 와타나베 사장님과의 우호관계는 앞으로도 유지하고 싶습니다."

"그것은 저도 마찬가지입니다. 앞으로도 많은 지도편달을 부탁드립니다."

"지도편달을 부탁할 사람은 오히려 접니다. 'KEI타'의 철수 방침은 여전합니까? 사토의 말처럼 와타미의 오코노미야키는 맛있으니까 'KEI타'가 사라지는 것이 안타깝군요."

"'도헨보쿠'가 있으니까 가게에서 드시면 됩니다."

와타나베는 '도헨보쿠' 역시 'KEI타'처럼 머지않아 사업철수라는 결단을 내려야할 것 같은 기분이 들어서 목소리가 잠겨들었다.

"사토 전무님께 인사 전해주십시오."

"사토 전무도 와타나베 사장님께 안부를 전해달라는 군요. 와타나베 사장님에게는 두 번이나 접대를 받았으니 다음에는 제가 한 턱 내겠습니다."

"감사합니다."

전화를 끊은 다음 와타나베는 눈으로 에무라와 가사이를 찾았다. 에무라와 시선이 마주쳤다. 에무라가 다가왔다.

"KFC는 NO라는군. 이번 달부터 KEI타의 철수를 개시한다. 철수 스케줄을 짜볼까."

에무라가 심각한 표정으로 목례를 했다.

와타나베는 이날 저녁 에무라, 가사이, 후지이의 3명을 회의실로 소집했다.

"에무라에게 들었겠지만 KFC도 거절했어. 'KEI타'의 매각은 포기할 수밖에 없겠다. 먼저 프랜차이즈점 세 군데와의 해약 협상을 서두르자. 가사이에게 맡겨도 될까?

"예, 내일부터 당장 오너와 협상에 들어가겠습니다."

'KEI타'의 프랜차이즈점은 '마고메', '아사가야', '무사시코스기'의 세 군데였다.

"'마고메'는 힘든 협상이 될 거야. 만만치 않은 상대거든. 가사이 혼자서 괜찮을까? 에무라와 둘이서 맡는 편이 좋지 않을까?"

"걱정 마십시오. 혼자서 할 수 있습니다."

가사이는 무뚝뚝한 얼굴로 대답했다.

'마고메점'의 오너는 가마타에 있는 '다이쥬大樹'라는 부동산회사 사장이었다. 연령은 마흔대여섯 살, 상당한 수완가였다.

와타미푸드서비스에 '다이쥬'를 소개한 사람은 모 도시은행이었다.

'스테이지 나카마고메'의 1층 공실이 좀처럼 나가질 않는데 놀리기 아까우니까 'KEI타'의 프랜차이즈점을 내면 좋겠다면서 은행에서 소개한 것이었다.

'마고메점'은 1992년 12월 10일에 오픈했다. KEI타의 14번째 점포였다.

가사이는 프랜차이즈 계약을 하기 전까지는 부동산회사 사장과 면식이 없었다. 오픈하면서부터 소음 등의 문제로 아파트 주민들과 트러블이 생겼기 때문에 오래 영업을 할 수 있을지 우려하고 있었다.

와타나베가 걱정했던 대로 해약 교섭은 난항을 거듭했다.

"방음시설을 하느라 500만 엔이나 들였어. 그만큼 웃돈을 얹어서 인수하시오."

"방음시설은 와타미 본부와 아무런 관계가 없습니다. '다이쥬'의 문제입니다. 프랜차이즈 계약서를 잘 보십시오. 1,000만 엔 이상은 낼 수 없습니다."

"1,500만 엔을 받아도 우리는 적자야. 이렇게 된 이상 법대로 할 수밖에 없어."

'다이쥬'는 처음부터 싸울 작정으로 덤볐다.

와타미푸드서비스가 장외시장 등록을 계획하고 있다는 것이 널리 알려져 있었기 때문에, '다이쥬'가 그것을 빌미로 물고 늘어진다고도 말할 수 있었다.

즉 계쟁이 발생하면 장외시장 등록에 지장이 생긴다. 500만 엔의 웃돈은 터무니없는 요구라는 것을 잘 알면서 억지를 쓰는 것이 아닐까 생각되었다.

"'다이쥬'라면 이 근방에서는 유명한 부동산회사가 아닙니까. 우리 와타나베 사장님도 사장님 같은 창업자지만 사장님께는 한 수 접고 있습니다. 법대로 하자뇨? 사장님처럼 점잖으신 분이 너무 경솔한 말씀을 하시는 것 같습니다."

교섭은 한 달이나 걸렸다.

"와타나베 사장님은 왜 코빼기도 안 보이는 거요?"

"죄송합니다. 와타나베 사장님께서 인사차 들르실 겁니다."

인내심이 많은 가사이도 혼자 상대하기 벅차서 와타나베와 같이 '다이쥬'에 세 번이나 찾아갔다.

"가두시위라도 할까 생각했는데 젊은 사람들 정열에 내가 졌네."

결국 와타나베와 가사이의 끈기가 이겨서 와타미푸드서비스의 주장을 '다이쥬' 측이 받아들였다.

9월 30일에 '마고메점'은 문을 닫았다.

"상대는 여간내기가 아닌 부동산회사 사장이라 가사이의 중간보고를 듣고 나도 잔뜩 긴장했는데 원만히 해결되었구나. 고맙다, 애 많이 썼어."

와타나베는 가사이를 위로했다.

"손해를 보는 것은 서로 마찬가지입니다. 으름장을 놓긴 했지만 '다이쥬'도 가마타에서는 어느 정도 유명한 부동산회사이니까요. 하지만 역시 사장님이 나서야 일이 되는군요. 저 혼자 해결해보고 싶었는데 말입니다."

"아니야, 가사이의 공이야. 너는 분위기 메이커라서 사람들 기분을 파악하는 것이 능숙해."

와타나베는 가사이를 칭찬했다.

"그렇지도 않습니다."

가사이는 겸연쩍은 것을 감추듯이 눈을 찌푸렸다.

9

한 달 전인 8월 31일에 '히가시나카노점', '다바타점', '무사시코야마점'이 문을 닫았다.

프랜차이즈점 중에서 '아사가야점'과 '무사시코스기점'의 해약 교섭은 어땠을까.

'아사가야점'은 와타나베가 '쓰보하치' 프랜차이즈점 오너회에서 알게 된 'K&B'의 사장이 경영다각화의 일환으로서 'KEI타' 프랜차이즈점을 1991년 3월 19일에 출점했다.

세이토 다카유키清藤孝之가 점장으로, 한때는 번성점이라 프랜차이즈점 중에서도 빛나는 존재였다.

오픈 당시의 세이토는 스물여덟 살. 사회인야구단 '제트'에서 이름을 날린 적도 있었다. 물론 'K&B'의 사원이지만 와타미푸드서비스를 좋아하는 데다가 와타나베의 팬이었다.

"차라리 우리 회사에 오지 않겠습니까?"

후지이가 와타나베의 뜻에 따라 세이토에게 권유하자 단번에 OK했다.

세이토를 빼앗긴 'K&B'의 사장이 감정적이 되는 것은 어쩔 수가 없었다.

해약 교섭이 다소 꼬이게 된 것은 그런 내막 때문이었지만, 가사이는 그럭저럭 교섭에 성공하여 1995년 4월 1일 '아사가야점'은 만 4년에 걸친 'KEI타' 프랜차이즈점의 막을 내렸다.

'무사시코스기점'은 건물관리업체인 'KU서비스'의 경영자가 처남인

트럭운전수를 데려다 'KEI타'의 점장으로 기용했다. 전직 트럭운전수는 무턱대고 상권을 확대했지만 알바생의 관리가 서투른 것과 금융감각에 문제가 있어서 1년도 안 돼서 손을 들어버렸다.

KU서비스의 사장이 직접 점장 자리에 앉았지만 양다리를 걸치기 힘들었는지 해약 교섭이 꼬이는 일은 없었다. '무사시코스기점'은 1991년 10월 4일에 개점하여 1995년 6월 30일에 폐점했다.

프랜차이즈점이 아닌 직영점 중에서 트러블이 발생한 곳은 '도키와다이점'이었다.

스물다섯 살의 오노大野라는 알바생 출신의 남자가 프랜차이즈점 오너가 될 만큼의 자금력은 없지만 'KEI타'의 점장으로 능력을 시험해보고 싶다면서 에무라에게 타진해왔다.

"어쩔까요?"

"근성이 있는 것 같은데. 업무위탁 형식으로 '도키와다이점'을 맡겨볼까?"

와타나베는 OK했다.

오노는 리더십이 강하고 사람들 마음을 사로잡는 데 뛰어났다.

하지만 트럭 운전수와 마찬가지로 금전적인 면에서 느슨한 구석이 있었다. 에무라가 몇 번이나 주의를 줬지만 대답만 시원시원하고 개선되지 않았다. 입금과 출비도 파악이 되질 않아서 결국 에무라도 두손 두 발을 다 들었다.

에무라의 보고를 들은 와타나베는 "나도 에무라도 영 사람을 볼 줄 모르는구나"라면서 낙심을 감추지 못했다.

"어쨌든 재고 체크를 하고 오노와는 업무위탁계약을 해지했습니다. 폐업할 때까지 구리하라를 점장으로 삼으면 어떻습니까?"

구리하라 사토시는 스물네 살. 과거 와타미푸드서비스의 '쓰보하치 아오바다이점'의 알바생이었다.

에무라와 구리하라가 이타바시구의 '도키와다이점'으로 가서 재고체크 작업을 시작하자 10명 가량의 알바생들은 가게 안에 주저앉아 손끝 하나 까딱하지 않았다.

눈물을 글썽이며 이를 악무는 사람, 에무라와 구리하라를 노려보는 사람, 어깨를 떨면서 울먹이는 사람까지 있었다.

"여러분, 오노를 대신하여 점장이 된 구리하라입니다. 잘 부탁합니다."

구리하라가 인사를 해도 대답하는 사람은 아무도 없었다.

다음날 에무라는 가사이와 후지이도 동원해서 '도키와다이점'으로 향했다.

오후 4시가 되도록 알바생은 나타나지 않았다. 5시까지 기다렸지만 한 명도 나오지 않았다.

"알바생들 눈에는 우리 본부 직원들이 한 덩어리가 되어서 점장인 오노를 쫓아낸 것으로 보였겠지. 그만큼 오노는 알바생들 사이에서 인망이 있었던 거구나."

가사이가 에무라에게 대꾸했다.

"아마 사비를 들여서 먹을 것도 사주고 잘해줬겠죠. 오노만큼 알바생의 사랑을 독차지한 점장도 드물 겁니다. 성격은 좋았으니까요."

"하지만 그것만으로는 훌륭한 점장이 될 수는 없어."

'도키와다이점'은 '호난초점', '아사가야점'과 마찬가지로 1995년 4월 1일에 폐업했다. 그리고 '와세다점'은 6월 30일에 문을 닫았다.

10

1995년 12월 26일 오전 11시에 와타나베는 에무라, 가사이, 후지이의 3명을 회의실로 불렀다.

"'KEI타'의 철수는 순조롭게 진행되고 있어. 남은 것은 직영점 5개뿐이야. 금년도 중, 즉 내년 3월 30일까지 5개 점포도 완전히 철수시키고 싶어. 'KEI타'는 분위기, 서비스라는 플러스알파가 없는 업태이기 때문에 완벽한 상품승부라 와타미다운 '마음'을 표현할 수 없었어. 상품만이 가격의 결정요인인 딜리버리는 와타미의 문화와 어울리지 않는다는 말이겠지. 어울리 않는 딜리버리 사업이 잘 될 리가 없어. 사업 철수는 올바른 결단이었다고 생각해."

가사이가 도전적으로 턱을 치켜들고 와타나베를 직시했다.

"남은 5개의 점포 '마이타', '가마타', '지토세후나바시', '샤쿠지', '사쿠라다이'는 흑자는 아니지만 적자도 아닙니다. 이 5개 점포만이라도 남길 수 없을까요? 와타미의 문화와 완전히 어울리지 않는 것은 아니라고 생각하는데요."

"가사이의 기분은 이해하고도 남아. 하지만 부족한 인재를 계속 'KEI타'에 붙여둘 수는 없어. 'KEI타'를 통해서 널 포함한 인재를 키웠고 체인점의 노하우도 축적했다. 잃은 것보다는 배운 것이 훨씬 많다고 생각해. 'KEI타'의 전면철수 방침은 변경할 수 없어."

가사이는 더 이상 대꾸하지 않았다. 조용히 맥을 놓고 있는 가사이의 눈에 눈물이 고였다.

가사이가 와타나베에게 사의를 표한 것은 1996년 설 연휴가 끝났을 때였다.

와타나베는 에무라의 의견을 물어보았다.

"가사이가 와타미를 그만두고 싶다는군. 그 녀석 성격상 한 번 말을 꺼내면 물러설 리가 없다고 생각하지만 한번 설득해주지 않겠어?"

"가사이는 사장님의 수제자니까요. 사장님은 가사이를 많이 아끼시지요?"

"응. 껌을 씹으면서 접객하는 상사를 가사이가 때렸을 때도 나는 가사이를 감쌌어. 그 녀석이 두세 번 무단결근했을 때도 나는 야단치지 않았지. 에무라 보고 아파트까지 데리러 가달라고 부탁했을 정도니 내가 가사이에게 무르다고 생각하는 사원들도 있을 거야."

"하지만 사장님이 늘 말씀하셨듯이 가사이는 분위기 메이커라 사람들 기분을 파악하는 것이 뛰어나서 가사이를 좋아하는 직원들도 많습니다. 지금 가사이를 잃으면 사기에 악영향을 줄 거라 생각합니다. 제가 어떻게든 설득해보지요."

"그래. 떠나는 사람 잡지 않고 오는 사람 막지 않는 것이 내 스타일이지만 후지이 때도 그랬듯이 가사이를 잃는 것은 괴로워. 에무라가 잘 좀 설득해봐."

"후지이가 돌아왔을 때의 감동을 다시 한 번 맛볼 수 있도록 전력을 다하겠습니다.”

“부탁해. 꼭 좀 설득해줘.”

와타나베는 우울했다. 가사이는 아마도 그만둘 것이다.

그런 예감이 들어서 견딜 수가 없었다. 밤낮을 가리지 않고 ‘KEI타’ 프랜차이즈점의 해약 교섭에 매달렸던 것은 유종의 미를 거두고 싶었기 때문이라는 생각이 들었다.

“이 5개 점포만이라도 남길 수 없을까요?”라는 말이 최후의 부탁이었을 것이다.

하지만 최고 경영자로서 감정에 사로잡힐 수는 없었다.

가사이, 너는 와타미를 짊어질 차세대가 아닌가. 와타미의 간부로서 ‘KEI타’ 말고도 능력을 발휘할 무대는 얼마든지 있지 않은가. 내 생각은 잘못된 것일까.

와타나베는 자문자답을 반복했다.

11

에무라가 가사이를 ‘KEI타 가마타점’으로 불러낸 것은 1월 5일 오후 2시였다.

이 시간이라면 알바생은 아직 출근 전이었다.

에무라는 뜨거운 우롱차 캔을 준비하여 약속시간 10분 전부터 가사이를 기다렸다.

가사이는 정각 2시에 찾아왔다. 두 사람 모두 본부 근무라서 양복차림이지만 날씨가 추워서 코트를 입고 있었다.

"이 가게도 앞으로 3개월만 있으면 닫겠군. 'KEI타'가 사라지는 것은 확실히 가슴 아프지만 적자만 내고 있으니 할 수 없어. 우리는 어떻게든 흑자를 내려고 알바의 반감을 사는 일도 마다하지 않았지."

에무라는 웃었지만 가사이는 반응을 보이지 않았다.

오후 4시까지 출근해서 영업 준비를 시작하는 알바생의 타임카드를 5시에 찍도록 지시해서 1시간분의 시급 950엔을 아끼는 치사한 짓을 고안해낸 사람은 가사이였다.

"'KEI타'는 지금 현재 적자야. 너희들도 협력해다오. 그 대신 흑자로 돌아서면 반드시 보답을 해줄게."

사근사근한 가사이가 웃으면서 어깨를 두들기면 싫다고 거절할 수 있는 사람이 없었다. 결과적으로는 알바생들에게 사기를 친 것이나 다름없게 되었다.

'KEI타' 부문 말기의 지극히 짧은 기간 동안이긴 했으나 가사이는 알바생을 속인 것이 늘 마음에 켕겼다.

"사장님이 한탄하시더라. 사장님이 얼마나 낙담하고 있는지 보기가 딱할 정도야. 수제자인 가사이가 그만둔다는데 당연하지. 가사이는 1기생들의 리더로서 사원들의 선두에 서왔어. 모두를 이끌어온 가사이가 그만두면 사기에 악영향을 끼칠 거야."

에무라가 말하는 1기생이란 와타미푸드서비스의 전신, 와타미상사의 '쓰보하치' 프랜차이즈 1호점인 '고엔지 기타구치점'에서 일했던 알바생들을 가리키는 말이었다.

가사이 와니베, 기쓰나이, 우사미, 기타자와, 사토, 히라야마, 가가야, 야나기의 9명이지만 '쓰보하치 고엔지 기타구치점'은 1984년 4월에 '쓰보하치' 직영점에서 와타미상사의 프랜차이즈점이 되었다. 고엔지는 와타미푸드서비스의 발상지였다.

그로부터 약 12년.

가업을 잇는 등의 이유로 우사미, 기타자와, 야나기의 3명은 3년 정도 전에 퇴직했지만 나머지 6명은 간부사원으로 성장했다.

와니베는 장외시장 등록 프로젝트의 담당과장, 기쓰나이는 총무부장, 사토는 '도헨보쿠' 부문의 영업부장, 히라야마는 컴퓨터 부문의 과장, 가가야는 '와타미 고엔지점의 점장'이었다.

가사이는 'KEI타' 부문의 부장이었지만 1기생 중에서 에이스 같은 존재였다.

야나기는 '도헨보쿠 시모키타자와점'의 점장을 거쳐 본부의 경리부문으로 이동, 도다 미사코와 사내 결혼했다. 미사코는 결혼 후 전업주부가 되었고, 야나기는 세무사를 지망해서 세무사사무소로 이직했다.

가사이는 우롱차를 한 모금 마시고 불쑥 말했다.

"딜리버리 오코노미야키 사업이 이런 최후를 맞을 줄은 꿈에도 몰랐습니다. 와타미에서 제 사명은 끝났다고 생각합니다. 저는 'KEI타'의 빈 껍질입니다."

"'KEI타'는 7년이나 이어졌어. 덕분에 와타미는 많이 성장할 수 있었고 가사이의 공적이 크다고 사장님은 생각하고 있어. 'KEI타'를 졸업하고 한 꺼풀 탈피하는 것이 지금의 가사이에게는 필요하지 않을까. 와타미는 더 성장하리라 생각해. 사장님은 머지않아 가사이를 임원으로 임명할 거야. 어쨌든 사장님을 배신하는 짓만큼은 참아줘. 회사는 널 필요로 하고 있어."

"'KEI타'도 '도헨보쿠'도 없어진다고요. 절더러 뭘 어쩌라고요?"

"할 일은 얼마든지 있잖아. 나랑 둘이서 점포개발의 프로젝트를 짜지 않겠나."

"에무라 씨가 그런 말을 할 줄은……."

가사이는 말문이 막혀서 가만히 축 늘어져 있었다.

"난 사장님에게 어떻게든 널 만류하겠다고 큰소리 치고 왔어. 탈락할 뻔한 후지이가 와타미에 복귀했을 때 우리는 크게 감동했잖아. 그런 감동을 다시 한 번 맛보게 해주겠어?"

에무라가 파이프 의자에서 엉거주춤 일어나서 가사이의 양 어깨에 손을 얹었다.

가사이가 눈물이 고인 눈으로 에무라를 올려다보았다.

"사장님이나 에무라 씨, 구로사와 씨를 배신하는 셈이 되어서 제 마음도 편치만은 않습니다. 역시 와타미에는 제가 있을 곳이 더 이상 없다고 생각합니다."

"어째서 있을 곳이 없다고 말하는 거야? 부탁해……."

에무라는 앉아서 비는 것처럼 두 손을 모았다.

"내 체면 좀 세워줘. 앞으로 1년만 더 노력해보고 정말로 있을 곳이 없다면 그때 그만둬도 되지 않아? 용기를 내서 사장님께 머리를 숙여라. 그리고 사의를 철회하는 거야."

"죄송합니다."

가사이는 결국 사의를 취소하지 않았다.

12

에무라는 그날 밤 와타나베를 술집으로 불러내서 머리를 숙였다.

"가사이를 설득하는 데 실패했습니다. 그 녀석은 'KEI타'의 빈 껍질이 되어버렸어요. 큰소리 탕탕 쳐놓고 실패하다니 사장님을 뵐 면목이 없습니다. 죄송합니다."

에무라는 양손으로 테이블을 짚고 목이 아플 만큼 오랫동안 머리를 숙이고 있었다.

"에무라, 그만 고개를 들어. 가사이가 마음을 바꾸길 기대했지만 그 녀석은 한 번 말을 꺼내면 다른 사람 말은 들은 척도 안 하는 친구지. 나는 각오하고 있었어."

에무라는 고개를 들었다.

"사장님의 심정을 헤아리니 죽고 싶은 심정입니다."

"죽여도 죽을 것 같지 않은 에무라도 그런 말을 할 줄 아나?"

와타나베의 농담에 에무라의 기분이 풀어졌다.

"전골이라도 먹으면서 맥주 한잔하고 가사이의 일은 그만 잊어버리자."

와타나베도 에무라도 웃음을 되찾았지만 둘 다 빠른 속도로 맥주만 마시고 전골은 전혀 건드리지 않았다.

종업원이 냄비에 게나 두부를 넣어주었지만 그래도 젓가락은 움직

일 생각을 하지 않았다.

둘 다 우울해졌다.

"전골이 다 졸아버리겠어. 에무라, 어서 먹어."

와타나베도 말만 하지 별로 먹지 않았기 때문에 전골이 불쌍했다.

"잠시 불을 꺼두겠습니다."

종업원이 가스 불을 껐다.

"결국 가사이는 'KEI타'의 실패가 자기 책임이라고 생각한 거겠죠. 구로사와 둘이서 'KEI타'의 아이디어를 짜낸 사람은 그 누구도 아닌 가사이입니다. 회사에 커다란 손해를 입혔다고……."

"책임은 전부 나에게 있어. 구로사와와 가사이는 힌트를 준 것에 불과해. 가사이가 그렇게 고민하는 성격일 줄은 몰랐어. 반대로 구로사와는 아주 태연하잖아."

"그 사람은 배짱이 좋으니까요. 그래서 기분전환도 빠르죠. 외고집 같은 구석도 있지만 파트너라는 프라이드를 가지고 있어요. 구로사와 씨는 훌륭합니다."

"과장급 직원들에게 왕따를 당한 적도 있었지만."

"외고집이라고 할까 심지가 곧아서 부하들이 이해하지 못했던 것이 아닐까요?"

"'KEI타'의 철수를 둘러싸고 나에게 항의할 줄 알았는데 구로사와는 냉정하게 받아들이고 있어."

"가사이하고는 입장이 다르니까요."

"파트너와 수제자의 차이인가."

와타나베는 웃으면서 젓가락을 들고 냄비 안을 들여다보았다.

"KEI타'만이었다면 가사이를 만류할 수 있었을지도 모르지만 '도헨보쿠'의 철수도 결정되어 간판이 하나하나 변경되고 있지요. 가사이로서는 자기 몸이 부서져 나가는 느낌이었을 겁니다. 지나친 생각일지도 모르지만 와타미에는 이제 있을 곳이 없다고 말했으니까요."

"그 녀석이 그렇게 섬세한 성격이었을 줄이야. '도헨보쿠' 1호점의 점장을 맡겼을 때는 박력이 대단했는데."

와타나베의 젓가락이 또 멈췄다.

닛폰제분의 사카모토 개발부 차장이 가사이 상무, 다카하시 부장을 데리고 간나이의 '도헨보쿠'를 시찰하러 와주었을 때의 장면이 눈에 떠올랐다.

가사이와 후지이가 바람잡이를 동원한 덕분에 가게 안은 발 디딜 틈도 없이 북적거렸다. 단골인 경찰서의 직원들에게도 바람잡이를 부탁할 정도로 당시의 가사이는 적극적이고 빛나고 있었다.

실각되었다고 생각했던 사카모토는 현재 이사로 승진해 있었다.

와타나베는 사카모토에게 연하장, 크리스마스카드, 여름안부인사장 등을 빠트리지 않고 보냈다.

"죽은 자식의 나이를 세는 것과 마찬가지야. 가사이 세이지의 일은 오늘 밤을 끝으로 잊어버리자. 내일부터 나는 절대로 입에 올리지 않을 테니까."

와타나베는 맥주를 데운 정종으로 바꾸고 이날 밤만큼은 과음을 했다.

사장님은 큰 충격을 받았다. 에무라는 와타나베의 심중을 생각하면 눈물이 넘칠 것 같았다.

1월 10일자로 가사이가 사직했다.

"오랫동안 신세를 졌습니다. 사장님의 은혜는 잊지 않겠습니다."

"12년간 수고가 많았어. 그동안 고마웠다."

규정의 퇴직금을 받고 가사이는 와타미푸드서비스를 떠나갔다.

13

와타나베가 'KEI타'에 이어 '도헨보쿠'의 철수 방침을 언급한 것은 1994년 9월 8일의 상무회에서였다.

기존의 간부회를 상무회로 개조한 것은 1992년 1월이었다. 상무회의 멤버는 임원과 부장급. 의사결정기관은 명목상은 이사회지만 실질적으로는 상무회였다.

상무회는 매달 한 번, 8일에 개최되었다.

"그저께 월차 영업보고서를 봤는데 '도헨보쿠'의 꼴이 말이 아니더군. 숫자를 직접 보니 아연해지더라. 겨우 한 달 사이에 500만 엔이 적자야. '신주쿠 주오대로점'을 빼고 몽땅 적자로 돌아섰어. 9월 5일까지의 숫자도 들었지만 9월은 훨씬 더 심해지겠지."

'도헨보쿠'의 직영점은 '간나이 주오점', '신주쿠 주오대로점', '시부야점', '신주쿠 야스쿠니대로점', '한노우飯能점', '하라주쿠점', '메지로점'의 7개 점포였다.

도헨보쿠 직영점의 8월 총매상은 24,217,000엔. 4월 36,007,100엔, 5월 33,493,000엔, 6월 29,304,000엔, 7월 28,258,000엔으로 계속 추락세가 이어졌다.

5월까지 흑자였는데 6월 이후 적자로 떨어졌다.

"매상의 감소에 브레이크를 거는 일은 불가능해. 사토, 무언가 의견이 있나?"

"'신주쿠 주오대로점'도 감소했지만 거기는 메뉴를 개선하는 등 회복시킬 수 있다고 생각합니다. 나머지 6개 점포는 저도 자신이 없고 손을 쓸 방도가 없다고 생각합니다."

"부장인 사토가 이렇게 약하게 나오면 어떻게 할 방도가 없잖아."

"'KEI타'와 달리 '와타미'로 간판을 변경할 수 있다고 생각하고 다들 기합이 빠진 것이 아닐까? '도헨보쿠'의 철수를 고민할 타이밍인가."

와타나베는 일동을 둘러보았지만 마땅한 의견은 나오지 않았다.

"구로사와는 어떻게 생각해?"

"가능하다면 철수하고 싶지 않아. 하지만 현실적으로 힘들겠지."

"하루라도 빨리 장외시장에 등록해서 미실현자산unrealized assets을 보유해야 한다는 건가."

와타나베가 농담으로 넘기기 힘든 말을 했다.

9월의 실적 악화는 와타나베의 예상을 뛰어넘었다.

7개 직영점의 총매상은 19,914,000엔으로 4월의 절반이었다.

무엇보다 원가절감으로 적자폭은 8월에 비해 50만 엔 정도 축소되었지만 4월~9월의 상반기 실적은 총매상 171,257,000엔, 영업손익은 마이너스 10,376,000엔. 즉 1,000만 엔 이상의 적자를 계상하기에 이르렀다.

와타나베가 '도헨보쿠'를 접기로 결단한 것은 9월 실적이 확실해지기 전인 9월 9일 심야였다.

그날의 일기에 와타나베는 다음과 같이 적었다.

오늘 '도헨보쿠' 영업부 회의에서 급격한 실적 하락의 원인을 찾아 모두와 의견을 나누고 내 나름대로 이 결과를 수긍했다.

'도헨보쿠' 사업의 철수를 결단하지 않을 수가 없다. 그 이유는 업태와 시대의 계산착오이다. 분위기, 서비스라는 면에서 부가가치를 붙여서 오코노미야키를 고가에 파는 것이 '도헨보쿠'였다. 그러기 위한 콘셉트는 '현대적'이자 '맛있는 오코노미야키'였다.

하지만 '현대적'이 고가의 이미지인 데 비해서 '오코노미야키'는 저가, 서민적인 이미지를 가진 상품이다. 이른바 콘셉트에 미스매치가 있고 베이직한 업태는 아니었다.

이것은 주간主幹이 아니라 보완적인 업태라는 것을 의미한다.

보완업태는 호경기 때는 강하지만 불경기일 때는 너무나 약하다. 틀린 것이다.

호, 불경기에 좌우되지 않는 베이직한 업태를 추구하는 일이 관건이라고 깊이 반성할 수밖에 없다.

와타나베는 '도헨보쿠'를 접겠다는 경영 결단을 9월 12일의 긴급 상무회에서 제시했다.

"1994년도 상반기에서 1,000만 엔 이상의 적자가 예상되지만 전체적으로는 적자폭이 축소되도록 메뉴의 연구, 원가절감 등의 노력을 계속하자. 당장 이번 달부터 '와타미'로의 간판 변경에 착수한다. '메지로점'과 '시부야점'은 이번 달 안으로 접고 간판을 변경하자."

반대론은 나오지 않았다.

제19장
장외시장 등록

1

1995년 4월 26일 오후 2시에 와타나베 미키는 주오구 신카와에 있는 도쿄스미토모트윈빌딩 동관 12층에 있는 국제증권 본사의 도요다 젠이치豊田善一 자문위원을 방문했다.

도요다는 노무라野村증권의 부사장을 거쳐 고쿠사이國際증권 사장으로 이직, 탁월한 경영수완으로 고쿠사이증권을 4대 증권에 육박하는 대기업으로 키워냈다. 자문위원으로 물러난 지 오래되었지만 중흥조中興祖이자 증권업계의 막후실력자 같은 존재로서 막강한 영향력을 가지고 있었다. 1924년 출생이니 나이는 일흔하나.

와타나베에게 도요다를 소개해준 사람은 아스크플래닝센터의 창업자로 회장 겸 사장인 히로사키 도시히로廣崎利洋였다.

슈퍼마켓의 점포설계, 시공을 주력사업으로 하는 회사였다. 1994년 12월기 결산에서 매상 65억6,500만 엔, 경상이익 9억5,200만 엔, 당기이익 4억4,400만 엔을 계상. 배당은 주당(50엔) 11엔. 우량 중견기업이었다. 와타미푸드서비스는 이 회사의 클라이언트였다.

히로사키는 와타나베보다 열 살쯤 연상으로 허우대가 좋고 풍채도

당당했다.

"우리 회사가 1988년 9월에 장외시장에 등록할 때 도요다 자문위원께서 자기 일처럼 상담을 해주셨습니다. 와타나베 사장님에게는 메이지대학의 선배가 되니까 한번 만나보면 어떻겠습니까? 언제라도 소개해드리겠습니다."

"도요다 젠이치라면 증권업계에서는 전설적인 분 아니, 신이나 다름없는 분 아닙니까. 한 번 뵐 수 있다면 영광이겠습니다만."

"도요다 씨는 자문위원이라고 해도 오너나 다름없는 분이라 존재감이 무시무시합니다."

히로사키과 그런 대화를 나눈 지 1주일 후에 히로사키가 약속을 잡아준 덕분에 와타나베는 국제증권 본사의 응접실에서 도요다를 만날 수 있었다.

"처음 뵙겠습니다. 와타미푸드서비스의 와타나베라고 합니다. 잘 부탁드립니다."

"도요다입니다. 여기까지 불러내서 미안합니다. 오느라 고생이 많았습니다."

"도요다 자문위원을 가까이서 뵐 수 있어서 영광입니다."

"저는 일개 증권맨에 지나지 않습니다. 와타나베 사장님은 메이지의 후배라고 들었는데 훤칠한 미장부로군요. 메이지에서는 그런 사람을 찾아보기 힘들지 않습니까?"

전설적인 인물, 증권업계의 신이 던지는 농담에 와타나베의 긴장이 풀렸다.

"와타미푸드서비스는 장외시장 등록을 하고 싶다던데 어떤 목적으로 공개하려는 겁니까?"

"회사를 크게 키우고 싶습니다."

"창업자이득을 받고 싶다는 거군요."

"아니요. 2010년까지 1,000개 점포를 달성하고 싶습니다. 그러기 위해서는 자금이 필요합니다. 저희는 이자카야가 아니라 이쇼쿠야라고 부르고 있는데, '와타미'는 일본에서 가장 합리적이고 맛있는 가게라고 확신합니다. '와타미'의 점포를 늘리는 것은 세상을 위한 일, 사람을 위한 일이라고 믿습니다. 도요다 자문위원께서도 꼭 한번 저희 가게에 오셔서 드셔보시면 좋겠습니다."

와타나베가 초대면의 사람 앞에서 이렇게까지 기분이 고양되는 일은 없었다.

"그렇습니까. 언제 한번 들르겠습니다. 와타나베 사장님, 나는 말이오. 사람의 가치를 정하는 기준은 성실함이라고 생각합니다. 비겁하지 않는 것, 겸허한 것, 근면한 것, 전부 성실로 통한다고 생각합니다. 주식을 공개하기 전에 꼭 명심해야 할 것은 투자가를 배신하지 않겠다는 마음가짐입니다. 처음 공개할 때의 가격을 높이 매겨선 안 됩니다. 가능한 한 싸게 내놓아야 좋습니다. 싸게 팔면 주가는 상승합니다. 무리는 금물입니다. 창업자이득을 많이 얻고 싶다고 생각하는 것이야 신이 아닌 인간이 하는 일이니 어쩔 수 없겠지요. 하지만 무리해서 창업자이득을 많이 받으려고 할수록 투자가를 배신하게 될 가능성이 높아집니다."

"무슨 말씀인지 잘 알겠습니다. 명심하겠습니다."

도요다는 녹차를 마시고 찻잔을 테이블에 내려놓았다.

"등록 전에 와타미푸드서비스의 주식을 사서 이익을 본 투자가는 팬이 되어 계속 따라올 겁니다. 그렇게 되면 자연히 자금이 모여들어서 계속 좋은 쪽으로 순환하게 되는 법이지요. 그리고 종업원과 손님이 귀한 줄 알아야 합니다."

와타나베는 친부인 히데키와 대화를 나누고 있는 것 같은 착각에 사로잡혔다. 히데키도 마음이 따듯한 사람이지만 도요다도 자부慈父처럼 마음이 따듯한 사람이었다.

도요다 정도의 인물이라면 와타미푸드서비스가 어떤 회사인지 모를 리가 없을 텐데 젊은 나에게 이렇게 친절하게 어드바이스를 해주다니.

인생의 달인인 도요다는 와타나베를 장래성이 있는 청년사장이라고 한 눈에 간파한 모양이었다. 1시간 이상 시간을 할애해준 것에 와타나베는 감격했다.

도요다는 몇 년 전 뇌경색으로 쓰러졌다. 그 휴우증으로 왼쪽 다리를 절었지만 지팡이를 짚고 엘리베이터 앞까지 와타나베를 배웅해주었다.

"오늘은 대단히 감사했습니다."

"가까운 시일 안에 다시 뵙지요."

와타나베는 가슴이 먹먹해질 정도로 감동했다.

초대면에 이만큼 감명을 주는 인물은 없었다.

2

5월 18일의 오후 4시 30분에 도요다가 니시가마타의 와타미푸드서비스 본사의 와타나베를 방문했다.

물론 사전에 약속을 잡고 찾아온 것으로 다나카田中 공개인수 차장을 대동했다.

와타나베는 고를 응접실로 불러 도요다와 다나카를 소개했다.

"상무인 고입니다. 공개준비 실장도 겸임하고 있지요."

"고라고 합니다. 잘 부탁드립니다."

"자문위원님, 실은 고도 메이지의 공학부 출신입니다."

"호, 공학부요."

"닛산자동차 계열회사에서 장래를 촉망받던 엔지니어였는데 제가 억지로 스카우트했습니다. 엄청난 노력가로 경영기획, 경리, 총무, 시스템 등 관리부문을 맡아주고 있습니다."

고의 동안이 빨갛게 물들었다.

"제 능력이 부족해서 와타나베 사장님께 늘 야단만 맞고 있습니다."

와타나베는 웃으면서 고의 어깨를 토닥였다.

"언제부터 그렇게 겸손한 성격이 된 거야?"

도요다가 온화하게 두 사람 사이에 끼어들었다.

"두 분 다 부러울 정도로 젊고 무한한 가능성을 품고 있군요. 사무소도 깔끔해서 마음에 듭니다. 난 두 분보다 오래 살았기 때문에 온갖 사람들을 만나봤는데 와나타베 사장님도 고 상무님도 성실한 분이라는 걸 한 눈에 알겠군요. 주식 공개는 힘닿는 데까지 도와드리겠습니다."

와타나베가 소파에서 일어나자 고도 덩달아 일어났다.

"감사합니다. 많은 지도편달 부탁드립니다. 도요다 자문위원님을 처음 뵈었을 때의 감격은 고에게 다 말했습니다. 모든 것을 도요다 자문위원님께 맡기고 싶습니다."

도요다가 자리에서 일어나려고 해서 와타나베와 고가 다시 앉았다.

"실례했습니다."

고가 묵례했다.

"날 너무 높이 평가하면 곤란합니다. 하지만 뭐든지 의논해주십시오. 다나카도 신뢰할 수 있는 남자입니다."

"잘 부탁드립니다."

다나카가 정중하게 고개를 숙였다.

"저야말로 잘 부탁드립니다."

와타나베가 고개를 숙여서 고도 그대로 따랐다.

"노파심이지만 두 분에게 한 가지 충고를 해두겠습니다. 주식 공개 일정이 잡히면 증권회사들이 너나 할 것 없이 접대를 하겠다고 몰려들 겁니다. 증권회사로서야 조금이라도 더 많이 인수하고 싶으니까 당연한 일이지요. 하지만 두 분은 아직 젊어요. 접대를 받고 마음이 흔들리는 것은 바람직하지 못합니다. 전부 거절하면 어떻습니까?"

와타나베가 고와 얼굴을 마주본 다음 도요다를 똑바로 바라보았다.

"말씀하시는 대로 따르겠습니다. 솔직히 말씀드리면 고도 저도 바빠서 접대를 받을 만한 시간이 없습니다."

"그렇군요. 제가 괜한 잔소리를 했나 봅니다."

"아닙니다. 접대를 꼭 받아야 하는 건가 싶어서 억지로 시간을 냈을지도 모릅니다. 충고해주셔서 감사합니다."

"그래요. 건강을 해치면 전부 도로 나무아미타불이니까요."

도요다의 미소에 와타나베도 고도 기분이 누그러져서 웃었다.

와타나베가 정색을 했다.

"고쿠사이증권에 주간사를 부탁하고 싶습니다만?"

도요다는 조용히 웃었다.

"영광입니다. 하지만 주간사主幹事는 노무라증권에 맡기는 편이 좋겠지요. 능력이 걸출하니까요. 고쿠사이증권에게는 필두 부간사副幹事를 맡겨주십시오."

"비율의 할당은 전부 도요다 자문위원님의 지시에 따르겠습니다."

"감사합니다. 누가 봐도 납득이 가도록 나누어보겠습니다."

도요다 정도의 거물이 조력해준다고 생각하니 와타나베도 고도 마음이 든든했다.

3

8월 1일 도요다가 와타나베와 히로코를 고쿠사이증권 본사로 초대했다.

딜링룸dealing room과 사원식당 등을 견학한 다음 널찍한 자문위원실 소파에서 기념사진을 찍었다. 히로코를 가운데에 두고 도요다와 와타나베가 긴 의자에 좌우로 앉았다.

호화로운 도시락을 먹으면서 도요다가 말했다.

"사원식당이 12층 동남향에 있는 것은 점심시간만큼은 사원들이 편하게 보냈으면 좋겠다고 생각했기 때문입니다. 사원식당이 제일 좋은 장소에 있습니다."

"사원들을 아끼는 자문위원님의 마음이 잘 느껴지네요."

히로코가 대답했다. 와타나베가 히로코의 정장 차림을 보는 것은 오랜만이었다.

"부인이 무척 어려 보이는데 나이를 물어봐도 괜찮을까요?"

"예, 남편보다 두 살 연상이라 서른일곱이랍니다."

"오, 그렇습니까? 아내는 연상의 아내가 최고이지요. 두 살 연상이라니 이상적이지 않습니까. 야무진 사람이 집안을 꽉 잡고 있지 않으면 안 돼요."

도요다는 입에 발린 말을 잘했다.

"오늘은 제 인생 최고의 날이네요."

히로코도 지지 않았다. 자지러지게 웃었다.

와타나베는 당당한 아내의 태도가 믿음직스럽게 느껴졌다.

"증권 애널리스트의 의견은 중시하지 않으면 안 됩니다. 그리고 누누이 말하지만 시초가는 낮게 설정해야 합니다."

"예. 하나부터 열까지 지도해주셔서 정말로 감사합니다."

"본업이 아닌 부업에서 이익을 추구하는 행위는 사원들의 의욕을 꺾기 쉬우니까 주의하는 편이 좋아요. 무엇보다 동기가 중요합니다.

불순한 동기 때문에 사업에 실패하는 경우가 많으니까요."

시사와 함축이 풍부한 말은 와타나베의 심금을 울렸다.

도요다가 화제를 바꾸었다.

"오늘 아침의 닛케이유통신문에서 크게 다루어졌더군요."

"읽으셨습니까?"

"물론 읽었습니다."

"3일 전에 취재를 받았습니다."

'주식 공개를 앞둔 적극 경영', '와타미, 구조조정 한판으로 전환' '역
주변으로 출점 가속', '교외점에서는 메뉴 확충', '주식 공개를 앞둔 적
극 경영'은 4단의 음영으로 된 표제어였다.

이자카야 '와타미' 등을 경영하는 와타미푸드서비스(도쿄 오타구,
와타나베 미키 사장)가 채산성이 떨어지는 부문의 정리를 골자로 하
는 구조조정을 완료하고 주식 공개를 목표로 적극경영에 나섰다. 구
체적으로는 터미널 역 주변에 '와타미'의 출점 페이스를 높이는 것은
물론 교외형 입지점에서는 정식·디저트 메뉴를 강화하여 가족 손님
의 방문을 늘려나갈 계획이다. 내년 중반을 목표로 일본증권업협회에
장외시장 등록을 신청할 예정이다.

이상은 전문이고 본문의 일부를 다음에 인용한다.

당초 계획보다 출점을 두 배로 늘려 이번 분기 안에 13개 점포를 신

규로 오픈한다. 참고로 전년도의 출점은 9개 점포. 다음 분기도 이번 분기와 다름없는 빠른 페이스의 출점을 계획하고 있다.

또한 수도권 교외에 있는 매장에서는 패밀리 손님을 노린 신규 메뉴를 도입한다. "이자카야라기보다는 일식 패밀리 레스토랑 대신 이용하는 분들이 많고, 주말에는 거의 가족 손님으로 붐빈다"(와타나베 사장)라는 경향이 현저하게 나타났기 때문.

95년 3월기는 47억4,700만 엔이였던 매상을 이번 분기에는 68억 1,200만 엔으로 늘릴 계획이다. 이 계획이 달성되면 장외시장 등록을 신청할 예정. 동사(同社)로서는 "가능하다면 96년 초가을에라도 공개할 의향"(와타나베 사장)이다.

고쿠사이증권 자문위원실에서 점심식사를 하면서 보낸 2시간은 순식간에 지나갔다.

"'아내는 연상의 아내가 최고이지요'라니 상대방 기분을 어쩜 그리 잘 맞출까요. 도요다 씨는 당신이 홀딱 반할 만큼 멋진 사람이네요."

도쿄역으로 향하는 택시 안에서 히로코는 다시 자지러지게 웃어댔다.

4

"깨끗한 가게네요. 분위기도 좋고 근사해요."

젊은 여성 증권 애널리스트 아부카와 히로미虻川宏美는 주방과 알바생의 탈의실 등 가게 내부를 구석구석 체크한 다음에 높은 점수를 매겼다.

"감사합니다."

와타나베가 정중하게 고개를 숙였다.

"'풍성하고 즐거운 또 하나의 가정의 식탁'이라는 콘셉트도 이해하기 쉬워서 어필하기 좋네요. '와타미'는 어디 매장이나 이런 느낌인가요?"

"예. 인테리어는 약간씩 차이가 있지만 어디 매장이든 가정이 가진 따듯한 분위기를 강조하고 있습니다."

와타나베는 애널리스트의 질문에 대답하면서 입구 근처의 대형 원형테이블로 돌아갔다.

와타나베가 고쿠사이증권의 자문위원인 도요다 젠이치를 '와타미 다카다노바바점高田馬場店'으로 초대한 것은 10월 4일의 밤이었다.

8월 1일 점심에 히로코와 함께 초대해준 답례 겸 '와타미'의 요리를 도요다에게 대접하고 싶었기 때문이었다.

'다카다노바바점'을 선택한 이유는, 건물 1층에 입점한 매장이라 다리가 불편한 도요다에게 부담이 없을 것 같아서였다. 입구 가까이에 대형 원형테이블이 놓여 있는 것도 편리하게 여겨졌다.

도요다는 기예氣銳의 증권 애널리스트와 인수부문의 신인을 몇 명 거느리고 오후 6시에 나타났다.

고도 호스트역으로 회식에 참가했다.

"이자카야라는 선입견이 있었던 탓일까요? 너무 깔끔한 가게라서 놀랐어요."

가게 안을 돌아보면서 도요다도 칭찬을 아끼지 않았다.

와타나베는 '도헨보쿠 간나이점'에서 닛폰제분의 사카모토 개발부 차장이 상사를 모시고 오코노미야키를 시식하러 왔던 과거를 떠올리며 감개에 젖었다.

그때는 바람잡이를 동원하지 않으면 안 되었지만 오늘 밤은 만석이었다.

"항상 이렇게 붐비나요?"

여성 애널리스트의 질문에 와타나베가 웃으면서 대답했다.

"예. '와타미'는 여기뿐만 아니라 전 매장이 전부 번성점입니다."

소리를 높이지 않으면 알아듣기 힘들 정도로 가게 안은 남녀 회사원들로 문정성시를 이루고 있었다.

"오늘은 목요일이지만 주말은 주로 가족이나 학생들로 넘쳐나지요. 오늘밤은 '와타미'가 자랑하는 요리를 많이 준비했으니까 조금씩 맛을 보십시오. 컴퓨터로 인기 상품을 항상 파악해두려고 노력하고 있는데 가장 인기 있는 요리 10가지를 전부 내놓았습니다."

생맥주로 건배한 다음에 도요다가 돋보기를 쓰고 메뉴판을 펼쳤다.

"'꼬치요리', '따끈따끈한 일품요리', '저렴한 가격', '기다리실 필요가 없습니다. 바로 드실 수 있습니다' 괜찮군. '회', '구이', '샐러드', '조림', '튀김', '모듬요리', '디저트'……. 흐으음, 모듬 회가 3~4인분에 980엔입니까. 나머지는 거의 200~300엔 대가 많네요. 칼로리까지 표시되어 있다니 친절하군요."

"어느 메뉴나 다 맛있습니다. 틀림없이 만족하실 겁니다."

고쿠사이증권의 증권 애널리스트들 전원에게 '환영 와타미', '이쇼쿠야 와타미'라는 커버가 있는 세로 36센티미터, 가로 21센티미터의 3단 메뉴판이 배포되어 있었다.

메뉴판을 펼치면 가로가 61센티미터로 확대되었다.

도요다는 요리의 수를 대충 눈으로 헤아려보았다. 17가지나 있었다.

메뉴판의 아래쪽에는 'Healthy & Safety'라는 영문과 '와타미의 메뉴 개발 콘셉트'가 적혀있었다.

이쇼쿠야 '와타미'는 '풍성하고 즐거운 또 하나의 가정의 식탁'을 제공한다는 목표 아래 상품을 개발하고 있습니다. 가정의 식탁에서는 '건강·안전'이 대전제입니다. 천연소금이나 무첨가 두부, 유기농 야채 등을 순차적으로 개발·도입하고 있습니다.

'와타미'를 안심하고 이용하실 수 있도록 방부제·감미료·인공색소 등의 첨가물을 일절 사용하지 않고, 유기농재배(무농약)한 먹거리만 제공하기 위해서 앞으로도 노력하겠습니다.

메뉴의 뒷면은 '칵테일 파티'와 '맛있고 즐겁게 마실 수 있는 이자카야의 술'을 한눈에 볼 수 있도록 꾸며져 있었다.

"'산토리 몰트'까지 갖추고 있습니까. 차가운 글라스를 제공하는 것이 특색이군요. 위스키도 산토리이고. 와인은 화이트가 카이저트로스트, 로제가 로제 당쥬, 레드가 보졸레……."

"물론 주스나 우롱차, 콜라 등의 소프트드링크도 있습니다."

도요다와 와타나베가 그런 대화를 나누는 동안, 애널리스트들은 의견을 교환하거나 메모를 하고 있었다. 각 점포의 매상이나 이익, 알바생의 교육 등에 관한 질문에 고가 대답하고 있었다.

도요다 일행은 "맛있다"는 말을 연발하며 250엔의 '닭꼬치', 380엔의 '한입 돈까스', 280엔의 '무 샐러드', 380엔의 '시저샐러드', '소곱창볶음', '오징어통구이', '손두부', 330엔의 '열빙어구이' 같은 요리를 즐겼다.

5

와타나베 앞으로 도요다가 보낸 감사장이 도착했다. 붓으로 손수 감사장을 쓰는 것이 도요다의 스타일이었지만 최근에는 초고를 작성하고 비서에게 타이핑하도록 시키고 있었다.

와타나베 미키 사장님께

가을의 찬 기운이 밀려오는 가운데 나날이 건승하시기를 빕니다.

어느 새 완전히 가을이 되었지만 변함없이 건강하게 활약하는 모습을 보니 기쁘기 한량없습니다.

10월 4일 밤에 다카다노바바의 가게에서 열린 우리 간친회 자리에 동석해주셔서 영광이었습니다.

모든 것이 제 상상과는 달라서 깜짝 놀랐습니다. 무엇보다도 요리 하나하나에 사장님의 진심이 담겨 있어서 진수성찬이 따로 없었습니다. 소소한 곳까지 세심하게 배려하려는 최고 경영자의 마음가짐이 얼마나 중요한지 통감했습니다. 그것을 한결같이 실천하는 와타나베 사장님의 부단한 노력에 그저 감복할 따름입니다.

와타나베 사장님이 심혈을 기울인 와타미푸드서비스주식회사가 나날이 발전하기를 간절히 기도합니다.

우리 회사 내부에 와타미푸드서비스주식회사 연구팀을 발족시켜서, 매년 2회에 걸쳐 철저하게 연구하고 조언을 드릴까 합니다. 경영에 참고가 된다면 좋겠습니다. (물론 저도 참가할 생각입니다) 귀사의 고 상무님이 침착하고 겸손하며 숫자에 강한 분이라 참으로 다행입니다.

우리도 솔직한 마음으로 상담할 수 있어서 무척 다행스럽게 생각합니다.

사장님은 좋은 부하들을 키우셨습니다. 회사가 착실히 발전하기 위해서는 결코 빼놓을 수 없는 귀중한 인재들입니다.

귀사의 약진이 제 인생의 큰 기쁨이 될 것입니다. 끊임없는 노력으로 훌륭한 회사를 만들어주십시오. 저도 미력하나마 최선을 다해서 협력하겠습니다.

이번에 와타나베 사장님과 고 상무님을 모시고 우리 회사의 연구팀과 식사를 하면서 간담할 수 있는 기회를 가질 수 있어서 대단히 기뻤습니다.

증권맨으로서 참으로 보람찬 밤이었습니다. 또 많은 것을 배울 수 있어서 실로 상쾌한 기분을 느낄 수 있었습니다. 진심으로 감사합니다.

또한 식사비나 차량 등 세세한 부분까지 배려해주신 와타나베 사장님과 고 상무님의 호의에 감사의 말씀을 드립니다.

앞으로도 귀사에 많은 발전이 있기를 진심으로 기원합니다.

1995년 10월 11일

고쿠사이증권 주식회사

자문위원 도요다 젠이치

인생의 대선배이자 대학의 대선배인 도요다로부터 정중하고 따스한 격려 편지를 받다니……. 와타나베는 가슴이 먹먹해지는 감동을 느끼며 눈시울이 뜨거워졌다. 피가 솟구치듯이 용기가 온몸 구석구석에서 부글부글 용솟음쳤다.

6

도요다의 행동력은 와타나베와 고의 예상을 훨씬 뛰어넘고 있었다.

몇 차례 통화 끝에 "슬슬 간사 선언을 하면 어떻겠습니까?"라고 와타나베에게 진언했다.

"간사선언서는 증권회사에 맡깁시다. 내가 각 회사에 연락해서 마땅한 대표나 담당자를 모으겠습니다. 제가 처리해도 괜찮겠습니까?"

"잘 부탁드립니다."

"10월 24일 화요일 오후 4시에 와타미푸드서비스의 회의실에서 노무라, 야마이치山—, 와코和光, 신닛폰新日本, 교쿠토極東, 교와共和, 다이이치第一, 니치에이日榮 그리고 우리 회사를 포함한 9개 증권회사를 부르겠습니다.

50만주를 일반공모하고 나누는 것도 저에게 맡겨주시겠습니까?"

"물론입니다. 도요다 자문위원님께 맡기겠다고 전에도 말씀드리지 않았습니까?"

"그랬지요. 감사합니다."

"저야말로 하나부터 열까지 신세를 지게 되어 죄송할 따름입니다."

"저야 비즈니스가 포함되어 있으니까요. 감사를 드리지 않으면 안 되는 것은 제 쪽이지요. 굳이 말할 필요도 없겠지만 귀사의 번영을 바라기 때문입니다."

"감사합니다."

와타나베는 전화 앞에서 몇 번이고 고개를 숙였다. 10월 17일의 저녁의 일이었다.

도요다가 지시한 대로 와타나베는 "'간사 선언'에 대해 알려드립니다"라는 제목의 문서를 9개 증권회사에 발송했다.

언제나 당사에 많은 관심을 보여주셔서 감사합니다.

표제의 건에 대해서 정식으로 알려드립니다.

우리 와타미푸드서비스주식회사는 가까운 시일 내에 장외시장에 등록하기 위한 준비를 하고 있습니다.

따라서 하기의 내용을 참조하시어 간사회사로서 간사선언서를 수락해 주시길 부탁드립니다. 또한 앞으로도 많은 지도편달을 부탁드립니다.

記

일시　1995년 10월 24일 오후 4시~5시까지

장소　와타미푸드서비스주식회사 본사

순서　※개회 인사 ※간사선언서 배포 및 설명

　　　※주간사 노무라증권의 인사말

　　　※당사 대표 인사말 및 회사 설명

　　　1. 대표자 자기소개

　　　2. 당사의 역사

　　　3. 질의응답

　　　※인사말 도요다 젠이치

　　　※폐회 인사

출석회사

　　　노무라증권주식회사, 고쿠사이증권주식회사, 야마이치증권

　　　주식회사, 와코증권주식회사, 신닛폰증권주식회사, 교쿠토증

　　　권주식회사, 교와증권주식회사, 다이이치증권주식회사, 니치

　　　에이증권주식회사

이상입니다.

또한 승낙서에 대해서는 훗날 다시 드리겠습니다.

이상

당일의 출석자는 다음의 24명이었다.

▷노무라증권 = 요코하마지점 지점장 다나카 마사토田中正人, 기업영업과 나카무라 겐지中村建志

▷고쿠사이증권 = 자문위원 도요다 젠이치豊田善一, 인수업무부장 나카무라 겐타로中村健太郎, 제2기업부 가와사키 지카라川崎力

▷야마이치증권 = 기업제1부장 노자와 미네오野沢峰夫, 부부장 이토 가즈나리伊藤一成, 오모리지점 지점장 오카다 긴지로岡田銀次郎, 법인차장 즈치야 노부오土屋允男

▷와코증권 = 전무이사 법인본무장 마쓰무라 다카오松村高男, 제3공개영업부장 나카무라 가즈키中村一輝, 제3공개영업부 니시노 도시타카西野敏隆

▷신닛폰증권 = 상무이사 미나미 쥬료南忠良, 기업제2부장 이노우에 마사미井上正美, 과장 우치코시 다카시打越隆

▷교쿠토증권 = 상무이사 가쓰라 데쓰오桂哲夫, 인수부장 이다 사부로飯田三郎

▷교와증권 = 상무이사 이와시타 료조岩下良三, 인수부장 아베 노부유키阿部信幸

▷다이이치증권 = 상무이사 마스다 이사무增田勇, 제1공개영업부장 오노다 다쓰오小野田達夫

▷니치에이증권 = 사장 기타니 도키오気谷時男, 상무이사 인수본부장 가와구치 후미타카川口文隆, 공개영업부차장 우메케 데쓰조梅景鐵造

또 사전에 각 증권회사에 대해 제시된 인수 비율은 노무라증권이 55퍼센트, 고쿠사이증권이 20퍼센트, 야마이치증권이 7퍼센트, 와코증권과 신닛폰증권이 각 5퍼센트, 교쿠토증권, 교와증권, 다이이치증권, 니치에이증권이 각 2퍼센트였다.

출석자의 면면을 알았을 때 와타나베는 떨떠름한 얼굴로 고에게 말했다.

"주간사인 노무라증권의 본사에서 아무도 출석하지 않은 것은 어째서일까? 균형이 맞질 않잖아."

"우리가 도요다 자문위원이나 고쿠사이증권을 의지하고 있는 것이 마음에 안 드는 것일지도 몰라."

"주간사로서 체면이 상한다고 생각하는 걸까?"

"있을 수 있는 일이지."

"대선배이신 도요다 자문위원을 존중하려는 마음도 없는 건가?"

와타나베는 노무라증권의 자세가 마음에 걸렸다. 정확하게는 이해가 되지 않았다고 말하는 편이 옳을 것이다.

7

'간사선언' 당일은 와타나베도 고도 아침부터 긴장했다.

1995년 10월 24일 오후 4시에 노무라증권, 고쿠사이증권 등 9개 증권회사의 관계자 24명이 니시가마타에 있는 와타미푸드서비스 본사 사무실로 모여들었다. 선라이즈빌딩의 3층만 사용했던 본사 사무소가 4층까지 확장된 것은 3년 전의 일이었다.

3층은 일반사무실, 4층은 연수실, 회의실, 응접실 등으로 이용되었다. 특히 연수실은 공간이 넓어서 30명 이상을 수용할 수 있었다.

오후 4시부터 연수실에서 시작되는 '간사선언'에, 와타나베는 고 상무이사관리부장과 에무라 상무이사영업추진부장, 와니베 장외시장등록 프로젝트 과장에게 출석하도록 명령했다.

고가 사회자로서 개회를 선언하고 와타나베로부터 '간사선언서'를 건네받았다. 드디어 주간사가 인사말을 할 차례가 되었다.

'간사선언'은 장외시장 등록을 향해서 첫발을 내딛기 위한 중요한 행사였지만 주간사인 노무라증권의 인사말은 형식적이고 무성의한 것이 진부하기 짝이 없었다.

"노무라증권 요코하마지점장인 다나카 마사토입니다. 오늘 대선배이신 도요다 젠이치 고쿠사이증권 자문위원님을 뵙게 되어 무한한 영광이라고 생각합니다. 저 같은 사람이 주간사 인사말이라는 큰 역할을 맡게 되어 황송할 따름입니다. 앞으로도 도요다 자문위원님의 지도 아래 와타미푸드서비스의 장외시장 등록이 성공하도록 미력하나마 최선을 다할 생각입니다. 감사합니다."

주간사 인사말과 대조적이었던 것이 행사를 마무리하는 도요다 젠이치의 인사말이었다.

"저는 50년 가까이 증권맨으로 살아오면서 많은 사람들을 만났지만, 와타나베 미키 사장님처럼 성실하고 시원시원한 분은 처음 봅니다. 얼마 전에 '와타미'의 매장에서 시식을 해봤는데 어느 요리에나 와타나베 사장님의 혼이 담겨 있었습니다. 겨우 서른여섯 살의 청년사장이지만 확고한 경영이념을 가지고 있습니다. 그것은 '풍성하고 즐거운 또 하나의 가정의 식탁'이라는 와타미의 콘셉트에 잘 드러나 있다고 생각합니다. 와타나베 사장님만큼 사원들을 아끼는 고용주를 저는 본 적이 없습니다. 세상을 위해서 사람을 위해서 봉사하려는 분이기도 합니다. 와타미푸드서비스는 아직 작은 회사지만 앞으로 크게 성장하리라 확신하고 있습니다. 주제넘은 소리지만 저는 경영자의 자질을 간파하는 눈을 가지고 있다고 자부합니다. 와타나베 사장님은 제1급 인물이라고 봤습니다. 고 상무님을 비롯해서 훌륭한 인재를 양성하고 있습니다. 우리 고쿠사이증권의 우수한 애널리스트가 분석한 바에 따르면 와타미푸드서비스의 장래성은 매우 높습니다. 오늘 여러분은 '간사선언서'를 받으셨는데 부디 이 도요다의 안목을 믿어주십시오. 와타미푸드서비스가 장외시장에 등록했다는 것을 안심하고 투자가들에게 추천해주시길 바랍니다. 그 투자가 여러분을 배신하는 일은 결코 없을 겁니다. 이 도요다가 보증합니다. 오늘 제 부름에 응해주셔서 대단히 감사합니다. 다시 한 번 진심으로 감사드립니다."

와타나베도 고도 에무라도, 와타미푸드서비스의 출석자 전원이 도요다의 응원연설에 감격했다.

어딘지 모르게 썰렁하기 짝이 없었던 '간사선언'을 마지막에 가서 도요다가 화려하게 장식해준 것이었다.

8

밤늦게 귀가한 와타나베를 히로코가 맞이했다.

"이제 와요?"

"다녀왔어."

"기분이 좋아 보이네요. 뭐 좋은 일이라도 있었어요?"

"응. '간사선언'에서 도요다 자문위원이 눈물을 흘리면서 감동적인 연설을 해주셨어. 진짜로 운 사람은 나지만. 대단한 분이야. 도요다 씨가 '간사선언'을 주도하는 것 때문에 노무라증권이 언짢아하는 기색을 보였지만, 도요다 씨는 노무라증권 본사에서 사람이 나오지 않은 것 때문에 분노했어. 감정적인 문제가 이것저것 있겠지만 도요다 씨는 체면이 손상했다고 생각할지도 몰라. 반대로 노무라증권은 도요다 씨가 주간사의 체면에 먹칠을 했다고 생각할지도 모르지. 인관관계란 정말 어려워."

"하지만 당신의 마음은 확실한 거지요?"

"도요다 씨에게 주도권을 맡기겠다는 마음?"

"그래요."

"물론이야. 노무라증권의 파워는 강하지만 노무라증권이 삐져서 주간사를 사퇴하겠다고 말한다면 교체할 수밖에."

"그런 일은 없을 거예요."

장신의 와타나베는 소파에 드러누워 넥타이를 느슨하게 풀었다.

"아까 고하고도 얘기를 했는데, 고는 노무라증권이 어떻게 나올지 걱정하고 있어. 내가 도요다 씨에게 심취하는 나머지 노무라증권을 적으로 돌리게 되는 것이 아닌지 염려하더군. 도요다 씨가 노무라증권의 사장이 되었다면 노무라증권은 많이 바뀌었을 거야. 반대로 고쿠사이증권은 지금처럼 융성하지 못했겠지."

이날 밤 와타나베는 일기에 다음과 같이 적었다.

도요다 자문위원의 온정이 넘치는 연설에 가슴이 뜨거워졌다. 정말로 오로지 노력하자. 그것만이 도요다 자문위원의 은혜에 보답하는 길이다. 도요다 씨, 당신이 말씀하셨듯이 투자가들을 배신하는 일은 결코 없을 것이라고 맹세합니다.

'간사선언'에서 드러난 노무라증권의 냉담한 자세는 도요다도 마음에 걸리는 모양이었다. 그 직후, 와타나베가 도요다로부터 받은 편지의 일부를 아래에 인용한다.

사욕을 버리고 항시 사업에 대한 정열, 사원의 장래의 행복을 바탕으로 행동하는 와타나베 사장님께는 늘 깊이 감복하는 바입니다.

경영자로서 가장 중요한 일을 하고 계십니다. 철학이 있습니다. 그렇기 때문에 우리 회사 사원들의 성의도 적극적으로 받아들일 수 있다고 생각합니다. 정말로 감사합니다.

저는 단순하게 와타나베 사장님이 심혈을 기울여 성장시키고 있는 와타미푸드서비스주식회사가 크게 발전하기를 진심으로 기원하고 있습니다. 또 그것을 위해서 제가 할 수 있는 것은 뭐든지 할 생각입니다. 귀사가 쑥쑥 성장하는 모습이 제 인생의 큰 즐거움이 될 것입니다.

우리 회사 연구팀은 노무라증권의 체면을 손상하지 않는 범위 안에서 주간사가 되었다는 마음으로 철저하게 파고들어 조언하겠다고 항상 말하고 있습니다.

노무라증권이 주간사로서의 체면이 손상되었다고 여길 만큼, 와타나베에게 베푸는 도요다의 세심한 배려는 일반적인 것이 아니었다.

노무라증권의 의견을 듣지 않고 도요다에게 인수 비율을 맡긴 것을, 주간사로서 굴욕적인 일이라 받아들여도 당연하다고 여겨졌다.

9

노무라증권이 와타미푸드서비스의 장외시장 등록을 향해서 본격적으로 착수하기 시작한 계기가 된 것은 '간사선언'이었다.

10월 31일 오후 본사 공개인수부, 인수심사부의 담당자가 와타미푸드서비스의 본사에 나타난 것이었다.

노무라증권 요코하마지점 기업영업과 과장대리인 도미나가 야스히토富永康仁가 본사 공개인수부 인수4과 과장대리인 와타나베 고이치渡邊孝一와 인수심사부 심사1과 과장대리인 쓰루타 히로시鶴田宏를 대동하고 인사를 하러 왔지만, 와타나베는 출장 중이었기 때문에 고가 응대했다.

고이치는 서른네 살, 쓰루타는 서른일곱 살. 두 사람 다 수완가라는 인상을 주었다.

다만 고이치는 심사부문에서 인수부문으로 이동된 지 얼마 안 된 탓인지 어깨에 힘이 단단히 들어 있었다. 금속 안경테 너머의 시니컬한 눈빛이 고는 조금 마음에 걸렸다.

"와타미푸드서비스는 장외시장 등록을 서두르는 모양인데 공개예비군은 얼마든지 있으니까요."

"심사는 공명정대하게 하겠습니다."

고이치와 쓰루타는 지극히 사무적인 어조로 말했다.

고가 온화하게 대답했다.

"1996년 3월기 결산을 기준으로 내년 9월쯤에는 장외시장에 등록할 생각입니다만."

쓰루다와 얼굴을 마주하면서 고이치가 표정을 굳혔다.

"이 팸플릿을 읽어주십시오. 필요서류의 작성법, 작성할 때의 주의사항이 정리되어 있습니다. 샘플이지만 협회지정의 양식도 첨부되어 있습니다. 의문점이나 모르는 부분이 있으면 얼마든지 물어보십시오."

고에게 고이치가 건네준 A4 절반 사이즈의 17페이지짜리 팸플렛에는 '장외시장 등록 신청서류에 관하여 = 노무라증권주식회사 공개인수부'라고 인쇄되어 있었다.

쓰루타가 보충 설명을 했다.

"11월 중순까지 필요서류를 제출하시면 심사1과가 검토, 분석한 다음 다시 질문사항을 제출하시게 되어 있습니다."

"쓰루타와 고이치에게 맡겨두면 안심입니다. 가까운 시일 내에 와타나베 사장님께 인사를 드리러 방문하겠습니다."

도미나가가 씩씩한 목소리로 마무리했다. 도미나가는 서른두 살. 세 사람 중에서 가장 젊었다.

고는 세 사람이 돌아간 뒤에 와니베, 혼료, 이리키의 3명을 회의실로 불렀다.

혼료 료이치本領亮-는 서른 살, 이리키 유미코入来由美子는 스물일곱 살. 고를 포함해서 4명이 장외시장 등록 프로젝트팀의 멤버였다.

"이 팸플릿을 대충 살펴봤는데 예상했던 대로 상당히 많은 분량의 서류를 제출하지 않으면 안 돼. 넷이서 분담해서 즉시 착수하자. 난 일상 업무 때문에 저녁 7시 이후가 아니면 서류작성에 참가할 수 없으니까 원고 단계에서 체크할게."

와니베가 팸플릿에 적힌 제출서류를 소리 내어서 읽었다.

"1. 확약서, 2. 선서서. 이 샘플은 별첨자료에 있는 거군요. 3. 정관, 4. 등록신청을 위한 반기보고서, 5. 주권의 견본, 6. 등기부등본, 7. 회사안내, 8. 제품·상품팸플릿, 9. 특별이해관계자 일람표, 10. 종업원 리스트, 11. 월차손익예실대비표 12. 주식사무대행위탁계약서(사본), 13. 감사계약서(사본), 14. 주식의 계속보유 등에 관한 확약서(사본), 15. 주식의 예탁에 관한 증명서 혹은 보관증명서(사본), 16. 신규사업법 제10조의 규정에 따라 통산대신에게 제출한 서면(사본), 17. 신규사업법 제8조 제1항의 규정에 입각한 주주총회 특별결의에 관한 이사회 의사록(사복), 18. 성공보수형 신주인수권부사채(BW)의 계속보관 등에 관한 각서(사본), 19. 성공보수형 BW 발행에 관한 이사회 의사록(사본), 20. 성공보수형 BW가 보수, 급여 혹은 상여로서 양도되었다는 것을 증명하는 서면(사본), 21. 주주총회·이사회·감사회의 의사록(사본), 22. 결산보고서(최근 3년간), 23. 법인

세확정신고서(사본), 24. 종업원지주회규약(사본), 25. 인적 · 자본적 관계회사의 결산보고서(사본), 26. 규정집, 27. 특정관계회사. 체크 항목까지 읽으면 정말 엄청나네요."

"이리키, 팸플릿을 5부씩 복사해줘. 감사법인인 토마츠와는 내가 연락할게. 감사법인이 작성하지 않으면 안 되는 서류도 많고, 전면적인 협력을 부탁하지 않으면 안 되니까."

10

와타나베가 노무라증권의 고이치와 쓰루타의 방문을 받은 것은 11월 30일 오후였다.

"와타미푸드서비스의 와타나베입니다. 저희 직원들이 많은 신세를 지고 있지만 잘 부탁드립니다."

"저희야말로 신세를 지고 있습니다."

"잘 부탁드립니다."

고이치와 쓰루타도 바짝 긴장하고 있었다. 이 훤칠한 청년사장이 저 도요다가 홀딱 반했다는 남자인가……. 그런 마음으로 와타나베와 대치하고 있기 때문일까? 고나 와니베와 면담할 때와는 전혀 다른 종류의 긴장감이 느껴졌다.

동석한 고가 입을 열었다.

"16일에 노무라증권에 필요서류를 제출했습니다. 과일상자 하나가 꽉 찰 만큼 많은 분량입니다."

"9월의 장외시장 등록에 맞출 수 있을까요?"

와타나베의 질문에 쓰루타가 대답했다.

"면밀히 분석해서 심사하겠지만 미비한 부분을 채우기 위한 질문사항이 제법 나오리라 생각합니다. 연말까지는 우리 쪽에서 작업할 필요가 있는데 뭐라고 말씀드리기 어렵군요. 하지만 시간적으로 힘들거라는 생각은 듭니다."

"9월 중에 공개할 수 있으면 고맙겠습니다."

와타나베는 연신 웃고 있었지만 쓰루타도 고이치도 최후까지 얼굴의 근육을 풀지 않았다. 두 사람이 떠난 뒤에 고가 말했다.

"10월 31일에 처음 만났을 때도 고이치 씨는 공개예비군이 얼마든지 있다고 하더군. 와타미의 주식공개는 아직 시기상조라고 말하고 싶은 것이 아닐까."

"지나친 생각이야."

"노무라증권은 만반의 준비를 갖춘 젊은 엘리트들을 투입한 것이 아닐까? 장외시장에 등록하는 것이 얼마나 어려운지 가르쳐주겠다는 심정으로 말이야."

"숨기고 있는 것은 아무것도 없어. 무얼 물어오던지 간에 전부 정직하게 대답하면 되니까. 관리부문의 일상 업무도 힘들 텐데 장외시장 등록 프로젝트까지 고에게 맡겨서 미안하게 생각한다."

"와니베도 애를 쓰고 있고 혼료도 이리키도 제법 일을 잘하니까 괜찮아."

"난 영업본부장으로서 노력할게. 장외시장 등록은 고에게 맡길 테니까 일일이 보고하지 않아도 괜찮아."

이 시점에서 와타나베는 내년 9월의 장외시장 등록을 꿈에도 의심하지 않았다.

11

1996년 1월 11일에 노무라증권 인수심사부의 쓰루타 히로시가 와타미푸드서비스 상무이사관리부장인 고 마사토시 앞으로 팩스를 보냈다.

"늘 신세를 지고 있습니다. 귀사가 계획하고 있는 장외시장 등록 신청에 관한 자료에 대한 질문사항을 팩스합니다. 또한 원본은 오늘 고 상무님 앞으로 발송했습니다"라는 글이 타이핑되어 있었다. 팩스의 매수는 총 12장.

그중 1장은 "노무라증권주식회사 인수심사부장 가타다 마사카쓰堅田雅一, 과장대리 쓰루타 히로시"가 "와타미푸드서비스주식회아 대표이사사장 와타나베 미키"에게 보내는 정식 문서로 내용은 다음과 같았다.

귀사가 나날이 건승하시길 기원합니다.

현재 귀사가 계획 중인 장외시장 등록 신청에 관하여 지난번에 보내주신 자료를 검토하였습니다. 이에 따라 별도로 첨부한 '질문사항'에 대해 답변해주시기를 부탁드립니다.

감사합니다.

그리고 또 1장은 가타다, 쓰루타의 이름으로 감사법인 토마츠 대표 사원 사토 료지佐藤良二와 관여사원 요네자와 히데키米澤英樹 앞으로 보낸 문서였다.

귀사가 나날이 건승하시길 기원합니다.

당사는 와타미푸드서비스주식회사의 장외시장 등록 계획에 따라, 등록 신청을 위한 심사를 실시하고 있습니다. 그와 관련하여 하기의 사항에 대하여 감사법인으로서의 의견을 들려주시면 감사하겠습니다.

답변은 회사가 답변을 제출한 후에 예정되어 있는 회합에서 서면으로 받을 수 있다면 감사하겠습니다.

또한 와타미푸드서비스주식회사 앞으로 별도 첨부한 질문사항 중에서도 의견 혹은 보충 설명이 필요한 사항이 있으므로 잘 부탁드립니다.

감사합니다.

記

1. 1995년 3월기 및 1995년 9월 중간기의 감사의견형성까지 특별히 검토된 사항.

2. 회계제도의 정비 상황에 있어서 이하의 사항에 대한 현시점의 평가.
    (1)회계조직과 그 운용
    (2)경리규정의 정비 상황
    (3)내부통제조직
    (4)내부감사조직

3. 내부통제의 미비로 인해 감사수속에 영향을 끼친 적이 있다면 그 내용.

이상

즉 별도 첨부된 질문사항은 팩스 12장 중에서 9장, 116항목에 달하는 방대한 것이었다.

질문사항은 '회사의 연혁' 18항목, '임원 및 대주주에 관하여' 5항목, '노무상황에 관하여' 15항목, '사무 조직 및 운영에 관하여' 22항목, '회사의 특징에 관하여' 6항목, '사업 내용에 관하여' 16항목, '경리 상황에 관하여' 27항목, '인적 및 자본적 관계회사에 관하여' 1항목, '업계의 동향에 관하여' 2항목, '세무신고서에 관하여' 4항목이었다.

예를 들어 '회사의 연혁'에서는 다음과 같은 질문을 받았다.

1. 1993년 9월 16일에 실시된 유상 제삼자 할당증자에서 할당가격의 산정 근거를 밝히시오.
2. 1995년 9월에 실시된 유상 제삼자 할당증자의 할당처, 할당한 주식의 수, 할당이유 및 할당가격의 산정근거를 밝히시오.
3. 1995년 9월에 실시된 제1회 무담보전환사채의 판매처, 판매금액 및 전환사채가격의 산정근거를 밝히시오.
4. 닛폰제분(주)과의 관계에 대하여 하기의 질문에 답변하시오.
   ①귀사의 주식을 보유하게 된 경위 및 그 후의 추이 ②닛폰제분

이 관련회사가 된 이유 및 금후의 방침 ③닛폰제분과의 거래내용 및 거래금액의 추이 ④업무제휴의 내용 및 그에 관한 계약서(사본을 제출하시오) ⑤'오코노미야키제조법'의 특허사용료 발생 유무(계약서의 사본을 제출하시오)

5. (재)연구기관형기업육성센터에 대하여 하기의 질문에 답변하시오. ①동(同)법인의 개요 ②채무보증승인표의 승인내용 및 채무보증 실시 유무.

6. 귀사의 체인 오퍼레이션 및 매스 머천다이징 체제의 조기확립에 대하여 구체적으로 설명하시오.

7. 이자카야 '쓰보하치'(이토만식품주식회사)에 관하여 하기의 질문에 답변하시오.

　①프랜차이즈 가맹점 계약을 체결한 경위 및 계약내용 ②프랜차이즈 계약 해지의 조건(출점제한, 위약금 지불 등) ③이쇼쿠야 '와타미' 변경에 관한 각서(사본을 제출하시오)

8. 1995년 2월 11일에 (유)애드푸드서비스와 '와타미'가 업무위탁 계약을 체결한 이유를 밝히시오. 또 계약서 사본을 제출하시오.

9. 과거와 미래에 걸쳐서 귀사의 성장요인 및 성장저해요인을 내부 요인 및 외부요인으로 나눠서 설명하시오. 또한 성장저해요인의 대응책을 같이 설명하시오.

10. 식품위생법에 저촉될 경우의 벌칙·영향을 설명하시오. 또 귀사 점포(프랜차이즈점 포함)에서 이 법에 저촉된 적이 있다면 자세한 내용과 그에 대한 대응책을 밝히시오.

또 '임원 및 대주주에 관하여'의 질문사항 중에 다음의 중대안건이
포함되어 있었다.

1. 가네코 히로시, 구로사와 신이치가 임원직에서 물러난 이유와
   귀사의 과장으로 임명된 이유 및 금후의 방침을 설명하시오.

나아가 '노무상황에 관하여'에서는 이하의 두 가지 사항이 눈에 띈다.

1. 기중퇴직자에 관하여 하기의 사항을 설명하시오.
   ①정사원이 퇴직하는 비율이 높은 것에 대한 귀사의 견해 ②퇴
   직자의 퇴직 시 직급, 소속부서, 근속연수 및 퇴직이유 ③귀사의
   종업원 정착책 ④퇴직 후 동종업계로 이직한 경우 그 이직처
2. 노종조합이 결성되어 있지 않은데 임금인상 · 상여금을 결정하는
   수순 등 교섭방법을 밝히시오. 또한 과거 조합이 없기 때문에
   노무환경 · 종업원의 요망에 제대로 대응하지 못했던 사례가 있
   으면 그 내용을 밝히시오.

'사무 조직 및 운영에 관하여'의 질문사항 중에서 장외시장 등록 시
기에 중대한 영향을 끼친 다음의 1항목을 인용해둔다.

1. 1996년 3월기의 이익계획에 관하여 하기의 자료를 제출하시오.
   ①월차베이스의 이익계획 ②1995년 4월 이후의 월차결산 및 예

산실적차이분석표(전 점포및 점포별) ③점포별 매상, 매상총이익, 영업이익 및 경상이익의 계획

12

질문사항을 읽어본 고는 막막하기만 했다. 한숨을 몇 번이나 쉬었는지 모른다.

하지만 서두를 필요가 있었다. 와니베, 혼료, 이리키 유미코의 4명이 분담하여 회답서를 작성하지 않으면 안 되었다.

어려운 질문은 고가 담당할 수밖에 없었다. 특히 가네코와 구로사와의 강등인사는 중대한 문제였다.

'와타나베에게 파트너나 다름없는 존재인 가네코와 구로사와를 임원에서 과장으로 강등한 것은 자진해서 그만두기를 바라고 취한 행동이 아닌가? 내부분열로 받아들일 수 있다. 와타미푸드서비스의 전력과 사기의 저하를 초래하고, 더 나아가서는 다른 벤처비즈니스를 낳는 결과가 되지 않겠는가?'라는 것이 노무라증권의 질문이었다.

그 해 2월 중순에 와타나베는 고에게 고민을 털어놓았다.

"가사이도 그랬지만 가네코와 구로사와를 어떻게 하면 좋을지 모르겠어. 임원 업무와는 무관한 과장 정도의 지위가 적당하다는 것이 사원들의 견해야. 6월 총회 때 임원에서 해임시키려고 생각하는데……."

"가사이와는 입장이 달라. 중추 부문을 맡고 있는 데다 창업멤버이니까. 와타나베는 두 사람을 설득할 수 있겠어?"

고는 와타나베의 결의가 확고한 것 같아서 염려하지 않을 수가 없었다.

"이대로는 사원들도 납득하지 못할 거야. 난 창업 이래 연공서열을 부정하고 실력주의를 표방해왔어. 이대로 가네코와 구로사와를 임원 자리에 앉혀놓으면 사내의 분위기가 뒤숭숭해질 거야. 말과 행동이 다르니까 당연하잖아."

"외부에서는 어떻게 볼까? 닛폰제분, 은행, 거래처……. 와타미가 공중분해되었다고 오해하지 않을까?"

"나도 그 점이 우려되긴 하는데 가네코도 구로사와도 내 심정을 이해해줄 거라고 생각해. 와타미를 그만두는 일은 결코 없을 거야. 그리고 반드시 다시 재기할 것이라고 믿어 의심치 않아. 반대로 사기나 동기가 향상되는 등 사내가 결속되는 효과가 훨씬 클 거야."

와타나베는 가네코와 구로사와를 별개의 응접실로 불러서 이야기했다.

"6월이면 2년제인 이사 임기가 만료된다. 일단 임원에서 해임할게. 과장부터 다시 시작해다오. 너도 그게 마음이 편할 거야. 물론 보수는 그대로 유지될 거야. 2년 후에 임원으로 다시 복귀할 수 있으리라 믿고 있어. 유대감이라고 할까, 너에 대한 내 마음이 흔들리는 일은 결코 없을 거야."

가네코는 물론 구로사와도 눈물을 뚝뚝 흘렸다.

하지만 두 사람 모두 "과장부터 다시 시작하겠다"고 단언했다. 가네코는 점포개발, 구로사와는 상품개발 업무를 맡아 담담하게 근무하고 있는 것처럼 보였다.

1994년 2월 25일 사원들에게 보내는 메시지에 와타나베는 다음과 같이 썼다.

　와타미푸드서비스의 임원의 정의를 여기에 발표한다.

　"임원이란 사장에게 부족한 전문분야의 능력을 소유하고 문제가 발생할 때마다 맨 앞에 나서서 해결할 수 있는 사람이다. 또한 회사의 현상을 철저하게 파악하여 회사의 미래상을 상상할 수 있기 때문에 전략적 발상, 전략 입안, 전략 실행이 가능한 사람을 말한다. 그리고 사훈을 인격의 근간으로 삼고 날마다 노력하는 사람이자, 언제나 경영이념에 따라 업무를 처리하고 경영목적 달성에 정열과 기쁨을 느끼고 매진할 수 있는 사람."

　다음 주주총회에서 창업 이래 10년간 임원으로 일했던 2명의 임원이 퇴임하게 되었다. 결코 다른 회사에서 흔히 볼 수 있는 경영진의 내부분열 같은 것이 아니다. 그들은 실력주의라는 와타미의 사풍을 보다 명확하게 확립하기 위하여, 와타미의 "○○을 할 수 있는 사람이 임원"이라는 인사문화를 지키기 위하여 퇴임하는 것이다.

　회사는 항상 성장하고 있다. 때로는 그 성장 속도가 어떤 이의 성장 속도를 추월할 때가 있다. 10개 점포 규모일 때의 회사를 보는 포인트와 50개 점포일 때의 회사를 보는 포인트는 전혀 다르다. 같은 이름의 회사지만 내용물이 전혀 다른 존재이기 때문이다. 그런 때 "나는 ○○을 할 수 있나 없나"를 인식하고, 웃으면서 역할을 변경할 수 있는 사람들의 집단으로 있고 싶다.

　너무나 당연한 말이지만 사장이라서 잘난 것이 아니고, 임원이나

부장이라서 잘난 것이 아니다. 사장과 점장의 차이는 역할의 차이일 뿐이다. A라는 역할도 B라는 역할도, 전부 회사에게는 필요한 역할이나. 위도 아래도 없다. 앞에서 언급한 임원 2명은 2년 후에 다시 임원 취임에 도전할 것이다. 이것은 두 사람의 의지이자 나의 강력한 희망이기도 하다.

도전과 찬스의 회사인 와타미에서는 두 번째의 임원 취임이 아주 자연스러운 일이라고 생각한다. 과장에서 임원이 되려고 노력하는 것, 이것은 한 명이라도 많이 주위 사람에게 좋은 영향을 끼치는 입장이 되고 싶다는 동기 아래서는 올바르다고 본다. 그렇다고 누구나가 임원이 될 수 있는 것은 아니다. 인간은 평등한 능력을 가지고 태어나지 못했기 때문에 잘하고 못하는 일이 있고, 재미있다고 생각하는 일이 저마다 다르기 때문이다.

소질, 환경, 우연, 의지라는 네 가지 요소가 인간을 구성하고 있기 때문이다. 퇴임하는 임원 2명에게 나는 진심에서 우러난 감사를 보낸다. '이상적인 회사'를 지키기 위하여 임원에서 과장으로 내려가, 진지한 자세로 경영목적을 추구할 수 있는 그 순수함에 그저 머리를 조아릴 뿐이다.

역시 '와타미 창업 멤버답다', '여기 사나이가 있다'고 자랑스럽게 생각하지 않을 수가 없다.

고는 팩스로 받은 '질문사항'을 바라보면서 한참 동안 과거를 회상하다가 와타나베의 메시지를 인용하여 답변하자고 결심했다.

또 현실적으로 가네코도 구로사와도 재기했다. 특히 구로사와는 특기인 상품개발부문에서 실적을 거두어 1년 후에는 상품개발부장으로 승진했다.

닛폰제분에서도 은행 등의 거래처에서도 가네코, 구로사와의 강등인사에 대하여 뭐라고 하는 사람은 없었다. 와타나베의 경영 결단은 사내에 위기감, 긴장감을 불러와 사원의 의욕을 얼마나 고취시켰는지 모른다.

노무라증권의 우려는 지극히 일반적인 상식처럼 생각되지만 경영은 결과가 전부인 것이다.

과거를 돌이켜본 덕분에, 고는 울적했던 응어리가 깨끗이 씻겨 내려가 기분이 후련해진 것을 느낄 수 있었다.

13

장외시장 등록 프로젝트팀인 고, 와니베, 혼료, 이리키 유미코의 4명은 1월 11일부터 약 2주일 동안 밤이고 낮이고 자료작성 작업에 매달렸다.

노무라증권 인수심사부의 116항목에 달하는 질문사항에 답변하기 위해서는 유미코조차 저녁 11시까지 야근에 시달릴 수밖에 없었다.

고나 와니베는 막차시간까지 근무하는 나날이 이어졌다. 그렇게 하지 않으면 방대한 업무량을 처리할 수 없었기 때문이었다.

노무라증권 측의 창구인 공개인수부 인수4과의 고이치 과장대리가 늦은 시간에도 빈번하게 전화를 주었다.

처음 전화가 울렸을 때 유미코가 수화기를 들었다.

"예, 전화주셔서 감사합니다. 와타미푸드서비스의 이리키입니다."

"노무라증권의 와타나베입니다. 고 상무님 부탁합니다."

"잠시만 기다려주세요."

"예, 전화 바꿨습니다."

"와타미는 이렇게 늦게까지 여직원에게 야근을 시킵니까?"

느닷없이 허를 찔린 고는 눈을 끔벅거렸다.

"전화를 건 사람이 저라서 다행입니다. 동업자였다면 관청에 찔렀을 겁니다. 조심하세요."

"감사합니다. 오늘만 특별히 일하는 겁니다."

고와 고이치는 질문사항을 둘러싸고 자주 전화로 의견 교환을 했고, 그것이 심야가 되는 일도 적지 않았다.

"그런데 무슨 용건으로?"

"낮에 통화했을 때 닛폰제분과는 업무제휴가 아니라고 대답하셨는데, 우리가 걱정하고 있는 것은 닛폰제분이 족쇄가 되지 않을까 하는 점입니다."

"그 점은 당사가 장외시장 등록을 염두에 둔 단계에서 정리했습니다. 그 때문에 와타나베는 1년 이상 닛폰제분과 협상에 협상을 거듭했습니다. 닛폰제분은 이른바 자본의 논리를 주장했지만 와타나베는 닛폰제분이 대주주에 불과하다는 것을 인정하게 만들었습니다. 닛폰제분이 장외시장 등록의 족쇄가 되는 일은 없을 겁니다. 오히려 환영할걸요."

"알겠습니다. 닛폰제분의 출자비율이 30퍼센트 이하가 된 경위를 최대한 상세하게 기술하는 편이 좋겠지요. 이 점은 심사부가 까다롭게 파고들 거라고 생각합니다."

"예. 닛폰제분과의 교섭 과정은 쌍방의 인정하에 전부 기록해두었으니까요."

"고 상무님은 업무제휴가 아니라고 말씀하셨지만 간접적으로 구입하는 상품이라도 특정할 수 있는 것은 구입 형태, 금액을 산정해서 보고하는 편이 좋다고 생각합니다. 닛폰제분의 자회사도 마찬가지입니다."

"알겠습니다."

"그런데 'KEI타' 철수와 관련해서 프랜차이즈 계약에 문제가 있었던 것은 아닌가, 심사부는 의문을 가지고 있습니다."

"프랜차이즈 계약에는 전혀 문제가 없습니다. 'KEI타' 철수는 경쟁력 약화와 프랜차이즈 시스템의 개발능력이 부족했던 결과에 불과하다고 생각합니다."

"전면 철수 과정을 스케줄을 포함해서 정확하게 보고해주세요. 말이 나온 김에 묻겠는데 조합이 존재하지 않아서 종업원에게 불리한 점은 없습니까?"

"와타나베는 급여, 상여에 대해서 사원 한 사람, 한 사람에게 메시지를 보내서 정중하게 대응하고 있으니까 걱정하실 것 없습니다. 노사관계는 지극히 원만합니다. 임금인상, 상여의 상황은 상세하게 전달했다고 생각합니다만."

"그렇다고 해도 사원의 정착률이 나빠서요."

"그것도 오해가 있습니다. 퇴직자의 대부분은 알바에서 정사원이된 사람과 점포 업무가 적성에 맞지 않아서 1~2개월 만에 그만둔 신입사원입니다. 예상 이상으로 많기는 하지만 반년이 지나면 와타미의 기업풍토에 융합되어 정착합니다. 현재는 내정자에게 알바로 연수를 받게 하여, 점포 업무가 맞는지 어떤지 입사 전에 판단하도록 하고 있어서 정착률도 높아지고 있습니다. 걱정하실 필요는 없습니다."

고가 고이치와의 긴 통화를 끝낸 뒤에 와니베에게 말했다.

"적도 여간내기가 아니야. 이렇게 늦은 시간까지 일하고 있으니까."

"그것도 와타미의 장외시장 등록을 위해서 말이죠."

"이리키, 9시 이후의 전화는 받지 마라. 당분간은 야근을 부탁할 수밖에 없으니까."

"알겠습니다."

유미코도 알고 있었다. 야근을 거부할 수 있는 상황이 아니라는 것을.

4명이 손으로 원고를 작성하면 모아서 고에게 체크를 받은 다음 각자가 타이핑했다.

고는 막차로 귀가하여 3~4시간 정도 수면을 취한 다음 7시의 아침회의에 출석하는 일이 2주일 동안 다섯 번이나 있었다. 그것은 와니베도 마찬가지였다.

14

와타미푸드서비스는 1월 말에 과일상자 한 박스 분량의 답변서를 노무라증권에 제출했지만 2월 하순에 다음과 같은 18항목의 질문사항이 추가되어 왔다.

1. 외상판매대금 명세서 · 기중증감 명세서를 제출하시오.

2. 1996년 3월기의 임차대조표를 제출하시오.

3. 1996년 3월기의 손익계산서를 제출하시오.

4. 1996년 3월기의 구매할인금, 환불금을 거래처별로 금액, 발생 이유를 제출하시오.

5. ㈜도쿄메이라쿠에서 구매가 발생한 이유를 설명하시오.

6. '와타미'의 판매실적의 '객단가', '평당매상'이 감소하고 있는 이유 를 설명하시오.

7. 1996년 3월기의 점포별 실적을 제출하시오.

8. 1996년 3월기에 관하여 전년동기비, 예산비에서 감수 혹은 감익 이 발생한 점포가 있다면 그 이유 및 금후의 방침을 제시하시오.

9. 1997년 3월기, 1998년 3월기 및 1999년 3월기의 점포별 이익 계획을 제시하시오.

10. 이익계획에서 구매공제를 감안했다면 그 금액, 내용 및 계산근 거를 밝히시오.

11. 1997년 3월기에서 설비 신설계획의 차입보증금 및 유형자산상 각의 예산금액과 자금운용표의 관계를 설명하시오.

12. 1997년 3월기 이후 매상총이익이 감소한다고 내다본 이유를 설명하시오.

13. 1997년 3월기의 월차이익계획서를 제출하시오.

14. 판매비를 계산하는 근거가 된 이익구조 모델에 대하여 구체적 으로 제시하시오.

15. 판매비 및 일반관리비의 급여, 상여에 있어서 계산의 기준이 된 요원계획 및 승급률을 제출하시오.

16. 차입 방침을 장기차입금 및 단기차입금으로 나누어서 설명하시오.

17. 이번에 예정된 증자수령자금의 자금용도를 밝히시오.

18. 세금신고서를 제출하시오.

이것에 대한 답변서를 작성하기 위해서 프로젝트팀은 야근에 시달릴 수밖에 없었다.

감사법인 토마츠에서는 대표사원이자 공인회계사인 사토 료지, 관여사원이자 공인회계사인 요네자와 히데키, 요네자와 다케아키米澤武明, 아이자와 케이타相澤啓太, 사원인 시바타 사토시柴田聡가 협력을 아끼지 않았다. 특히 토마츠의 창구가 된 시바타가 고와 빈번하게 접촉하며 거듭 의견을 조정했다.

토마츠가 1996년 3월 4일자로 노무라증권 인수심사부장인 가타다 마사카즈, 과장대리 쓰루타 히로시에게 제출한 답변서의 내용을 다음에 인용한다.

一. 회계제도의 정비 상황

　1. 회계조직과 그 운용

　　　회사는 1996년 2월 29일 현재 본사 및 54개의 직영점을 설치하고 있으며, 회계단위는 본사에 집중적으로 단일화되어 있다.

　　　경리시스템에 기초하여 회계전표는 전부 본사에서 기표·입력

되고, EDPS에 의해 분류·집계되어 시산표, 총계정원장 및 각각의 보조원장이 작성되고 있다.

매상은 각 점포에 있는 OES 정보를 기초로 POS 금전등록기에 입력하면 매출관리대장이 작성되어 EDPS의 자동분개에 의해 경리 시스템으로 연계된다. 또 수작업에 의한 현금매상 및 카드매상 관한 보조장부가 작성된다.

구매 거래에 관해서는 각 점포에서 납품정보를 입력하면 거래처대장이 작성되어 EDPS의 자동분개에 의해 회계 시스템으로 연계된다.

거래증명서는 본사에서 거래일 순으로 작성하여 보존한다.

회계조직은 현상의 업무내용 및 규모에 비추어 정적하게 확립되어 유효하게 운영되고 있다고 인정한다.

2. 경리규정의 정비 상황

경리규정 및 회계과목처리규정은 장부조직, 회계체제, 회계처리기준 등을 규제하는 것으로 성문화되어있다. 또 이들을 보완하는 것으로서 예산관리규정 등의 규정이 작성되어 있다.

3. 내부통제조직

조직관리규정으로서의 조직규정, 업무분장규정, 직무권한규정, 경리관리규정으로서의 경리규정, 업무운영을 규제하는 각종 매뉴얼 등은 전부 내부통제를 고려하여 성문화되어 있다. 업무처리의 순서, 수속은 소정의 규정, 세칙, 매뉴얼 등에 준거하여 행해진다.

회계조직은 적정한 내부통제조직으로 유효하게 통제, 관리되고 있다고 인정한다.

4. 내부감사조직

내부감사는 내부감사규정에 입각하여 타 부문에서 독립한 사장 직속 조직인 감사실이 실시하며, 감사의 범위는 업무감사, 회계감사의 양면에 이르고 있다. 또 감사결과는 감사보고서를 작성하여 사장에게 보고된다.

점포의 업무운영에 대해서는 각 영업부의 슈퍼바이저에 의한 감사 및 지도를 실시하고 사장에게 보고되기 때문에, 직접 점포를 대상으로 한 내부감사는 실시하지 않으나 각 영업부에 대한 감사를 통해 포괄적으로 실시되고 있다.

내부감사조직은 적정하게 확립되어 유효하게 운영되고 있다고 인정한다.

二. 내부통제의 미비에 의한 감사수속에 영향을 받은 사항

1995년 3월기 및 1995년 9월중간기의 감사에서 내부통제의 미비에 의한 감사수속을 변경하는 등 영향을 받은 사실이 없다.

15

노무라증권 공개인수부가 와타미푸드서비스 대표이사사장인 와타나베 미키 앞으로 대강 다음과 같은 문서를 발송한 것은 4월 17일의 일이었다.

귀사의 업적은 회사 설립 이래 매분기마다 늘어나고 있는 한편, 1993년 3월기 이후는 '쓰보하치'의 간판 변경, '와타미'의 업태 설립, '도헨보쿠'의 업태변경 및 'KEI타'의 철수 등으로 영업이익 외는 대폭으로 감소했습니다. 1996년 3월기는 '와타미'의 점포 증가 및 업태 확립으로 과거 최고의 수익을 올렸습니다.

이 기간 사이의 감익 및 증익의 요인을 면밀히 분석해보았습니다. 1996년 3월기는 '와타미'의 초년도라고 여겨지기 때문에 '와타미'가 궤도에 올랐다는 증거로서 1997년 3월기의 실적에 대해서도 출점 상황 및 전년동월비 등을 확인하고 싶습니다. 또한 월차실적 여하에 따라 확인에 시간이 걸리는 경우도 있다는 점을 양해해주시기 바랍니다.

문서를 받아든 와타나베는 당장 고를 불렀다.

"최후통첩 같은 것이구나. 아니, 최후의 고비라고 해야 할까……?"

"전화로 고이치 씨와 이야기했지만 1995년 3월기와 1996년 3월기의 영업이익이 크게 차이가 난다는 점을 이해하기 힘들대."

"1995년 3월기의 1억700만 엔이 단숨에 5배나 늘어 5억1,000만 엔이 된 것이 부자연스럽고 정합성이 없다고 말하는 건가?"

"정합성은 증명할 수 있고 공개인수부도 이해해줄 거라고 생각하지만 보다 설득력을 가지고 싶다는 것이 아닐까? 최저 4~6월기의 월차실적을 보고 싶다고 하더군."

"4~6월기의 실적이 관건이 되는 건가. 장외시장 등록이 얼마나 어렵고, 노무라는 만만한 곳이 아니라는 걸 가르쳐주겠다는 속셈이겠지. 이렇게 되면 노무라가 꼼짝 못할 만한 실적을 들이미는 수밖에."

와타나베는 미소를 지우고 입을 굳게 다물었다.

와타미푸드서비스의 1995년 3월기(제9기) 매상은 4,746,682,000 엔, 영업이익은 107,628,000엔. 이에 반해서 1996년 3월기(제10기) 는 매상이 6,670,930,000엔, 영업이익이 559,827,000엔이었다.

4월 17일 이후 와타나베는 매일 '와타미' 전 점포의 매상실적을 체 크했다.

4월의 매상은 629,667,000엔, 영업이익은 35,701,000엔. 와타나 베는 4월 한 달만 보고도 강한 자신감이 생겼다.

5월은 매상이 664,229,000엔, 영업이익은 49,876,000엔.

그리고 6월은 매상이 689,088,000엔, 영업이익은 44,767,000엔 이었다.

4~6월기 통틀어서 매상은 1,982,984,000엔, 영업이익은 130,344,000엔. 단순하게 4배나 되는 1997년 3월기의 매상은 7,931,936,000엔, 영업이익은 521,376,000엔이 되지만, 일사분기의 집중출점을 계산하면 매상 90억 엔, 영업이익은 6억엔이 예상되었다.

16

1996년 7월 1일자로 노무라증권 공개인수부가 고의 앞으로 와타미 푸드서비스주식회사의 장외시장 등록 일정표(안)을 팩스로 보냈다.

▷7월 15일(월) = 등록 신청 이사회 결의

▷7월 16일(화) = 신청회원의 서류제출 · 심사 개시

▷8월 1일(목) = 협회 신청, 협회 설명

▷9월 19일(목) = 장외시장 등록 위원회, 종목 코드 결정

▷9월 25일(수) = 협회이사회 심의(조건부 등록승인)

▷9월 26일(목) = 신주발행 이사회 결의

▷9월 27일(금) = 유가증권 신고서 제출, 입찰 공고, 입찰 자숙통지
제출

▷10월 14일(월) = 가격결정 이사회 결의

▷10월 15일(화) = 제1차 정정신고서 제출(입찰하한가격 결정), 조
건결정 공고, 입찰가격 공고

▷10월 21일(월) = 신고서 효력 발생, 입찰신청일

▷10월 22일(화) = 입찰일 (공개가격 결정)

▷10월 23일(수) = 제2차 정정신고서 제출

▷10월 24일(목) = 정정신고서 효력 발생, 모집기간(24~25일), 주
권인도일

▷10월 30일(수) = 불입기일

▷10월 31일(목) = 매매개시일(장외시장 등록), 신주권(샘플) 제출
(권종기호별), 주식의 공개실시보고서 제출, 대량보유보고서 제출

와타나베가 장외시장 등록 일람표를 보면서 고에게 말했다.

"겨우 사인이 떨어졌구나. 수고했어."

"사장이 선두에 나서고, 영업이 애써준 성과야. 에무라 씨의 이야기론 4월부터 6월에 걸쳐서 사장이 '와타미'의 전 점포를 돌면서 심야까지 계산대를 지켰다고 하던데? 용케 체력이 버텨줬구나."

"응. 끝까지 해내는 걸 보고 히로코가 혀를 내두르더라."

"히로코 씨는 진심으로 과로사를 걱정하고 있지 않을까?"

"그건 고의 부인도 마찬가지일걸."

와타미푸드서비스는 8월 1일자로 '등록 신청을 위한 보고서'를 노무라증권, 고쿠사이증권, 야마이치증권, 와코증권, 신닛폰증권의 5개 증권사에 제출했다.

B4 사이즈에 두께는 1.5센티미터, 128페이지에 달하는 방대한 자료였다.

이 자료에서 와타나베는 등록 신청을 한 이유에 대해서 다음과 같이 격조 높게 기술했다.

당사의 경영 목적은 두 가지입니다. 하나는 '한 사람이라도 많은 손님에게 다양한 만남과 친목의 장소, 휴식의 공간을 제공하는 것'입니다. 또 하나는 '회사의 번영, 사원의 행복, 관련회사 및 거래업자의 번영, 새로운 문화의 창조, 인류사회의 발전, 인류의 행복에 공헌하는 것'입니다. 당사는 이 두 가지 경영 목적을 달성하는 것이 사회적 책임이라고 인식하고 있습니다. 외식산업의 산업화와 과점화가 진행되는 가운데, 기업은 생업으로서 살아갈 것인지 기업으로서 살아갈 것일지 선택의 기로에 놓여 있습니다. 당사는 당연한 일이지만 후자를 선택하여 도전과 발전의 길을 걸어왔습니다.

따라서 당사는 주식을 장외시장에 등록함으로써, 널리 자금을 조달하고 용·지명도의 향상, 우수한 인재 확보를 꾀하고자 합니다. 나아가 경영 기반의 강화와 경영 목적의 끝없는 추구를 위해 노력하고, 당사의 사회적 책임을 확실하게 완수하기 위하여 일본증권업협회에 당사 주식의 장외시장 등록을 신청하는 바입니다.

17

고가 수차례에 걸쳐서 노무라증권과 절충한 결과, 와타미푸드서비스의 주가의 하한가격은 956엔으로 결정되었다.

"유사기업인 텐 얼라이드, 에이타로의 1주당 이익, 1주당 순자산과 비교해서 주간사 증권이 엄격하게 사정했다는군."

10월 15일 저녁, 고의 보고를 들었을 때 와타나베는 순간적으로 얼굴을 찡그렸지만 금방 미소를 되찾았다.

"하한가격은 이론치 같은 것이잖아. 난 증권회사 사람들의 질문에 성실하게 답변했어. 와타미의 장래성, 성장력이 얼마나 무한한지 설명해왔으니까 입찰 결과가 이렇게 낮게 끝날 거라고는 생각하지 않아. 최소한 2배는 많은 2,000엔은 될 거야."

"내 생각도 그래."

사실 간토재무국에 제1차 정정신고서를 제출한 후, 각 증권회사의 애널리스트나 펀드매니저가 연일 와타나베를 만나려고 방문했기 때문에 무드가 단숨에 달아올랐다.

입찰일 전날인 10월 21일에는 "3,000엔 이상을 매기는 증권회사가 있다"는 정보를 접한 와타나베가 오히려 당황했다.

와타나베는 고에게 말했다.

"도요다 젠이치 씨에게 시초가는 낮게 설정하라고 귀가 아플 정도로 주의를 받았는데, 3,000엔이란 가격은 너무 높잖아. 무드가 너무 과열되어 버렸어."

"하지만 입찰 제도로 주가가 결정되는 이상 우리는 결과를 기다릴 수밖에 없어. 모든 것은 흐름에 맡겨야지."

"도요다 씨의 실망한 얼굴이 눈에 어른거려서 죽겠네. 적어도 2,500엔 이내로 정해지면 좋겠다."

"하지만 애널리스트나 펀드매니저가 와타미의 장래성을 높게 평가해준 것은 기뻐해야겠지. 사장에게 직접 설명을 들은 사람은 완전히 매료되지 않았을까? 와타나베의 카리스마성은 사람의 마음을 사로잡아버리니까."

"카리스마성이라."

그리고 10월 22일 입찰일을 맞이했다.

그날 저녁, 노무라증권 요코하마 지점장인 오카다 타카요시, 기업영업 과장대리 도미나가 야스히토, 본사 공개인수부 차장 다카하시 마사요시, 인수4과 과장대리 와타나베 고이치의 4명이 와타미푸드서비스 본사 사무소에 나타났다.

와타나베, 고, 와니베의 3명이 응접실에서 이들을 맞이했다.

인사를 나눈 후 오카다가 와타나베에게 서류를 건넸다.

"축하드립니다. 이런 결과가 나왔습니다."

와타나베도 고도 와니베도 심장이 세차게 뛸 정도로 기분이 고양되어 있었다.

입찰배율 5.76배, 최고입찰가격 3,150엔, 입찰가중평균가격 2,896엔, 최대할인율 14.7퍼센트, 입찰공모가격 2,470엔.

세 사람은 서류를 묵독하고 웃는 얼굴로 서로를 바라보았다.

와타나베가 고개를 들고 오카다 일행에게 웃어보였다.

"감사합니다. 이렇게 높은 가격을 받다니 몸 둘 바를 모르겠습니다. 공개일에 시초가가 어떻게 될지 모르겠지만 주주들의 기대를 저버리지 않도록 노력하겠습니다. 이 입찰공모가격이라면 경영책임을 완수할 자신도 있습니다."

"감사합니다."

오카다를 따라 다카하시, 와타나베, 도미나가의 3명도 고개를 숙였다.

고는 눈시울이 뜨거워졌다. 고이치에게 달달 들볶이면서 보냈던 날들이 아련하게 떠올랐다. 어제의 적은 오늘의 친구. 그런 심정으로 고이치와 마주 앉아 있었다.

18

10월 31일 아침, 와타미푸드서비스 본사 사무소에서 와타나베가 고에게 말했다.

"긴 여정이었지만 겨우 목적지에 도착했어."

"응. 어젯밤은 마음이 설레서 잠을 설쳤어."

"요 2, 3일 사이에 장외시장의 주식 공모가격이 하락하고 있는데 어떻게 된 것일까?"

"조금 걱정이다. 어떻게든 2,500엔까지는 매겨지면 좋겠는데."

"난 공모가격이 2,470엔으로 정해진 날 밤에 시초가의 꿈을 꾸었는데 2,810엔이었어. 너무 높아서 깜짝 놀라 잠이 깼어. 시세가 그다지 좋지 않으니까 그런 가격이 붙는 일은 없겠지. 공모가격을 조금이라도 상회하길 기도할 뿐이야."

9시가 넘어서 와타나베, 고, 에무라, 구로사와, 가네코의 5명은 나란히 노무라증권 오테마치 본사가 있는 어반넷 오테마치 빌딩으로 향했다.

10시에 어반넷 1층 로비에서 만난 와타나베와 도미나가가 9층의 사장용 응접실로 안내해주었다. 호화로운 응접실이 5명의 대기실이었다.

노무라증권에서는 우에다上田 이사, 야마모토山本 이사공개인수부장, 오카다 요코하마지점장, 도미나가가 나왔다.

가야바초의 일본장외증권거래시장으로 나가 있는 고이치가 도미나가에게 상황을 시시각각 전화로 보고했다.

팔자세와 사자세 사이에서 시초가가 정해지지만, 시초가가 정해질 때까지 와타나베 일행이 얼마나 긴장하고 있었는지 필설로는 다 설명하기 어려웠다.

11시가 지나 부저가 울리고 시초가가 2,600엔으로 결정되었다는 소식이 와타나베 일행에게 전달되었다. 전원이 기립하여 박수를 쳤다.

"축하합니다."

"훌륭한 아이가 태어났습니다."

"이상적인 시초가입니다."

증권사 직원들의 축복을 받으면서 와타나베가 얼마나 안도했는지 모른다.

와타나베가 고에게 악수를 청하면서 말했다.

"실제로 겪어보니 상상했던 것보다 별것 아니네. 하긴 아들이 태어났을 때도 이만큼 초조하긴 했지."

"이렇게 흥분해본 것은 생전 처음입니다."

에무라도 구로사와도 가네코도 부둥켜안고 서로의 어깨를 두드리면서 기쁨을 나눴다.

점심식사는 어반넷 21층에 있는 도쿄회관의 에메랄드룸에서 풀코스의 프랑스요리를 먹었다.

노무라증권 측의 출석자는 스가하라菅原 자본시장부장, 요코다橫田 과장, 오카다, 도미나가의 4명.

장외시장에서 시초가가 정해지는 순간 담당이 공개인수부에서 자본시장부로 바뀌게 되는 시스템이었다.

식사 도중에 와타나베는 슬며시 자리에서 일어나 로비의 공중전화로 부친인 히데키에게 전화를 걸었다.

"아버지, 시초가가 2,600엔으로 정해졌어요."

히데키의 목소리에 울음이 섞였다.

"잘됐다, 잘됐어. 어떻게 될지 걱정했는데 시초가가 2,600엔이라니 훌륭하지 않으냐. 너 같은 자식을 낳은 나는 복이 많은 사람이야. 네가 너무 자랑스럽구나."

히로코 쪽은 예상과 달리 냉정했다.

"이걸로 목표를 달성한 것이 아니잖아요. 장외시장 상장은 제일보에 지나지 않으니까요."

와타나베에 이어서 고도 자리를 벗어났다. 고는 본사에서 대기하고 있던 와니베에게 전화를 걸었다.

"2,600엔이요? 대단하네요."

와니베의 목소리가 들떴다.

"응, 마음을 놓았지만 한편으론 부담스러워. 장외시장에 상장했으니 기업으로서 책임은 커지잖아."

"하지만 꿈에서까지 봤던 상장이 실현되어서 사원들의 사기는 높아질 겁니다. 이 좋은 소식을 모두에게 전하겠습니다."

오후 2시 반부터 3시까지 도쿄증권회관 9층에서 열린 일본증권업협회의 인증식, 3시 15분부터 3시 45분까지의 도쿄증권거래소 8층의 가부토클럽에서 기자 회견, 이어서 일본증권협회 별관 5층에서 전문지의 기자회견, 그리고 각 증권회사에 대한 회사설명회 등의 스케줄을 소화하고 와타나베 일행이 회사로 돌아온 것은 저녁 10시가 다 되어서였다. 본사 사무소의 오카모토, 시미즈, 후지이, 와니베, 혼료, 인사부장인 야마구치 스스무山口進는 사무소가 간나이에 있던 시절 회의실 대신 이용했던 '지거 바Jigger Bar : 위스키를 마시는 바'에서 아침까지 축배를 들었다.

야마구치는 1992년 7월에 와타미푸드서비스에 중도 입사했다. 1950년 출생이라 마흔여섯 살. 야마구치의 입사로 인사체계가 확립된 와타미푸드서비스는 1993년부터 정기공채를 실시하게 되었다. 명랑한 성격이라 와타미푸드서비스의 기업풍토에 융합되는 것이 빨랐다.

"입사 4년 만에 장외시장 상장이라니 꿈만 같습니다."

야마구치의 기쁨에 찬 목소리를 듣자 와타나베는 자꾸만 가슴이 뜨거워졌다.

와타나베는 장외시장 상장 직후 거래처 등의 관계자에게 인사장을 발송했다.

귀사가 나날이 건승하시기를 빕니다.

당사는 1996년 10월 31일 일본증권업협회의 승인을 받아 장외시장에 주식을 상장했습니다.

당사의 '듬직한 거북이'는 여러분의 아낌없는 지원 덕분에 한 발자국 더 앞으로 전진할 수 있었습니다. 진심으로 감사드리는 바입니다.

창업한 지 12년, 회사를 설립한 지는 10년, 동지인 사원들과 함께 여기까지 걸어왔습니다.

이제부터가 진짜 출발이라고 인식하고 있습니다.

다음 꿈에 날짜를 정하고, 더 크고 깊은 경영 목적 달성을 위하여 전 사원이 하나가 되어 노력하겠습니다. 앞으로도 변함없는 지도편달을 부탁드리는 바입니다.

1996년 11월 길일
와타미푸드서비스주식회사
대표이사 와타나베 미키

요코하마 가미오오카의 '시로후다야'의 실패로 경영이 위태로웠던 1986년, 와타나베는 12월 1일자 일기에 다음과 같이 썼다.

든직한 거북이가 되자. 후퇴하지 않고 한 발 한 발 단단히 땅을 밟고, 주위의 경치를 하나하나 기억하면서 걸어가는 거북이가 되자. 걷다가 지치면 같은 마음가짐으로 조금씩 빨리 걸을 수 있도록 노력하자.

바람이 불어도 비가 내려도 후퇴하지 않는 무거운 몸을 가지자. 곤경에 처하면 손발을 집어넣어라. 명확한 목표를 가지고 든직하게 나아가는 거북이가 되자.

그 후 '든직한 거북이'는 사보의 제목이 되었다.

19

최근 몇 년 동안 사원들에게 입이 닳도록 하던 말이 있습니다. 여러분의 힘으로 와타미를 장외시장에 등록할 수 있는 기업으로 키우자. 그리고 그 꿈이 이루어지면 여러분의 부모님과 늘 신세를 지고 있는 분들을 초대해서 성대한 파티를 열자고. 그때 여러분에게 엠블럼이 들어간 오더메이드 블레이저를 선물하겠다고.

이번에 그 꿈이 실현되었습니다.

장외시장 등록이 기업에게는 새로운 도전으로 가는 한 단계에 불과하다는 것은 충분히 인식하고 있습니다. 하지만 지금은 창업 12년, 회사 설립 10년이란 지난 세월을 돌아보고 순수한 마음으로 장외시장 등록을 기뻐하고 싶습니다.

사원 한 사람 한 사람에게 감사와 존경의 마음을 담아서.

또 부모님들께는 전 사원이 드리는 선물로서, 파티가 끝난 후 신타카나와新高輪 프린스호텔에서 묵을 수 있는 숙박권을 드릴 생각입니다.

그리고 거래처 여러분께서는 파티에 참석하여 그 자리를 빛내주신다면 큰 기쁨이겠습니다.

창업 때부터 품어온 장외시장 등록이라는 꿈을 달성한 것을 잊어버리고, 전 사원이 장외시장에서 도쿄증시 1부로 가는 새로운 스타트를 확인하는 자리로 삼고 싶습니다.

다망하시리라 생각하지만 꼭 참석해주시면 감사하겠습니다.

이것은 와타나베가 11월 상순에 관계자에게 발송한 와타미푸드서비스 설립 10주년 기념파티의 초대장에 쓴 문구이다.

형식에 사로잡히지 않고 와타나베의 말로 써내려간 파격적인 초대장을 받은 사원들의 부모님은 크게 기뻐했을 것이다.

파티의 일시는 11월 26일 화요일 정오 12시 개장, 낮 12시 30분

개연. 장소는 신타카나와 프린스호텔의 '비천'.

당일 총 500명이 넘는 초대객과 똑같은 블레이저 차림의 사원들이 '비천'의 대청홀에 설치된 원탁에 차서한 것은 예정대로 낮 12시 반이었다.

무대를 향해 왼쪽 구석에 있는 사회석에서 나가노 아키오長野彰夫가 행사를 시작하기에 앞서 와타나베를 소개했다. 나가노는 산토리맥주 시장개발부 영업제1부장으로 와타미푸드서비스의 담당부장이었다. 이날은 특별히 자진해서 사회를 맡아주었다.

물론 와타나베도 엠블럼이 들어간 블레이저 차림이었다. 와타나베는 만면에 미소를 띠고 무대 중앙의 마이크 앞에 섰다.

"소개를 받은 와타나베입니다. 오늘은 바쁘신 와중에 참석해주셔서 감사합니다. 아버님, 어머님, 멀리서 발걸음 해주셔서 감사합니다……."

와타나베는 파티를 열겠다고 계속 말해왔던 사연을 설명하고 연설을 계속했다.

"지금 전원이 입고 있는 블레이저가 그 블레이저입니다. 모든 것이 꿈만 같습니다. 감사의 마음으로 가슴이 벅찹니다. 공개일 다음의 휴일, 지난 12년간을 뒤돌아보았습니다. 창업할 때 '쓰보하치'의 사장님이셨던 이시이 사장님께서 찬스를 주셨던 일, 창업 3년째인 스물여섯 살 때 '시로후다야'의 실패로 시오다야의 요시다 사장님께서 빌려주신 현금 2,000만 엔 덕분에 기사회생했던 일, 와타미푸드서비스를 갓 설립했을 때 닛폰제분의 출자를 받아 신용이라는 커다란 후원을 받은 일, 망한 '쓰보하치'를 차례차례 인수해서 8년간 점포를 13개까지 늘렸던 일, 오코노미야키 전문점 '도헨보쿠'를 전국 전개한 일, '도헨보쿠 시모키타자와점'의 자전거 배달에서 딜리버리 'KEI타'가 태어나 점포를 14개까지 전개한 일, 그리고 오코노미야키 부문 27개 점포가 3년 사이에 26개나 망한 일……."

와타나베가 메모에서 시선을 들고 연회장 뒤쪽의 이시이를 눈으로 찾았다. 이시이와 시선이 마주치자 목례를 교환했다.

"4년 전의 '와타미'를 세웠을 때, 제2의 창업 때 다시금 이시이 사장님으로부터 수제요리의 문화를 배우기도 했지요. 그리고 오늘 이 자리를 빛내주고 계시는 '와타미'를 스타트할 때부터 응원을 아끼지 않았던 많은 제조회사나 거래업자 분들, 좋을 때도 나쁠 때도 따뜻하게 지켜보아주신 은행 분들, 지난 달 31일에 무사히 등록하도록 이끌어주신 증권회사 분들. 많은 일들이 차례차례 뇌리에 떠오릅니다."

와타나베는 블레이저를 입은 집단을 둘러본 다음 연설을 이어나갔다.

"또 사원 한 사람 한 사람의 미소가 떠오릅니다. 꿈이 달성되었다는 것이 중요한 것이 아닙니다. 달성하는 과정 속에 행복이 있고, 달성한 꿈의 주위에 행복이 있다는 것을 통감했습니다. 그러자 의욕이 용솟음쳤습니다. 지금까지의 12년은 앞으로 도약하기 위한 도움닫기 기간이었다고 진심으로 느꼈습니다. 프랜차이즈를 부정하고, 시장이 큰 업종과 업태를 파악하고, 수도권에서 집중 출점하고, 냉동식품을 거부하고, 진짜를 추구하는 등 전부 뼈아픈 경험을 통해서 배워온 것들입니다."

와타나베는 3초 정도 붉어진 얼굴을 들고 숨을 골랐다.

"장외시장에 등록한 당일 '이제부터는 꿈에 날짜를 정해서 전진하겠습니다'라고 닛케이신문에서 선언했습니다. 지금 여기서 새로운 꿈에 날짜를 정하겠습니다. 1998년에는 도쿄증시 2부, 2000년에는 도쿄 증시 1부에 상장하는 것이 목표입니다. 2000년에 매상 289억5,200만 엔, 경상이익 34억7,400만 엔. 일본의 외식산업 20만개 회사 중에서 이익 랭킹 10위 안에 들어가는 것이 목표입니다. 그리고 보다 폭넓게 경영목적을 달성할 수 있는 기업으로 키우고 싶습니다. '한 사람이라도 많은 손님에게 다양한 만남과 친목의 장소, 휴식의 공간을 제공하는 것', '회사의 번영, 사원의 행복, 관련회사 및 거래업자의 번영, 새로운 문화의 창조, 인류사회의 발전, 인류의 행복에 공헌'하기 위해서 전 사원이 하나가 되어 싸워나가고 싶습니다. 조금이라도 주위에 좋은 영향을 줄 수 있는 기업이 되고 싶다고 열망합니다."

와타나베는 이마에 흐르는 땀을 오른손으로 닦으면서 마무리했다.

"오늘은 당사가 창업할 때부터 품고 있던 꿈이 달성된 것을 잊고, 장외시장에서 도쿄증시 1부를 목표로 삼는 새로운 스타트를 전 사원이 확인하는 자리이자 여러분에게 진심으로 감사를 드리는 자리이기도 합니다. 보잘 것 없는 술과 안주지만 시간이 허락하는 한 마음껏 즐기시기 바랍니다. 오늘은 참석해주셔서 대단히 감사합니다."

스포트라이트를 한 몸에 받은 것과 고양된 기분이 상승작용을 일으킨 덕분에 무대에서 내려온 와타나베의 전신은 땀으로 푹 젖어 있었다.

와타나베의 일생일대의 연설에 박수갈채가 잦아들 생각을 하지 않았다.

20

내빈 축사를 하기 위해서 맨 먼저 무대로 올라간 사람은 닛폰제분의 사장 사와다 히로시였다.

사와다는 "와타나베 사장님과 처음 만났을 때 섬싱(something)을 느꼈습니다. 이 인연을 소중히 아끼고 와타미 푸드서비스의 여러분이 품고 있는 꿈을 공유하고 싶습니다" 등 노련한 연설을 선보였지만, 훗날 경제지의 인터뷰에서 대략 다음과 같이 말했다.

"전 사원과 그 부모님을 초대하다니 여간 머리가 좋은 것이 아니라고 생각했습니다. 부모님으로서는 아들, 딸들이 이름도 없는 이자카야에서 근무해도 괜찮을지 걱정이 이만저만이 아니었겠죠. 그런데 저나 요코하마은행의 나가사와 가즈히코 전무, KOBE 증권의 도요다 젠이치 회장님에게 열렬한 칭찬을 들었어요. 거기다 100명이 넘는 전 사원을 한 명씩 소개하고, 와타나베 사장님이 한 사람 한 사람에게 격려의 메시지를 보냈지요. 고급 호텔에서, 사회적 지위가 있는 사람들 앞에서 자기 아들이 스포트라이트를 받는 겁니다. 부모님으로서는 자랑스럽기 짝이 없겠죠. 파티를 철저하게 이용하고 있다고 생각했습니다. 2시간만 있다가 돌아갈 생각이었는데 4시간이나 있었습니다. 자리를 뜨고 싶었지만 어디까지 하는지 흥미가 생겨서 결국 끝까지 머물렀습니다."

내빈의 축사 다음은 술통 깨기였다.

프린스호텔의 특제 작업복을 걸치고 고쿠사이증권의 부사장인 사타케 히로마사佐竹弘正를 비롯한 내빈 10여명과 와타미푸드서비스의 와타나베, 고, 에무라 등 간부 몇 명이 무대 위로 올라갔다. 최후에 등장한 산토리의 부사장 사지 노부타다가 축사를 말했다.

사회자의 "하나, 둘!"이라는 구호에 맞춰서 무대 위의 전원이 나무로 된 술통을 "영차!"하고 나무망치로 내리쳤다.

건배의 선창은 노무라증권의 전무 오기노 아키라荻野玲. 식사가 시작되자 와타나베는 고와 에무라를 거느리고 내빈 전원에게 인사를 하며 돌아다녔다.

식사 중에 사회자가 축전을 소개했는데, 그 중에서 닛폰제분의 상무이사 사카모토 야스아키가 보내준 축전이 와타나베의 마음에 남았다. 출석하지는 못했지만 사카모토는 신경을 써주고 있었다.

사와다도 지적했듯이 압권은 전 사원, 전 임원을 소개하는 순서였다.

입사연차가 적은 사원부터 10명이 한 조가 되어 무대로 올라갔다. 인사부장의 야마구치가 한 사람 한 사람의 이름과 직급을 소개하고, 총무부의 오가사와라 요시에小笠原淑惠가 와타나베의 메시지를 낭독했다. 당연한 일이지만 사람에 따라 메시지의 내용이 다 달랐다. 와타나베는 각자의 장점이나 개성을 언급하려고 노력했다.

야마구치에게 이름이 불린 사람은 한 발 앞으로 나와서 스포트라이트를 받았다. 평생에 한 번 있을까 말까한 화려한 무대였다.

가족들이 얼마나 자랑스러워했는지 모른다.

한 잔 걸쳤기 때문에 자기 아들이 나오면 신이 나서 소리를 지르는 부친도 한 사람이나 두 사람이 아니었다.

과장급 이상은 와타나베가 소개했다.

"죄송하지만 조금만 더 시간을 주시기 바랍니다. 전 사원, 전 임원을 소개하는 이벤트를 꼭 하고 싶었습니다……."

와타나베는 한 명 한 명 업무 태도, 업무 내용 등을 정중하게 소개했는데 아래에 이름과 직함을 표기해둔다.

▷오히사 이치로大久一郎(관리부 총무과장)

▷혼료 료이치本領亮一(관리부 경리과장)

▷와니베 신지鰐部慎二(경영기획 과장 = 공개프로젝트담당)

▷히비 모토후미日比素史(개발기획부 점포건설과장)

▷네모토 나오토根本直人(개발기획과장)

▷히라야마 다쓰야平山達也(감사실 과장)

▷야마구치 긴야山口欽也(상품기획부 상품개발과장)

▷노구치 히로노리野口宏典(영업기획부 과장)

▷오카자키 노리마사岡崎憲正(영업과장)

▷하라다 데쓰야原田哲也(영업과장)

▷고이즈미 요시유키小泉嘉幸(영업과장)

▷구리하라 사토시栗原聡(영업과장)

▷후지이 다카아키藤井貴章(영업과장)

▷몬지 미노루門司実(영업과장)

▷시미즈 구니아키清水邦明(영업과장)

▷진바 가즈요시神馬和喜(영업과장)

▷후쿠이 이치로福井一郎(영업과장)

▷시미즈 도시시게清水利重(영업과장)

▷세이토 다카유키清藤孝之(영업 제1부장)

▷사토 겐佐藤謙(영업 제2부장)

▷시미즈 마사토清水雅人(영업 제3부장)

▷오카모투 유이치清水雅人(이사영업본부장)

▷야마구치 스스무山口進(인사부장)

▷이노우에 기요에山口進(상근감사)

▷반 유키오伴幸雄(이사 경리담당)

마지막으로 가네코, 구로사와, 에무라, 고의 4명이 무대로 올라갔다.

가네코와 구로사와는 다들 알고 있듯이 창업했을 때부터 동고동락해온 사이였다.

"이 두 사람이 없었더라면 오늘날의 와타미는 없었을 겁니다. 그저 감사할 따름입니다."

와타나베는 최대급의 찬사를 보냈다.

와타나베는 상무인 에무라와 고에게는 간단한 인사말까지 시켰다.

"에무라입니다. 아까 와나타베 사장님도 언급하셨지만 장외시장은 새로운 스타트라인이라고 생각합니다. 장외시장, 장외시장 계속 노래를 불렀지만 장외시장에 등록했다고 해서 회사가 딱히 변한 것도 아니라서 와타나베 사장님께 속았다는 기분마저 듭니다. 하지만 회사에 대한 기대, 자기 자신에 대한 기대, 그리고 책임의 막중함을 통감하며 뚜렷한 목표를 내걸고 한 발 한 발 전진하고 싶습니다."

"고입니다. 아까 도요다 회장님께 분에 넘칠 정도의 칭찬을 받아 몸 둘 바를 모르겠습니다. 스스로의 이상형을 상상하며 앞만 보고 달려왔는데, 저에게 있어서 오늘의 파티를 일종의 매듭이라고 생각합니다. 앞으로도 전력을 다해 달려가겠습니다."

비상근이사 2명과 비상근감사 2명은, 단상의 와타나베가 소개하면 원탁에서 일어났을 뿐 무대까지 올라가지는 않았다.

비상근이사는 닛폰제분 홍보부장 고바야시 이치로小林市郎와 엄부嚴父인 와타나베 히데키.

히데키를 소개할 때 와타나베의 미소가 한층 더 환해졌다.

"제가 이 세상에서 가장 존경하는 사람이자 부친인 와타나베 히데키입니다. 제가 초등학교 5학년 때 아버지 회사가 도산했습니다. 그때 느꼈던 원통함을 원동력으로 삼아 노력해왔지요. 지금도 일주일에 한 번은 아버지의 의견을 구하는 등 경영상의 조언을 듣고 있습니다. 아버지를 뛰어넘기가 여간 힘든 것이 아닙니다."

히데키는 작년에 미수米壽를 맞이했다. 와타나베의 장신은 부친에게 물려받은 것이었다. 나이에 비해서 허리가 꼿꼿했다.

히데키는 온화하게 사방팔방을 향해서 머리를 숙였다. 말하길 좋아하는 히데키에게 마이크를 건네면 얼마든지 떠들어댈 것이다. 하고 싶은 말이 산더미처럼 많을 테지만 와타나베는 특별취급은 하지 않기로 했다.

비상근감사는 이시이 세이지(S&Y 사장)와 고다이라 아키노부(산토리 이시 수도권영업본부장).

"이시이 사장님이 안 계셨더라면 오늘의 와타미푸드서비스도 없었을 겁니다. 12년 전 '쓰보하치'의 프랜차이즈점을 선택하지 않고 이세자키초에서 라이브하우스를 경영했더라면 반년도 안 돼서 망했겠지요. 또 '와타미'를 세울 때 많은 사원들에게 수제요리의 식품문화를 공짜로 전수해주셨습니다. 이시이 사장님은 저에게 두 번이나 구원의 손길을 내밀어주셨습니다. 사장님이 사시는 쪽으로는 발을 뻗고 잘 수 없을 정도의 은인이십니다."

'쓰보하치'의 오너였던 시절의 예리한 안광은 없었다. 이시이는 애제자가 성장한 모습을 흡족한 듯이 바라보았다. 자기 손으로 '쓰보하치'를 장외시장에 등록시키지는 못했으나, 와타나베를 통해서 이시이의 못다 이룬 꿈이 이루어진 것이나 다름없었다.

이시이는 턱수염을 쓰다듬으면서 솟구치는 감정을 억누르려고 애썼다.

고다이라도 와타나베의 성장과 와타미푸드서비스의 발전을 한없이 축하해주었다.

"'시라후다야'의 경영에 실패했을 때 고다이라 씨가 격려해주신 것을 평생 잊을 수 없을 겁니다. 산토리와의 깊은 인연도 고다이라 씨가 계셨기 때문에 가능했지요. 10년간 변함없이 따뜻한 눈길로 와타미의 성장을 지켜봐 주셨습니다."

고다이라는 쉰세 살. 예의바르고 신사적인 태도에 관록이 더해져서 스포트라이트를 받은 단정한 이목구비가 출석자들의 인상에 남았다.

히로코는 구로사와, 가네코, 고, 와니베, 후지이 등 과거의 전우들과 오랜만에 옛정을 나누면서 편안한 시간을 가졌다.

사원들과 임원의 소개만으로 2시간 반이 걸린 이례적인 파티는 슬슬 막을 내리려고 하고 있었다.

제20장
꿈에 날짜를

1

8시 5분 하네다羽田 발, 미야자키宮崎 행인 ANA603편 B7기는 예정보다 20분 정도 늦게 이륙했다.

와타나베, 에무라, 구로사와의 3명과 고바야시 요시히로小林良廣가 탑승해 있었다. 1997년 1월 21일 아침이었다.

고바야시는 식품관계의 전문상사인 주식회사 다이로쿠大禄의 사장이었다. 나이는 마흔일곱 살. 귀공자스러운 외모로, 금속안경테 너머의 눈빛이 부드러웠다.

"드디어 실현되는군요. 제가 와타나베 사장님에게 미야자키의 어장과 가공공장을 보러 가자고 부탁한 지 벌써 1년이 넘었습니다."

"그렇게 시간이 흘렀나요? 고바야시 사장님을 처음 뵌 것이 분명히 작년 1월이었지요?"

"예, 1월 19일이었죠. 닛폰코교日本興業은행 히비야日比谷 지점의 명함교환회에서 지점장님께 소개를 받았습니다."

창가에는 와타나베, 통로 쪽에 고바야시, 두 사람의 바로 뒷좌석에는 에무라와 구로사와가 앉아 있었다.

고바야시가 허스키한 목소리로 말을 이었다.

"작년의 명함교환회는 유익한 모임이었습니다. 특히 와타나베 사장님의 마무리 연설은 인상적이었지요. 다들 감명을 받았습니다."

그 모임에서 와타나베는 유머가 듬뿍 섞인 연설을 했었다.

"몇 년 전 「소설 닛폰코교은행」을 읽고 깊은 감명을 받았습니다. 휴머니즘과 다이내믹함이 넘치는 소설이었지요. 아마 벤처기업에도 구원의 손길을 내밀어줄 것이 틀림없다고 생각한 저는 본점으로 쳐들어가서 융자를 부탁했지만, 음식업은 연매상이 40억 엔 이상이 아니면 어림도 없다고 문전박대를 당했습니다. 언감생심 꿈도 꾸지 말라면서 무시하길래 징글징글한 은행이라고 생각했었죠. 몇 년 전까지만 해도 우리 와타미푸드서비스는 22~23억 엔이 고작이었거든요. 그 후 염원이 이루어져서 융자를 받을 수 있게 되었는데, 닛폰코교은행에는 다들 훌륭한 분들만 계셔서 역시 대단한 은행이라고 생각을 고쳐먹게 되었습니다."

와타나베는 그런 말을 했던 것을 떠올리면서 고바야시 쪽으로 고개를 틀었다.

"고바야시 사장님도 「소설 닛폰코교은행」를 읽었기 때문에 금방 의기투합하지 않았습니까."

"그랬었죠. 저는 와타나베 사장님께 그 교환회에서 뻔뻔하게도 '미인어'의 이야기를 꺼냈지요."

'미인어'란 다이로쿠가 취급하는 '새끼 방어', 마래미의 상품명이었다.

다이로쿠가 20퍼센트를 출자하고 있는 다카마루貴丸수산(자본금

6,000만 엔)이 '미인어'를 생산, 가공하고 있었다.

"우리 마래미가 맛과 형태에서 일본 제일, 세계 제일이라고 자부합니다. 꼭 시식해보세요. 샘플을 보내드려도 괜찮겠습니까?"

"예. 하지만 구로사와, 에무라, 저, 모두 프로니까 채점은 엄격합니다."

"와타나베 사장님이 맛의 프로라는 것은 잘 알고 있습니다. 세계 제일이라고 인정하시게 될 겁니다."

고바야시는 온화하게 주장했다.

이틀 후 다카마루수산에서 얼음을 채운 상자에 담긴 '미인어'의 반 마리가 와타미푸드서비스 본사에 도착했다.

와타나베 일행이 시식한 결과 "이거라면 잘 팔리겠다"고 판단했다.

"와타미는 2사납품을 원칙으로 삼고 있지만 마래미만큼은 납품업자가 한 군데뿐이니까 타이밍도 좋아. 게다가 무엇보다 난 고바야시 사장님의 인품에 반했어. 구로사와는 어떻게 생각해?"

"문제없어. 괜찮지 않아?"

상품개발부장인 구로사와에게도 이견은 없었다. 에무라도 마찬가지였다.

2월부터 와타미푸드서비스와 다이로쿠의 거래가 시작되었다.

고바야시가 "꼭 현장을 시찰해주세요"라는 말을 꺼낸 것은 이 무렵이었다.

와타나베는 다망했고 에무라와 구로사와의 일정을 조정하는 데 시간이 걸려서 미야자키 행은 좀처럼 실현되지 않았다. 하지만 고바야시의 열렬한 권유를 계속 거절할 수도 없어서 한 달쯤 전에 1월 21에서

22일까지의 이틀에 걸친 미야자키 출장이 결정되었다. 장외시장 등록이 일단락된 것도 와타나베의 마음이 가벼워진 것도 한몫을 했다.

비행 도중 고바야시가 다시 말을 걸어왔다.

"다카마루수산 사장인 이마니시 료지今西良二는 대단한 인물입니다. 틀림없이 와타나베 사장님도 마음에 들어 하실 겁니다."

"이마니시 사장은 그 고장 분입니까?"

"어머니는 미야자키 분이지만 이마니시 사장님 본인은 고베神戶 출신입니다. 닛신제분의 사료부문에서 근무했었는데, 아시다시피 사료부문은 주류가 아니라서 고생이 많았을 겁니다."

"닛신제분입니까. 와타미와 닛폰제분日淸製粉의 관계는 잘 아시리라 생각합니다. 같은 밀가루업체라니 뭔가 특별한 인연이 느껴지네요."

"이마니시 사장님이 없었더라면 오늘날의 다카마루수산도 존재하지 않았을 겁니다. 진짜로 이마니시 사장님의 리더십은 흠잡을 곳이 없거든요. 소박하고 꾸밈이 없는 성격에 사원들을 아끼는 사람이라서 모두가 따르고 존경합니다."

"그런 분이라니 기대되는군요. 연세는 어떻게 됩니까?"

"아마 예순셋일 겁니다. 연세에 비해서는 젊게 보이는 편이죠. 미야자키뿐만 아니라 다른 곳도 마찬가지겠지만 지방은 배타적인 면이 강합니다. 이마니시 사장님의 어머니 연줄이 아니라면 힘들었겠죠. 어업권의 문제 등 골치 아픈 문제가 잔뜩 있는데 전부 해결해낸 걸 보면 여간내기가 아니지요."

스튜어디스가 아침식사를 날라다 주었다.

식사를 하면서 와타나베와 고바야시는 대화를 나누었다.

"고바야시 사장님은 과거 '미인어'는 세계 제일이라고 하셨는데 다카마루수사의 설비는 세계적인 레벨인지요?"

"단일기업으로서는 일본국내에서 최대인 것이 틀림없습니다. 8미터짜리 활어조로 환산하면 570면을 보유하고 있으니까. 다카마루수산에 필적하는 규모가 있다고 한다면 노르웨이 정도일까요. 업태로서 다카마루수산 이상의 회사가 있다는 것은 조금 생각하기 힘들지요."

8미터짜리 활어조란 8제곱미터의 활어조를 말하는 것이다.

에무라와 구로사와는 비행 내내 거의 잠만 잤다.

2

하네다 · 미야자키 간의 소요시간은 1시간 45분.

공항 로비에 다카마루수산의 식품부 영업과장 야마구치 쇼미쓰山口招光가 마중을 나와 있었다.

고바야시가 와타나베, 에무라, 구로사와의 3명을 야마구치에게 소개했다.

"야마구치입니다. 잘 부탁드립니다. 멀리서 오시느라 고생하셨습니다."

미야자키 억양은 감출 수 없었지만 야마구치는 정중하게 인사를 하고, 3명과 명함을 교환했다.

나이는 서른일곱, 여덟쯤일까.

"죄송하지만 잠시만 기다려주세요. 차를 가져오겠습니다."

이윽고 8인승 봉고차가 일행 앞에 멈췄다.

4명을 태운 야마구치는 운전석에 앉아 안전벨트를 맸다.

와타나베는 야마구치의 이야기를 듣고 싶었기 때문에 조수석에 자리 잡았고, 중앙의 좌석에는 에무라와 구로사와, 맨 뒷좌석에 고바야시가 탔다.

미야자키 공항에서 구시마串間까지 2시간 정도가 걸리지만 야마구치의 이야기가 흥미로웠기 때문에 와타나베 일행은 지루한 줄 몰랐다.

"방어는 겨울에 오키나와 근방의 뿌리가 없는 해초에 산란합니다. 그것이 봄이 되면 구로시오黑潮해류를 다네가시마種子島 근방까지 흘러오는 거죠. 해초가 방어의 치어를 감춰주는 중요한 역할을 하고 있는 겁니다. 4월 후반부터 5월에 걸쳐서 치어를 잡는데, 방어의 치어는 떡마래미라고 부르기 때문에 우리는 떡마래미 어업이라고 합니다. 약 2년에 걸쳐서 4킬로그램의 '미인어'로 기르는 것이 우리 다카마루수산의 일입니다."

"양식법이 동업자들과 다른 거군요."

"말씀하시는 대로입니다. 방어, 잿방어는 와타미푸드서비스나 슈퍼마켓 같은 가게의 필수품이나 다름없는데, 계절에 따라 품질 차이가 큰 것이 고민거리 아니겠습니까. 그것은 원료어를 여기저기서 그러모으거나 생산 마인드를 통일하지 않았기 때문입니다. 안정된 공급이 불가능한 것은 생산 사이클이 시스템화되어 있지 않기 때문이지요. 다카마루수산은 생산, 가공, 품질 관리의 모든 공정을 시스템화하는데 성공했습니다. 우리 다카마루수산은 신선하고 맛있으면서 안심할 수 있는 생선을 찾는 소비자의 요구에 100퍼센트 부응하고 있습니다."

와타나베는 뒷좌석의 고바야시 쪽으로 눈을 돌렸다.

"그것이 고바야시 사장님이 자랑하는 세계에서 제일 맛있는 마래미란 말이군요."

고바야시가 몸을 앞으로 내밀었다.

"환경과 사료에 관해서 와타나베 사장님께 설명해주게나."

"이마니시 사장님께 듣는 편이 좋지 않을까요?"

"이마니시 사장님이 설명할 거리는 얼마든지 있네. 이틀 만에 다 이야기하기 힘들 만큼 잔뜩 있으니까 걱정할 것 없네."

"예, 알겠습니다."

야마구치는 전방을 주시하면서 말을 이어나갔다.

"고바야시 사장님이 말씀하신 환경과 사료, 이 두 가지는 다카마루 수산이 자랑하는 최대의 특징입니다. 고품질 생선 생산과 원가절감을 추구한 귀결로서, 우리는 유어와 성어의 분리사육에 도달했습니다. 유어는 성어와 격리해서 노베오카延岡·구마노에熊の江의 광대한 어장에서 기릅니다. 노베오카 어장은 겨울 동안 투명도가 20미터는 되고, 숲에서 뿜어 나오는 오존도 풍부합니다. 이런 은혜로운 환경에선 물고기들이 쑥쑥 자라지요. 무게가 3킬로 정도 되면 150킬로미터 떨어진 구시마의 빈다레鬢垂섬 어장으로 옮깁니다. 빈다레 섬은 도이都井 곶의 끄트머리를 남쪽으로 돌아들어간 만내에 있는데, 구로시오 해류의 세찬 조류가 섬에 직격하여 소용돌이를 만들고 큰 물결이 되어 물고기의 살을 탄탄하게 만들어줍니다."

야마구치는 흘낏 백미러를 엿보고 고바야시가 동의하는 것을 확인했다.

"사료야말로 당사의 최대 노하우입니다. 칼로리와 단백질의 균형을 생산 마인드에 따라 원하는 대로 조절할 수 있습니다. 사료 급여법은 사료 자체보다, 건강하고 맛있는 생선을 기르기 위한 결정적인 노하우라고 할 수 있습니다."

"사료의 원료는 비밀입니까?"

"예."

와타나베의 질문에 야마구치는 크게 대답하고 싱긋 웃었다.

왼쪽 눈 아래로 니치난日南해안이 펼쳐져 있었다.

"저 바위는 '도깨비의 빨래판鬼の洗濯板'이라고 불리는데 파도 때문에 저런 모양으로 풍화되었지요."

"유명한 신혼여행지라고 하더군요."

에무라가 야마구치에게 대꾸했다.

3

봉고차가 식당 앞에 정지했다.

"점심식사를 준비했습니다. 사장님과 나베쿠라, 아사미가 동석할 겁니다."

"오, '시마다'입니까. 예의 '마래미 코스'군요."

고바야시는 '시마다'의 점심식사를 먹어본 적이 있는 것 같았다.

"그렇습니다."

야마구치가 고개를 끄덕였다.

고비야시기 외타나베 일행에게 설명했다.

"'미인어'로 이루어진 코스 요리입니다. 여기의 주방장 겸 점주인 시마다島田 씨가 '미인어'에 푹 빠져 있어서요. 어떤 요리든 '미인어'로 만드는데 맛이 끝내줍니다."

고바야시는 자신만만하게 추천했다.

밖의 인기척에 문을 열고 나온 사람이 이마니시였다.

"와타나베 사장님, 에무라 상무님, 구로사와 부장님, 여기까지 오시느라 고생하셨습니다. 이마니시입니다."

왜소하지만 탄탄하고 날씬한 체형. 두발은 희끗희끗했다. 바다 사나이답게 검게 그을린 피부가 인상적이었지만 붙임성이 있는 미소였다.

"처음 뵙겠습니다. 와타미푸드서비스의 와타나베입니다. 초대해주셔서 감사합니다."

"에무라입니다. 잘 부탁드립니다."

"구로사와입니다. 잘 부탁드립니다."

"자, 어서 들어가시죠."

안쪽의 좌식 테이블 앞에 젊은 남자가 2명이 잔뜩 긴장한 자세로 꿇어앉아 있었다.

관리본부 총무과장인 나베쿠라 아키노부鍋倉明信와 관리과장인 아사미 사토루淺見哲였다.

고바야시가 와타나베 일행을 소개하자 잠시 명함 교환이 이루어졌다.

"야마구치, 나베쿠라, 아사미 전부 제 제자입니다. 아사미는 제자 겸 비서지요."

"예, 맞습니다."

8명의 회식은 떠들썩했다.

그중 80퍼센트는 이마니시가 혼자서 떠들었다.

달변은 아니었지만 이야기의 내용이 전문적이라 질리지 않고 들을 수 있었다.

예를 들면 이런 식이었다.

"야마구치에게 들었겠지만 '미인어'는 치어에서 성어가 되기까지 세 번이나 이사를 합니다. 떡마래미는 노베오카의 구마노에서 성육어장을 두 번 변경해서, 체중이 3킬로그램을 넘으면 150킬로미터 떨어진 구시마의 바다로 옮겨집니다. 그 이유 중 하나는 항생물질의 사용을 가능한 한 피하고 싶기 때문입니다. 질병은 어른에게서 아이에게로 감염되기 때문에 저항력이 약한 아기를 어른으로 키우려면 대량의 항생물질을 사용하지 않으면 안 됩니다. 항생물질을 쓰면 편리하지만 안전하고 안심할 수 있는 식품인지 의심스럽습니다. 우리 다카마루수산에서는 성장단계별로 세 번 어장을 변경함으로써 항생물질 투여량을 기존의 20퍼센트, 즉 80퍼센트나 줄일 수 있었습니다. 게다가 모든 생선에 항생물질을 투여하는 것이 아니라, 물고기의 건강상태를 엑스레이 촬영이나 혈액검사를 통해 체크해보고 필요하다고 판단될 때만 투여합니다. 대개의 경우는 사료에 비타민이나 미네랄, 철분을 섞는 걸로 대응할 수 있습니다. 사람으로 치자면 노베오카에서는 유치원부터 중학생까지, 구시마에서는 고등학생에서 대학까지 교육한다고 말할 수 있겠지요."

"평소부터 우리는 환경을 보존하기 위해 노력해야 한다고 생가함니다. 사실은 바로 얼마 전에도 구시마 어장에 조개의 화석분말을 50톤이나 뿌렸습니다. 비용은 많이 들지만 바다를 되살리기 위해서는 필요한 일입니다. 저 같은 사람이야 살 날이 얼마 안 남았지만 아름다운 환경을 자식이나 손자에게 남겨주는 것이 우리의 의무, 책무라고 생각합니다. 우리 세대에서 자연의 힘을 다 소진해버리면 세상이 어떻게 되겠습니까."

이마니시가 시골의 학자처럼 생긴 탓인지 설교조가 아닌 점이 와타나베에게 감동을 주었다.

4

'시마다'의 '마래미 코스'의 메뉴는 훌륭하다는 말밖에는 표현할 길이 없었다.

회, 구이(팽나무버섯 · 마요네즈 소스), 초무침(카르파치오풍), 조림(방어를 얇게 깎아낸 무로 돌돌 만 것), 튀김(방어에 매실장아찌를 곁들인 것 · 유바로 싼 것), 샤브샤브, 초밥(방어 뱃살), 방어껍질 전병, 된장국. 나온 메뉴가 전부 '미인어'로 만든 것이었다.

먹기 시작하자 와타나베, 에무라, 구로사와의 3명은 집중력을 발휘해서 하나하나의 맛을 천천히 음미했다.

구로사와는 메모를 하면서 맛을 보았다. 1시간 이상을 들여서 3명은 나온 요리를 깨끗하게 다 먹어치웠다.

"여기 점주의 '미인어'에 대한 사랑은 존경스러울 정도입니다. 1년 내내 이런저런 요리를 고안해서는 우리에게 맛을 봐달라고 한답니다. 참으로 고마운 일이지요."

이마니시는 소식인지 절반밖에 먹지 않았지만 다른 사람들이 싹싹 긁어먹은 것이 몹시도 기뻤는지 "와타나베 사장님, 만족하셨습니까?"라며 확인하고 싶어 했다.

"예, 잘 먹었습니다. 무척 맛있었어요. 특히 구이와 조림은 수준이 높네요."

와타나베는 왼쪽 옆에 앉아 있는 구로사와 쪽으로 몸을 돌렸다.

"어때? 와타미에서 내놓아도 될 것 같은데."

"응. 레시피를 가르쳐주실 수 있나요?"

고바야시가 끼어들었다.

"시마다 씨도 기뻐할 겁니다. 도쿄의 프로에게 칭찬을 받다니 주방장으로서 명예로운 일이잖아요."

"마음껏 '미인어'를 먹을 수 있는 코스라니 황송한데요."

에무라도 '마래미 코스'를 높이 평가했다.

"'미인어'라는 이름을 지은 유래가 있나요?"

와타나베의 질문에 고바야시가 대답했다.

"사내에서 공모한 이름 중에서 사원들에게 가장 많은 표를 받았습니다. 스마트하고 각별한 맛의 마래미, 새끼 방어라는 뜻입니다. 다카마루수산에서는 '미인어'를 마래미라고 말하면 벌금을 내게 되어 있습니다."

이마니시가 보충했다.

"공자 앞에서 문자를 쓰는 셈이겠지만, 양식어에게 정어리 같은 먹이를 주는 방법을 '생사료사육'이라고 하는데, 정어리 등의 지방이 그대로 마래미나 도미 등의 양식어에게 이행되기 때문에 살이 기름지고 비린내가 심해집니다. 지방의 산화에 의한 선도열화, 광택, 색상, 식감도역시 빨리 상합니다. '미인어'의 사료는 어분, 어유, 콩 찌꺼기, 밀가루, 비타민, 미네랄, 상품가치강화물질, 이것은 기업비밀이라서 말씀드릴수 없지만, 사료회사에 위탁 배합하고 있습니다. 배합사료에 약품은 일절 사용하지 않습니다. 고품질의 생선을 생산하려는 노력은 원가절감은 물론 환경유지책, 자원유지책에 크게 기여하는 셈이 되지요."

이마니시가 녹차를 홀짝이면서 말을 이었다.

"참고로 말씀드리자면 여기 있는 아사미의 부친이 닛신제분에 근무하던 시절의 제 부하이자 다카마루수산의 창업자입니다. 저보다 한세대 아래지만 다카마쓰高松에서 시세이라는 사료판매회사를 경영하고있습니다. 즉 당사에 배합사료를 제공하고 있는 거지요. 아사미 데쓰오浅見哲男는 다카마루수산의 회장이기도 합니다. 제 입으로 말하긴 쑥스럽지만 아사미와 고바야시 씨, 저는 최강의 트리오라고 자부합니다. 우리 셋은 일체의 사리사욕을 버리고 '미인어' 사업에 투신하기로맹세했습니다."

고바야시가 이마니시에게 눈길을 던졌다.

"아사미 씨는 이마니시 사장님을 형님이라고 부른답니다."

"저도 옛날부터 아사미를 친동생처럼 생각했으니까 이상할 것 없습니다."

와타나베가 이마니시에게 물어보았다.

"'미인어'의 연간매상은 어느 정도입니까?"

"약 60억 엔입니다. 그중 약 50억 엔을 다이로쿠에 판매하고 있습니다."

"엑스클루시브exclusive, 이른바 독점계약이라고 할 수 있지요."

"생산과 판매의 합체라고 할까요? 다카마루수산과 다이로쿠는 합병을 생각해보신 적은 없습니까?"

고바야시가 이마니시가 얼굴을 마주 보았기 때문에, 와타나베는 더 깊이 파고들었다.

"다카마루수산이 판매의 90퍼센트를 다이로쿠에 의존하는 이상 주식을 장외시장에 등록할 수 없습니다. 양사가 합병하면 장외시장에 등록할 가능성이 높아지리라 생각합니다. 와타미가 장외시장에 등록했다고 잘난 척하는 것이 아닙니다. 차입금 의존도가 높은 경영에서 탈피하여 재무체질을 강화하는 것은 큰 의미가 있는 일이고, 우수한 인재를 채용할 수 있는 메리트도 크다고 봅니다."

고바야시가 고개를 끄덕이고 나서 천천히 입을 열었다.

"무슨 말씀인지 잘 알겠습니다. 사실은 아사미 씨를 비롯한 셋이 합병을 하는 데 기본적으로 합의했습니다. 타이밍이나 절차에 대해 고민하던 참이었는데, 부디 와타나베 사장님께서 앞으로 많이 가르쳐주십시오."

"장외시장 등록을 마친 지 얼마 안 되는 와타나베 사장님의 말씀이라 설득력이 있습니다."

이마니시의 어조에는 실감이 담겨 있었다.

"장외시장 등록이 얼마나 어려운지에 대해서라면 얼마든지 말씀드리겠습니다. 기업가로서 장외시장 등록을 노리지 않는 사람은 없다고 생각합니다. 괜한 오지랖을 떨어서 죄송합니다."

와타나베가 진지한 얼굴로 고개를 숙였기 때문에 이번에는 에무라와 구로사와가 웃으면서 서로를 마주보았다.

5

식사 후 일행은 다카마루수산의 본사 사무소에서 방한복, 고무장화 등을 걸치고 11인승 모터보트에 탑승했다.

"방파제의 오른편으로 보이는 것이 빈다레 섬입니다."

이마니시가 가리킨 콩알만 하던 작은 섬이 순식간에 커다란 섬으로 변모했다. 근해의 양식장까지 약 20분.

빈다레 섬의 왼편으로 도이 곶이 펼쳐져 있었다.

곶과 섬과 테트라포드에게 경호라도 받듯이 8세제곱미터의 강관제 활어조 180대, 20세제곱미터의 화학섬유 활어조 14대, 30세제곱미터의 원형의 화학섬유 활어조 2대가 설치되어 있었다.

모터보트에서 15톤짜리 제77호 다카마루(사료공급선)로 갈아탄 지 얼마 안 돼서, 여러 명의 바다 사나이들이 모여들었다.

"와타나베 사장님, 하루 종일 목숨을 걸고 바다와 '미인어'를 지키는 양식부의 직원들입니다. 다들 여러분께 인사를 드리고 싶다는군요."

고바야시가 와타나베의 귓전에서 큰소리로 외쳤다.

바람이 강해서 소리 높여 말하지 않으면 들리지 않았다.

바다 사나이들의 얼굴은 이마니시와는 비교도 안 될 만큼 새까맸다. 검게 그을린 이마가 태양에 반사되어 반짝반짝 빛났다.

사료공급선에 올라탄 남자들이 한 사람 한 사람과 와타나베 일행은 굳은 악수를 교환했다. 감동이 전해졌다.

"도도로키입니다."

"와타라이입니다."

"기타야마입니다."

"다케다입니다."

마지막으로 선장인 세지야마가 자기 소개를 했다.

도도로키 시게미轟茂巳는 양식부장(46살), 다니구치 에이토쿠谷口英德는 차장(33살), 와타라이 다다히로渡会忠博는 과장(48살), 기타야마 세이치北山聖市는 계장(32살), 다케다 유키오武田幸生는 계장(31살), 그리고 선장인 세지야마 히로시瀬治山裕之는 주임(37살).

남자들의 미소는 호방하기 짝이 없었다.

자연은 사람을 다정하게 만드는 것일까. 와타나베는 뜨거워지는 가슴으로 그런 생각을 했다.

바쁜 남자들과의 인사는 몇 분만에 끝났지만 와타나베는 손에 언제까지나 그 온기가 남았다.

다른 사료공급선이 활어조에 사료를 뿌리고 있었다. 물보라를 일으키며 물고기들이 바닷물 위로 뛰어올랐다.

"다들 기운이 좋고 싱싱합니다."

이마니시가 흡족스런 표정을 지었다.

돌아오는 길에 이마니시가 와타나베 일행에게 해수의 산소량을 측정하던 남자는 가미무라 다카시上村隆(42살)로 시험·연구실장이라고 소개해주었다.

"양식장의 대부분이 폐쇄형 해양이지만 노베오카도 구시마도 외양성 어장이라서 언제나 태평양의 바람과 파도와 물결을 정면으로 받습니다. 그만큼 현장 작업은 무척 고생스럽지요. 태풍으로 8미터가 넘는 집채만 한 파도가 덮친 적도 있지만, 그렇기 때문에 바다는 늘 깨끗한 거랍니다. 그리고 파도와 물결이 만들어내는 해수의 에너지가 살이 탄탄한 '미인어'를 키워주는 거지요. 특히 방어 같은 물고기는 해수에 녹아든 산소가 대량으로 필요하기 때문에 저산소, 산소부족이 되면 물고기의 성장정지, 호흡곤란, 때로는 폐사로 이어집니다. 깨끗한 환경 유지와 치밀한 관측활동을 게을리 해선 안 됩니다. 도도로키 이하 전 직원이 노력하고 있지요. 바다가 집이나 다름없으니까요."

"바다는 모든 생명의 어머니입니다. 해수 안에는 다양한 생물이 생태계를 형성하고 있습니다. 그중에는 원충도 서식하고 있습니다. 원충 중에는 물고기의 피부나 체내에 기생하는 것도 있기 때문에 다카마루수산에서는 정기적으로 육성 중인 물고기를 활어조에서 꺼내 목욕을 시킵니다. 기생충의 박멸뿐만이 아니라 물고기에게는 좋은 스트

레스 해소가 되지요.”

바다 사나이들이 물러간 다음에 이마니시는 모터보트 아래쪽 선실에서 설명해주었다. 와타나베는 사보인 '믿음직한 거북이'에 기고할 생각이었기에 열심히 메모했다.

가공공장의 청결함에도 와타나베 일행은 감동했다. 하루 12,000마리의 처리능력은 일본국내에서 최고였다.

오전 7시 반에 육지로 끌어올려 방혈, 8시 해체 = 머리 커트, 복강 내 청소, 예비 냉각, 세 장 뜨기, 정형수분 제거 = 진공 포장, 제품 냉각, 계량, 패킹(얼음 주입). 오전 11시~오후 2시 발송. 오후 1시~4시 미야자키공항 출발. 오후 3시~오후 6시 하네다공항 도착. 그리고 다음날 아침 배송센터, 매장 진열의 순서가 된다.

원료, 사료, 제품의 품질관리는 시스템화되어 만전의 체제를 갖추고 있었다.

세균(살모넬라균, 대장균, 일반생균, 비브리오균) 검사는 사내에서 매일 실시되고 있지만, 정기적으로 위탁검사도 실시된다.

지방분, 산화도, 혈액검사 등의 일반분석도 매일 하지만 생식을 위한 K치, 간장 내부의 비타민 함유량, 혈액검사도 정기적으로 사내, 위탁 양쪽에서 실시하고 있다고 한다.

관능검사라고 불리는 시식회도 매일 사원들이 돌아가면서 윤번제로 실시한다.

5000제곱미터의 광대한 부지 내의 구석에 있는 수리공장이 와타나베 일행의 눈에 들어왔다.

"오사카에서 철공소를 경영하던 니시무라 유타카西村豊를 제가 스카우트했습니다. 영선과장인데 혼자서 설비수리를 담당하고 있습니다. 가장 힘든 업무일지도 몰라요. 말 그대로 그늘에 가려진 공로자이죠."

묵묵히 작업하는 니시무라의 진지한 모습이 와타나베의 인상에 남았다.

6

후일 와타나베는 '듬직한 거북이'에 대강 다음과 같이 썼다.

가공공장도 청결하고 위생관리도 구석구석 철저했다.

생선의 보존관리에 많은 주의를 기울이고 있었다. '마래미'는 잡은 지 2~3일 후에 먹어야 살도 부드럽고 맛이 진해져서 가장 맛있게 먹을 수 있다고 한다.

진공 팩에 담겨 숙성을 시키면서 우리들의 가게에 납품되고 있다.

이마니시 사장님이 이런 말을 했다.

"인류의 문명과 자연이 접촉할 때 반드시 자연파괴가 동반되고 환경오염이 진행됩니다. 다카마루수산의 본질은 자연 사업이며, 그 자연이 파괴되고 환경이 오염될 때 당사의 존재기반 자체가 붕괴되는 것은 당연한 귀결입니다. 그래서 '인간' 혹은 '인간' 이상의 중점사항으로서 환경대책에 만전을 기하고 있습니다. 구시마, 노베오카 모두 미야자키현 수산시험장이 정점관측 지점으로 정해서 정기적으로 환경의 오염 상황을 측정하고 있습니다만, 항상 A급 어장의 규격 안에 있습니다. 이것은 당사가 대량의 물고기를 양식하면서도 환경보전에 주력하고 있다는 증거이자, 작년부터 다른 양식장보다 앞장서서 개량자원(조개의 화석분말)을 산포하는 등의 경영노력에 의한 것이라고 자타 모두 공인하고 있습니다. 환경의 악화는 인간의 죽음을 의미합니다. 건강할 때야말로 건강관리 강화책이 유효한 법이며, 그것은 일본 최대의 양식장이라 자부하는 당사의 사명이기도 합니다."

실천하기 위해 싸우는 사람이 하는 말인 만큼 설득력이 있었다.

이번 시찰로 우리가 판매하는 마래미의 높은 품질, 안전성을 확인할 수 있었던 만큼 무척 큰 의미가 있었다.

그보다 더 큰 수확은 마래미 양식에 종사하시는 분들의 진지한 자세를 가까이서 볼 수 있었다는 것이다.

우리들의 이념과 공통된 가치관을 공유하고 있는 사람들과 만난 것은 감동적이었다.

거기서 근무하는 사람들의 미소는 참으로 아름다웠다. 자연은 사람을 다정하게 만드는 것 같다. 이렇게 훌륭한 만남을 거듭 경험하면서 꿈을 추구하자고 다짐하게 된 시찰여행이었다.

와타나베가 에무라와 구로사와에게 "마래미에 한해서 1사 납품으로 가자"는 말을 꺼낸 것은 1박2일의 미야자키 출장에서 돌아오고 얼마 지나지 않은 1월 하순의 일이었다.

"품질 면에서도 가격 면에서도 메리트가 있는 이상 그렇게 해야 옳

다고 본다. 고바야시 사장님과 이마니시 사장님의 인품에도 감명을
받았어. 이 인연을 소중하게 키우고 싶다. 백문이 불여일견이라는 말
이 딱 들이맞는다고 생각했어."

"그만큼 대규모 양식장이라면 문제없겠지. 나도 찬성이야."

"이의 없습니다."

에무라도 구로사와도 찬성했다.

이리하여 와타미푸드서비스와 다이로쿠의 거래 관계는 돈독해져서
단기간에 연간 베이스의 거래액이 1억 엔이 되었다. 다이로쿠는 와타
미서비스에 의해 대형 납품업자로 성장하게 된 셈이었다.

7

미야자키 출장에서 돌아온 지 얼마 안 된 1월 31일 오전 9시 무렵,
와타나베는 사장실에서 영업본부장인 오카모토와 카운슬링 중이었다.

부장 이상의 간부를 대상으로 매월 1회, 각자 1시간씩 카운슬링 시
간을 가지고 있었다.

오카모토에게 부하 한 사람 한 사람의 건강상태를 듣고, 정신적으
로 고민하는 사원이 있다면 조언을 아끼지 않았다. 와타나베는 말 그
대로 카운슬러였다.

노크 소리와 동시에 영업1부장인 세이토가 사장실로 뛰어 들어왔다.

"'후지사와점'의 점장이 방금 하라다에게 연락을 해왔는데, 에구치
아키라江口明가 교통사고로 경찰에 체포되었다고 합니다."

하라다는 세이토 밑의 영업과장으로 '와타미 후지사와점'을 관할하고 있었다.

"뭐라고?!"

와타나베도 오카모토도 반사적으로 벌떡 일어났다.

"'후지사와점'의 영업이 끝난 후 남녀 4명씩 8명에서 근처 이자카야에 놀러갔던 모양입니다. 한잔하고 돌아가는 길에 음주운전으로 전봇대와 충돌해서 조수석에 타고 있던 고타니 데쓰오小谷哲夫라는 알바생이 중태로 위독하다고……."

세이토의 얼굴도 새파랗게 질려 있었다.

"에구치가 운전하고 있었던 거야?"

"예."

"고타니 외에는 무사한가?"

"중상을 입은 사람도 있는 모양이지만 생명에는 지장이 없다고 합니다."

와타나베가 도로 자리에 앉았기 때문에 오카모토도 세이토도 따라 앉았다.

"고타니라는 알바생은 누군지 모르겠지만 부디 무사했으면 좋겠구나. 죽으면 에구치는 어떻게 되는 거야?"

에구치는 1997년 4월에 입사할 내정자 33명 중의 1명으로 1996년도의 채용내정자 제1호였다.

성실한 성격이지만 근성도 있어서 와타나베도 인사부장인 야마구치도 면접에서 A랭크의 높은 점수를 줬다.

에구치는 와코대학 경제학부 4학년이지만 2년 전부터 "졸업하면 와타미의 정사원이 되고 싶다"고 말해왔던 것이다.

얼마 후 히리디가 사장실로 달려왔다.

"고타니가 죽었다고 합니다."

"틀렸나. 기도가 통하지 않았구나."

와타나베는 커다랗게 한숨을 내쉬었다.

1주일간의 구류에서 풀려난 에구치는 자살해도 이상할 것이 없을 만큼 초췌해져 있었다.

사실 에구치로서는 살아있다는 것 자체가 괴롭기 짝이 없었다.

야마구치가 에구치의 처우에 대해 의논하러 왔을 때 와타나베는 "야마구치 씨 의견에 나도 찬성합니다"라고 즉답했다.

"에구치는 실형을 피할 길이 없다고 봅니다. 일반적으로 채용을 취소하는 것이 타당하겠지만 어떻게 구해줄 방법은 없을까요? 에구치도 이번 일로 충격이 이만저만이 아닐 겁니다. 그런 때 와타미에게도 버림받으면 정말로 자살할지도 모릅니다. 게다가 성격도 좋은 청년이고……."

"동감입니다. 채용을 취소한다는 것은 와타미의 문화에 위배됩니다. 면접시험 때 야마구치 씨도 저도 에구치와 마음이 통했다고 생각합니다. 인연을 소중하게 생각하는 것이 와타미의 문화입니다. 어떤 결과가 나오든 에구치를 버리는 일은 결코 없을 겁니다. 와타미는 반드시 에구치를 지키겠다고 야마구치 씨가 본인에게 전해주십시오."

"감사합니다. 이걸로 에구치는 재기할 수 있다고 생각합니다."

야마구치는 깊숙이 머리를 숙였다. 고개를 들었을 때 야마구치의 눈에는 눈물이 고여 있었다.

신타카나와 프린스호텔 비천에서 가진 창립10주년의 기념파티에서, 에구치를 비롯한 33명의 1996년도 내정자들도 맨 마지막에 무대 위로 올라갔다. 따로따로 소개되지는 않았지만, 에구치도 가슴을 부풀리고 자랑스러운 생각에 젖어들었던 사람들 중 한 명이었다.

에구치의 양친이 채용을 취소하지 않겠다는 연락을 듣고 와타나베에게 감사 인사를 하러 찾아왔다. 부친은 사고 다음날에도 찾아왔었기 때문에 두 번째로 만나는 것이었다.

"사고 후 아들은 입버릇처럼 죽고 싶다고 했습니다. 저희도 걱정이 돼서 한시도 눈을 뗄 수가 없었지요. 그런데 야마구치 인사부장님께 와타나베 사장님이 채용을 취소하지 않겠다고 약속해주셨다는 말을 듣고 아들은 되살아났습니다. 꿈만 같았습니다. 이 은혜는 잊지 않겠습니다. 아들과 저희 부부는 평생이 걸리더라도 이 죄를 갚을 생각입니다."

부친의 목소리는 떨렸고 모친은 흐느꼈다.

"아드님은 이번 불상사를 발판으로 삼아 인간적으로 크게 성장하리라 믿고 있습니다. 우리들도 이 일을 교훈으로 삼지 않으면 안 됩니다. 아드님을 맡고 있는 이상 저도 아드님을 지켜볼 책임이 있습니다. 부디 안심하시고 저희에게 맡겨주세요."

"감사합니다."

에구치의 부모님은 사장실에서 끝없이 울었다.

8

와타나베는 2월호의 사보 '듬직한 거북이'에 '우리는 잊어서는 안 된다'라는 제목으로 다음과 같은 메시지를 사원들에게 던졌다.

신은 우리에게 망각이라는 능력을 내려주셨다. 일본의 암기위주 교육은 이 능력과 가장 상반되는 것이기도 하다. 이것은 참으로 고마운 능력이다. 사랑하는 사람을 잃었을 때의 슬픔을 만약 잊지 못한다면 인생은 지옥 같을 것이다. 그러나 세상에는 결코 잊어서는 안 되는 일도 일어난다.

이번 달 연수시간에도 소리 높여 외친 적이 있지만 사람들이 슬슬 잊기 시작했을 것 같아서 다시 한 번 사보에서 언급하고자 한다.

이 사건을 우리는 잊어서는 안 된다.

1월 32일 닛케이신문 석간에 학생 1명이 교통사고로 사망했다는 기사가 실렸다.

자세한 내용은 5인승 라이트밴에 8명이 탑승, 음주운전으로 전봇대와 충돌하여 1명이 사망하고 7명이 중경상을 입었다는 기사였다.

1월 31일의 영업 종료 후 클로징(폐점작업) 멤버 10명 중 8명이 최근 문을 연 이자카야에서 놀다가 귀갓길에 생긴 사고였다.

특히나 유감스러운 점은 사고를 일으킨 음주운전자가 올봄에 사원으로 입사할 예정이었던 알바생이라는 사실이었다. 그는 당연하지만 사고 후에 체포되었다.

31일 오전에 카운슬링을 하던 도중 이 사건 소식을 들었다. 첫 소식은 위독하다는 것이었다. 그로부터 10여분 후 무정하게도 "방금 사망했다"는 두 번째 소식을 받았다. 무사히 회복되기를 간절히 빌던 중에 들어온 소식이었다. 죽은 알바생은 스물두 살이었다고 한다.

그 부모님이 이 사건을 어떤 마음으로 들었을까 생각하면 그저 가슴이 아릴 뿐이다. 자식이 생긴 후 처음으로 부모의 심정을 이해할 수 있게 된다고 한다. 사망한 알바생의 부모님은 틀림없이 "차라리 내가 대신 죽고 싶다"고 생각하실 것이다. 틀림없이 "시간을 되돌리고 싶다"고 생각하실 것이다. 틀림없이 목숨이 깎여나가는 듯한 고통에 시달리고 있을 것이다.

신은 아이러니하게도 자동차 소유자이자 운전자에게는 타박상밖에 내리지 않으셨다. 살아남은 가해자는 죽는 순간까지 친구를 죽였다는 현실에서 달아날 수 없다. 앞으로 평생을 죄를 갚으면서 살아가야 한다.

사고 다음날 본인이 체포되었기 때문에 아버님이 회사로 찾아와서 동승자들의 주소와 이름을 물어보셨다. 부친과 다른 가족까지 끌어들인 지옥이 이제부터 시작된다.

나는 인간이 이 지구에서 인간성을 높이기 위하여, 그 생명체를 갈고 닦기 위하여 태어났다고 믿는다. 그렇다면 죽은 알바생은 지구에서의 임무를 달성했기 때문에 신께 불려갔지만, 사고를 일으킨 가해자는 평생 참회하면서 인간성을 향상시키라고 신께서 요구하고 계신 것일지도 모른다.

인생에는 해도 되는 실패와 해서는 안 되는 실패가 있다. 나는 해도 되는 실패와 해서는 안 되는 실패의 차이는, 실패를 통해서 배우는 효과인 '시간적 효과', '타임 퍼포먼스'로 측정할 수 있다고 생각한다.

예를 들어 1만 엔을 잃어버렸다고 가정하자. 그 돈을 되찾는 데 걸리는 시간은, 일급이 1만 엔이라면 하루가 걸린다. 그 하루 덕분에 앞으로의 평생 동안 돈을 꼼꼼하게 관리하고 잃어버리지 않는 습관을 길렀다면 싸게 먹힌 셈이다. 따라서 이 실패는 해도 되는 실패다.

이런 식으로 생각할 때 이번 실패는, 당연히 결코 해서는 안 되는 실패였다. 왜냐하면 죽어버린 생명은 되살릴 수 없기 때문이다. 설령 이번 실패를 통해 다시는 음주운전을 하지 않는 습관을 익힌다고 해도 이미 아무런 도움이 안 되기 때문이다.

남성 4명, 여성 4명. 일이 끝났다는 해방감에 잔뜩 흥이 났을 것이다. 자제력을 잃고 흥청망청 마시다가 분위기에 휩쓸려서 정원 오버의 음주운전. 학생 때부터 누구나 한 번쯤 경험이 있을지도 모른다. 하지만 어떤 경우에도 이런 잘못을 저질러서는 안 되는 것이었다.

이 메시지를 읽는 동지 여러분에게 부탁하고 싶다. 이 사건을 주위 사람들에게 끊임없이 알리자. "이전에 우리 가게에서……"라고 말하기 바란다. 이야기를 들은 알바생은 똑같은 상황과 맞닥트렸을 때 아마도 '아주 조금' 주의할 것이다. 마음이 들떠 있을 때 '아주 조금'이라도 정신을 차릴 시간을 가질 수 있다면 대형 사고는 일어나지 않을 것이다.

피해자의 죽음을 개죽음으로 만들어서는 안 된다. 다시는 우리의 동료들 사이에서 사망자가 나와서는 안 된다.

인간성 성장을 위해 시련의 길을 걸어가는 사람에게 진심으로 응원을 보낸다. 사실을 정정당당히 받아들이고 결코 달아나지 마라. 그리고 죽은 알바생의 명복을 진심으로 빈다.

9

1주일의 구류 끝에 에구치는 석방되었다.

에구치는 석방 후 '와타미 가마타 히가시구치점'에서 알바를 계속했다. '후지사와점'에서 알바를 하는 것은 규정상 무리였지만, 와타미에 매달리고 싶다는 심정을 버릴 수 없었던 데다 고타니를 애도하고 싶다는 마음도 있었기 때문이었다.

에구치로서는 와타미푸드서비스와 와타나베 같은 동지들만이 그 무엇보다 소중한 안식처였다.

그리고 에구치는 4월 1일자로 와타미푸드서비스의 정사원이 되어 '가마타 히가시구치점'에 배속되었다.

와타나베가 신입사원들에게 '경영목적에 관하여'라는 제목의 리포트를 쓰게 한 것은 7월 초의 일이었다.

에구치의 리포트를 와타나베는 두 번 읽었다. 두 번째는 줄까지 그어가면서.

6월에도 가마타 히가시구치점은 목표를 달성하는 데 성공했습니다. 이것은 다 방문해주신 손님, 다른 점포에서 도와주러 온 알바생 여러분, 그리고 우리 점포 사람들의 노력 덕분이라고 생각합니다.

마지막 1주일은 정말 힘이 들었습니다. 수많은 손님들을 맞이했지만, 불쑥 "오늘의 나는 미소가 부족한 것은 아닌가? 접객도 너무 사무적이지 않은가? 바쁘다고 대충 일하고 있지는 않은가?"라는 생각이 들곤 했습니다.

이래선 안 되겠다 싶어서 "모든 손님을 고타니 데쓰오라고 생각하며 맞이하고, 힘들 때는 그렇게 생각하며 일하자"고 다짐했습니다.

나는 '나의 맹세'를 여기에 써두겠습니다.

"나 때문에 많은 사람들이 눈물을 흘리고 몸과 마음에 깊은 상처를 입었다. 이제부터는 많은 사람들이 즐겁고 행복하다고 생각할 수 있도록 도우며 살자. 그것이 나의 사명이다. 와타미의 점포는 그 사명을 실행할 장소라고 생각한다."

또 내 처지는 불안정하지만 와타미에서 일하고 살아가는 이상 자신의 사명이라고 생각한 일을 실행하다 보면 와타미의 경영목적을 추구할 수 있다고 믿습니다.

경영목적을 계속 추구해 나가는 것이 지금까지 신세를 진 분들, 나 때문에 몸과 마음에 상처를 입으신 분들, 나 때문에 우신 분들, 지금까지 용기를 북돋아주신 분들, 그리고 데쓰오에 대한 최소한의 속죄이자 보은이라고 생각합니다.

에구치가 '내 처지는 불안정하다'고 쓴 이유는 아직 판결이 나오지 않았기 때문이었다. 와타나베는 '가마타 히가시구치점'으로 여러 번 발걸음하여 에구치를 격려했다.

그날 밤 와타나베는 에구치와 한잔했다.

"교통형무소에는 언제 들어가나?"

"한 달 뒤인 3월 3일입니다."

"그래. 한 달 동안 회사를 쉬면서 부모님께 효도부터 해라."

"불효이겠지만 3월 2일까지 일하게 해주세요. 효도는 출소한 뒤에 할게요."

"그래. 어떻게 보면 에구치는 1년이나 휴가를 얻은 거야. 신이 평생 분의 휴가를 주셨다고 생각하면 마음이 편해질 거야. 책도 많이 읽어라. 쉬면서 인간을 갈고 닦는 것은 아무나 할 수 있는 일이 아니야. 1년 후에 에구치가 얼마나 성장했을지 기대하고 있으마. 에구치도 1년 동안 와타미가 얼마나 성장할지 기대해봐."

에구치는 울지 않았다. 마음속으로는 통곡을 하고 있었지만 웃으면서 와타나베가 따라주는 맥주를 받았다.

3일 후 에구치와 에구치의 양친이 인사를 하러 본사에 들렸다.

와타나베는 에구치에게 웃어 보였다.

"1년이 지나면 금방 복귀할 수 있도록 자리를 마련해두마."

"감사합니다."

"와타나베 사장님의 은혜는 잊지 않겠습니다. 아무리 감사를 드려도 모자라다고 생각합니다. 채용이 취소되어도 마땅한데 입소 직전까지 근무하게 해주신 데다 1년 후에 일할 장소까지 마련해주신다니 이렇게 황감한 일이 어디 있겠습니까. 따뜻하신 배려에 저희도 아들도 얼마나 안심했는지 모릅니다. 아들은 정말 행복한 놈입니다."

정직해 보이는 부친은 기도라도 하듯이 수없이 머리를 조아렸다. 모친은 줄곧 어깨를 떨며 울고 있었다.

10

와타나베가 가나가와 현립 기보가오카고교 시절부터 절친했던 친구, 가네코 히로시가 1997년 3월 31일자로 와타미푸드서비스를 퇴직했다.

가네코와 구로사와 신이치는 와타나베가 와타미푸드서비스의 전신인 와타미상사를 설립하고 '쓰보하치'의 프랜차이즈점부터 시작했던 창업기에 한 지붕 아래서 동고동락했던 동료였다.

가네코의 사의가 확고하다는 것을 알았을 때 와타나베는 애써 감정을 억누르고 가네코와 마주했다.

두 달쯤 전인 1월 22일 오후 10시 반, 미야자키 출장에서 돌아온 날 본사 사장실에서 최후의 만류를 시도했다.

"와타미를 그만두고 고난다이港南台에서 음식점을 경영할 바에는 와타미그룹 안에서 야키니쿠야焼き肉屋라도 여는 게 어때? 와타미에는 독립 프랜차이즈제도 있으니까. 나로서는 가네코가 와타미를 나가는 것이 무척 괴로워. 무엇보다 와타미의 경쟁자가 되겠다니 너무하다고 생각하지 않아?"

당시 가네코는 영업부문에서 점포개발부문의 과장으로 이동되어 물건물색 업무를 담당하고 있었다. 자신이 찾아낸 고난다이의 물건이 '이쇼쿠야 와타미'로 쓰기에는 좁으니까, 와타미푸드서비스를 그만두고 이자카야 1호점을 개업하겠다는 것이 가네코의 계획이었다.

독립심이 강한 사원들을 위하여 와타나베가 고안한 사원 독립 프랜차이즈 제도의 적용 제1호를 목표로 기쓰나이 미노루가 점포를 찾고 있었기 때문에, 와타나베는 해당 물건을 기쓰나이에게 양도하라고 권해보았지만 가네코는 들은 척도 하지 않았다.

"나는 와타미에서 탈락한 사원이야. 와타미의 그릇이 커지면서 점점 따라가지 못하게 되었어. 난 와타미에서 존재감이 없어. 와타미에서 노력하려는 마음이 안 생겨. 더 이상 일할 자신도 없고 업무도 재미가 없어."

"야키니쿠야를 해볼 생각도 기쓰나이에게 양보할 생각도 없구나."

가네코의 결심은 확고했다.

"네 마음은 고맙지만 무슨 소리를 해도 와타미에 머물 마음이 없어. 와타미에서는 일개 종업원에 지나지 않으니까 창업자의 일원으로서 주식을 보유할 자격도 없다고 생각해."

가네코는 와타미푸드서비스의 주식을 15만주나 보유하고 있었다.

가네코가 금전적으로 쪼들리고 있다는 소문은 와타나베도 들은 적이 있었다. 다시 말해서 돈을 원하는 것이었다.

와타나베는 가네코를 말리는 것을 포기했다. 정확하게 말하자면 마음이 식어버렸다.

"알았어. 주식은 내가 인수할게. 조건은 고와 의논해줘."

와타나베는 그날 밤늦게 고에게 전화를 걸었다.

"가네코가 와타미를 그만두게 되었어."

"결국 그렇게 되나. 구로사와는 부장으로 승진했는데 가네코는 여전히 과장이고, 게다가 6월의 총회에서 구로사와를 임원으로 재임하겠다고 사장이 선언했으니, 벌어져버린 구로사와와의 차이가 결정적인 계기가 되었겠지. 가네코에게 있어서 이건 결코 참을 수 없는 상황이 되어버린 거야."

"구로사와와 차이가 나는 것은 당연하잖아. 구로사와는 노력했고 가네코는 노력하지 않았어. 차이가 있다면 그것뿐이야. 가네코는 장외시장 등록까지 아무 내색도 않고 가만히 기다린 것 같아."

"나도 그렇게 생각해. 창업자이득을 얻기 위해서 굴욕을 견딘 거겠지. 등록을 기다리지 않고 떠나간 외골수인 가사이와는 달라도 너무 달라."

"가네코는 속물적이라고 할까, 구로사와나 나와의 동지적 통합보다 라이벌 의식 쪽이 강했던 걸까."

"구로사와는 이미 가네코와는 말도 섞지 않을 만큼 마음이 멀어졌어. 가네코를 용서할 수 없다는 말까지 하더라. 하지만 신이 아닌 인간이니까 가네코의 입장이나 기분도 이해가 가긴 해."

"가네코는 원래부터 무슨 생각을 하고 있는 건지 알기 힘들었어. 와타미의 문화와 융화되지 못했다는 거겠지. 마음이 통하지 않게 되어버렸어. 유대감이 사라졌다, 그렇게 봐야겠지."

"……."

"가네코가 보유하고 있는 주식은 내가 은행에서 빚을 내서라도 인수할 수밖에 없어. 와타미를 배신한 사람이 보유하게 내버려두는 것은 찜찜해. 가네코도 자금이 필요한 모양이니까 조건을 협상해주지 않겠어?"

"알았어."

결국 가네코는 3월 31일자로 퇴직하고 와타미푸드서비스의 주식은 와타나베가 인수했다.

와타나베는 4월 19일자 일기에 다음과 같이 적었다.

가네코와 결별하게 되었다. 와타나베 미키의 지배에서 벗어나고 싶다는 가네코의 솔직한 마음의 소리에 응하지 않을 수가 없었다.

와타미의 성장, 가네코 자신이 놓여 있는 입장의 변화, 자신의 적성 등을 고려해서 도출해낸 결론을 존중하자.

이제 다시는 가네코와 말을 섞을 일은 없겠지. 그런 기분이 든다. 역시 안타깝고 슬프다.

가네코가 와타미푸드서비스를 떠나고 반 년 후, 사업개발과장 야마구치 긴야(34살)가 사표를 제출했다.

야마구치는 연고 채용이었다.

와타나베의 대학시절 친구가 처남을 채용해 달라고 간곡히 부탁했던 것이었다.

야마구치는 가네코로부터 "내 파트너가 되지 않겠나? 와타미처럼 장외시장 등록을 목표로 노력하자"는 달콤한 말을 듣고 완전히 마음이 떠나버린 것이었다.

와타나베는 야마구치를 만류했지만 야마구치는 묵묵히 바닥만 내려다보았다. 마이동풍이란 이런 것을 두고 하는 말이다.

"와타미에서 배우면 좀 더 강한 사람이 될 수 있다고 생각하지만 가네코의 밑에서는 강해질 수 없어. 오히려 약해질 거야. 나는 더 이상 말리지 않겠지만 이 말만큼은 잊지 말았으면 좋겠군. 잘 해나가길 바라."

야마구치는 점장 한 명을 빼내서 가네코의 진영에 가담했다.

나중에 가네코가 와타미의 점포개발 과장 시절에 발견한 물건 중에서 가장 좋은 물건을 독립을 위해서 확보해둔 것을 알게 되었을 때, "와타미에 대한 배임행위가 아닌가. 용서할 수 없다"고 와타나베는 격노했다. 하지만 가네코의 성공을 걱정하는 마음이 훨씬 더 컸다.

11

떠나는 사람이 있으면 오는 사람도 있다. 오히려 오는 사람 쪽이 압도적으로 많은 것은 와타미푸드서비스의 성장세, 와타나베 미키의 리더십과 남의 마음을 사로잡는 구심력만 봐도 당연한 일이었다.

대학을 졸업하고 경리를 배우기 위해서 취직했던 미로크경리를, 와타나베가 반년 만에 그만 둔 이유는 애처 히로코와의 연애 때문이었다. 히로코와 만나는 계기를 만들어준 구와하라 나오토가 느닷없이 와타미푸드서비스 본사로 와타나베를 찾아온 것은, 와타미푸드서비스가 장외시장에 등록하기 2년 전의 일이었다.

구와하라는 와타나베가 미로크경리에 근무하던 시절에 가장 많은 업무를 가르쳐준 선배 사원이었다.

감개에 젖은 구와하라가 말했다.

"벌써 12, 3년이나 지난 옛일이지만 그 당시부터 와타나베는 사장이 될 거라고 노래를 불렀었지. 정말로 이렇게 훌륭한 회사의 사장이 되었구나."

"구와하라 씨는 히로코의 일도 포함해서, 제 은인 중 한 분이십니다. 감사하고 있어요. 미로크가 망해버렸는데 지금 어디서 근무하고 계십니까?"

구와하라가 명함을 내밀었다.

직함은 '이토추伊藤忠 테크노사이언스 주식회사 영업부장'.

"8년 전에 테크전자에 취직했다가 만 1년 만에 지금의 회사로 스카우트되었어. 벌써 마흔두 살이지만 이래 봬도 최연소 부장이야."

"구와하라 씨는 능력이 있으니까 당연한 일이지요. 컴퓨터 관련 업무일 것 같은데 지금 하시는 일은 재미있나요?"

"그냥 그렇지 뭐. 경쟁이 치열한 세계니까."

"그렇다면 와타미로 오세요. 점장직부터 시작해야 하지만 구와하라 씨라면 금방 영업부장이 될 수 있을 겁니다."

와타나베는 진심이었다.

구와하라와는 젊은 시절 마음이 잘 맞았다. 그렇기 때문에 이렇게 나를 찾아와 준 것이다.

"고마워. 나 같은 사람에게 그런 권유를 해줘서 고맙게 생각한다."

2개월 후인 5월 하순에 구와하라가 와타나베에게 전화를 걸어왔다.

"미키 씨가 보고 싶어졌어. 와타미에서 한 턱 쏴라. '간나이점'이라면 어디 있는지 알아."

"좋습니다. 그럼 내일 밤 7시면 어때요?"

"고마워."

"이 가게는 한 번 와본 적이 있어. 분위기도 좋고 음식도 맛있는 데다 가격도 저렴하지."

가게 안을 둘러보면서 말한 구와하라는 산토리의 생맥주를 벌컥벌컥 마셨다.

"혹시 구와하라 씨도 스카우트 제의가 솔깃한 것 아닙니까? 구와하라 씨 같은 인재라면 욕심이 납니다."

"……."

"수입은 일시적으로 줄어들지도 모르지만 와타미 쪽이 훨씬 장래성이 있다고 생각해요. 장외시장 등록도 시간문제고."

와타나베는 가망이 있다고 생각했다.

"지금의 회사가 나랑 안 맞는 건 아니지만 와타미푸드서비스보다 미키 씨에게 매력을 느껴. 진지하게 고민해볼게."

구와하라는 1995년 9월 11일자로 와타미푸드서비스에 입사했다.

연수 후 '와타미 요코스카점'의 점장으로 배속되었다. 집이 요코스카 시내였기 때문에 여러 모로 편리했기 때문이었다.

마흔두 살의 늙은 점장은 피나게 노력했다. 요코스카점의 매상을 늘리고 가네코가 사직한 것과 비슷한 시기에 본사의 영업부 과장으로 승진했다.

그리고 영업부장을 거쳐 점포개발부 실장(부장대우)으로 올라가 점포개발에서 수완을 발휘했다.

12

1997년 4월에는 햐쿠타케 다이지百武耐治, 6월에는 다카하시 다케시高橋武志가 와타미푸드서비스에 입사했다.

햐쿠타케는 1946년 4월 20일 출생으로 쉰한 살. 1971년 도쿄대학 농학부 농업경제학과를 졸업하고 홋카이도척식은행, 공인회계사 사무소, 주식회사 니즈웰, 주식회사 쓰카다 등을 거쳐 와타미푸드서비스에 입사했다. 공인회계사 자격을 가진 경리의 전문가였다.

와타나베는 니즈웰의 사토佐藤 사장으로부터 햐쿠타쿠를 소개받았을 때 즉각 와타미푸드서비스에 맞이하고 싶다고 생각했다. 2~3번 대화를 나누고 의기투합한 것이었다.

한편 다카하시는 학부는 상학부와 정경학부라 다르지만 메이지대학의 선배로, 1954년 5월 27일 출생의 마흔세 살. 와타미푸드서비스는 다이아프레시푸즈 마케팅 부장이었던 다카하시에게 경영 지도를 받고 있었다. 선생인 다카하시를 와타나베가 억지를 쓰다시피 스카우트했다.

햐쿠타쿠도 다카하시도 1997년 6월 21일의 제11회 정기주주총회에서 이사로 선임되었다.

1997년 3월기의 매상은 9,325,065,000엔, 경상이익은 666,027,000엔이었다.

또한 1998년 4월에는 요시다 미치히로吉田理宏가 입사했다.

요시다는 1964년 3월 9일 출생으로 서른네 살. 1986년에 오타루小樽상과대학을 졸업하고 일본LCL에 입사했지만 1995년 11월에 주식회사 캐리어비전을 설립하여 인재채용 · 사원교육의 프로가 되었다.

와타미푸드서비스는 캐리어비전의 클라이언트였는데, 와타나베는 요시다를 설득하여 일단 고문으로 맞이했다가 6월 19일의 제12회 정기주주총회에서 이사로 선임했다.

구와하라는 물론 햐쿠타케, 다카하시, 요시다 모두 와타나베 미키의 매력을 뿌리치질 못하고 와타미푸드서비스에 입사한 사람들이다.

1998년 3월 31일 와타미푸드서비스의 회사개요를 보면 주식발행총수는 1,940,000주, 발행주식은 8,025,000주, 주주수는 236명.

대주주는 다음과 같다.

▷와타나베 미키 = 2,694,000주(33.5퍼센트)

▷닛폰제분 = 1,305,000주(16.2퍼센트)

▷와타미푸드서비스 종업원지주회 = 299,104주 (3.7퍼센트)

▷구로사와 신이치 = 282,000주(3.5퍼센트)

▷요코하마은행 = 282,000주(3.5퍼센트)

▷㈜아레테 = 270,000주(3.3퍼센트)

▷고 마사토시 = 222,000주(2.7퍼센트)

▷산토리 = 210,000주(2.6퍼센트)

▷요코하마캐피털 = 177,000주(2.2퍼센트)

▷사쿠라은행 = 158,000주(1.9퍼센트)

또 점포수는 '이쇼쿠야 와타미'가 80개, '오코노미야키 HOUSE 도헨보쿠' 1개.

종업원수는 197명(남성 182명, 여성 15명).

1998년 3월기 매상은 13,051,239,000엔으로 전기 대비 40퍼센트 증가. 경상이익은 1,160,055,000엔으로 전기대비 74퍼센트 증가.

쾌진격, 고성장을 구가하고 있었다.

13

7월 27일 일요일 오전 10시 10분에 와타나베는 노무라증권의 야마시타 인수부장의 전화를 받았다.

"축하드립니다. 방금 대장성에서 와타미푸드서비스의 상장 인가가 떨어졌습니다."

"정말입니까? 감사합니다."

"장외시장에 등록한 지 2년도 안 돼서 2부 상장에 성공하다니 정말 대단합니다."

"2부 상장은 통과점에 불과합니다. 2년 후인 2000년에는 1부로 올리갈 것을 약속드립니다."

와타나베는 밝은 목소리로 말했지만 장외시장에 등록했을 때의 들끓는 것 같던 흥분은 느껴지지 않았다. 실제로 통과점에 지나지 않는다고 생각했던 것이다.

7월 29일자의 닛폰케이자이신문 조간에 '와타미푸드서비스 ▷상장 예정일 = 8월 28일 ▷공모 = 80만주 ▷신청 = 8월 6일~14일 사이의 3일 연속 영업일 ▷불입 = 8월 27일 ▷주간사 = 노무라증권'이라는 작은 기사가 게재되었다.

노무라증권과 수차례에 걸쳐 절충한 결과, 공모가격을 3,088엔으로 결정한 것은 8월 5일의 일이었다.

증권회사의 북 빌딩Book Building—기업공개 시 공모가격 산정을 위해 주간사가 공모주식 수요를 파악하여 공모가격을 결정하는 것 방식에 의한 할인율이 3.5퍼센트이므로 와타미푸드서비스는 23억 엔 이상의 자금을 도쿄증권시장에서 조달할 수 있게 되었다.

상장 당일인 8월 28일은 닛케이 평균주가가 1986년 이래 12년 만에 14,000엔으로 떨어져서 경제사에 길이 남을 날이 되었다.

한때는 전일대비 621엔 아래로 폭락했지만 종가는 전일대비 498엔 낮은 13,915엔.

그런 가운데 와타미푸드서비스의 주식은 시초가 3,000엔, 종가 3,150엔이었다.

"와타미의 주식은 강하다."

시장 관계자는 하나같이 찬탄을 터트렸다.

신주 80만주의 공모 결과 와타미푸드서비스의 발행주식총수는 12,837,500주, 자본금은 1,766,675,000엔이 되었다.

이날 오후 2시부터 도쿄증권거래소 15층 응접실에서 인증식이 거행되었다.

상장통지서

와타미푸드서비스주식회사

대표이사 와타나베 미키

귀사 주권을 1998년 8월 28일자로 당 거래서에 상장하여 시장 제2부 종목으로 지정한 것을 통지합니다.

도쿄증권거래소

이사장 야마구치 미쓰히데山口光秀

금속판에 글씨가 새겨진 호화로운 상장통지서와 기념품인 청동상이 이사카井坂 부이사장으로부터 와타나베에게 건네졌다.

이날 밤 와타나베는 '와타미 가마타 히가시구치점'에서 에무라, 고, 구로사와, 다카하시 등의 간부들과 모여 축배를 들었다.

생맥주로 건배하며 와타나베가 말했다.

"장외시장에 등록했을 때는 약속대로 성대한 파티를 열었지만 이번에는 돈이 드는 짓은 하지 말자."

"아무것도 없는 겁니까?"

"그래, 아무것도 없어."

와타나베는 에무라에게 대답했지만 팔짱을 끼고 잠시 고민했다.

"뭔가 하나쯤 기념이 될 만한 일을 할까. 문득 생각났는데 나무를 심는 건 어때? 좋아, 당장 오마쓰 씨의 의견을 물어보자."

와타나베는 무릎을 철썩 때리고는 혼자서 공상에 잠겼다.

에무라가 고개를 끄덕였다.

"오마쓰 씨라면 오비히로帶広에 나무를 심으려고요?"

"바로 그거야."

와타나베는 히쭉 웃었다. 자기가 생각해도 굿 아이디어인 것 같았다.

14

와타나베가 오마쓰 히로시大松博와 명함을 교환한 것은 1997년 6월 26일의 저녁 때였다.

전화로 약속을 잡고 오마쓰가 와타나베를 찾아왔던 것이다.

오마쓰의 명함에 적혀있는 직함은 호쿠렌농업협동조합연합회(JA그룹) 마케팅본부 판매개발실장으로, 도쿄 주재원이었다. 연령은 대충 쉰 살 언저리로 보였다.

신장은 180센티미터 가까웠다. 어깨가 떡 벌어진 것이 와타나베 못지않게 훤칠한 장부였다. 와타나베와 히로코의 결혼식에서 자진해서 사회를 맡아주었던 폴 목사와 비슷한 외모였다. 초대면에서 오마쓰의 얼굴은 이미 웃고 있었다.

명랑하기로는 와타나베도 남에게 뒤지지 않았지만, 한두 마디 섞어보니 오마쓰의 끝없는 명랑함은 차원이 틀리다고 와타나베는 생각했다.

"와타나베 사장님, 농업 진출이 꿈이라고 강연하셨는데 진심입니까? 그냥 일시적인 변덕이 아니고요?"

"물론 진심입니다. 우리 손으로 재배한 것을 와타미의 손님에게 제공할 수 있다면 아주 행복할 것 같습니다."

"호오오. 즉 진심이시군요. 그렇다면 제가 힘이 되어 드리죠.

와타나베는 6월 18일의 오후 1시 반부터 교하시京橋회관에서 거행된 '먹거리의 마케팅연구회'가 주최하는 세미나에서 90분간 강연을 했는데 오마쓰는 청강생 중 한 명이었다.

"홋카이도의 감자나 양파의 재배를 채원彩園에 위탁하는 방법이 있거든요. 사원연수로 실습을 받는다면 본인들 손으로 직접 재배할 수 있습니다."

"구체적으로 그런 채원이 있습니까?"

"있고말고요. 오비히로의 다이쇼大正농협에 당장 문의해보지요. 오비히로공항에서 5분도 안 걸립니다."

와타나베는 이 사람이야말로 일시적인 변덕을 부리는 것이 아닌지, 어째 일이 너무 술술 풀린다며 살짝 의심스러워졌다.

"1년 정도 시간을 들여서 실현할 수 있다면 기쁘겠습니다."

"이 오마쓰에게 맡겨주세요. 와타나베 사장님의 강연을 들었을 때

삐비빗하고 가슴에 신호가 왔습니다."

오마쓰는 하하핫, 하고 호탕하게 웃었다.

와타나베, 에무라, 구로사와의 3명이 오마쓰의 안내로 오비히로로 출장을 간 것은 9월 21~22일의 이틀간이었다.

다이쇼농협의 채원을 시찰하고 오비히로 다이쇼농협협동조합 대표 이사 조합장 야마다 아키요시山田昭義, 전무이사 가지 히데아키梶英明와 의견을 교환했다.

와타나베는 잘 될 것 같다는 느낌을 받았다. 그리고 사이토 마사시斎藤正志, 쓰루노 나오미鶴野尚美, 가지 마사노리梶昌紀, 구보 유토久保勇人의 4명의 농장주가 사전 협의를 위하여 상경한 것은 12월 15일이었다.

오후 4시부터 와타미푸드서비스의 본사에서 오마쓰도 불러서 자유롭게 대화를 나누었다.

사이토는 쉰 언저리로 고구마. 쓰루노는 마흔네다섯 살로 메이퀸(감자). 서른이 됐을까 말까한 가지는 양파. 구보는 스물일곱여덟로 호박. 4명이 역할 분담을 해서 허심탄회하게 대화를 나누었다. 4명 모두 털털한 성격의 사람들이지만 강한 의지력 같은 것을 와타나베는 느꼈다.

6시에 '와타미 가마타 히가시구치점'으로 장소를 이동하여 간친회를 가졌다.

오마쓰의 존재감은 대단했다. 옆에 있는 것만으로 모두를 덩달아 즐겁게 만드는 재주가 있었다. 분위기를 띄우는 데 천재적이었다.

"와타나베 사장님, 꿈이라던 농업 진출의 제일보가 오늘 밤 이 자리에서 정해졌습니다. 이렇게 멋진 가게에서 호쿠렌의 농작물을 팔 수 있다니 우리도 너무 행복합니다."

"'꿈에 날짜를 정해서 전진하겠습니다'. 이것은 와타미가 장외 시장에 등록한 날에 낸 신문광고의 캐치 프레이즈인데 또 날짜가 정해졌습니다."

오마쓰에게 대답하며 와타나베는 말을 이어나갔다.

"농업연수를 받는 것도 허락해주셨으니 내년 봄에 제가 제1기생이 되겠습니다."

"예? 사장님이?!"

"꼭 실행할 겁니다."

"하긴 그러고 보니 사장님은 유언실행有言實行하는 사람이었죠."

"오마쓰 씨도 유언실행하는 분이잖아요. 처음 뵀을 때는 이 사람 괜찮을까, 좀 걱정스러웠지만요."

이날 밤 서로 웃음이 끊이질 않았다.

와타나베는 일기에 적었다.

호쿠렌농협의 사람들과 회의 및 간친회를 가졌다. 크게 무르익은 분위기 속에서 마음이 통했다.

실력 있는 농가에서 2명, 젊은 농가에서 2명, 이렇게 4명의 분들이 내년 봄부터 '와타미'에서 제공할 농산물 감자, 고구마, 양파, 호박을 재배하게 된다.

농업연수를 받고 싶다는 부탁도 쾌히 승낙해주었다. 오비히로공항 근처에 필요한 땅도 확보. 농업 진출은 안전하고 안심할 수 있는 식품을 개발하고 식량 안보를 확보하기 위해서 필요불가결하다. 본격적으로 매달릴 생각이다. 모두에게 감사하다.

4월 1일자로 와타미푸드서비스(갑), 호쿠렌농업협동조합연합회 도쿄지점(을), 오비히로 다이쇼농업협동조합(병)의 삼자는 계약재배위탁계약을 체결했다.

이 중에서 유효기간(1년) 안의 위탁품목, 면적, 위탁금액은 다음과 같이 명기되었다.

▷감자 100아르기호는 a. 100㎡=1a, 200만 엔.

▷고구마 30아르, 180만엔

▷양파 50아르, 200만엔

▷호박 20아르, 50만엔

위탁금액의 합계는 소비세 315,000엔을 포함하여 6,615,000엔.

와타나베는 4월부터 11월까지 8개월간, 매월 5~6명의 사원에게 오비히로의 채원에서 실습연수를 받게 했다. 4월 23일의 제1회 연수회에서 와타나베도 물론 참가하여 농사일을 거들었다.

컨디션이 나쁜 고를 제외한 간부 9명이 와타나베와 함께 2일간 땀을 흘렸다.

15

　2부 상장 기념식수는 오마쓰의 조언을 받아들여 수령樹齡 14년, 7미터의 가문비나무 한 그루로 결정되었다. 일시는 9월 23일 오전 9시 45분부터 10시.

　"와타미푸드서비스는 창업 14년이고, 가문비나무는 하늘을 향해서 똑바로 자라납니다. 30미터, 40미터의 거목으로 성장할 테니까 이미지에 딱 들어맞지 않습니까?"

　이것이 오마쓰의 신탁이었다.

　비용은 695,000엔. 절반은 폭설로부터 보호하기 위한 양생비였다.

　와타미푸드서비스는 매년 전 사원을 3개의 반(班)으로 나눠서 사원 여행을 실시하고 있었는데, 홋카이도반의 63명이 식수식에 참가했다.

　기념식수와 동시에 입주식入柱式이 거행되었다.

　당일 오비히로 지방은 날씨가 흐렸지만 와타미푸드서비스의 일행은 예정대로 버스로 9시 45분까지 현지에 도착했다.

　삽 2개, 제주祭酒 3통, 종이컵 70개, 테이블 2개, 마이크 장비는 다 이쇼농협 측이 준비해주었다.

　"태풍이 불까 걱정했지만 비도 내리지 않고 바람도 잔잔해서 다행이야."

　"운이 좋아요. 내일 있을 예비일도 그렇고 여행 스케줄이 엉망이 되니까요."

　"큰 간판과 가문비나무 덕분에 친근감이 훨씬 높아졌어. 뭔가 우리

농장이라는 느낌이 들지 않아?"

와타나베는 에무라와 그런 대화를 나누면서 괭이질을 시작했다.

가문비나무가 원예 전문가들 손으로 식수된 다음에 와타나베가 쌓아놓은 흙을 여러 번 삽으로 퍼서 뿌리 부근에 뿌렸다.

간판을 세우는 입주식 쪽은 에무라, 다카하시, 오카모토, 요시다가 교대로 삽을 손에 들었다.

'1998년 8월 28일 · 도쿄증시 2부 상장 기념식수 · 나무이름 가문비나무 · 1998년 9월 23일 식수 · 와타미푸드서비스주식회사'의 간판이 큰 간판 앞에 세워졌다.

'산지농장과 푸드서비스업의 협업 · 풍성하고 즐거운 또 하나의 가정의 식탁을 제공하는 이쇼쿠야 와타미', '계약재배 필드에리어', '오비히로다시쇼농협 와타미푸드서비스주식회사', '와타미'의 로고가 들어간 큰 간판은 버스 안에서도 알아볼 수 있을 정도로 크고 눈에 확 들어왔다.

입주식의 다음은 제주 뿌리기. 이것도 와타나베의 역할이었다.

건배 인사는 다이쇼농협의 가지 전무, 그리고 마지막으로 오마쓰가 환영인사를 했다.

16

오비히로에서 귀성한 와타나베는 25일 저녁, 자숙하는 심정으로 전 사원을 향한 메시지를 작성했다.

덴구天狗-하늘을 자유로이 날고 깊은 산에 살며 신통력이 있다는, 얼굴이 붉고 코가 큰 일본 요괴. 우쭐대거나 잘난 척하는 사람을 가리키기도 한다가 되어선 안 된다!

와타미가 장외시장에 등록하기 1년 전부터 많은 은혜를 베풀어주셨던 은인께서 간접적으로 하신 말씀이다.

"와다미가 덴구가 되이 긴다."

이것은 농담 삼아 하신 말씀이 아니라 덴구, 즉 콧대가 높아져서 평소의 노력을 게을리 하기 시작했다는 뜻이다.

왜 그렇게 생각하게 되었을까? 이전에 그 은인이 회장으로 계시는 회사의 애널리스트나 영업 사원들의 의견을 듣고, 직접 가게에 가서 느낀 것이다.

―어느 가게에 가도 종업원들이 개인적으로 수다를 떠는 장면이 눈에 띈다.

―점포마다 맛의 차이가 심하고 예전에 비해서 맛있지가 않다.

서비스 상품의 레벨 저하에 대한 혹독한 평가가 거기에 있다. 덴구가 되었다고 비판받아도 변명할 말이 없다.

주주로부터 앙케이트가 도착했다.

―추가주문을 하고 싶었지만 가게에 직원이 안 보인다. 요리나 음료를 추가로 주문할 수가 없었다. 가격이 싸니 서비스가 좀 형편없어도 넘어가란 말인가.

이 가격에 이런 서비스를 받을 수 있다니! 이 말이 바로 우리가 듣고 싶어 하는 말이다. '이 가격이면 어쩔 수 없는 일인가'라는 말은 우리의 존재 자체를 부정한다.

—도쿄증시 2부 상장에 성공해서 주위 사람들의 평가가 높다.

—매스컴에도 빈번하게 오르내리게 되었다.

—기존 점포의 매상이 타사를 압도적으로 제치고 전년대비 100퍼센트 이상을, 상장기업 중에서 유일하게 일정한 주가를 유지하고 있다. 혼자 승승장구하고 있다.

확실히 지금 우리가 덴구가 되고도 남을 만한 상황이 갖추어져 있다.

하지만, 하지만이다. 타사에 비교하면 확실히 그럴지도 모른다.

내가 항상 주장하는 절대평가 기준에서는 '덴구'가 될 만한 요소가 눈곱만큼도 없다. 2010년 1,000개 점포라는 목표를 우리는 아직 10분의 1도 달성하지 못했다.

즉 우리는 절대적인 견해에서 볼 때 이제 겨우 스타트 라인에 서게 된 것이다. 타사는 의식하지 마라. 우리의 적은 우리 자신이며, 어제의 와타미푸드서비스에 이겨야만 하는 것이다. 훌륭한 인재가 모였다. 사회적인 신용도 높아졌다. 지금이 바로 찬스인 것이다! 덴구가 되어 있을 여유는 없다. '덴구가 되어선 안 된다!'

폭넓은 경영 목적을 달성하기 위한 찬스를 물거품으로 만들어서는 안 된다. 이번에야말로 겸허하게 신께서 응원해주시길 빌며 오로지 노력할 뿐이다. 내 생각이 여러분의 마음에 닿기를 기원한다.

단숨에 휘갈겨 써내려간 글을 보며 와타나베는 "덴구가 되어선 안 된다!"고 큰소리로 중얼거렸다.

히메시공업대학 환경인간학부 교수

나카자와 다카오中沢孝夫

다카스기 료가 경제소설의 제1인자로 불리는 이유 중 하나는 치밀한 취재에 있다. 사소한 내용까지 세세하게 묘사하는 것이다. 그래서 독자는 다카스기의 작품을 읽으면서 다양한 경제현상의 배경이나 사실관계를 자세하게 이해할 수 있다.

예를 들어 필자(나카자와)는 이 책을 읽고 주식을 장외시장에 등록하는 과정에 대해 모조리 이해할 수 있었다.

하권에 있는 노무라증권주식회사 공개인수부에 의한 '장외시장 등록 신청서류'의 항목은 27항목에 달한다. 내용은 딱히 쓰지 않겠지만 사업 능력이 없는 필자는 항목을 본 것만으로도 그 번잡함에 현기증이 났다. 하지만 그것을 참아가면서 읽다보면 문득 속물스러운 '질문사항'이 얼굴을 내미는 것이 무척 재미있다.

이 책의 주인공인 '이쇼쿠야 와타미'을 경영하는 와타미푸드서비스의 사장 와타나베 미키의 고교시절 친구이자 회사 설립 시부터 절친한 친구이기도 한 주요 개인주주인 가네코 히로시와 구로사와 신이치의 처우에 대해서 노무라증권은 다음과 같이 질문했다.

"가네코 히로시, 구로사와 신이치가 임원직에서 물러난 이유와 귀사이 과장으로 인명된 이유 및 금후의 방침을 설명하시오."

서류작성 사무담당자에게는 답하기 어려운 질문이다.

연공서열을 부정하고 실력주의를 표방해온 사풍 속에서 임원으로서의 능력을 의심받고, 와타나베 사장이 '보수는 그대로 유지한다'고 보증한 다음에 이루어진 '강등' 조치이다. 그러나 제삼자의 눈으로 보면 "자진해서 그만두기를 바라고 취한 행동이 아닌가? 내부분열로 받아들일 수 있다. 와타미푸드서비스의 전력과 사기의 저하를 초래하고, 더 나아가서는 다른 벤처비즈니스를 낳는 결과가 되지 않겠는가?"라는 의문을 느끼게 되는 것이다.

조직은 사람으로 이루어진다. 사람은 늘 감정적이다. 감정의 중심에는 프라이드나 욕망이 소용돌이치고 있지만, 회사원의 그것은 '출세'로 수렴을 보는 일이 많다. 물론 빛나는 명예를 하나도 가지지 못하고, 평생 남의 위에 서보는 일도 없이 담담한 나날을 살아가는 사람이 많다는 것은 잘 알고 있다. 하지만 일반적으로는 사람들이 열심히 일하게 만드는 동기 중 하나에 '승진'이나 '승격'이 있는 것은 말할 것도 없는 일이다.

그래서 이사에서 과장으로 내려가는 것은 '이상'한 일이다. 회사의 장래에 큰 걸림돌이 될 가능성이 있다.

또 노무라증권은 다음과 같은 질문도 하고 있다.

"노동조합이 결성되어 있지 않은데 임금인상·상여금을 결정하는 수순 등 교섭방법을 밝히시오. 또한 과거 조합이 없기 때문에 노무환경·종업원의 요망에 제대로 대응하지 못했던 사례가 있으면 그 내용을 밝히시오."

이것도 가네코·구로사와에 관한 질문과 본질적으로 동일한 것으로 대단히 중요한 문제다. 일반적인 회사원이라고 할까, 평범한 사원은 동료와의 (출세)경쟁보다도 누구나가 비슷한 처우를 받는 이른바 '결과의 평등'을 원하는 법이다.

즉 힘내라, 전력을 다하면 찬스가 있다는 이른바 '기회의 평등'을 기뻐하지 않는 사람도 존재하는 법이다.

와타나베 미키는 "급여, 상여에 대해서 사원 한 사람, 한 사람에게 메시지를 보내서 정중하게 대응하고 있으니까 걱정하실 것 없습니다. 노사관계는 지극히 원만합니다"라고 대답하고 있다. 그것은 사원 한 사람 한 사람의 얼굴을 볼 수 있는 동안에나 가능한 일이다. 회사가 커지면 '시스템'이 필요해진다. 즉 어떤 종류의 '관료제'가 등장하는 것이다. 그렇지 않으면 리더에게 카리스마성이 요구된다. 와타나베 미키의 특징은 카리스마성이다. 그것은 중요한 경영자원이다.

다카스기 료의 또 하나의 특징은 현장감이 넘치는 대화이다. 물론 인물묘사도 극명하다. 성격이나 용모가 쉽게 상상력을 발휘하게 만든다.

예를 들어 이 책의 주인공인 와타미푸드서비스의 사장 와타나베 미키의 '미소'가 반복적으로 등장한다. 만약을 위해서 인터넷으로 '와타미'를 클릭해보았더니 다카스기의 문장에서 고스란히 표현된 '미소'를 볼 수 있었다. 사진 아래에 나이가 적혀 있었다. 마흔 살(2002년 2월

말). 이제 '청년사장'이라고 부를 수는 없게 됐지만 1부 상장(2000년 3월) 기업의 사장으로서는 충분히 젊다.

1984년에 스타트한 회사치고는 눈부신 성장이다. 4~5년 전에 일세를 풍미한 IT관련회사와 그 주식의 쇠락에 비교하면 지극히 견실하다.

매상을 보자. 98년 131억 엔(전년대비 137%). 99년 171억 엔(130%). 2000년 242억 엔(141%). 2001년 322억 엔(133%)를 기록했다.

이 책에 따르면 장외시장 등록 시(1996년 3월기)의 배상은 약 67억 엔이었다.

이 숫자는 "어른이 반드시 회사의 사장이 되겠다"고 어릴 적부터 생각해왔던 주인공이 매일 열심히 노력해온 결과이다. 그런데 그 노력의 중심은 무엇일까? 그 하나는 체력이다. 젊은 시절의 체력은 귀중하다. 뒤돌아보았을 때 누구나 그때는 용케 그렇게 노력을 했었구나, 라고 떠올리게 된다.

특히 와타나베 미키는 대단했다.

1982년 사가와택배의 택배기사가 된 와타나베의 월수입은 43만 엔. 자신의 회사를 세울 자본금을 벌기 위해서 취직했다. 그 대신 하루당 실제 근무시간은 20시간 가까운 가혹한 것이었다. 체력이 전부였다고 해도 과언이 아닐 정도다. '사장이 되기 위해 이 세상에 태어났다'고 믿지 않았다면 견디기 힘든 근무환경이었을 것이다.

지금이야 많이 달라졌겠지만 다카스기가 그린 사가와택배의 현장은 참혹하다. 화물을 집어던지는 것은 예사고 폭력이 버젓이 통용되는 현대판 노예다. 그러고 보니 사가와택배는 항상 노동기준감독서로부터 권고를 받고 있었다. 그런 직장에서 1년간 일한 와타나베의 의지는 역시 보통이 아니다.

체력 이외의 노력의 중심은 무엇일까? 그것은 아마도 인간관계일 것이다. 생각지도 못했던 배신이나 실의가 있다. 하지만 이쪽은 슬픈 사례만 있는 것은 아니다. 경우에 따라서는 만남을 통한 감동이나 인생담도 있다.

와타나베가 장외시장 등록 기념파티의 인사말에서, 창업할 기회를 준 '쓰보하치'의 이시이 사장, 자금조달에 허덕일 때 현금 2,000만 엔을 싼 보따리를 턱 하니 내밀어준 시오다야의 요시다 사장의 이름을 언급했는데, 그와 같은 만남을 실현시킬 수 있는 것 또한 실력이다.

사람 손에서 자라 사람을 키우는 것이 비즈니스맨의 감동이자 기쁨이다. 이 책에 흐르는 통주저음Thoroughbass이 바로 그것이다.

그런데 필자(나카자와)가 감동한 것은 와타미푸드서비스의 주식 상장을 지휘한, 고쿠사이증권의 도요다 젠이치 자문위원의 말이다.

"주식을 공개하기 전에 꼭 명심해야 할 것은 투자가를 배신하지 않겠다는 마음가짐입니다. 처음 공개할 때의 가격을 높이 매겨선 안 됩니다. 가능한 한 싸게 내놓아야 좋습니다. 싸게 팔면 주가는 상승합니다.", "등록 전에 와타미푸드서비스의 주식을 사서 이익을 본 투자가는 팬이 되어 계속 따라올 겁니다. 그렇게 되면 자연히 자금이 모여들어서 계속 좋은 쪽으로 순환하게 되는 법이지요."

주식의 가격만이 아니다. 모든 것이 이 말대로이다. 거래도 인간관계도 도요다 젠이치가 말하는 "성실할 것"과 "비겁하지 않을 것"이 기본이다.

일본경제 속에서 잊혀져 가는 것은 이 도요다의 마음가짐이 아닐까. 유키지루시雪印시품이나 스타젠의 가짜수고기사건은 기업가의 윤리성이 땅에 떨어졌다는 것을 대변한다. 물론 대부분의 식품제조회사는 성실하게 영업하고 있겠지만, 일련의 사건들이 소비자에게 끝없는 불신감을 심어준 것은 사실이다.

이 책은 다가스기 료의 작품 중에서 「용기늠름」과 공통된 점이 있다.

「용기늠름勇気凜々」은 마운틴바이크 등을 제조판매하는 '호다카'를 창업한 다케다 고지武田光司의 불요불굴의 석세스 스토리였다.

그 다케다는 사이가 나빴던 아내와 헤어지고 긴자에서 일하고 있던 싹싹하고 아름다운 여성과 결혼했다. 이 책의 와타나베의 경우는 유부녀에게 반해서 그대로 결혼에 골인했다. 일에서 성공하는 남자는 여자에도 성공한다는 말인가?

기업起業이 요구되는 시대에, 의지를 관철한다는 것이 얼머나 중요한지를 그린 한 권이다.

해설

문화평론가

김봉석

　요즘은 한국에서도 흔히 볼 수 있는 이자카야. 한국식으로 말한다면 선술집 정도지만 그보다는 업그레이드된 분위기다. 일본 영화, 드라마를 보다 보면 동네 어귀에 있는 선술집이 나온다. 왁자지껄하고, 집에 들어가기 전 잠시 카운터에 앉아 혼자 한 잔 마실 수 있는 정겨운 분위기의 술집. 그런 류의 술집을 고급화한 프랜차이즈로 만들어 가장 큰 성공을 거둔 곳이 와타미和民다. 「청년사장」의 주인공인 와타나베 미키가 20대에 창업을 하여 대성공을 거둔 프랜차이즈 이자카야 와타미.

　21세기는 바야흐로 초경쟁의 사회다. 대학을 나와도 취업이 보장되지 않고, 직장에 들어가도 정년이 보장되지 않으며, 모든 것이 급속하게 변하고 또 바뀐다. 최근 한국에서 치킨집이 급속하게 느는 것에는 회사에서 조기 정년으로 나올 수밖에 없었던 사람들이 치킨집을 차리는 이유도 있다고 한다. 장사, 영업에 대해 잘 알지 못하는 사람들은 프랜차이즈를 택한다. 본사에서 가게 세팅을 해주고, 영업의 매뉴얼을 제공한다. 혼자 차리는 것보다는 당연히 수월할 수밖에 없다. 하지만 역으로 본다면 본사의 횡포가 심할 가능성도 있다. 가맹비와 로열티만 받아 챙기면서 제대로 관리를 해주지 않는 악덕 프랜차이즈. 게다가 불황 속에서 경쟁이 심하니 속속 무너진다. 자영업의 성공 비율은 20%도 채 되지 않는다고들 한다.

그럼에도 자영업, 창업은 지금 20, 30대에게 지대한 관심을 끌고 있다. 돈을 엄청나게 받거나 명성을 누리는 일이 아니라면, 고생을 하더라도 자신이 원하는 직업이나 사업으로 성공하겠다는 것. 40대 중반에 직장에서 밀려나는 사람들이 무수한 지금으로서는 상당히 유효한 선택이기도 하다. 직장을 다니다 40대 후반, 50대 초반에 명퇴하여 새로운 직업을 찾는 일은 쉽지 않다. 새로운 일에 뛰어들었다가 퇴직금과 저축마저 날리기 십상이다. 주변에서 그런 일을 무수하게 보았다. 안정된 정년이 없다면 젊을 때부터 나의 일을 하자. 천천히 걸어가자. 그렇게 생각하는 것이 한편으론 합당하다.

와타나베 미키는 회사의 경영이 위태로웠을 때 일기에 이런 말을 적었다. '듬직한 거북이가 되자. 후퇴하지 않고 한 발 한 발 단단히 땅을 밟고, 주위의 경치를 하나하나 기억하면서 걸어가는 거북이가 되자. 걷다가 지치면 같은 마음가짐으로 조금씩 빨리 걸을 수 있도록 노력하자.' 어떤 길을 택하건 어려운 일은 부지기수로 닥치는 것이고, 한순간에 흔들리거나 작은 성공에 도취하면 결국은 패퇴한다.

다카스키 료의 경제소설 「청년사장」은 와타미를 일본 최고의 프랜차이즈로 만든 와타나베의 이야기다. 초등학교 시절, 와타나베는 아버지의 회사가 도산하는 것을 보고 결심을 했다. 반드시 회사를 세우고, 사장이 되어 성공하겠다는 것. 대학 시절부터 주변 사람들을 잘 조직하고 이끄는 카리스마를 보여준 와타나베는 졸업을 하면서 창업 준비를 확실하게 시작한다. 일단 회사의 시스템과 회계를 배울 수 있는 회사에 들어가 실무를 익힌다. 필요한 것을 다 배운 후에는 사가와택배에 들어가 일을 한다. 두 가지 목적이다. 엄청나게 노동 강도가 높은 회사에서 자신을 단련하는 것. 힘든 일인 만큼 월급이 많기에 1년만 버티면 창업을 위한 돈을 모을 수 있다. 그리고 외식업에서 경험을 쌓은 친구와 함께 가게를 시작한다.

「청년사장」은 와타나베가 어떻게 회사를 위한 준비를 하고, 회사를 세운 후 어떤 과정을 거치는지를 보여준다. 실화에 기초한 소설이니 이미 결과를 알고 있지만, 와타나베라는 뛰어난 인물이 어떤 상황에서 어떤 태도와 선택을 취했는지를 잘 묘사하고 있다. 와타나베는 위대한 영웅이다. 초반부터 와타나베의 인품에 매료된 친구나 주변 사람들의 모습이 많이 그려진다. 위기의 순간에서 와타나베는 결코 부도덕한 선택을 하지 않는다. 선한 일을 하여 이득을 얻는 것이 가장 중요하다고 생각하는 인물이다. 와타미 역시 단순한 술집이 아니라, 학교와 직장이 끝난 후 온 가족이 와타미에 모여 가볍게 식사를 하며 하루의 이야기를 나누는 공간이 되기를 원했다.

와타나베는 선한 영웅이다. 하지만 그는 봉사나 선행을 통해서 자신의 신념을 관철시키는 인물이 아니다. 가장 자본주의적인 방식으로, 사람들이 원하는 서비스를 제공함으로써 사람들을 행복하게 하고 그 대가로 돈을 버는 자본가다. 회사를 상장시키기 위해서 고군분투하는 와타나베는 증권업계의 실력자인 도요다에게 중요한 말을 듣는다. 창업자의 이익보다 투사사를 생각하라고. 투자자와 손님과 종업원을 항상 귀하게 여겨야 한다고. 그것은 손님에게 서비스를 제공하는 이자카야에서는 항상 명심해야 할 사항이고, 돈을 벌기 위한 회사에서도 가장 중요한 가치이다. 와타나베는 그런 말을 실천하며 회사를 경영하고, 성공을 거둔다.

사실 「청년사장」이 엄청나게 드라마틱한 이야기를 들려주는 것은 아니다. 일단 「청년사장」에는 대중소설에 흔히 등장하는 주인공의 적이나 그를 위협하는 악당이 없다. 기껏해야 와타미를 자신들의 자회사로 편입하려는 대기업이나 회사 내부의 자잘한 사건, 사고 정도다. 「청년사장」에서 가장 큰 적은 오히려 와타나베 자신이다. 처음에 시작한 점포 몇 개가 대성공을 거두자 무리수를 둔다. 서민들이 많이 사는 동네에 고급 음식점을 오픈한 것이다. 할 수 있다. 무엇이건 가능하다는 마음에 도취된 것이다. 결국 문을 닫고 이자카야로 바꾸지만 회사가 휘청거릴 정도로 타격은 엄청났다. 회사가 상장을 한 후 와타나베는 말한다. 덴구가 되지 말자고. 우쭐대거나 잘난 척하는 사람을 빗대는 덴구가 되지 말자는 것은, 과거의 자신을 보며 돌이키는 말이기도 하다.

아마도 「청년사장」을 가장 흥미롭게 읽을 수 있는 독자는 창업을 생각하는 사람일 것이다. 가게이건, 회사이건 새로운 무엇인가를 시작할 때 어떤 준비를 해야 하는지, 어떤 문제점이나 난관이 닥칠 것인지를 「청년사장」은 세밀하고도 예리하게 보여주고 있다. 앞으로 어떤 일이 닥칠 것인지 어렴풋이 상상하고 그림을 그릴 수 있다면, 정말 문제가 닥쳤을 때 어느 정도 수월하게 상황에 대처할 수 있다. 그런 점에서 「청년사장」을 더 많은 예비 창업자들이 읽기를 바란다. 돈을 벌기 위해서 필요한 것이 대체 무엇인지를 잘 보여주는 소설이니까. 현실에 근거한 정도가 아니라 현실 그 자체를 보여주고 있으니까.

청년사장 소설 외식업 (下)

초판 1쇄 인쇄 2014년 8월 20일
초판 1쇄 발행 2014년 8월 25일

저자 : 다카스기 료
번역 : 서은정

펴낸이 : 이동섭
편집 : 이민규
디자인 : 고미용, 이은영
영업 · 마케팅 : 송정환
e-BOOK : 홍인표
관리 : 이윤미

㈜에이케이커뮤니케이션즈
등록 1996년 7월 9일(제302-1996-00026호)
주소 : 121-842 서울시 마포구 서교동 461-29 2층
TEL : 02-702-7963~5 FAX : 02-702-7988
http://www.amusementkorea.co.kr

ISBN 978-89-6407-720-7 04830
ISBN 978-89-6407-718-4 04830(세트)

한국어판ⓒ에이케이커뮤니케이션즈 2014

SEINENSHACHO 下
ⓒRyo TAKASUGI 1999
Edited by KADOKAWA SHOTEN
First published in Japan in 2002 by KADOKAWA CORPORATION, Tokyo.
Korean translation rights arranged with KADOKAWA CORPORATION, Tokyo.

이 책의 한국어판 저작권은 일본 角川書店과의 독점계약으로
㈜에이케이커뮤니케이션즈에 있습니다.
저작권법에 의해 한국 내에서 보호를 받는 저작물이므로 무단전재와 무단복제를 금합니다.

이 도서의 국립중앙도서관 출판예정도서목록(CIP)은
서지정보유통지원시스템 홈페이지(http://seoji.nl.go.kr)와
국가자료공동목록시스템(http://www.nl.go.kr/kolisnet)에서 이용하실 수 있습니다.
(CIP제어번호 : CIP2014022005)

*잘못된 책은 구입한 곳에서 무료로 바꿔드립니다.